中公文庫

新装版

血　　烙

鳴沢了

中央公論新社

目次

登場人物紹介

鳴沢《なるさわ》了《りょう》…………………刑事。ＮＹ市警で研修中

内藤七海《ないとうななみ》…………………ＮＹ市警刑事。優美の兄。鳴沢の親友

トミー・ワン…………チャイニーズ・マフィア幹部。七海の宿敵

チャーリー・ワン……トミー・ワンの甥

アイリス・ワン………トミー・ワンの娘

ジェイク………………アイリスの息子

ミケーレ・エーコ……愛称ミック。ＮＹ市警刑事。了の相棒

ジャック・オブライエン……ＮＹ市警刑事

Ｂ・Ｊ・キング………アトランタ市警刑事

ホセ・カブレラ………マイアミの私立探偵

ウォルター・オートン……ＦＢＩ捜査官

内藤優美《ゆみ》………………鳴沢の恋人

内藤勇樹《ゆうき》………………優美の息子

血烙

刑事・鳴沢了

Special Thanks :

Mr. Paul Ferguson,
Mrs. Asako Akai Ferguson,
Mr. Kiyoaki Kojima

第一部　ニューヨーク

1

背中に広がる痛みと断続的に襲う眠気《ねむけ》が、張り込みの最大の敵だ。背中の痛みはどうしようもないが、眠気については一つだけ対処法がある。相棒とのお喋《しゃべ》りだ。

今夜の相棒は、イタリア系アメリカ人のミケーレ・エーコ、愛称ミック。ニューヨーク市警組織犯罪対策局麻薬部の刑事で、マンハッタン北部が管轄区域《シマ》だ。背は高くないが、分厚い胸板と大きな手が目立つ。深く青い目とはにかむような笑顔が、いかにも女性受けしそうなタイプだ。くすんだピンク色のジャケットとジーンズというラフな格好が、自然にミッドタウンの賑《にぎ》わいに馴染《なじ》んでいる。彼の張り込みスタイルに合わせて、今日は私もTシャツに薄い革のフライトジャケット、足元はオールデンのタンカーブーツという格好だ。ネクタイなしだとどうにも落ち着かないが、コードバンのブーツだけはぴかぴかに磨き上げている。最低限の矜持《きょうじ》だ。

彼と組んで街に出るのは二度目だったが、私はすでに伝記を書けそうなほどその人生に分け入っている。生粋のニューヨーカーで、父親は主にブルックリン地区で勤め上げたパトロール警官。子どもの頃はサッカー三昧で、イタリアに渡ってプロ選手になることを夢見ていた。ベンチプレスでは二百ポンドを上げられるが、あまり筋肉がつき過ぎると女の子に嫌われるのでほどほどにしている。酒はビール一本槍で、腹が減っている時は三十分に一回、「ママの作るラザニアはニューヨークで一番だ」と自慢する。

人生は家族と趣味と食べ物に要約されるものだ。

自分のことを話すのに飽きたのか、ミックは私を標的に絞ってきた。

「リョウ《了》・ナル《鳴》サワ《沢》。あんたの名前はどういう意味だ」

「だから」何度も説明しているのだが、一向に理解する気配がない。あるいはこれも、彼なりの暇潰しのゲームなのかもしれない。「リョウは最後。お終い。ナルサワの意味はよく分からない。そういう名前の村が日本にあるけど」

「ラストネームが『ニューヨーク』みたいなものか。『アテネ』とか」

「そうかもしれない」馬鹿馬鹿しい喩《たと》えだが、これ以上議論を続けるのも面倒臭くなって、適当な返事で誤魔化した。

「お前はその村の出身なのか」

「違う」

「分からんな。何の関係もないいんだったら、どうしてそういう名前になるんだ」

分からないのはお前の精神構造だ、と腹の底で毒づく。暇なのは分かるし、今夜は何も起きそうにないが、それにしても喋り過ぎだ。彼の口にチャックがあれば、即座に閉じて鍵も二重にかけてしまいたい。

そろそろ日付が変わる時刻である。場所は、マンハッタンのミッドタウン・ウェストにある小さなライブハウスの前。店の入り口は階段を下りた地下にあり、道路の向かいに停めた車からは、中の様子は窺《うかが》えない。ライブハウスの隣では、カーテンのようにTシャツを窓辺に吊るした土産物《みやげもの》店と、本物を見つけるのが難しそうな電気店がまだ店を開けている。劇場街であるブロードウェイに近いこの辺りでは夜遅くなっても人通りが絶えないが、ほとんどが地元の人間ではないはずだ。何かを——お宝か、トラブルか——探し求めるような目の輝きで分かる。時々、ニューヨークに八百万人もの人が住んでいることが信じられなくなる。道行く人が全員、中西部出身の観光客に見えてしまうのだ。

「出てきたぞ」だらだら話していたミックの口調が一瞬で引き締まった。ハンドルを抱えこんで身を伏せ、上目遣いに視線を尖《とが》らせる。私はシートの上でだらしなくずり落ち、外から顔が見えないようにした。ダッシュボードに据えつけた小型カメラが店の入り口をとらえ、はがき大のモニターに男の姿を映し出す。すらりと背が高く、夜の闇に溶けこみそうな黒いシルクのシャツを、羽織るように着ている。ボタンをへその辺りまで開けているので、黒く平《たい》らな腹がすっかり見えていた。太い葉巻に火をつけると、立ち上がる煙を満足そうに目で追う。

「頼むよ、クール・J」ミックがぼやく。「見てるだけで寒そうだから、せめてジャケットでも着てくれ」

「連れがいるな。この前の女じゃない」

「あいつは、毎晩違う女を連れてるんだよ。何しろ別名が『ミッドタウンの種馬』だから」

クール・Jは、自分の胸の辺りまでしかない小柄な女性の肩をすっぽり包むように抱きしめ、雨の中を歩き出した。こんな雨なんか何でもないぜ、と無用な強がりを見せつけるように。ミックが車から出る。私も続いたが、クール・Jがタクシーを呼び止めたので慌てて車に戻った。

彼が数軒の店をはしごするのに付き合って、短い尾行と待機の繰り返しが続いた。結局、クール・Jがソーホーにある自分のコンドミニアムにたどり着いたのは朝の六時だった。

「馬鹿らしいだろう、こんな仕事は」欠伸《あくび》を嚙《か》み殺しながらミックが言った。

「慣れてるよ」

「研修なんだから、適当にやっておけばいいじゃないか」

「そうはいかない」

「ヘイ、あんた、クソがつくほど真面目だな。だいたい研修なんて、どっかを見学したり、偉いさんの話を聞くだけってのが普通じゃないのか」

「一年もそんなことをしてたら、退屈で死ぬよ」

「物好きなこった。俺なら絶好の休暇だと思うがね」

市警での研修も残り三か月。変死体の発見現場で、制服警官たちが被害者の財布の中身を抜くのも見たし、ティーンネイジャーが面白半分に撃った拳銃の流れ弾《だま》が、五歳の男の子の右耳を吹き飛ばした事件の現場にも足を運んだ。清潔で安全な会議室で話を聞くだけでは、アメリカまで来た意味があるとは思えなかったから。

意識をコンドミニアムの入り口に集中する。つい先ほどそこに消えたクール・Jは麻薬の売人で、ミックがこの一年ほど追い回している相手だ。だが簡単には尻尾《しっぽ》を摑《つか》ませず、市警の金庫からは、超過勤務の手当てが羽が生えたように出て行く。結局今夜も、クール・Jの贔屓《ひいき》の店のリストに新たな一軒が加わっただけだった。

夜明け。東京ならささやかな静寂が訪れる時間帯だが、ニューヨークではパトカーのサイレンとタクシーのクラクションがそれを遠慮なく切り裂いてしまう。だがこの二つこそがニューヨークの音であり、二十四時間、三百六十五日途切れることはない。

夜明けのニューヨーク。孤独と騒音。この街こそ、私が暮らし、悪党を追いかけ、愛する人を幸せにする舞台に相応《ふさわ》しいのではないかという思いは日毎に強くなっている。

「寝てないの？」

「寝てない」

午前十時。ハドソン川に近い内藤優美《ないとうゆみ》の部屋に柔らかい陽射しが射しこみ、空気を暖めている。シャワーを浴びて半裸でリビングルームに出て来たが、ここなら誰かに見られる心配をする必要もない。部屋は高層のコンドミニアムの十七階にあり、眼下には広い公園が広がっているだけなのだ。裸足《はだし》の足が木の床をぺたぺたと打つ。優美が顔をしかめ、私の足元を指差した。

「サンダル」

「ああ」サンダル？　どこだったか？　ソファの下だ。屈《かが》みこんで引っ張り出し、つっかける。「綺麗に掃除してるんだから、サンダルなんか履かなくていいじゃないか」

「部屋の中は靴で歩くのよ。どんなに掃除しても汚れるじゃない」

「ごもっとも」

優美は日系二世で、暴力癖のある中国系の夫と離婚して巨額の慰謝料を分捕った後、祖母の住む日本に渡ってきた。ある事件を通じて私と知り合ったのはその頃である。以来、具体的な結婚話を口にするまではいかなくても、それなりに心地よい関係を保ってきたのだが、一人息子の勇樹《ゆうき》がアメリカで連続テレビドラマに出演することになったため、彼女は生まれ故郷のニューヨークに戻ることになった。私がこの街での研修を選んだ大きな理由は優美の存在だ。

トレーニング用のショートパンツ一枚という格好でソファに腰を下ろす。ミネラルウォーターを一口飲んでソファの背に腕を乗せ、優美を見上げた。胸元にフリルのついた白いブラウスに長いデニムのスカートは、はっきり言えば野暮ったい。これでバックパックを担いでキャンパスに入れば、完全に学生の中に溶けこんでしまうはずだ。大学で法律の勉強を始めた優美は、スタイルまで学生時代に戻ってしまったようである。

立ち上がって肩を抱こうとすると、彼女は私の腕をすり抜け、椅子《いす》の背に引っかけてあったジャケットを取って袖《そで》を通した。私の恨めしそうな顔に気づいたのか、暖かな笑みを浮かべる。

「もう出かけないと」

「もう少し早く帰って来ればよかった」

「今日は早く帰るから」腕時計を見下ろす。「五時……六時ぐらいかな」

「勇樹は？」

「ボイストレーニングの後にダンスのレッスンがあるから、帰りは四時頃ね」

「今夜は俺が食事の用意をしておくよ」

「そうね」優美が私の頰《ほお》を人差し指ですっと撫《な》でた。「たまにはパスタ以外の料理にも挑戦してみたら？」

「失敗してタイ料理の出前を取るよりも、慣れたものの方がいいんじゃないかな」

「任せるわ」思い切り背伸びして、優美が私の頰にキスをした。腕を軽く摑み、ほんの一瞬、私の顔を見上げる。短くさりげないが濃厚な時だ。「じゃあ、行ってきます」

「ああ」

彼女を見送った後、一人で部屋に取り残された。親子二人で暮らすには広過ぎるこの家は、勇樹の所属事務所が用意してくれたものである。十歳にして、勇樹はそういう扱いを受ける権利を得たのだ。買えば百万ドルをはるかに超えるであろうマンハッタンのコンドミニアムに住む権利を。

優美の友人の紹介で、家族向けドラマ「ファミリー・アフェア」の第三シーズンに出演した勇樹は、今や全米のアイドルである。高視聴率を叩《たた》き出した番組は、秋からの第四シーズン放送も決まっていた。ちょっとエキゾチックでハンサムな面立ちの少年は、アメリカ人に不思議な感銘を与えるらしい。アメリカに来た時、私は勇樹の人気ぶりに戸惑いを覚えた。どこへ行っても、見つかると人の輪に呑《の》みこまれる。雑誌の表紙で笑顔を振りまき、トーク番組にゲストとして招かれれば大人顔負けの達者なコメントで大人を驚かせる。主演級で映画出演を、という話も何本も舞いこんでいた。どちらかと言うとはにかみがちな性格なのに、人前に出る時は私の知らない大胆な一面を見せる。

しかし、いつまでもこういう生活を続けていていいのだろうか。虚構の世界での暮らしは、人生を歪《ゆが》めてしまうかもしれない。優美はしばらく流れに任せると言っているが、時々不安も口にする。こういう生活には現実味がないし、いつかは普通の暮らしに戻らないといけない。問題はタイミングなのよ。勇樹は楽しそうにしているけど、それはまだ全てが物珍しいからじゃないかしら。私たちは、簡単に答えの出そうもない疑問の周りをぐるぐると回っている。

家族とは何と面倒臭いものか。だが、その面倒臭さは心地よくもあった。

長く刑事をしていると、眠りとの折り合いが悪くなる。いつでもどこでもすぐに眠れるようになる代わりに、睡眠が浅くなってしまうのだ。夜中に事件の発生を知らせる電話を受ける時、私は大抵呼び出し音が一度鳴るだけで出るらしい。

今日は事件の始まりを告げる電話ではなく、かすかな足音で眠りから引きずり出された。ソファの上で飛び起きると、勇樹が振り返って目を見開く。が、すぐににやりと笑って見せた。

「起こしちゃった？」

「ああ、いや――」目を擦《こす》りながら腕時計を確認する。五時。珍しく、ずいぶん長く寝てしまった。「遅かったな。四時ぐらいに帰るって聞いてたけど」

「ちょっとね。レッスンが」

「大変なのか？」

「そうじゃないけど、今日は調子が悪かったから延ばしてもらったんだ」

「ずいぶん頑張るな」

「だって、上手くできないと悔しいし」

勇樹がテーブルにグラスを二つ置く。オレンジジュースをなみなみと注ぐと、慎重に私の方に押しやった。

「ありがとう」グラスに半分ほどを一気に飲む。強い酸味と甘みが体に沁みこんだ。食べ物に関しては砂漠としか言いようのない国だが、ジュースだけは美味《うま》い。頭を振り、思い切り伸びをする。

「疲れてるの？」勇樹が心配そうに訊ねる。昔から大人びた気遣いをする子だが、考えてみればもう十歳なのだ。子どもというよりは少年といった方がぴったりくる。この半年でずいぶん背も伸びた。さらさらの髪に、笑うと覗《のぞ》く綺麗な歯。この分だと、歯列矯正《きょうせい》をする必要はなさそうだ。

「夜勤明けだったんだ。さて、今日は俺が飯を作る番なんだけど、何が食べたい」

「冷蔵庫、空っぽだよ」

「空っぽ？　参ったな」

「買い物、行くよね？」勇樹が目を輝かせた。

「行くけど、一人で留守番できるか」

「僕も行くよ」

「見つかったらまた大騒ぎになるぞ」

「近くでしょう？　大丈夫だよ。心配だったら変装するし」

「変装って……お前はハリウッド・スターじゃないんだぞ」

確かに、ヤンキースの帽子を被《かぶ》って伊達眼鏡でもかければ、まず気づかれることはない。ひどく不自然だとは思うが、そうしないと自由に外を歩けないのも事実なのだ。

「行こうよ。大丈夫だから」勇樹が私の腕を引っ張って立たせた。

「分かった。ただ、近くへ行ってすぐ帰ってくるだけだぞ」

「うん」満面の笑みが輝いた。子どもらしい笑みを見せられると、胸の真ん中が暖かくなる。


コンドミニアムから歩いて二分ほどのところにあるデリに入った。韓国人の店主とは顔見知りだし、勇樹が来ても特別扱いしないから、安心して買い物ができる。果物は新鮮で、取り揃《そろ》えてある惣菜《そうざい》も、ニューヨークのデリにしては上出来である。高級か庶民的かに関係なく、ほとんどのデリは美味さではなく不味《まず》さを追求しているとしか思えない料理を売るのだが。パスタの材料を買い揃え、惣菜を何種類か、大きなプラスチックのパックに詰めこむ。三種類のパプリカのマリネ、セロリの苦味を効かせたチキンサラダ、勇樹の好物のミートボール。パンはバゲットにした。これでガーリックトーストを作るつもりである。

「平和かい？」店主がにこりともせずに訊ねる。五十絡みの男で、年取ってから授かった子どもは確か勇樹と同い年だ。

「何とかね」

「おいおい、何とか、じゃ困るよ」レジから顔を上げ、渋い表情を浮かべる。「しっかり頼むぜ」

「ああ」

「ユウキは、元気か？」

勇樹が野球帽のつばを親指で持ち上げ、にやりと笑う。店主が親指をぐっと立てて見せた。いつものやり取り。しつこくなく、だが親愛の情ははっきりと伝わる。

両手一杯の紙袋を抱え、通りを渡る。ふと、舐《な》めるような視線に気づいた。勇樹のファンに見つかったのだろうか。いや、お馴染みの熱狂と温かみが入り混じったものではなく、冷徹に観察するような視線である。波打った道路を渡り終えて歩道に上がり、振り返った。誰もいない。

違った。一瞬、目の端に捉えた姿が、私の背筋を凍らせる。素早い動きで視界の隅から消えた男。トミー・ワン。マシンガン・トミー。ニューヨークのチャイニーズ・マフィアの幹部で、元鉄砲玉である。数年前の一瞬の邂逅《かいこう》が脳裏に蘇《よみがえ》り、あの時漂った死の臭いを、私は再び濃厚に嗅《か》いだ。

早目に仕事を終えた優美の兄、七海《ななみ》が合流して賑やかな夕食になった。パスタの具はキャベツとズッキーニ。パスタが茹《ゆ》で上がる二分前に野菜を湯に入れて火を通し、あらかじめオリーブオイルで軽く炒めておいたパンチェッタと一気に合わせる。塩を一つまみ、さらに黒胡椒《くろこしょう》を多目にひいて完成だ。

「人は誰でも何かの才能があるもんだな」

七海が、自分の皿に大量のパスタを取り分けながらにやりと笑った。学生時代、私が留学していた中西部の大学では野球部のスター選手で、大リーグのスカウトも群がった大型内野手だった。ずっと引き締まった体型を維持していたが、さすがに最近は少し贅《ぜい》肉《にく》が目立つようになっている。ニューヨーク市警の刑事として十数年。不規則な生活は鍛え上げた肉体を醜く衰《おとろ》えさせた。

「これぐらいの料理、誰でも作れるよ」

「いやいや、野菜の歯ごたえと塩加減が絶妙だぞ」

「安っぽい料理番組みたいなコメントはやめてくれ。だいたい、アメリカの食い物は不味過ぎるから、まともなものを食べるとお前の舌がびっくりするんだよ」

「何言ってる。大学時代、涙を流しながら学食のクソ不味いサンドウィッチを食べてたのは誰だ」

「あの頃はいつでも腹が減ってたんだ。それに涙は流してないぞ」

「よく言うよ」

「はいはい、ご飯にしましょう」優美が私たちの掛け合いを打ち切り、座り直して手を合わせた。勇樹もそれに倣《なら》う。私がアメリカに来てからは、こうやって四人で食卓を囲む機会が増えた。

「勇樹、最近はキャッチボールやってるのか？」七海が勇樹の方に身を乗り出す。

「うーん」勇樹が首を傾《かし》げた。「できる場所がないから」

「学校は？」

「学校にいるのは、授業の時だけだし」

「いかんな、優美。キャッチボールができないと子どもは不幸になる」

「仕方ないでしょう。仕事があるんだし」

「おいおい、すっかりステージママ気取りだな」

「そうじゃないけど」少し不貞腐れた表情を浮かべ、優美がガーリックトーストを手にした。

「ちゃんと子どもらしいことをさせてやれよ」

「僕は平気だけど」母親の形勢が不利と見て取ったのか、勇樹が助け舟を出す。「いろいろやることとあるし」

「大リーグに入るんじゃないのか？」挑発するように七海が言った。

「また、そんなこと言って」優美が盛大に溜息《ためいき》を漏《も》らす。

「子ども時代はテレビで活躍して、大人になったらヤンキー・スタジアムってのはどうだ。そんな人間、アメリカ中探したっていないぜ」

「自然によ、自然に」優美が柔らかく、しかしぴしりと言った。

三人のやり取りを聞きながら、私は数時間前の不安を一瞬忘れ、心に暖かなものが流れ出すのを感じた。家族の味。長年縁がなかったものに、今、異国の地で触れている。私たちの未来は不確定だ。私は数か月後、研修が終われば日本に帰らなければならないし、勇樹には仕事がある。優美も、弁護士を目指して大学に通っている。一年後の自分たちがどうなっているかさえ、想像もできない。だが、この瞬間の心地良さは何物にも替えがたかった。

皿洗いは男二人の仕事になった。肩を寄せるように食器を洗いながら、先ほどの一件を打ち明ける。

「何だと」マシンガン・トミーの名前を聞いた瞬間、七海の手が止まった。皿を握り締めたが、そのまま粉々にしてしまいそうだった。「何してたんだ、あのクソ野郎は」

七海にはトミー・ワンを「クソ野郎」と呼ぶ権利がある。貿易商をしていた彼の父親は、トミー・ワンに密輸を持ちかけられ、断ったために命を狙《ねら》われた。知り過ぎた、ということなのだろう。車のブレーキに細工をされ、運転中に事故を起こして父母は同時に亡くなった。裏付ける証拠はないが、それは事実だろう。ニューヨーク市警に勤める父親の友人からその話を聞いた七海は、膝《ひざ》を怪我《けが》して野球選手としての将来を断ち切られた直後ということもあり、己の手で復讐を果たすために刑事になった。数年前には日本まで追いかけてきたほどだが、その時に久しぶりに私との接点ができた。

「分からない。見かけただけだから」

「冗談じゃない。奴はこの辺りに足を踏み入れる権利なんかない」

「最近、どうなんだ」

「簡単には尻尾を掴ませないよ。表向きは大人しくしてるんだ。いずれ何かで引っ張ってやるけどな」

七海が皿を乱暴に食器洗い機に突っこんだ。隣の皿とぶつかり合い、甲高《かんだか》い澄んだ音が響く。腰に両手を当てたまま、食器を睨《にら》みつけた。息が荒く、耳は熟れたトマトのように赤くなっている。

「あの野郎、何か狙ってるんじゃないか」七海が顔を上げ、問いかける。内心の怒りが目から噴き出すようだった。

「まさか」私は即座に否定した。「向こうだって、お前に狙われてることは知ってるはずだぜ。わざわざ網に飛びこむような真似はしないだろう」

「あの連中が何を考えてるかは分からない」七海が首を振った。「チャイニーズ・マフィアってのは、基本的にアメリカの人間じゃないからな。奴らは、アメリカの中にある中国に住んでる」

「気にすることはないと思うけどな」口先だけだ。七海の怒りと不安は、私にも確実に伝染している。

「お前が気にしなくても、俺が気にするんだよ」七海が私の顔を射抜くように見た。

「クソ、嫌な予感がする」

七海の嫌な予感は、ほどなく本物になった。だがそれは、彼ですら想像できなかったであろう形での凶事であった。

2

私が借りている小さなコンドミニアムは、クイーンズの北の外れ、地下鉄N線とW線の始発駅であるアストリア・ディトマース・ブルバードの近くにある。元々ギリシャ系の人たちの街だったそうだが、今はイタリア系、韓国系、日系と世界各地の出身者が住む国際色豊かなコミュニティになっている。駅前の新聞スタンドにギリシャ語の新聞が置いてあったり、ベンチで老人たちがギリシャ語らしい言葉で会話を交わしたりしているのが、過去の名残だ。マンハッタンまでは地下鉄で二十分ほどかかるが、物価も安いし治安も安定している。高い建物がないせいで空がよく見えるし、道路にゴミも少ない。日中はそこそこ賑わうが、行き交う人の顔もマンハッタンに比べればのんびりした様子だ。駅前には安い品揃えのスーパーが二軒、卵にベーコンの朝食を二ドル七十五セントで食べさせるダイナーが数軒――何故かどの店も値段は同じだ――に、ちょっとした買い物に使えるコンビニエンスストアのＣＶＳやスターバックスもあり、独身者が住むにも便利な街である。

前任者から引き継いだコンドミニアムは小さなワンルームで、寝室の窓から見えるのは隣のビルの非常階段だけである。これで月八百ドル取られるが、居心地は悪くない。東京では一軒家を借りて住んでいたが、あの家は一人暮らしの身には広過ぎた。

取るものも取りあえず、ブーツを脱ぎ捨てて磨き始めた。コードバンは粘り気のある履き心地が特徴だが、磨きこむと独特の深い光沢が出るのも気に入っている。たっぷり時間をかけて、暗い茶色のアッパー部分に顔が映りそうになるまで磨き上げた。

部屋にはほとんど何もない。存在感を主張しているのは、こちらに来てからすぐに買い揃えたダンベル数種類とベンチだけだ。これがあれば、上半身のトレーニングをほとんどカバーできる。昼間寝たせいで時差ぼけ気味だったが、休む前に無理に体を動かしておくことにした。まず二十キロのダンベルを使ってチェストプレスを十五回ずつ三セット。その後に、ベンチに膝をついてダンベルを引き上げる格好で背中の筋肉を鍛える。汗が吹き出て、眠気が吹き飛んだ。さらに、十キロのダンベルを両手に持ち、ショルダープレスを十五回ずつ二セットこなす。最後はアームカール。片手で二十回、二セットずつで終わりにした。本当は筋トレの前に走って体を温めた方がいいのだが、いくら安全な街と言っても、夜のジョギングは躊躇《ためら》われる。

後はたっぷりのミネラルウォーターとシャワーだ。冷蔵庫からボトルを取り出し、口をつけたところで携帯電話が鳴り出した。

「鳴沢？」日本語だった。しかも忘れようもない女性の声。

「ちょっと待ってくれ」ボトルをテーブルに置く。「国際電話だけど、大丈夫だよな」

「分かってるわよ、それぐらい」

「何かあったのか？」

「まさか」電話の向こうで乾いた笑い声が上がった。

「それならいいけど」椅子を引いて座った。小野寺冴《おのでらさえ》。かつての相棒だが、今は警察を辞めて私立探偵をしている。ほとんど会うこともないが、忘れた頃に電話をしてきて私をどきりとさせる。それを狙っているのではないか、と訝《いぶか》ることもあった。「で、どうしたんだ」

「ちょっとね」

「もったいぶらないでくれよ」掌《てのひら》を広げて額を揉んだ。海外で暮らしていると、日本からの電話が怖くなる。誰かが死んだ知らせではないかと思ってしまうのだ。

「今《こん》のことなんだけど」

「太り過ぎて死んだんじゃないだろうな」

冴が電話の向こうで屈託なく笑った。今敬一郎《けいいちろう》とは、かつて奇妙な事件に巻きこまれたことがある。彼自身、その事件と同じぐらい奇妙な人間だった——いずれ刑事を辞めて静岡の実家の寺を継ぐ、と公言しているのだから。

「確かにまた太ったみたいだけど、それはどうでもいいの。ついに辞めることにしたみたいよ」

「マジかよ」

「来月辞表を出して、静岡の寺に引っこむんだって」

「そうか」私は唇を指先で撫でた。「俺は冗談だと思ってたんだけどな」

「そう？」

「あいつは根っから刑事だからね」

「坊主になっても人助けはできるでしょう。それは刑事の仕事と同じじゃない？」

「そうかもしれない。それにしても、俺には何の連絡もないな」

「別れを惜しんでるのかもしれないわよ。あなたと話したら泣いちゃうとか」

「あいつがそんなタマかよ」笑い飛ばしてやったが、今のことをそんな風に言うべきではないことは分かっている。警視庁内での貴重な仲間なのだ。叩かれても何とも思わないタフさ——あるいは鈍さ——や、馬鹿にされているのかと思えるほどの慇懃《いんぎん》な態度が、懐かしく思い出される。「そのうち、こっちから連絡してみるよ」

「その前に、毛筆で書いた挨拶《あいさつ》状が届くかもしれないわよ」

「毛筆？」

「あいつ、書道四段なのよ」

「知らなかった」

「奥が深い人間だから――体格と一緒で」

私たちは心地良い笑いを交換し合った。こうやって重石を感じずに冗談を飛ばし合えるのをありがたく思う。かつては情が通じ合ったと感じたこともあったが、あまりにも似過ぎていたがゆえに、私たちは一緒にいられなかった。その頃の重い気分は次第に薄れ、今は普通に話せるようになった――ような気がする。

「で、警視庁内の反応は？」

「どうかな。私はもう外の人間だから、よく分からないわ。でも、特に反応はないんじゃない？　前から辞めるって言ってて、その通りになっただけだから」

「そういうのは口先だけだって思ってた奴も多いんじゃないかな」

「私は本気にしてたわよ。まあ、あいつがいなくなれば少しはすっきりするわね」

「そんなに嫌うなって」二人は、顔を合わせると真剣で切り結ぶように言葉をぶつけ合っていたものだ。

「東京の空気も少し濃くなるんじゃない？　あの坊主一人で三人分ぐらいの空気を吸っ

てたはずだから」

「警視庁の食堂は、あいつにだけは特別待遇で、黙って飯を大盛りにしてたらしいね」

「お寺に入ると、やっぱり肉とか食べなくなるのかな」

「どうだろう。後で聞いてみるよ。でも、それなりの覚悟はできてるんだろうな」

「覚悟があることだけは認めるわ。それ以外には何もないけどね……ところで、そっちはどう？　彼女と上手くいってる？」

「何とかね」

「大事にしてあげないと駄目よ」

「分かってる。だけど、君にそういうことを言われるのは変な感じだな」無意識のうちに耳の裏を掻《か》いた。

「いいから、いいから」冴は今にも笑い出しそうな口調だった。「そういうの、もうやめない？　普通に話してるだけなんだし」

「そうだな」彼女は――少なくとも表面上は、すべての想い出をアルバムに張りつけて書棚の奥深くにしまってしまったように見える。取り出して眺めることもなく、降り積もる埃《ほこり》は年々厚くなる一方だろう。

「で、ニューヨークに永住する決心はついたの？」

「まさか」笑い飛ばした後で、あながち冗談でもないと思い直した。日本へ戻ることに何の意味があるのか。ここには優美が、勇樹が、そして七海がいる。市警の刑事たちとのつき合いも上手くいっていると言っていいだろう。この数か月ほど、かつて感じたことのない解放感に包まれているのは事実だ。

「でも、ニューヨークは悪くないでしょう。何だか自由な感じがするよね」

「そうだな。街を歩いてても、何だか気持ちが楽なんだ。もちろん、安全になったって言っても、まだ危ない場所も多いけどね」

「鳴沢の家の辺りはどうなの？」

「ここは比較的安全だよ。ドラッグでラリって銃をぶっ放す奴もいないし、俺が来てから事件らしい事件は一件もないな」

「私もそっちに遊びに行こうかな。最近、海外へも全然行ってないし」

「それなら、野球のチケットぐらいは用意しておくよ」

「いいわね。じゃ、誰か一緒に行く人ができたら連絡するから」

「一人で来ればいいじゃないか」

「十何時間も一人で飛行機に乗ってるのは馬鹿馬鹿しいでしょう」

「そうだな。でも俺は、秋には日本に戻るんだよ」

「じゃあ、それまでにもしもチャンスがあったらってことにしましょうか。彼女によろしくね」

電話を切って、さして長くもない会話の中で優美の話題が二回も出てきたな、と思い出した。冴が、今でも私のことを気にしている何よりの証拠かもしれない。かといって、私に何ができるわけでもないのだが。彼女にしても同じことだろう。

筋トレで温まった体をクールダウンすべく、まず冷たいシャワーを浴びた。それから徐々に温度を上げ、肌がひりひりするまで我慢してから、最後にまた冷水に戻す。髪をタオルで拭《ぬぐ》いながら、窓辺に置いたベッドに寝転がった。カーテンの隙間《すきま》から、隣のビルの非常階段が見える。アフリカ系アメリカ人の少年が一人、長い脚を折り畳むようにして四階の階段に腰かけ、ハーモニカを吹いていた。窓を細く開けると、うねるようなメロディが耳に飛びこんでくる。時折車の音に邪魔されて切れ切れになったが、胸に深く染み入る音色《ねいろ》だった。

クール・Jが消えた。

売人の行動パターンというのは決まっているもので、サラリーマン並みに正確な毎日を送っている人間も珍しくない。仕入れる、売る、稼いだ金を使う。どれもごく狭い半径の中で行われる。パターンを崩し、手を広げると穴ができやすいからだ。決まりきったパターンで動いていれば、どこで用心すればいいかも分かってくる。

車の中でミックが悪態をついた。

「あのクソ野郎が。コロンビアに帰りやがったか」

「それならそれでいいじゃないか」私は腹の上で両手を組み合わせた。「ニューヨークからワルが一人いなくなれば、それだけ平和になる」

「俺は、この手であいつをぶちこみたかったんだよ」ミックがハンドルに拳《こぶし》を叩きつけると、クラクションが間抜けに鳴った。「奴はな、アメリカに来たばかりの頃に、ブルックリンで起きた強盗殺人事件に係わってるんだ。それは間違いないけど、証拠がない。麻薬で挙げられれば、それを突破口にできたはずなんだ」

「どんな事件だったんだ」

「一家五人皆殺し」ミックの口調が熱を帯びる。「家に押し入って、まず留守番していた年寄り二人を殺した。金目の物を漁《あさ》ってる時に、家の主人夫婦と一人娘が帰ってきてな、現場を見られたんでその場で三人とも殺しやがったんだよ。全員、後頭部に一発ぶちこまれてた。子どもは五歳だったんだぜ」

「それなのに、その後も平気な顔で動き回ってるわけだ」

「あんた、それ、皮肉か？」ミックが険しい形相で私を睨みつけた。

「そういうつもりじゃない」

「ああ」ミックが肩を上下させて緊張を解く。午後の陽射しが車内に満ち、額に載せていたサングラスを下ろした。「とにかく、奴がその事件に係わってたのは間違いないんだ。ヤクの売買を始めたのはその後だけど、奴にすれば出世みたいなもんだったんじゃないかな」

「荒っぽい仕事は卒業、か」

「そういうこと」ミックが固めた拳を口元に持っていった。苛立《いらだ》ちが募るに連れ、ガムを嚙む口の動きが速くなる。「まったく、こんなことなら、他《ほか》の人間になんか監視を頼むんじゃなかった。俺とあんたなら、絶対に見逃さなかったはずだぜ」

「ああ」

「市警も、職員の採用基準をもっと厳しくすべきなんだよ。まともな仕事ができるかどうかぐらい、顔を見ただけでも分かるだろうが。こんなことじゃ、ニューヨークは八〇年代に逆戻りだぜ」

ニューヨークの治安は、八〇年代にひどく悪化した。九〇年代に入って「破れ窓理論」――窓の破れた建物を放っておくと、そこから治安が悪化する――に基づいて徹底的な防犯作戦を展開してからは、犯罪件数も激減したが、私には表面的な落ち着きにしか見えない。ニューヨークにはありとあらゆる種類の人間が八百万人も住んでいるし、日々人は入れ替わる。そして、新しい人間は新しい犯罪を持ってやって来るのだ。それに、9・11以降、明らかに街の空気が変わったという話を多くの人から聞いている。連帯の気持ちが強まったのと同時に、どうしても疑念を感じてしまうのだという。恐怖と悲しみを乗り越えるために見知らぬ隣人とも手を握り合うが、本当は誰が敵なのか、常に疑いを消すことができない。

ミックは、車をクール・Jのコンドミニアムの前につけた。汚い街だ。表通りは人出も多く、凝った作りのカフェや小綺麗なブティックが建ち並んでいるのだが、一歩裏道に入ると、石畳の道路は凸凹だし、建物は老朽化して汚れるがままになっている。どちらが本当のソーホーの顔なのか。本音は大抵、裏に隠されているものだが。

「奴の部屋は三階だ」ミックが、ウィンドウ越しにコンドミニアムを見上げる。茶色いレンガの外壁は黒く汚れ、しかも建物全体が何となく歪んでいる。だが、当然内装には金をかけて綺麗にしているのだろう。「消えたのは昨日の夜――というか今日の未明だ。俺とあんたが熟睡してる頃だよ。例によって夜遊びを終えて帰る途中で、尾行に気づいたらしい。マンハッタンの街中を逃げ回った後、ブルックリン方面に消えて、そこで見失ったそうだ」

「どうして気づかれたんだろう」

「もしかしたら、もうとっくに分かってたのかもしれん。あの連中は異常に用心深いからな。とにかく鼻が利くんだよ、あいつらは。コカインをやってる割に、鼻の粘膜は敏感なんじゃないか」ミックが自分の鼻を親指で押し潰す。さっと私の方を見ると「冗談だぜ」とつけ加える。

「分かってる」

「なら、いいけど。クソ、高飛びしやがったかな」

「空港は？」

「押さえてある」

「だったら、少なくとも国外へは逃げられないはずだ。最近、空港のチェックは厳しいからな」

「それは建前だぜ。空港のセキュリティの連中なんて、いい加減なもんだ」ミックが鼻を鳴らす。「俺は基本的に、あいつらを信用してない。信用していいのは自分と仲間だけだ。違うか？」

「あるいは」

「あーあ」ミックがハンドルに両手を載せ、力なく首を振った。「一年も追いかけてたんだぜ。他人のヘマのせいで逃げられたとなったら、死んでも死に切れない」

「まだチャンスはあるさ」

「あんたは気楽だよな」ミックが盛大に溜息をついた。「あくまで研修なんだから。もうちょっとすると別の部署へ行くんだろうし、いずれは日本に帰っちまう」

「ここにいる限りは全力でやる。俺は遊びに来たわけじゃないんだ」

「あ……ああ」ミックがぼんやりと前を向いたまま答える。「そうだな。悪かった。ちょっと苛々してるんだ」

「分かってるよ」ミックの肩を一つ叩き、車のドアを押し開ける。

「どこへ行くんだ」

「本人がいないなら、ちょっと覗いてみてもいいんじゃないかな」

「そいつはまずい」ミックも道路に降り立ち、車を挟んで向かい合う。「奴はここへ帰ってくるかもしれない。部屋に誰かが入ったら、すぐに分かるぜ。それなりに防犯システムも用意してるだろうし」

「中に入るつもりはないよ。外から様子を見るだけだ」

「無駄じゃないのかね」

「昼間はこの辺を見てないからな。夜は見逃してたものが見つかるかもしれない」

「ま、お好きにどうぞ」ミックが肩をすくめる。すっかりやる気をなくしている。

歩き出した途端、携帯電話が鳴り出した。優美。珍しいことだ。仕事中だと分かっていれば、まず電話はしてこないのに。だいたい今は、彼女も大学で講義を受けている時間帯のはずだ。

「はい」

「了？　大変」珍しく、声に緊張と怯《おび》えが滲《にじ》んでいる。

「どうした？」

「勇樹が——」

「何かあったのか？」一瞬時に私の鼓動も跳ね上がった。クソ、ここはニューヨークだ。何が起きてもおかしくない。

「帰って来ないのよ」

「今日のスケジュールは？」

「午前中学校へ行って、二時までボイストレーニング」

「まだ四時じゃないか」

「あの子、ふだんは寄り道しないのよ。エージェントにちゃんと送り迎えしてもらってるでしょう」

「エージェントとは連絡が取れたのか」

「ええ」優美の声に苛立ちが混じる。「帰る途中で、勇樹が『ちょっと寄りたいところがあるから』って車から降りて……」

「何でちゃんと見てなかったんだ、奴らは」電話を握り締める手に力が入る。ぎしぎしとプラスチックが歪む音がした。

「分からないわよ！」優美が爆発する。「今は、そんなこと言っても仕方ないでしょう。ねえ、どうしたらいい？　警察に届けた方がいいかしら」

「いや、まだ受けてくれないだろう」二十四時間は様子を見ろ、と言われるのが関《せき》の山だ。勇樹は有名人だから対応は早いかもしれないが、それにしても、行方《ゆくえ》が分からなくなってまだ二時間しか経っていない。「とにかく、どこかで落ち合おう」

「分かった」優美が息を呑む。不安に怯え、ふだんは決して見せない弱さが覗いていた。

「家へ戻るわ」

「俺もそっちへ行く」

電話を切り、一つ舌打ちをする。この街には、太陽の明るさと引き合うだけの闇がある。その闇に呑みこまれたら、簡単には抜け出せない。私のただならぬ形相に気づいたのか、ミックが車から出て来た。

「どうした」

「ガールフレンドの息子が行方不明になった」

「何だと」ミックの表情が凍りつく。

「二時間前から連絡が取れない」

「どういうことだ」ミックが車のルーフを拳で叩く。

「詳しく事情を聴いてみないと分からない。これから家へ行ってみる」

「送ろう」車に乗りこむと、私がドアを閉め終える前にミックがアクセルを踏んだ。タイヤを鳴らして、フォードがソーホーの裏道を走り出す。

「あんたのガールフレンドの息子って言うと、あれだろう、『ファミリー・アフェア』に出てる子だよな」

「ああ」

「コネを使え。ガキが行方不明になっても、警察は二十四時間は様子を見てるだけだぞ。有名人なら早く動く」

「分かってる」

誘拐、ということを考えていた。勇樹は顔を知られているし、金を狙って誘拐しようとする人間がいてもおかしくない。クソ、どうする。

雲が暗く垂れこめ、六月らしからぬ寒さが身を凍りつかせた。


その場を仕切っていたのは、ネットワーク局のプロデューサーだった。名前は確か、レスリー・ムーア。ネクタイなしでシアサッカーのジャケットを羽織り、シャツのボタンを二つ開けていた。日に焼けた顔には深い皺《しわ》が刻まれている。仕事よりもゴルフに時間と熱意をかけている証拠だ。一度会ったことがあるだけだが、その時にちらりと見えた傲慢さが、今日は一段と鼻につく。

「いや、困った……だけど大丈夫だ。ユウキはどこかに寄り道してるだけだ……と思う」気さくに優美の肩を叩き、落ち着かせようとする。しかし言葉があやふやなので、親しげな動作も何の効果も生まない。優美はそっぽを向いて部屋の中を歩き回り始めた。顎《あご》に手を当て、うつむいたまま。私に気づくと一瞬顔を上げたが、不安そうな表情は消えない。近づいて来て、倒れるように私の胸に頭を預けた。何も言わず、小さな背中を撫でる。体温は高く、鼓動も早い。

「とにかく座ろう」肩を抱いたまま、ソファに誘導する。足元はおぼつかなく、私は九十ポンドの荷物を抱えたまま歩いているようなものだった。

ようやく優美を座らせたところで、ムーアと向き合う。

「あなたは？」ムーアが目を細めた。

「ニューヨーク市警のナルサワです」

「お会いしたことがあるかな？」

「一度……状況を教えて下さい」

「まだ警察には届けていない」ムーアが親指を噛んだ。「上の方針もあってね。大事にはしたくないんだ。しばらく状況を見たい」

「私は警察官としてじゃなくて、彼女の友人として来たんです」

「そうか、それならいい」腕組みをし、私の顔を正面から覗きこむ。ちらりとキッチンの方に目をやった。「状況だったら、私じゃなくてそこにいる馬鹿者に聴いたらどうだ」

「彼は？」

「ユウキの付き人だよ。そう名乗るのもおこがましいがね」

三十歳ぐらいのアフリカ系アメリカ人の男が、両手をきつく組み合わせて腹に置き、床に視線を彷徨《さまよ》わせていた。ほっそりとした体型の小柄な男で、見た目にも頼りない。キッチンの方は陽が射さないので、黒い肌が闇に溶けこんでいた。明るい茶色の革ジャケットの肩には黒い染みがついている。先ほどから降り出した雨に濡《ぬ》れたのだろう。

「座って下さい」男に声をかける。ようやく顔を上げたが、その場を動こうとしなかった。仕方なく、腕を引いてダイニングテーブルに着かせる。緊張させないよう、正面ではなく横に座った。

「あなたの名前は？」

「マイケル・キャロス。ユウキのエージェント会社のものです」

「マイケルと呼んでも？」

「ええ」

「結構。私はリョウ・ナルサワ。ユウキの友人です。リョウと呼んで下さい」握手を求めた。震える手は冷たい汗で湿っている。人生最大の失敗に直面すれば、そうなるのは当たり前だ。面長の顔色は蒼褪《あおざ》め、分厚い唇は震えている。

「できる限り正確に思い出して下さい。ユウキがいなくなった時の状況は？」

「二時にボイストレーニングが終わりました」

「場所はチェルシーでしたね」

「ええ。それですぐに車で出たんですけど、ユウキがちょっと寄りたいところがあると言って遠回りしたんです」

「場所は？」

「ビレッジ」

グリニッチ・ビレッジか。チェルシーから見れば南東の方角になる。

「そんなところに何の用が？」

「それは聞いてません……」

「言う通りにしたんですか」

「どうしても、と言われたので」

馬鹿な。子どもを一人きりで置き去りにするとは、どういうつもりなのか。知らぬ間に凶暴な表情になってしまったのだろう、キャロスの顔に恐怖の色が浮かぶ。

「ビレッジのどの辺りで下ろしたんですか」

「ワシントン・スクエア・パークです」

「公園の中で？」

「いや、外です。『二時間ぐらいで戻るから』と言われて……」

「言われた通りにしたわけだ」

私の指摘が耳に突き刺さり、キャロスの顔色が薄くなった。

「とにかく、ユウキの携帯にかけてみよう」優美の方を向いて言った。弾かれたように彼女が立ち上がり、自分の携帯を手にする。こんな簡単なことを今まで忘れているとは。

普段は、自分の背中まで見えるような女なのだが。

「出ないわ」消えそうな声で言って、彼女が電話を耳から離した。

「かけ続けるんだ」強い口調で命じておいて、キャロスに向き直る。

「どこへ行ったか、見当はつかないんですか？　今までにこういうことは？」

「何度か」

「おいおい」ムーアが割って入った。キャロスに覆い被さるようにして、テーブルに拳を叩きつける。「頼むよ。えらいことになるんだぞ。俺は番組と視聴者に責任を持ってるんだ」

「すいません」額がテーブルに付くほど深く、キャロスが頭を下げた。

「ここで謝られても仕方ない。まったく、どうして家までちゃんと送ってこなかったんだ」

「私が一緒だと息が詰まるんじゃないかと……」

「冗談じゃない」キャロスの言い訳をムーアの溜息が断ち切った。「息が詰まる？　ユウキはスターなんだぞ。多少息苦しい思いをするのは仕方ないじゃないか。彼には、大勢の人間に笑顔を見せる義務があるんだ。それで金も稼いでる。自由になれるのは、誰も見向きもしなくなった頃なんだよ。それがテレビの世界の現実ってもんでね」

「勝手なこと言わないで、レス」優美が腕組みをしてムーアを睨みつけた。

「ああ、すまない、ユミ」ムーアが額に手を当てる。芝居がかった仕草に、私は胃の底で怒りが渦巻き出すのを感じた。当然、ムーアはそれに気づきもしない。「でも、大丈夫だよ。ユウキは有名人だからな。どこかで道に迷ってるとしても、きっと誰かが助けてくれるさ。彼はアメリカのアイドルなんだから」

何という愚かなことを。一つのテレビ番組は、確かに数千万人に影響を持つ。だが大多数の視聴者は、それが画面の中の絵空事だと分かっているのだ。自分には関係ない世界の出来事だと思っている。確かに勇樹は目立つかもしれないが、何かあった時に誰かが助けてくれる保証はないのだ。

「とにかくうちの会社から人を出して、あの辺りを捜します」立ち上がったキャロスが辛《かろ》うじて声を絞り出した。

「頼むよ、ミスタ」ムーアが首を振りながら言った。「まあ、大したことはないと思うがね。窓の外を見てた方が早いかもしれないよ。ユウキは元気に帰ってくるさ」

「とにかく、ここにいても仕方ない。我々も捜しに行きましょう」私は立ち上がったが、ムーアは渋い顔をして首を振った。

「ここに誰か連絡係がいた方がいいんじゃないか。私が残って……」

「それは彼女が引き受けます。捜す人手はいくらあってもいい。あなたもそちらをお願いします」

「いや、それはね……」俺の仕事じゃない、とでも言いたいのか。私が一歩詰め寄ると、途端にムーアがぎょっとした表情を浮かべた。その視線は、きつく握り締めた私の拳を見下ろしている。

「ヘイ、リョウ、そこまでだ」七海の鋭い声が、私を現実に引き戻した。振り向くと、リビングルームの入り口で、彼のほかに数人の男たちが一塊になっている。知っている顔もいた。市警の刑事たちだ。

「熱くなるなよ、了」七海が今度は日本語で忠告した。

「ああ――分かってる」拳を開く。じっとりと汗をかいていた。

「お前が熱くなったって、勇樹は見つからないぞ。これから捜索を始める。そのつもりで援軍を連れてきた。警察が正式に動き出す準備ができるまでは、俺たちで捜すんだ。非番の人間を引っ張ってきたから、手分けして始めよう」そこから先は英語に切り替え、背後に控える刑事たちに指示を飛ばし始める。

「すいません」優美が力なく言って頭を下げた。立っているのがやっとという感じで、ほどなく倒れこむようにソファに座る。

「お前はここにいてくれ」七海が優美に命じる。彼女は虚《うつ》ろな目をしたまうなずいた。誰かがついていてやらないと。ここで彼女の手を握っていたい。だが私が捜さなくて、誰が勇樹の足跡を追うのだ。

「あんたたちも、すぐに出かけてくれ」七海がキャロスとムーアに命じる。キャロスは弾かれたように立ち上がってドアの方に向かったが、ムーアは依然としてむっつりした表情を浮かべて腕組みをしていた。

「私はここにいた方がいいと思うんだが」ムーアが抗弁したが、七海はそれを許さなかった。

「あんたには部下も多いよな。そういう人間を使って、ユウキがいなくなった付近一帯を虱潰《しらみつぶ》しにしてくれ」

「しかし、私は――」

「愚図愚図言ってると、あんたの局を叩き潰すぞ」

「おいおい、君のジョークは暴力的だな」七海の脅迫を、ムーアが笑顔で切り返した。

「ジョークじゃない。あんたのオフィスに押しかけて、一部屋丸ごとぶっ潰してやってもいいんだぜ」

ムーアがなおも抵抗しようと口を開けたが、結局折れた。七海は体も大きいし、何も恐れない。しかも、ある一線を越えると一切冗談が通用しなくなるのだ。相手がテレビ局の人間だろうが上司だろうが容赦はしないだろう。

人が出払った広いリビングルームは、急に空っぽの空間になった。私は七海と一緒に出て行こうとしたが、優美の鋭い声に引き止められた。

「ちょっと話があるの。二人とも聞いて」勇樹が行方不明になっていることよりも重大な問題を打ち明けようとでもいうのか、その顔は緊張で白くなっていた。

「何だよ、話って」七海が腕時計を見下ろした。「話すよりも大事なことが――」

「あいつなの？」

優美の言葉が部屋の空気を凍りつかせる。あいつ――それが誰なのかは、その場にいた三人とも分かっていた。

「誘拐だとしたら」優美が唇を噛み、言葉を切った。言ってしまえば口が汚れるとでも思っているのかもしれない。

「まさか」七海が乱暴に吐《は》き捨てた。「あいつじゃないの？」

「ねえ、そういう可能性も考えた方がいいんじゃない？　だって、仮にも自分の子どもなのよ」優美が立ち上がり、七海の腕を摑んだ。体は半分ほどしかないのに、七海の方が押されている。

あいつ。別れた夫だ。中国系アメリカ人で、ロスで弁護士をしていたのだが、結婚後、優美に暴力を振るうようになり、それが原因で二人は離婚した。優美は二十代前半の数年間を失った代わりに巨額の慰謝料を勝ち取り、夫は転落した。職と金と名誉を失い、今はロスのダウンタウンで男娼に身をやつしている。

「それはありえない」七海の否定は弱々しいものだった。

「どうして」優美が七海の体を揺さぶった。「私ね、勇樹がテレビに出る話が来た時、それだけが心配だったのよ。顔を見れば、分かってしまうでしょう。もしも勇樹を連れ戻しに来たら――」

「だから、それはありえないんだ」

「どうして」

「奴は今もロスにいるから」渋々七海が打ち明けた。

「どうして分かるの」

「座れ」七海が優美の両肩を抱いてソファに座らせた。自分は跪《ひざまず》き、優美の両手を取ったまま続ける。「俺も、勇樹がいなくなったって聞いて、まずそのことを考えた。それですぐに確認したんだ。あいつは間違いなくロスにいる」

「どうしてそんなことが分かるの」

「ロス市警に知り合いがいるから――」

「いい加減なこと言わないで」優美が言葉を叩きつけた。「勇樹がいなくなって三時間も経ってないのよ。そんなすぐに、あいつのことが分かるわけないでしょう」

「それは……」七海が唇を舐めた。

「もしかしたら、知ってたの？」

「知ってたというか……」

「知ってたのね」

「しょうがないだろう」ついに声を荒らげて、七海が立ち上がった。「俺だって心配だったんだよ。離婚した後も、未練たっぷりにストーカーじみた真似をしている人間もいるんだぜ。奴がお前に迷惑をかけないように、ずっと監視してたんだ。ロス市警の知り合いに頼んでたのは本当だぜ」

「何してるの、今」

「それは聞かない方がいい」

「私には聞く権利があると思うけど」

「知らない方がいいこともある」

「あなたも知ってたの？」優美の視線が私を射抜いた。

「ああ」

「了は関係ない」七海が慌てて釈明した。「俺が勝手に教えたんだ」

「知ってて黙ってたのね」優美の追及は終わらない。

「そうだ」短く認めてうなずいた。

「どうして黙ってたの？」優美が拳を腿《もも》に叩きつける。「私には知る権利があるでしょう」

「今はそんなことを言ってる場合じゃないだろう」私は彼女の両腕を摑んだ。「とにかく勇樹を捜さないと。七海、お前もここにいてくれないか。連絡役を頼む」

「……分かった」不承不承、七海がうなずく。「連絡を入れてくれよ」

「分かってる」

優美の肩に手を置き、二度、三度と揺さぶった。怒りは瞬時に消え、魂を抜き取られたように体が揺れるだけだった。

言わなかった理由？　優美を過去から解き放ちたかったからだ。暴力で覆われた不幸な結婚など、人生に何も残さない。さっさと忘れて、毎日新しいページに新しい人生を書きこみ続けて欲しかった。

3

六〇年代から七〇年代にかけてアートの街として賑わったグリニッチ・ビレッジは、今もその面影を色濃く残している。古いが趣《おもむき》のある建物が建ち並び、路地裏に入れば、小さなライブハウスや隠れ家のようなバーが遠慮がちに客を歓迎する。ニューヨーク大学があるためか、学生向けの安い飲食店も多い。

勇樹が車を降りたワシントン・スクエア・パークは、講義の合間に一息つこうというニューヨーク大学の学生たちで賑わっている。公園の中から捜索を始めたが、夕闇が迫り来る中、気持ちばかりが焦った。公園内でだらだらとたむろしている学生たちに話を聴いてみたが、反応はない。だいたい、勇樹がこの公園にいるという保証はないのだ。

公共交通網の発達したニューヨークで、どこかに姿を隠すことは、子どもでも難しくない。地下鉄は、ワシントン・スクエア駅にF線、V線など七路線が集中しているが、N線、R線、W線のニューヨーク大学駅も十分徒歩圏内に入る。もちろん、バスも計算に入れなければならないし、タクシーを拾った可能性も捨て切れない。そう考えると、勇樹が自らの意思で姿を消したという可能性も強く浮上してきた。スケジュールに縛られて、毎日息苦しさを感じているのは間違いないのだから。家出というほど大袈裟《おおげさ》でなくても、ちょっと息抜きをしたくなっても不思議ではない。

「リョウ！」公園の中ほどにある噴水のところに戻って来ると、興奮した甲高い声で呼びかけられた。立ち止まると、先ほど優美の家に来ていた刑事の一人が手を振っていた。研修中に知り合ったジャック・オブライエン、アイルランド系の澄んだ蒼い目が目立つ男である。私よりやや背が低いが、肩の辺りにはがっしりと筋肉がついている。同い年なのだが、金髪の耳の上辺りには早くも白髪が混じり始めていた。短くうなずき、震えるような声で私に語りかける。

「目撃者が出た」

「どこだ」

「M8路線の西八丁目・六番街の停留所だ。ほんの十分前だよ」

「何でそんなところに」頭の中でマンハッタンのバス路線図を思い描く。駄目だ。バスの路線は地下鉄よりもさらに複雑に入り組んでおり、M8がどの辺りを通っているのかさえも分からない。

「分からん。ただ、ワシントン・スクエア・パークからそう遠くない」

タクシーを摑まえる。私が左に、ジャックが右に回り、同時に乗りこんだ。

「で、目撃者は？」

「七十二歳のバアサン。二階の窓から、たまたまバス停を見てたそうだ」

「ユウキは何をしてたんだ」

「バスに乗り込んだんだが、ひどく慌てた様子だったらしい。でも、これで一安心だな」ジャックが胸を撫でる。

「ああ」相槌《あいづち》を打ったが、勇樹の顔を見るまでは安心できない。ジャックが、消えない私の不安に気づいたようで、柔らかい声で話しかける。

「少なくとも、誘拐された可能性は低くなった。自分の意思でバスに乗ったんだろう」

タクシーは夕方の渋滞を縫って走り、問題のバス停に十分で到着した。ニューヨーク市内ではお馴染みの青色のバス停を見下ろす位置に、七階建てのコンドミニアムがあり、その前に覆面パトカーが一台停まっている。二階の部屋へ向かおうとタクシーを降りた途端、ミックが建物から飛び出してきた。顔面は蒼白で、何か悪態を吐いている様子だった。

「ミック！」

声をかけると、車に乗れと合図だけして、覆面パトカーに上半身を突っこんだ。助手席の携帯電話を摑んで、大げさに身振りを交えながら喋り始める。私とジャックは後部座席に滑りこんだ。電話を終えたミックが「クソ」と短く悪態をつき、車に乗りこんでエンジンをかける。事情を聴く暇も与えず、タイヤを鳴らしながら車を出した。フェンダーが消火栓を擦りそうになり、慌ててハンドルを大きく切る。後ろに迫る車のクラクションが激しく怒鳴った。

「目撃者に話を聴いてくれたのか？」

私の問いかけに、ミックは「ああ」と短く答えるだけだった。苛立ちを隠そうともしない。

「どうした」

「すまんが、一大事だ」

「何かあったのか」

「バスジャック」

「バスジャック？」

「そう、バスジャックだ」荒々しく言葉を叩きつけて、ミックがハンドルに拳を打ち据える。「奴がやったんだよ、クール・Jが」

「何だって？」

「あのクソ野郎が……」ミックの肩が大きく上下し、息が一気に漏れた。

「どうしてクール・Jだと分かったんだ」

「市警に電話してきやがったんだよ、奴は。どうかしてるぜ」

姿を消していたはずのクール・Jがマンハッタンに舞い戻り、バスジャックをする。何のために？　一瞬頭に浮かんだのは、ドラッグがあの男の脳みそを溶かしてしまったのではないかということだ。論理的な思考ができなくなれば、一瞬の断片的な考えがすべてを支配してしまうこともあり得る。

「とにかく、俺は現場に向かう」

「これはあんたの仕事じゃないだろう」

「こんなでかい事件で担当もクソもない」

「バスはまだ走ってるのか」

「あちこち迷走してて、手が出せない。この近くを走ってる路線のバスなんだが、情報がまだ少ないんだ」

「この近くを走ってるバス？」

「おい」ジャックが私の肩を揺さぶった。「まさか……」

「残念ながらそうらしい」ミックが前を睨みつけたまま答える。「そのバスにはユウキが乗ってるはずだ。乗りこんだ直後にバスジャックされたらしい」

血の気が引く。目の前がすっと暗くなった。

「とにかく、あんたは大人しくしててくれよ」運転席からミックが声をかけた。「身内が巻きこまれて焦るのは分かるけど、立場を考えろ」

「そうはいかない」

「お前は研修してるだけなんだぞ。怪我でもしたら、それだけで問題になるんだぜ」ミックの首筋が強張《こわば》り、赤く染まる。

「そんなものが怖くて、刑事なんかやってられるか」

「突っ張るのは勝手だけど、いろいろ問題も出てくるぞ」

「関係ない」シートに背中を埋める。誰よりも大事な子の行方を探すこと。マンハッタンをパニックに陥《おとしい》れかねないバスジャック事件を捜査すること。二つの事件がリンクしてしまった——やるべきことは一つしかない。

「目撃者の話を聞かせてくれ」

「ああ?」ミックが乱暴に言ったが、一瞬息を止めて気持ちを落ち着かせるのに成功したようだ。話し出すと冷静になっていた。「ユウキは、誰かに追われていたらしい。アジア系の人間だったようなんだけど、それで慌ててバスに飛び乗った——」

「ちょっと待て」彼の言葉を断ち切る。不安が胃の中で爆発しそうになっている。「アジア系って、どこだ？　中国か？」

「いや、それは分からないけど、どうして中国系だと思う？」

　思い当たる節は一つしかなかった。


　最悪の事態は免れたようだ。バスは本来のルートを外れ、マンハッタンの街中を西へ、次いで北へ向かい、ミート・パッキング・ディストリクトの外れにある古い空き倉庫に突入した。そこでシャッターを下ろし、中に立てこもっているという。

「よしよし」ハンドルを握ったミックが、自分を納得させるように言った。「これならまだ何とかなる。街中で銃撃戦にならなくてよかったよ」

「重大事項課が出動してる」電話を切ったジャックが報告する。重大事項課の守備範囲は、誘拐から美術品強盗、違法建築の捜査まで幅広い。「となると、こっちの仕事はとりあえず交通整理かな」

　ジャックは追跡班に属している。直訳すれば「冷え切った事件」を扱うセクションであり、犯人不明のまま発生から六か月以上が経ってしまった重大事件を追跡調査するのが仕事だ。ということは、永遠に終わらない仕事ということである。未解決事件は増える一方なのだ。

「交通整理なんかやってられるかよ」ミックがジャックの見通しをやんわりと否定した。「クール・Jは俺の獲物だからな。奴を生け捕りにしてやる」

「お前の気持ちは分かるけど、簡単にはいかないぜ」ジャックが言い返す。「バスに何人乗ってるか分からんが、人の命がかかってるんだ。まずは人命第一だろう。この際、ラテン野郎なんかどうでもいい」

「まったく、ヘマしたもんだよ」自嘲気味にミックが漏らす。「あいつを見失わなければ、こんなことにはならなかったんだ。ミスをした奴らは、俺がケツを蹴飛ばしてやる」

「文句は後にするんだな」ジャックが冷めた口調で諭した。「頭を冷やせよ」

「分かってるって」ミックが思い切りアクセルを踏みこんだ。冷静さの欠片《かけら》もなく、怒りと焦りが彼の右足に力を送りこんでいる。

「この辺りで飯を食ったことがあるか」私の緊張を解《ほぐ》そうというつもりか、ジャックが柔らかい声で話しかけた。

「いや」優美のコンドミニアムからさほど遠くはないのだが、今まで一度も足を踏み入れたことはない。

「俺はこの近くで育ってね。昔は本当に、肉と血の臭いがしたんだよ。ミート・パッキング・ディストリクトっていう名前の通りで、ニューヨークで一番古いとかいうステーキ屋もあるんだぜ」

車は西十四丁目をノンストップで突っ走り、ハドソン川沿いの埠頭に着いた。倉庫が幾つも並んでおり、その一つの前に白地に青のストライプが入った市警のパトカーが集結している。回転灯が凶暴な光を投げかけ、まだ明るいのに投光器の強烈な照明が倉庫を照らしている。上空では数機のヘリが旋回していた。車から飛び出し、私たちは騒動の中心に向かって走り出した。

「リョウ！」呼び声に足が止まる。振り返ると、特捜部の警部、デニス・マッカーシーが大股に歩み寄って来るところだった。研修の最初の頃、何度か講師役を務めてくれたことがある。人懐っこい笑顔が印象的な男だが、今は顔が引きつっていた。回転灯の光を受け、短く刈り上げた灰色の髪が赤く輝く。

「こんなところで何してる」詰問――尋問の口調だった。

「いや――」

「帰れ」私の言葉を遮《さえぎ》って首を振る。「お前は今、麻薬部で研修してるはずだな」

「そうです」

「だったら、ここへ来るのは筋違いだ」

「しかし」

「しかしもクソもない。研修の内容には、こういうことは入ってないんだぞ。我々は、お前の安全に責任を負っている」

「自分の面倒ぐらい自分で見られます。それに、そもそもクール・Jを追ってたのは俺たちなんですよ」

「ここで言い合いしてる場合じゃない。非常時なんだ」一瞬息を呑み、眉根《まゆね》を寄せる。

「お前はお客さんなんだ」

「俺は客じゃない。市警の人間です。だいたいあなたには、私に命令する権利はないはずでしょう」

「私は現場を仕切る命令を受けてここにいる。誰をどう動かすかも私が決める。指揮命令系統ははっきりしてるんだよ。さっさと帰らないと、ケツを蹴り出すぞ」私を見上げながら拳を固める。小柄な男だが、その迫力は有無を言わせぬものだった。

無言で騒動に背を向ける。マッカーシーの視線が後ろから突き刺さるのを感じた。途中で振り返り倉庫を見やる。あの中に勇樹がいるはずだ。寒くはないだろうか。チクショウ、冗談じゃない。己の無力さを恥じながら、私は急いだ。現場から離れることで、少しでも考えをまとめることができるのではないかと思って。だが、喧騒《けんそう》と禍々《まがまが》しい照明から遠ざかるに連れ、思いは砕けるばかりだった。

現場へ乗りつけた七海と合流し、私がハンドルを握った。しばらく、あてどなく街を走り回る。

「とにかく頼む。ああ、言い訳はなしだ。あんたらはそれで給料を貰《もら》ってるんだろうが。そう、分かってるならさっさとケツを上げて動け」

乱暴に電話を切り、七海が舌打ちをした。

「クソッタレのレスリー・ムーアだ。奴にはどんなリンチがお似合いだと思う？」

「よせよ」

「野郎、勇樹を捜しもしないでどこかで呑んでやがったんだぞ。後ろで野球の中継が聞こえた」

「今怒っても仕方ない。当てにできないなら、エージェント会社に電話しろよ」

「そうだな」助手席の七海が再び電話を取り上げ、話し始めた。今度はきちんと話が通じたようで、安堵《あんど》の吐息を漏らしながら電話を切る。「オーケイだ。あいつらも頼りないけどな」

「この際、贅沢は言っていられない」

七時過ぎで、夕方の渋滞の名残がまだ残っていた。一方通行に入りこんでしまい、ブレーキをきつく踏みこむ。

「焦るな」七海が私の肩を叩く。「焦って事故にでも遭《あ》ったらつまらないぞ」

「ああ」肩を上下させて小さく深呼吸した。それきり私も七海も言葉をなくし、道路の凸凹が車を突き上げる音だけが響く。突然七海の電話が鳴り出し、私は無意識のうちにハンドルを握り締めた。

「……ああ。こっちのことは放っておいてくれないかな」七海がぶっきらぼうに応じた。「俺は俺でやってみる。いいんだ。上の言うことなんか無視しろ。で、何か情報は？……そうか、相変わらず動きはなしか」

しばらく相手と話してから電話を切り、深い溜息をつく。

「クール・Jの奴、相変わらずだんまりを決めこんでるみたいだ」

「こんなに長い時間、何の要求もないのはおかしい」拳を唇に押し当てた。

「ドラッグを決めすぎて、脳みそが溶けちまったのかもしれない。だとしたら、自分でも何をやってるのか分からないと思う。つまり――」

「危険な状態だ」短い言葉を吐き出すだけで喉《のど》が痛む。

「その通り」認める七海の声もかすれていた。「何をやらかすか分からん。ミックの野郎もかりかりしてるだろうな。ずっと狙ってた獲物らしいじゃないか」

「分かってる。あいつとはさっきまで一緒だったから」

「どうだった」

「頭から湯気を出してた」

「湯気……ああ、怒ってるってことか」日系二世の七海は、時々日本語が怪しくなる。

「この状況じゃ、強行突入しかないかもしれないな」

「冗談じゃない」私はハンドルを叩いた。「勇樹も人質になってるんだぞ。危険な目に遭わせるわけにはいかない」

「分かってるけど、それを判断するのは俺たちじゃない」七海が拳を口に押し当て、人差し指の関節を噛んだ。「とにかく、このまま放っておくわけにはいかないだろうな」

「クソ、何でこんなことに……」

「ちょっと落ち着こうや」七海が煙草《たばこ》を咥《くわ》えて火を点けた。窓を細く開けると、煙がすっと流れ出す。「そもそも勇樹は、どうしてあんなところにいたんだ」

「分からない」

「簡単に言わないで考えてみようぜ。いつもお守りをしてくれるエージェントの人間から逃げ出したわけだろう？　それも、今日だけじゃなかった。あいつ、そんなに不満だったのかな」

「俺はそうは思わないけどな。仕事も面白いって言ってたし、ボイストレーニングもダンスのレッスンも楽しそうにやってる」

「だけどあいつ、妙に大人びてるだろう。周りの人間をがっかりさせたくないと思って、楽しそうに振る舞ってただけじゃないのか」

「この件に限ってそれはない」自分に言い聞かせるように断じた。会話が途切れる。横を見ると、七海が唇を嚙んでいた。私の視線に気づき、柔らかい笑みを浮かべて見せる。

「そうか、ないか」

「何が言いたい」

「今は、お前の方が勇樹のことをよく知ってるんだよな」

「……ああ」

「だったらお前が無事に助け出してやらないと。父親として」

返事はしなかった。そんなことは分かっている。勇樹に何かあったら、私は刑事である前に父親として失格だ。現場に戻るため、強引に左折の車線に割りこんだ。後続の車のクラクションが耳に突き刺さる。

「それより心配なのは、勇樹がアジア系の男に追われてたことだ」

「ああ」私の指摘に、七海の顔が暗く淀《よど》む。「奴らかもしれない」

「俺は一度、家の近くでトミー・ワンを見てる。それで今度はこれだ。偶然にしてはでき過ぎだな」

「そういうこと」七海が深い溜息をついた。「クソ、奴ら何を考えてるんだ」

同じことを考えていたが、口には出さなかった。二人で疑問を出し合っても何も解決しない。謎《なぞ》が二倍に深まるだけだ。

4

現場では警察官とパトカーが増殖していたが、混乱の中で何とかミックを見つけ出すことができた。

「何だよ、戻って来ちまったのか」靴の裏についたガムでも見るように眉が寄る。何か答えを引き出そうとするように、私の顔をまじまじと見つめた。一言も返さずに見返す。やがてミックの目が糸のように細くなり、かすかにうなずいた。「今夜は、お前は一晩中子どもの母親に付き添ってた。そういうことにしておけよ」

「分かった」

「とにかく、上には絶対にばれないようにするんだな」

「無理だよ。もう、マッカーシー警部に警告された」

「何てこった」ミックが額を掌で叩いた。「警部のモットーを知ってるか？　一に規律、二に規律、三に規律。それが九つまで続いて、十番目が服従なんだぞ」

「それはニューヨーク市警の伝説かもしれないけど、俺は知らない」吐き捨てると、七海とミックが同時に肩をすくめた。二人の顔を順番に見て宣言する。「俺はここを動かない。ユウキを助けるまでは頑張る」

「何とまあ、強情な男だね」ミックが私の肩を小突いた。「とりあえず、俺の車に行こう。今のところは何の命令も受けてないから、待機中なんだ。で、ナナミ、他に応援は必要か？　俺たち三人だけか？」

「あまり多くなっても面倒だ」七海が即座に言った。

「覚悟は決めたんだな」

「ああ。何があってもやり抜く」

「よし、俺も乗った」ミックがにやりと笑う。「それにしてもナナミ、お前は絶対に管理職にはならない方がいい。お前みたいな奴が命令を下す立場になったら、どんな事件でも血の雨が降らないと終わらないぜ」

「結構だね。俺はずっと現場にいたいから。人に命令するような立場になったら、刑事はおしまいだよ。そんなことはどうでもいいけど……」七海が私をじっと見つめた。「暴走するのは俺じゃないかもしれん」

「は？」ミックが眉を吊り上げる。

「いや、何でもない」七海が首を振った。

何でもないわけがない。七海は、私が日本でしてきたことの数々を知っているのだ。あちこちでぶつかり、人を傷つけ、自分も血を流した。彼が不安になるのも分かる。だが今回は、絶対に血の雨を降らせるつもりはなかった。少なくとも勇樹の血を見るわけにはいかない。

狭い車内でミックが倉庫の見取り図を広げた。

「どこで手に入れた」七海が目を細める。

「俺にもそれなりにルートがあるんだよ」ミックが鼻を膨《ふく》らませる。「とりあえず、重大事項課の連中もここまでは摑んでるってことだ」

「で、状況は」

「状況もクソもないんだな、これが」ミックが、ほぼ真四角の倉庫の中心部に長方形を描いた。「バスが停まってるのは、倉庫の中央付近だ。シャッターは正面に一か所。裏手に非常階段があるけど、ここは腐ってるみたいで使えそうもない。あと、非常口が二か所ある。ただしここも、隣の倉庫との間隔が狭くて、大人一人通るのがやっとだ。何人も入りこんだら身動きが取れなくなるだろうな」

「監視はどうしてる」と七海。

「正面のシャッターに手動ドリルで穴を開けて、そこから見張ってる」

「突入できないのか」七海が拳を固め、苛立たしげに顎を擦った。

「可能性があるとしたら、二か所の非常口かな」ミックが、ボールペンで倉庫の横の部分にバツ印をつけた。「隣の倉庫の壁をぶち抜いて、動けるスペースを確保してから一気に突入する手はある。ただ、音をたてないでやるのは難しいと思うよ。クール・Jに気づかれずにやるには、よほど慎重に時間をかけないと」

埠頭は、広い十一番街でミート・パッキング・ディストリクトと隔てられている。道路を行き交う車は多いが、その騒音はここまでは届かない。

「時間はないぞ」私が指摘すると、ミックが素早くうなずいた。

「その通りだ。今夜は冷えるからな。エンジンをかけている限りバスの暖房は効くと思うけど、それもいつまで持つか」窓の外に視線を向ける。釣られて表を見ると、現場に到着した時よりも雨が激しくなっていた。勇樹が寒さに震える様を思い、無意識のうちに両手を擦り合わせる。

「長引いてるな。そろそろ三時間になる」七海が腕時計に視線を落としてからミックに訊ねる。「人質は何人いる？」

「今のところ、確認できてるのは八人。いつもあの時間にあのバスに乗っている人間の家族が、心配して名乗り出てる」

「八人か。少ないな」七海が首を捻る。

「午後のあの時間じゃ、バスに乗ってる人間なんてそんなに多くないよ」

「立てこもってから発砲は？」

「それは確認されていない」

「銃は？　何を使ってるんだ？」七海が右手で銃の形を作った。

「それも分からない」ミックが弱々しく首を振った。

「クソ、分からないことだらけか」七海が両手を打ち合わせる。断続的に無線が囁《ささや》く車内に、乾いた音が響いた。

「一人なら、横から行けるんだな」私が言うと、二人の視線が同時に突き刺さった。先ほどミックが図面につけたバツ印を指差す。「中へ入りさえすれば、何とかなるんじゃないか」

「甘いぜ、リョウ」七海が冷ややかに指摘した。「人質を取ってる犯人に対しては理性的に説得するのが王道だけど、それができない場合は、犯人を上回る人数で圧倒するしかない。一対一じゃ、人質を守ることができない。単純に戦争になるんだよ。そう言えば、犯人はクール・J一人なのか？」

「もう一人いるという情報もあるんだが、確認は取れていない」ミックが言った。

「奇襲は考えられないか？」私は二人のやり取りに割りこんだ。

「リョウ、しつこいぞ」ミックが顔の前で指を振る。「お前が焦る気持ちは理解できるし、ヒーローになりたいのも分かるけど、ちょっと待て。市警の作戦を見てから考えてもいいだろう」

「俺がやらなくちゃ駄目なんだ。どうなんだ？　クール・Jの脳みそがドラッグで沸騰《ふっとう》してたら、細かいことには気がつかないんじゃないか？」

「落ち着けって、リョウ」七海が私の肩を摑んだ。

「一番確実なのは天井かもしれないな」ミックが髭《ひげ》の浮いた顎を撫で、平面図の横に書かれた断面図を指差す。「この倉庫には、屋根裏にスペースがある。今は何に使ってるのか分からないけど……ただ、さっきも言った通り、そこへ通じる非常階段は使えそうもない」

「クレーン車はどうだ」七海が提案した。

「そんな大掛かりなことをしたら、クール・Jに気づかれちまうぜ」ミックが肩をすぼめる。「奴はラリってるんだろうが、そういう時に限って妙に敏感になる人間もいる。『普段は聴こえない音が聴こえる』とか言う阿呆なミュージシャンがいるだろう」

「何なんだよ、この倉庫は」七海が吐き捨てる。「クール・Jは、立てこもるのに一番いい場所を選んだわけか。所有者は割れてるのか？」

「ああ」ミックが首を縦に振る。「だけど、連絡がつかないらしい。もしかしたら倒産してるかもしれないな。それに所有者が分かっても、それで突入作戦を立てられるとは限らない」

ふっと沈黙が降りた。手詰まり感が、車の中に満ちる。それが爆発しそうになった瞬間、しばらく沈黙していた覆面パトの無線が喋りだした。

「……立てこもり犯がテレビ局に連絡。現金で二百万ドルとブラジル行きの航空機を要求した……」

「あの野郎が」七海が音を立てて歯軋《はぎし》りした。「脳みそが溶け出してるわけじゃないみたいだな」

「いや、やっぱり溶けてる」ミックが冷静な声で告げた。「まともな人間は、そんな要求はしないよ。何がブラジル行きだ」

最悪の展開を私は予想した。市警は取り引きに応じたふりをするだろう。倉庫から引き出せれば、クール・Jを狙撃するチャンスが生まれるはずだ。ただしその場合、人質の命を危険に晒《さら》す可能性も高くなる。

「狙うとしたら、倉庫を出た瞬間、それと空港へ着いた時だな」七海が指を折った。

「ずっとバスに乗ってるとすると、狙撃は難しいぞ」ミックが指摘した。

「今の無線じゃ詳しく分からないな。ちょっと聞いてみるか」七海が携帯電話を取り出してどこかに電話をかける。しばらく相槌も打たずにメモを取っていたが、電話を切ると思い切り溜息をついた。

「クール・Jは時間を指定してきた。タイムリミットは真夜中だ。それまでに金と飛行機を用意して、飛行機はニューアーク空港で待機させておけという指示だそうだ」

「川向こうか。自分がどこにいるかを考えられるぐらいには冷静なんだな」ミックが悔しそうに吐き捨てる。確かにクール・Jは冷静だ。ニューヨークから海外へ飛ぶとなると、ジョン・エフ・ケネディ、ラガーディア、ニューアークの三つの空港がまず選択肢に上がるが、このうちニューアークだけは、ニュージャージー州内にある。そして、ミート・パッキング・ディストリクトから一番近いのはニューアークなのだ。しかもニューヨーク市警の管轄外になる。

「怪我人は？」とミック。

「クール・Jは誰も怪我させてないと言ってるらしい」

「信用できるかね」ミックが舌打ちしたが、私の顔を見て「そういうつもりじゃない」と短く訂正した。

「どういうつもりでテレビ局に電話してきたんだろう」

「分からんよ」私の質問に、七海が両手を上げてみせた。「目立ちたいのか、それとも頭の中が捻《ね》じ曲がってるのか。仮にも具体的な要求が出てきたのは大きな前進だけどな」

「テレビ局が間に入ると厄介だぜ」ミックが指摘する。「クール・Jと直接話ができなくなるし、テレビの連中が全面的にこっちに協力するとは限らない」

「それは、俺たちが心配することじゃない」苛立ちを隠そうともせず、七海が吐き捨てる。「クソ、こういう時に部署が違うのはたまらんな。ここで待機しているだけで身動きが取れん」

七海の苛立ちには理由がある。「俺はずっと現場にいたいから」と言いながら、彼は今、殺人分析班に所属している。現場の仕事からは程遠い。苛立っているのは私も同じだが、上手い考えは浮かばなかった。仮に私が一人で突入を図ったとしても、市警の専門家以上に手際よくやれるとは思えない。結局指を咥えたまま、事件の解決を待つしかないのか。

「おい、腹が減ったな」ミックがぼそりとつぶやく。

「こんな時に何だよ」七海がたしなめた。

「夜はまだ長いんだぜ。真夜中まで動きはないんだから、今のうちに腹ごしらえしておこうよ。俺が何か調達してくるわ」言って、ミックがドアを開ける。

取り残された私たちは、無言で顔を見合わせた。ミックも本当に腹が減っているわけではないだろう。何とかして、凍りついた状況を変えようとしているだけなのだ。こういうタイプの刑事はどこにでもいる。捜査能力とは直接関係ないが、その場の雰囲気《ふんいき》を和ませ、人を上手く気分転換させてくれる刑事が。私は心の中でミックに手を合わせた。

車内にトマトソースの甘い香りがたちこめた。文句を言っていた七海も結局ピザを平らげたのだが、私は一切れを何とか食べただけで食欲を失っていた。紙ナプキンで手を拭い、車のドアを押し開ける。

「どうした」七海が鋭く声を飛ばす。

「小便だ」

雨の中を、のろのろと歩き出した。車から離れ、投光器に照らされた倉庫を見上げる。確かに、簡単には突入できそうもない。裏手へ回る。ミックが「危ない」と指摘していた非常階段が見える。溶接作業のものらしい火花が時折散った。階段を補強して突入の準備をしているようだが、クール・Jに気づかれていないだろうか。

少し現場から離れた。非常線の外側には野次馬が集まり、すすり泣きの声が聞こえる。両手をきつく握り合わせ、目を閉じて祈りを捧げている人もいた。ただの野次馬ではなく、人質の家族や友人が来ているのかもしれない。それはそうだろう。連絡がつかずに不安に感じ、人質になっているかもしれないと駆けつけた人もいるはずだ。

ハドソン川から吹きつける風は冷たい湿り気を帯びており、靴が雨に濡れた。なのに、非常線の向こう側に集まった人たちは微動だにしない。どの事件現場でも見られる光景である。何かが起きるのを待つうちに、時の流れから取り残されてしまうのだ。

腕を突き出して、時計を確認する。午後八時を過ぎた。タイムリミットまで四時間を切っている。今のところ、市警は現場では無理をせず、その時を待つつもりのようだ。非常階段の補修作業も、そこから突入するためというよりは、別角度からの観察場所を確保する目的だろう。バスは倉庫に正面から突っこみ、ほぼ中央で停まっている、という報告が入っていた。正面のシャッターに開けた覗き穴からはバスの尻しか見えていないから、クール・Jや人質の様子もはっきりとは分からないだろう。非常階段の位置からはバスの正面が見えるわけで、中の様子をより詳しく窺える。犯人はどこに陣取っていて、人質の状態はどうなっているか。それが分からないと、突入の決断ができない。座してクール・Jが指定した時刻が来るのを待つしかないのだ。

俺には何もできないのか。

市警には、人質事件や立てこもり事件対策のエキスパートがいる。もちろん日本とは違って、犯人を生きて捕まえることを最優先しているわけではないが、人質の命を守りたいという思いは共通しているはずだ。勇樹を助けないと。犯行現場にいながら、何の手も打てないのが歯痒《はがゆ》い。

携帯電話が鳴り出した。

「大丈夫？」優美だった。先ほどに比べて声はしっかりしている。少しは落ち着いたようだった。

「ああ」

「十二時に……そう聞いたけど。テレビのニュースでも言ってたわ」

「そういうことになってるらしい」

「勇樹は無事なの？」

「そこまでは分からない。ただ、怪我人が出たという情報はないんだ。少なくとも倉庫に立てこもってからは、犯人は一発も発砲していない」

「そう」優美がかすかに安堵の溜息を漏らす。「あの子、強いわよね」

「もちろん。君の子だから。それにもう、子どもってわけじゃない。状況だって分かってるだろうし、自分で自分の身を守れるぐらいの知恵はある」

「ご飯、食べてないでしょうね」

「そうだろうな。差し入れの要求もないんだ」

「今夜、五目御飯にしようと思ってたの」声が涙で濡れた。「あの子、大好きだから」

「ああ」喋るだけで息が詰まり、声がかすれる。「明日、作ってやればいいじゃないか。もうすぐそこへ帰れるんだから」

「そうね……そうであって欲しいけど。ねえ、あの子、何してたのかしら。ふだんはバスなんかに乗らないのに」

「分からない。君も何も知らないのか？」

「うん」

「付き人が無責任過ぎる。勇樹を一人にしておいて、何かあった時に責任を取れると思ってたのかな。あんな奴、さっさと切っちまえよ」

「それは後で考えるわ。今、そんなことを言っても仕方ないし」優美の声が低くなった。近くにマイケル・キャロス本人がいるのだろう。気を遣うべき相手とは思えないが。

「でもあの子、本当に何してたのかしら。寄り道するようになったのは、ここ一か月ぐらいらしいの」

「息抜き、かな」

「勇樹は、そんなに息苦しさを感じてなかったと思うわ。少なくとも今は。撮影が始まればスタジオに缶詰になる時間が長いけど、今は比較的余裕があるじゃない。学校もちゃんと行ってるし、歌やダンスのレッスンだって楽しんでるし」

「勇樹は本音を言わない子だぜ。俺たちに気を遣って、楽しいふりをしてたのかもしれない。本当は、どこかへ逃げ出したいって考えてもおかしくないよ。遊びたい盛りだし」

「私は母親です」急に冷たい声になって優美が言い張った。「あの子が何を考えて、どう感じてるかぐらいは分かるわ」

「だったら、途中で寄り道して何をしてたんだ」

「それは……」優美の言葉が頼りなく途切れる。

「違う、君を責めてるわけじゃない。勇樹にだって秘密があってもおかしくないよ。そういう年頃なんだし」彼女を追いこんではいけないと思い、慌てて言い添える。「とにかく、こっちで何か動きがあったらすぐに伝えるから。無理しないで少し寝た方がいい。気分はどうだ？」

「ちょっと気持ちが悪いわ。でも、眠れないわよ」

「君が倒れたら大変なことになるんだぜ」

「……そうね」納得していない様子だったが、私の言葉を否定はしなかった。

電話を切り、小さく息を漏らす。落ち着いたと思ったが、彼女の気持ちはまだ揺れ動いている。勇樹がどうしてあんな行動をしたのかという謎は残るが、それは会って直接聞いてみればいい。

会えれば。

頭を振って、最悪の想像を頭から押し流した。刑事は常に、最悪の想定から出発する癖がある。仕事柄、楽天的になれと言われても無理なのだが、それにしても今は自分の習性が恨めしかった。

「了！」七海の叫びが暗闇を裂いて耳に突き刺さる。車の外に立ち、両手でメガフォンを作っていた。目は熱を帯びたように煌《きら》めいている。濡れたアスファルトで滑りそうになりながら車へ駆け戻った。

「クール・Jから電話がかかってる」

「何だって」心臓が喉元まで上がったようだ。車の中を覗きこむと、運転席のミックが、むっつりした表情で電話を耳に押し当てていた。シートの上でだらしなく姿勢を崩してはいたが、握り締めた右の拳には血管が太く浮き上がっている。

「まあ、落ち着けよ……ああ？　いやいや、真面目に聞いてるって。俺とお前の仲じゃないか。そんなこと言うなよ……分かってる。そっちの言い分は通ってるって。ちゃんと用意してるから、心配するな。お前、あちこちに電話をかけてるのか？　そうか、人恋しくなったか？　そう突っ張るなよ。心配するな。お前のことはよく分かってるから」

クソ、何をのんびり話してるんだ。ドアを開けて助手席に滑りこみ、ミックの手から携帯電話をひったくる。ミックが怒気を露《あらわ》にして私を睨みつけたが無視した。

「クール・Jか？」

「誰だ、お前は」訛《なまり》の強い英語は、どこか遠くから聞こえてくるようだった。

「市警のナルサワだ」

「誰?」

「ユウキは無事なのか?」

「誰だ、それ」

「そこに十歳ぐらいの男の子がいるだろう。無事なのか?」

「男の子?　いるよ」

電話を握る手が強張り、喉が張りつく。

「無事なのか」

「俺は平和主義者だ」背筋を羽でくすぐるようなかすかな笑い声。「誰も傷つけない」

「本当だな?」

「嘘ついてどうする。お前も警察官か?」

「市警のナルサワだ」こちらの言葉は半分も耳に入っていないだろうと思いながら、繰り返す。

「はあ?」

「そのバスに日本人の男の子がいるだろう。早く解放しろ」

「さあ、そんなこと言われてもね」聞き取れない早口の台詞《せりふ》がそれに続く。スペイン語のようだ。

「おい！」怒鳴りつけたが、その時にはもう電話は切れていた。

「何てことするんだ、リョウ」ミックが携帯電話を奪い返す。私の手は宙ぶらりんのまま取り残された。

「奴はラリってる」

ミックが両手を大きく広げた。

「そんなこと、お前に言われなくても分かってるよ。まったく、俺が話し続けてれば説得できたかもしれないのに」

「ラリった奴は説得できないよ」

「ああ、まあ、そうだな」ミックの声に冷静さが戻った。「奴はあちこちに電話しまくってるみたいだ。ラリってても、俺たちが中に突入できないことは分かってるんだよ」

「何でお前に電話してきたんだ」

「奴とは顔見知りだからな。一くさり文句を言ってたよ。俺が奴を追い回すからこんなことになったんだってな」

クソ、やはりそういうことか。私の責任だ。尾行を続けたことで、クール・Jを精神的に追いこんでしまったのだろう。ドラッグが誇大妄想を膨らませ、こういう極端な犯行に走った。

気づくと車を飛び出していた。これ以上は待てない。今はハイな状態になってテレビ局や警察に電話をかけまくっているのだろうが、それがいつまで続くか。

「おい、了！」七海が叫ぶ。その声が私に嚙みついたが、無視して走り続けた。今の私に何ができる？　一センチでも勇樹の近くに行くことだけだ。

5

刑事たちが、倉庫の正面で灰色の塊になっていた。打ち合わせを終えたばかりのようで、私が近づき始めると、それが合図になったかのように輪を解いて散開する。身振り手振りを交えながら無線で話している者、緊張した面持ちで煙草をふかし始める者。ぴりぴりとした雰囲気が空気を揺らし、私の神経をも震わせた。

うつむいたまま、足早に倉庫の脇に回りこもうとしたが、立ち番をしている制服警官に制止された。

「市警のナルサワだ」バッジを見せても、首を振るばかりである。アメフトのラインバッカーばりの巨体で、突破するにはミサイルでも使うしかなさそうだった。

「担当者以外は近づかないように」

「俺も刑事だぞ」

「担当者以外は近づけないように命令されてる」硬い口調でさらに強調した。

「知り合いが中にいるんだ」相手の栗色の目にわずかな同情の色が宿るのを見て畳みかける。「子どもなんだ。中で寒い思いをしてる。助けてやりたいんだよ」

「そのために、みんなで準備をしてるんだ」制服警官が帽子を取り、硬そうな灰色の髪を掻き上げる。一瞬躊躇いを見せた後、私の肩に手を置いた。濡れて冷たいはずの手が暖かく感じられたが、それも事態の前進を示すものではなかった。

「リョウ！」怒鳴り声が耳を突き刺し、私は思わず肩をすぼめた。振り返ると、デニス・マッカーシーが両手を腰に当ててこちらを睨んでいる。ゆっくりと私に近づいて来ると、肩に腕を回して倉庫に背を向けさせた。

「こいつはお前の事件じゃないと言ったはずだぞ。気持ちは分かるが、こっちはちゃんと計画を立ててやってるんだ。今のところ、お前が入りこむ余地はない」

「突入ですか」

四角い顎が意志の強さを感じさせる彼の顔を正面から見据えながら訊ねた。マッカーシーはすぐには答えず、煙草を咥えて火を点ける。深い緑の目がライターの炎に照らされ、一瞬赤く燃え上がった。顔を上げる。短い答えが口を突いて出た。

「ああ」

「人質は大丈夫なんですか」

「心配するな。屋根から入る」

「無茶だ」

「偵察済みだ。屋上に通気口があって、屋根裏までは簡単に侵入できる。ヘリで何人か屋上におろして、そこから突入する」

「俺もメンバーに入れて下さい」

「駄目だ」

「お願いします」深々と頭を下げた。日本式のお辞儀が通用するとは思っていなかったが、案の定、マッカーシーの冷徹な態度は少しも軟化しなかった。

「駄目なものは駄目だ。この任務には、専門の訓練を受けた人間が当たる。お前を馬鹿にするわけじゃないが、こういう状況に対処するには特別な能力が必要なんだ」

「中に俺の大事な人がいるんです」

「分かってる」

「だったら――」

「リョウ」マッカーシーが私の正面に回りこみ、肩に両手を載せた。「気持ちは分かるが、ここは冷静になれ。仲間を信じろ」

「それと俺の気持ちとは別です」

「頑固な男だ」マッカーシーの顔に一瞬だけ苦笑が浮かんだ。「とにかくここは——」

マッカーシーの言葉は、倉庫の正面に陣取った男たちの声に断ち切られた。

「どうした」

「穴が塞《ふさ》がれました」誰かが叫ぶ。

一瞬、私は事態を把握《はあく》しかねた。穴が塞がれた？ 偵察用の覗き穴のことだろう。クール・Jが気づいてやったのか？

「状況が摑めません」内部を監視していた刑事が振り向き、悲鳴に近い声を上げる。しばらく間が空いた後、銃声——スタッカートで連射するかすかな音が倉庫の外まで響き、ざわついた空気を瞬時に凍りつかせた。

「報告！」マッカーシーが無線に向かって怒鳴る。途端にあちこちから情報が集中し、収拾がつかなくなった。「一人ずつ喋れ」と命じたが、混乱は収まらない。マッカーシーが叫び続けている隙を突き、私は倉庫に駆け寄った。

倉庫の周辺は大混乱に陥っていた。シャッターの前で監視していた刑事たちは新しい覗き穴を確保しようとしていたし、強行突破を狙ってシャッターに取りついている連中もいる。しかし分厚く巨大なシャッターはびくともしなかった。怒号。怒鳴り合い。混乱を横目で見ながら、私は倉庫の脇に回りこんだ。人が一人入れるほどしかない隙間に、数人の刑事が無理やり体を押しこんでいる。それで身動きが取れなくなってしまったようで、そこに私が加われば、アンチョビの缶詰のような状態になってしまうだろう。水溜りを跳ね飛ばしながら走って裏に回る。非常階段の補修の動きは止まり、十数人の男たちが壁にパンチや蹴りを繰り出していた——人の手でどうにかなるものでもないのに。

突然、ぴたりと動きが止まった。ジャックの姿を見つけ、駆け寄る。私に気づくと目を細めて睨みつけ、額に浮かんだ汗を親指の腹で拭った。

「何が起きたんだ」

「分からん。ストップがかかった」ジャックが倒れるようにその場に座りこみ、右の手首をぶらぶらさせる。素手で壁をぶち破ろうと、無謀な戦いを挑んでいたらしい。

「何で戻って来たんだ、リョウ。立場が悪くなるぞ」

「立場なんかどうでもいい」

手を貸して立たせると、ジャックがグリーンのＭＡ‐１のジッパーを開け、胸元に冷たい空気を導き入れた。大きく深呼吸してから周囲を見渡す。

「とにかく、中の様子を確認してからでないと動けない。今、正面に新しい覗き穴を開けてるようだ」

不気味な沈黙が訪れた。雨粒が自分の肩に落ちる音さえ聞こえる。ジャックが煙草に火を点け、煙を噴き上げながら天を仰いだ。雨粒が煙草の先に落ち、火が半分だけ消える。突然、外れかけたイヤホンを耳に押しこんだ。私が詰め寄るのを手を上げて制し、右の人差し指でイヤホンを押さえたまま指令に耳を澄ませる。やがてゆっくりと頭を巡らし、険しい表情で私の顔を見詰めた。口を開きかけた瞬間、倉庫の前方で怒声と歓声が同時に上がり始める。

「どうした」ジャックの腕を摑む。

「中で誰か死んでる」

唾《つば》を吞んだ。引っかかれたように、喉に鈍い痛みが走る。

「人質か?」

「まだ分からない……今、正面のシャッターが開くところで――」

ジャックの説明が終わるのを待たず、私は再び走り出した。額に汗が噴き出し、胸に突き刺さるような痛みが走る。

正面のシャッターは大きく開き、そこから刑事たちが雪崩《なだれ》こむところだった。マラソンのスタートのような混乱に巻きこまれながら、私も突入する。広い。縦横とも五十メートルといったところだろうか。天井も高いが、照明がないので、内部の様子ははっきりとは窺えなかった。しかし馴染みの臭い――血の臭いがかすかに漂っているのにすぐに気づく。

突然、倉庫の中が白く照らし出される。投光器の光が浴びせられたのだ。バスが浮かび上がった。ドアから、人質がぞろぞろと出て来る。一様に疲れきり、床に足を下ろした途端にへたりこんでしまう者もいた。

先頭を切って倉庫に突入した刑事たちが、拳銃を構えてバスに乗りこむ。窓が開き「二人死亡!」と叫ぶ声が響いた。私はその場で凍りついたが、次の瞬間には自分を奮《ふる》い立たせてバスに駆け寄った。殺到する刑事たちを掻き分けて、開いたままのドアから中に入り、床に倒れた二つの死体を確認する。途端に安堵の吐息が漏れ、足から力が抜けた。死体は、少なくとも子どもではなかった。一人がクール・Jなのは間違いない。二晩監視し続けた顔は、死んでいても忘れようがない。もう一人がバスジャックの相棒だろう。

二人とも真っ二つになりかけていた。クール・Jは正面から臍《へそ》の辺りに連射を受け、白いシャツの背中には、インクをスポイトで落としたような赤い点が一列に並んでいる。もう一人の男は仰向けに倒れていたが、胸を撃たれ、その傷は両の二の腕にまで及んでいた。拳銃ではない。おそらく、マシンガンの連射による銃創だ。

「ユウキはどうした！」声に振り向くと、七海が巨体を押しこむようにバスに乗りこむところだった。

「中にはもう人質はいない」誰かが叫び返すと、足音高くバスから出る。私もすぐ後に続いた。

人質たちは一か所に集められていた。バスの運転手も含めて九人。子どもは一人もいない。

「どういうことだ？」七海が振り向く。

「乗ってなかったのか」私は唇を噛んだ。結局、最初から見当違いな線を当たっていたのだろうか。だとすると、貴重な数時間を無駄にしたことになる。

その場で運転手が事情聴取を受けた。クール・Jに殴《なぐ》られたのだろうか、右目の上が腫《は》れ上がっていたが、解放された興奮に背中を押されてか、しっかりした口調で調べに応じていた。人垣の中に入りこみ、運転手の言葉に耳を傾ける。

「誰かが急にバスの中に入って来て、マシンガンを撃った」

「ドアは開いてたんだな？」

「ああ。犯人が何度も出入りしてたから、開けっ放しにしておいたんだ」

「撃ったのが誰か、分かるか？」運転手と相対する刑事の声が強張る。

「分からない」運転手が首を振った。「俺たちは全員床に座らされていた。マシンガンを持った男二人が入って来たんで、慌てて伏せて……あっという間だった。その時、男の子が一人連れて行かれた。それともう一人、年取った中国人か韓国人が一緒に出て行った」

目の端が引き攣《つ》るのを感じた。嫌な予感が背骨を震わせる。

「あの子だよ。『ファミリー・アフェア』に出てる子。それで、乱入してきたのは警察じゃなかったのか？」

「違うようだな」刑事が力なく首を振る。

「訳が分からん」運転手が顔を拭い、胸の前で十字を切った。「日本人か中国人か……顔をはっきり見てる余裕はなかったが」

もう一人、一緒に出て行った男。何ということだ。勇樹はバスに飛び乗ったものの、相手も一緒に乗り込んで、そのままバスジャックに遭ったのだ。こうなると、状況は一つしか考えられない。勇樹は誘拐される直前だった。それがバスジャックという、誘拐犯も予想していなかった事態に巻きこまれたのだ。

「了」七海が私の肩を叩き、倉庫の入り口に向けて顎をしゃくった。彼の後に続き、八十分間のラグビーの試合を終えたばかりのような疲労感を抱えたまま歩き出す。途中七海が歩みを緩め、私と並んだ。

「中国人。マシンガン。この二つのキーワードで思い出す言葉は？」

「トミー・ワン。マシンガン・トミー」連想クイズの正解はすぐに出たが、その言葉は宙に浮いて漂った。邪悪な臭いを漂わせながら。

「奴はまだ現役なのかよ」七海がグラブ並みに大きな手を叩き合わせる。その音が湿った空気を凍りつかせた。

トミー・ワンは、若い頃にチャイニーズ・マフィアの鉄砲玉として名を上げた。武器はマシンガン。一撃で相手を倒し、しかも人質を傷つけない技術は、昔取った杵柄《きねづか》と言えるかもしれない。倉庫の外に出ると、いっそう激しくなった雨が、川からの風に吹かれて舞い上がる。六月、ニューヨークが夏を迎える直前の季節に、私たちの心は凍りついた。

私は、勇樹を数時間閉じこめていた巨大な倉庫の壁を蹴り飛ばした。鈍い音が響き、刑事たちの視線が一斉に私に突き刺さる。

現場の捜査は重大事項課に任された。私と七海、ジャックを乗せたミックの車は、マンハッタンを西から東へ横切った。車内には重苦しい沈黙が漂い、誰も一言も喋ろうとしない。私の思考は、ある可能性の周囲をぐるぐると回っていた。

トミー・ワンは、おそらく誘拐する目的で勇樹の動向を観察していた。いよいよ実行に移そうという時に、たまたまバスジャックに巻きこまれたが、何とか手下と連絡を取って、警察に先んじて倉庫に侵入させたのだろう。そしてクール・Jたちを射殺し、勇樹を連れ去った。大筋ではそういうことだろうが、この筋書きには幾つもの穴がある。トミー・ワンの目的は何なのか。クール・Jを射殺した人間はどうやって倉庫に忍びこんだのか。勇樹をどこへ連れ去ったのか。

沈黙を破るように、七海の携帯電話が鳴り出す。ほとんど返事もせずに相手の言葉に耳を傾けていたが、電話を切ると、ハンドルを握るミックに声をかけた。

「どこか、コーヒーを買えるところで停めてくれ」

「了解」

ほどなくミックが、終夜営業のダイナーの前で車を二重駐車する。深夜まで灯りを点《とも》しているダイナーは、ニューヨークの夜を彷徨う人間にとっての灯台だ。腹を満たし、喉の渇きを癒すだけでなく、時には心さえ穏やかにしてくれることがある。だが今は、その灯りを見ても気持ちは落ち着かなかった。七海が車を下り、大股で店に入って行く。

店のガラス越しに、あれこれ注文しているのが見えた。ほどなく、特大のコーヒーを四つとドーナツの箱を持って車に戻って来る。狭い車の中にコーヒーの香ばしい香りとドーナツの甘い匂いが充満した。食べ終えれば、ごみは後部座席に座っている私の足元に転がるはずだ——ピザの空き箱と、大量のハンバーガーの袋に混じって。

私はコーヒーだけを貰った。暖かい湯気は体の緊張をわずかに解したが、心は凍りついたままである。

「食えよ」七海がドーナツの箱を私の顔の前に差し出す。油と砂糖の香りが漂い出し、かすかな吐き気を覚えた。

「いらない」

「食っておかないと持たないぞ」

「夕飯は食べた」数時間前に何とか一切れ飲みこんだピザは、胃の中で重いしこりになっている。

「夜は長いんだぜ」

「コーヒーだけでいい」

「ナナミ、さっきの電話は何なんだ」ジャックが質問を飛ばす。

「あの倉庫、床に跳ね上げ戸があったらしい。そこから地下に通路が走ってる」

「俺の見取り図には、そんなのはなかったぞ」ミックが唇を歪めながら指摘する。

「知るかよ、そんなこと」七海が吐き捨てた。「とにかく、そういうことになってる」

「その通路はどこに続いていたんだ」力なく息を漏らしてミックが訊ねる。

「二百メートルほど先でハドソン川につながってたらしい。そこから舟でも使ったんじゃないか」

「クソ、あの辺を完全に封鎖すべきだったんだ」ジャックが掌に拳を打ちつける。

「今さらそんなこと言っても手遅れだよ。リョウ、やるべきことは分かってるな」七海が私に鋭い視線を向ける。

「ああ」

「マシンガン・トミーを捜す」私にではなく、前の席に座るミックとジャックに向かって七海が宣言した。

「マシンガン・トミーか」ジャックが溜息をついた。「あいつが今までやったことを全部立件できたら、俺は市警本部長まで一直線だろうな」

鉄砲玉と言われながら、トミー・ワンが服役したのは一度しかない。それも、酒場の喧嘩で相手に怪我を負わせたというつまらない容疑である。喧嘩相手は素人《しろうと》で、チャイニーズ・マフィアとは何の関係もなかった。もちろん、表に出ていない犯罪の記録を積み重ねれば、私の背丈よりも高くなるだろう。

「理由は分からないが、奴がユウキをさらったのは間違いない。こうなったら、情報源を全部使って奴を捜すんだ」七海が顎に力を入れて言った。「担当者だけに任せておけない」

「州境を越えた誘拐なら、ＦＢＩも乗り出してくるぞ」ジャックが指摘した。

「クソ、あいつらが出てくると、話が複雑になるだけだぜ」ミックが頭を抱える。が、すぐに顔を上げて私を見やった。「これは俺たちの事件だな。被害者はナナミの甥っ子で、リョウの息子になるかもしれない子だ。で、俺たちは仲間だ」

「その通り」ジャックがうなずいた。「乗りかかった船だ。自分たちのことは自分たちで片をつけようぜ。だいたい、刑事はお互いに助け合うもんだよ」

「その前にやることがある」私が言うと、三人の視線が一斉に私に突き刺さった。「ユミに事情を説明しないと」

私の一言は、車内に深く冷たい沈黙を呼びこんだ。

「どうして」優美は再び、焦燥と悲しみに突き落とされていた。髪は乱れ、化粧っ気のない顔からは血の気が引いている。

「どうして」質問を繰り返す。答えが返ってこないのに業を煮やして、ぎりぎりと両の拳を握り締めた。

「優美――」七海が宥《なだ》めにかかったが、彼女の視線は私を捉えていた。私がすべての答えを用意しているとでもいうように。

「俺の責任だ」

「どういうこと」優美の声が尖る。

「この近くである男を見かけたんだ。危険人物だった。もっと気を配っておくべきだったよ」

「その男が勇樹を誘拐したの？」

「たぶん」

「どうして」優美が私に近づき、両手で私の左右の肘《ひじ》を摑んだ。「どうして勇樹が誘拐されなくちゃいけないの？　私のせい？　私がテレビに出るように勧めたから？」

「そんなことはない」

「でも、顔を知られてるからこんなことになったんじゃないの？」優美の目が潤んだ。涙が一筋、頬を伝う。「有名人なら、こういう目に遭う危険性も高くなるし――」

「君のせいじゃないんだ」彼女の言葉を遮った。

「じゃあ、どうして」

「正直言って、まだ分からない」優美の両手を取り、握り締めた。ずっと雨の中に立ち尽くしていたように冷たい。彼女の心は、この部屋ではなくあの倉庫の前にあったのだ。

トミー・ワンは、七海にとって親の敵《かたき》だが、優美はその事実を知らない。そこから説明するとまたややこしいことになってしまうし、あの男が勇樹を誘拐する理由となると、まったく思いつかない。捜査の手が自分に迫っているなら、反撃の手段として刑事の身内の者を狙うというのは考えられないことではない。だが今のところ、トミー・ワンが自分の背中を気にするような事態にはなっていないはずだ。

「勇樹はどうなるの？」

「必ず見つけ出す」固めた拳に鈍い痛みが走った。

「だけど、どうやって」

「俺たちが全力でって言ったら全力でやるんだ」七海が助け舟を出してくれたが、優美は納得しなかった。

「それじゃ、全然保証にならないじゃない。私はどうすればいいの？」

「お前はここで待つんだ。犯人から連絡があるかもしれない」七海が指示したが、優美は彼ではなく私に確認を求めた。

「それでいいの、了？」

「ああ」

しかし、単純な誘拐事件とは思えなかった。一般人を対象にした誘拐は、マフィアにとってもリスクの高い犯罪であり、危険に見合っただけの利益が得られる確率はゼロに近い。プロならむしろ、こんな事件を起こさないだろう。

「分かった」優美が指先で涙を拭いながらうなずいた。

「おいおい、俺の言うことは聞かないで、了の言うことなら納得するのかよ」七海が唇を尖らせる。

「兄さんは黙ってて。了、ちょっといい？」

彼女に腕を引かれ、寝室に入った。後ろ手にドアを閉めた途端、抱きついてくる。子どもが親を頼るような抱きつき方であり、低い嗚咽が私の胸を貫いた。彼女の柔らかい髪を右手で撫で、背中に回した左腕に力を入れる。いつもは少し力をこめて抱きしめると痛がるのに、今日はさらに私にしがみついてきた。しばらくして深呼吸すると、ようやく体を離して顔を上げる。目は腫れ上がり、鼻をぐすぐす言わせていた。

「お願い」

「分かってる」

「勇樹を助けられるのはあなたしかいないのよ」

「その通りだ」

「絶対に助けて」

「約束する」

「お願い」

再び私の胸に顔を埋める。一瞬だけ。すぐに顔を離すと、私の胸を両手で押した。

「行って。すぐに」

「君は少し休んだ方がいい。気分が悪いんだろう?」

「私は大丈夫だから。何か分かったら、いつでもいいから連絡して」

「分かった」

彼女の手を引いて寝室を出る。しかし、すぐには家を出られなかった。ネットワーク局のプロデューサー、レスリー・ムーアが七海を相手に不満をぶちまけていたのだ。何という無謀なことを。

「おいおい、困るよ、警察は何をやってるんだ。ユウキは大事な商品なんだぞ。それがこんなことになって……救出作戦をきちんとやっていれば、今頃ユウキはここにいたはずだ」

「大事な商品？」七海が目を剝《む》いた。「ユウキを物扱いするのか？　そんなに大事なら、身代金の要求がきたらあんたが金を払ってくれるんだろうな」

「それとこれとは話が違う」ムーアが腰に両手を当て、鼻を膨らませた。「私は、警察がだらしないと言ってるんだ。納税者として当然許される批判じゃないかね。いいかい、万が一のことがあったら、あんたらがどんなヘマをしたか、全米中の視聴者が観ることになるぞ。覚悟しておくんだな。とにかく、ユウキは傷ついてはいけない商品なんだ」

私は三歩でムーアの前に達した。彼が口を開け――はっきりとアルコールの臭いが漂い出した――何か言いかける直前、短いパンチを腹に叩きこむ。くぐもった声を上げてムーアが体を折り曲げた。ジャケットの襟《えり》を摑んで無理矢理体を引き起こし、そのまま壁に押しつける。

「ユウキは商品じゃない」突き刺すように睨みつける。ムーアの口からは涎《よだれ》が垂れ、整然と撫でつけられていた髪が乱れて、額に一筋、涙の跡のように垂れた。「分かったか？」

「……分かった」

壁に叩きつけるように体を一押ししてから手を離す。ムーアが両手で腹を押さえたまま、上目遣いに私を睨む。だが、その視線にはまったく迫力がなかった。

私を先頭に、四人の刑事たちがぞろぞろと部屋を出る。廊下に出てドアを閉めた途端、ミックが鋭く口笛を吹いて「ブラボー」と叫んだ。

「アンコールはなしにしてくれよ、リョウ」七海が顔をしかめた。「怒りをぶつける相手が違うだろう」

私は拳を硬く握った。

「分かってる。トミー・ワンを見つけたらこんなものじゃ済まない」

私たちの車はマンハッタンを斜めに横切り、チャイナタウンに着いた。ワン《1》・ポリス《P》・プラザ《P》——市警本部とリトルイタリーに挟まれた狭い地域、アメリカの中の中国は、ニューヨークのチャイニーズ・マフィアの牙城でもある。

運転していたミックが、細い路地に車を停める。電話を切った七海が煙草に火を点け、窓を大きく開けた。降り続く雨が車内に吹きこみ、彼の青いシャツの腕を黒く染める。溜息をつくように喋り始める。

「重大事項課が中心になって動き出してる。あちこちの分署からも応援が出てるし、かなり大規模な捜査になるな」

「ＦＢＩはどうした」ジャックが皮肉を滲ませて訊ねる。

「まだ誘拐と決まったわけじゃないぞ。それに、事件が州外に出ているかどうかも分からない。そうなったら、奴らはしゃしゃり出てくるだろうが」

「ああ。特に今回は、被害者が有名人だからな。連中も張り切るぞ」ミックが肩をすくめる。「あいつらは、被害者の生命の安全よりも、自分たちの名前が新聞でどれだけ大きく扱われるかを気にしてる」

「悪しき伝統だ」と七海。「とにかく、これは俺たちの事件だ。重大事項課の連中がトミー・ワンの仕業だと気づいてるかどうかは分からんが、渡すわけにはいかない。俺とリョウにとっては身内の話だし、お前らは信頼できる仲間だ。俺たちでやるんだ」七海が声を低くする。まだ長い煙草を窓の外に弾き飛ばした。管轄の問題など彼には関係ないようだし、その気持ちは私も同じだった。

「どこから攻める？」助手席のヘッドレストを睨みつけたまま私は訊ねた。

「一気に本丸と行こうじゃないか」七海が顎に力を入れてうなずいた。「トミー・ワンの家は分かってる。まずそこへ突入だ」

「本人は、当然いないだろうな」とジャック。「そう言えば、奴の家族は？」

「娘が一人いるんだが、ニューヨークにはいない。確か、どこか南部に住んでるはずだ。あと、甥っ子が片腕になって仕事のサポートをしてる。ふだんの面倒は、下っ端の連中が見てるよ」

「娘ねえ……マフィアの娘じゃ肩身が狭いだろうよ」ミックが皮肉を吐く。「要するに、ニューヨークから逃げ出したんだろう？　親のせいで世界一の街に住めないんだから、可哀相な話だ」

「とりあえず、俺とリョウで行ってみる。二人はバックアップしてくれないか」

揃って車を出る。雨は薄いカーテンのように街を覆い、道行く車のヘッドライトは蛍の光のようにぼんやりとしている。雨の中で眠るチャイナタウンには、他の刑事たちがもう入りこんでいるかもしれない。かすかな焦りを感じた。勇樹を救い出すのは私しかいない——優美と約束したから。それに、勇樹は身内だから。本当の息子になるはずの子だから。

ニューヨークへ来た去年の九月を思い出す。優美には何も言わなかった。勇樹には密《ひそ》かに打ち明けた上で、内緒にしておくように頼んでおいた。七海も私の仕掛けに乗ってくれた。

私は劇的な再会を演出しようとしていたのだ。勇樹のテレビ出演のためにニューヨークへ渡った二人を追いかけて、きちんとプロポーズする。結婚という問題の周囲をぐるぐると回り続け、ずっと結論を避けていた私たちにも、正面から向き合うべき時が来たのだ。バラの花を百本持って、いきなり彼女のコンドミニアムを訪ねよう。ドアマンに妨害されるかもしれないが、それぐらい何とかしてやる。そのために一万キロ以上の距離を飛んできたのだ。

だが、情報は漏れた。

荷を解き、一段落したらいよいよ作戦を実行に移そうと思っていたのだが、優美が先回りしていた。どこで鍵を手に入れたのか、いつの間にか私の部屋を綺麗に片づけ、料理まで作って待っていたのだ。冷蔵庫は一杯。私がいつも飲んでいるヴォルヴィックのミネラルウォーターも冷やされていた。

「いらっしゃい……じゃないか。お帰り、も変ね」テーブルから顔を上げた優美が、柔らかな笑みを浮かべる。

「何でここに？」喉が張りつくようだった。膝から力が抜ける。

「恋人も兄貴も刑事だから」

「だから？」

「少しは勘も鋭くなるのよ」

「勘が鋭いのは昔からじゃないか」

「そうね」悪戯《いたずら》っぽい笑み。「空港に迎えに行くのと、この部屋で待ってるのとどっちが驚くかと思って、こっちにしたの」

「驚かせ過ぎだよ」

　無言でしばらく抱き合う。彼女はすでに私の家の周辺を調べ上げ、スーパーマーケット、ドラッグストア、コインランドリーなど生活に必要な店の一覧表を作っていた。手回しの良さはアメリカで暮らしていてもまったく変わっていなかった。

　数か月ぶりに愛し合い、彼女の手作りの料理を味わった。別れる直前、彼女は自分のコンドミニアムの鍵を置いていった。勇樹と彼女がテレビ局のスタジオで一緒に写した写真も。

　結局、プロポーズはし損ねたままである。だが九月からの数か月間は、今までに経験したことのない満ち足りた時間だった。勇樹と三人でいることで家族らしい気分をたっぷり味わって、正式に結婚を申しこむことなどどうでもいいように思えてきた。

「リョウ」

　ミックの声に顔を上げる。自分にしか分からないジョークを楽しむように微笑《ほほえ》んでいたが、すぐに表情を引き締めて私にうなずきかけた。

「殺すなよ」

　そんな約束はできない。

6

ニューヨークには幾つもの外国がある。

その中でもチャイナタウンは最大のものだ。一瞬アメリカにいることを忘れそうになる漢字の洪水が、赤や緑、黄色の原色の看板の上で躍っている。路上に漂い出す香辛料の独特の香り。飲食店があり、床屋があり、小さな病院もあちこちにある——ここにはアジアの生活そのものがあるのだ。物価は、ニューヨークの基準に照らせば極めて安い。二人で昼食を食べて、十ドルでお釣りがくるような店も少なくないのだ。飛び交う会話の中から英語を拾い出すことは難しいが、昼間なら東洋人以外の姿を探し出すのも難しくはない。安い昼食や食材を求めてニューヨーク中の人が入りこんでくるからだ。路地は狭く、車と人がひしめき合う光景は、アメリカではなくアジアのどこかの街の熱気を感じさせる。

ただ、少し視線を動かすと、ここがニューヨークだということを嫌でも思い知らされる。建物自体は昔ながらのレンガや褐色砂岩作りで、隣のビル同士が長屋のようにくっつきあっている。どれほどアジアの色で飾り立てようと、本質はマンハッタンそのものなのだ。

夜。雨が降り続いているせいもあって人出は少ない。ミックとジャックのコンビは一時的に姿を消していた。問題の建物の裏口を見張ることになっている。

「さて、ここだ」

七海に指摘されるまま、建物を見上げる。五階建てのビルが雨に黒く塗り潰されており、一階は雑貨店になっていた。元は真っ赤だったらしい看板は歳月で色褪《いろあ》せ、今は雨で濡れて文字が読み取れない。私たちは、通りの反対側の街灯の下に立った。

「この店はトミー・ワンに何か関係があるのか?」

「いや」七海が首を振る。

「上は普通のアパートだよな」

「そう。何と、トミー・ワンはここに部屋を借りてるんだよ。間取りは、お前さんのところと似たようなものらしい」

「チャイニーズ・マフィアの幹部にしては質素だな」

「平日はここにいて、自分のシマに睨みを利かせてる。週末になると、ブルックリンの別宅に帰るんだ。奴の本当の家はそこなんだろう。よほど緊急の用件がなければ訪ねて来る人間もいないし、電話も滅多に鳴らないらしい。だだっ広い屋敷に一人で座って、故郷のことでも考えてるんだろう」

「故郷、か。トミー・ワンは確か、大陸の出身だったよな」

「ああ。戦後すぐ、まだおしゃぶりが手放せない頃に親と一緒に中国を脱出したんだ。親は真っ当な人間で、ブルックリンで屋台に毛の生えた程度のレストランを経営してたらしいけど、トミー・ワンは野心が強かったんだろうな。若い中国系の奴が、レストランで鍋を振ること以外で金を貯めようと思ったら、選択肢はそんなに多くなかったはずだ」

「そうやって組織の中で成り上がったけど、今は一人きりか」

「はっ」七海が吐き捨てる。新しい煙草を咥え、火を点けないまま唇の端でぶらぶらさせた。「奴には孤独がお似合いなんだよ」

「甥っ子がいるって言ってたじゃないか」

「ああ。奴の片腕と言われてる。そのうち、跡を継ぐんじゃないかな」

「跡を継がせないように、お前が組織を叩き潰すんだろう？」

「もちろん」七海が拳をきつく握り締めた。「奴らをアメリカから追い出してやるよ。だいたい、ああいう連中がいるから中国人のイメージが悪くなるんだぜ」

今、この街で権勢を振るっている連中を一掃しても、それは新たな悪の流入を招くだけだろう。アメリカへの移民は止まらないし、集団には何パーセントかの割合で必ず悪の要素が混じっているものだから。だが、あまりにも当たり前のその事実を七海に告げることはできなかった。

雑貨店の脇にあるビルの入り口に視線を注ぐ。鉄製の小さなドアが開いた。小柄な中国系の若者が顔を覗かせ、寒そうに首をすくめる。二十歳そこそこだろうか。デニムのジャケットのジッパーを引き上げながら、足早に歩き出した。濡れた歩道で足を滑らせて、慌ててバランスを取る。

「知ってる顔だ」七海が煙草を投げ捨てる。「確か、チェンと言ったな。ここでトミー・ワンの世話をしてる若い奴だよ」

何も言わず、私は道路を渡った。七海は反対側の歩道に残ったまま、二人で尾行を始める。長くは続かなかった。二分ほど歩くと、チェンが路上に停めた車のドアに手をかける。ロックを解除するのに手間取っているのを見て、ダッシュして肩から背中にぶつかって行った。勢いで、チェンの体がボンネットの上に乗り上げる。ジャケットの襟を後ろから摑んで引きずり起こし、体を反転させて車に押しつけた。チェンは海老反《ぞ》りになりながらもジャケットのポケットに手を突っこもうとしたが、駆けつけた七海がすかさず手首を押さえつける。私は右手でチェンの襟の右側を摑み、前腕の固いところを顎に押しつけた。首が捩《よじ》れて顔が赤く染まり、喉の奥からごぼごぼと音が漏れる。

「了、もういい。オーケイだ」

七海に言われて力を抜く。チェンが深呼吸すると、口元から涎が垂れて私のジャケットの袖を濡らした。

「ヘイ、こういうものを持ち歩いてちゃ駄目じゃないか」七海が、チェンのポケットから取り上げた折りたたみ式のナイフを広げる。雨に濡れた刃が、街灯の灯りを反射して鈍く光った。「こいつは何人の血を吸ってるんだ、坊や」

「滅相もない。単なる護身用ですよ」弁解するチェンの口調に怯えはなかった。子どもの頃から警察官とのやり取りに慣れている人間にとって、こんなことはさほどの大事ではないのだろう。

「トミー・ワンはどこにいる」私は再び腕に力を入れ、チェンを車に押しつけた。後頭部がボディにぶつかり、鈍い音を立てる。

「何の……ことですか」苦しい息の下からチェンが訊ねる。まだ余裕があった。

「お前の大事なトミー・ワンはどこだ」

「知りませ……」語尾がかすれ、顔が赤く膨れ上がり始める。喉を絞め上げる私の右腕に手をかけたが、力はなかった。

「了、それぐらいにしておけ」

七海に止められた後も、五秒だけ絞め続けた。ようやく離してやると、チェンが激しく咳《せ》きこみ、歩道の水溜りに唾を吐く。まだ顔は憎悪の色に染まってはいなかった。対応さえ間違えなければ、これぐらいの危機はやり過ごせるとでも思っているのだろう。そう考えているとしたら、既《すで》に状況を読み違えていることになる。

「さて、チェンさんよ」七海が巨大な手でチェンの顎を摑む。顔の下半分がすっかり隠れた。「もう一回聴く。トミー・クソッタレ・ワンはどこにいる」

七海の掌の下でチェンが何かもごもごと言った。七海が手を離すと、なおも薄い笑いを浮かべて言う。

「クソッタレ、は下品な言葉ですね」

「クソッタレをクソッタレと言って何が悪い。あいつも今度こそお終いだ。お前もいつまでも突っ張ってると、一緒に刑務所行きだぞ。刑務所の中でも奴の面倒を見るつもりか? 無駄だよ、無駄。どうせ死ぬまで出られないんだから」

「家まで案内してもらおうか」私は少し強目に、首筋に前腕を押しつけた。チェンの顔がねじれ、目だけが私を睨みつける。さらに腕に力を入れて喉を圧迫すると、白目が覗き、唇が青くなって震え始めた。

「そこまでだ」

七海が私の肩に手をかける。力を抜き、一瞬気を抜いたチェンが息を吐いた瞬間、胸倉を摑んで絞り上げた。そのまま体を持ち上げ、車に叩きつける。ルーフを濡らした雨が、一瞬のシャワーのようにチェンの体に降りかかった。

「部屋へ案内してもらう」車に押しつけたまま、また喉元を絞り上げる。

「令状は？」苦しい息の下からチェンが訊ねる。

「そんなものは必要ない。自分のボスが何をやったか知ってるのか？　今度は間違いなく実刑だぞ」

「さっきから、いったい何の話だよ」

一瞬、迷いが生じた。この男は本当に何も知らないのではないか？　トミー・ワンは組織を離れ、一人で暴走しているのかもしれない。

「いい加減にしろ、チェン」七海が拳銃を抜いた。銃口をチェンの頭に押しつけ、引き金に指をかける。「一気に頭を撃たないで、膝をぶち抜くところから始めてもいいんだぞ。そこから順番で、頭は最後だ」

「だから、俺は何も知らないって」チェンの声にわずかに焦りが混じった。

「部屋にトミー・ワンはいるのか」

「いない。誰もいない」

「だったら、俺たちがちょっと入っても問題ないな。お前さえ黙ってれば、誰にもばれない。そういうことでどうだ」

「それは――」

七海がさらに強く銃口を押しつける。チェンは首を捻って逃れようとしたが、私は反対側から頭を押さえて逃げ場を塞いだ。

「分かった、分かったからそいつをしまってくれよ」チェンの口からついに悲鳴が漏れる。七海はゆっくりと銃口を離したが、まだ頭をぴたりと狙ったままだった。

「そろそろいいか」声に振り返ると、ジャックとミックが寒そうに肩をすぼめながら雨の中に立っていた。

「ああ、これからご案内いただけるそうだ」七海が答え、私はチェンの胸倉を引っ張って車から引き剝がした。七海が後ろに回りこみ、後頭部を銃口で小突くと、チェンが顔をしかめながらのろのろと歩き出した。

「さっさと歩け」七海が警告すると、少しだけ歩調を速める。だが七海の計画は、すぐさま頓挫《とんざ》した。制服のように同じデザイン、同じ紺色のレインコートを着た男が二人、音もなく近寄ってきたのだ。チェン側の人間でないことは一目で分かる。二人とも大柄なブロンドの白人で、型から抜き出したように同じ背丈、似たような体型をしている。危険な臭いを発していたが、それはチャイニーズ・マフィアとはまったく別種のものだった。

「重大事項課だ」わずかに背の高い男が前に進み出る。

「今連絡しようと思ってたんだ」七海が男から目をそらしながらさらりと言ったが、重大事項課の二人はその言い訳をあっさりと無視した。七海が急に愛想のよい口調で切り出す。「あんた、ウェブだよな。ジョー・ウェブ。コロンビア人の武装ギャング団の事件で一緒だった。俺を覚えて――」

「そんなことはどうでもいい」ウェブと呼ばれた男が七海の言葉を遮った。「全員、今回の捜査には関係ない人間だな。どうしてここにいる」

「あんたたちに手柄をたてさせてやろうかと思ってね」七海が皮肉を滲ませながら、チェンに向かって顎をしゃくった。「今回の件、トミー・ワンがやったのはもう分かってるよな？　この坊やは奴の小間使いだけど、何か知ってるかもしれないぞ。謹んであんたらに贈呈するよ」

「なるほど」ウェブが素早くうなずく。いかにもポーズだけという仕草だった。「で？　あんたは何をしようとしてた」

「俺たちはここで、この坊やと話し合いをしてただけだ」七海が肩をすくめる。あくまで白を切り通すつもりらしい。「あんたが何を想像してるのかは知らないけど、俺はそんなに乱暴じゃないぜ」

「俺が聞いてる評判とは違うがな……それが分かってるなら結構だ。その坊やをこっちに渡してもらおうか。それで終わり。今後、捜査には手を出すな」

「ちょっと待て」七海が気色《けしき》ばんだ。「俺たちは被害者の身内なんだぞ。指を咥えて、あんたらのやってることを眺めてろっていうのか」

ウェブが私たち一人一人に鋭い視線を投げた。最後に私に目を留め、突き刺すようにじっと見詰める。

「あんたは特に、この件には係わるな。午後からずっと首を突っこんでるようだが、市警ではあくまでお客さん扱いなんだからな。だいたい、この街で日本人に何ができる。事情は分かるが、さっさと子どもの母親のところへ帰ってやれ。慰めてやる人間も必要だろうが」

「それは、あんたに心配してもらうことじゃない」反駁《はんばく》したが、言葉はウェブの深い色の瞳に吸いこまれてしまった。

「これ以上余計な手出しをすると、内務監査局に情報を提供せざるを得ない」

内務監査局。日本の警察で言えば「監察」であり、警察官の失敗や不祥事を調べるのが仕事だ。一般の警官からは蛇蝎のごとく嫌われている。「奴らはゴム底の靴しか履かない。後ろから近づくのを気づかれないように」「市警の中で一番腐ってるのは奴らだ。奴らを調べる人間がいないから」――警官が集まる酒場では、しばしばジョークや皮肉の材料になっているようだが、それは一般の警官たちが内務監査局を恐れている何よりの証拠でもある。

実際、内務監査局という言葉は、七海たちを黙らせた。だが、私には関係ない。内務監査局で査問を受けようが、市警を放り出されようが、どうでもいいことだ。大事なのは勇樹を捜し出すことだけである。

「あんたには子どもはいるのか」ウェブの目を真っ直ぐ見据えながら訊ねる。鋼のように見えた彼が一瞬たじろぐのが分かったが、私の質問に対してはなお、無言を貫き通した。「子どもがいるなら、親の気持ちは分かるだろう。ましてやあんたは刑事だ。同じような目に遭った時、他人任せにしておけるか？　自分の手で何とか捜し出したいと思うのが、刑事として自然な気持ちじゃないか？」

重い沈黙が漂う。胸を大きく膨らませたウェブが、溜息を吐くように言葉を押し出した。

「とにかく、手を引いてくれ。この件は、俺たちが仕切る。これからは、絶対に勝手なことはするなよ……今回の件は、内務監査局には黙っておく。ただし、二度目はないぞ」

うなだれたまま、七海たちが散開する。私は最後になった。ウェブが大きな手を私の肩に置く。

「任せておけ。俺たちが必ず助け出す」

これは俺の仕事だ、と言葉で突っ張り続けるのは簡単だった。だが私は、ウェブの言葉に潜む本物の同情と温かみを感じ取っていた。確かに、彼らの仕事は尊重すべきだろう。逆の立場だったら、私もウェブと同じようにしたかもしれない。

だがそれはそれとして、今の私にはやらなくてはならないことがある。

車内は沈黙に覆われた。七海が咳きこみ、開いた窓から煙草を外に投げ捨てる。ふだんは我が物顔で走り回っているタクシーも少なく、人通りも絶えた街は雨に濡れている。六月の雨に洗われた夜のニューヨークは、冷たく静かで美しい——聖なる街のような、汚れなき顔。だが悪は雨の下に隠れているだけで、決して消えはしない。七海が窓を上げると、私たちは静かな街の景色と切り離された。

「ブルックリンに転進だ。トミー・クソッタレ・ワンの別宅を拝んでみようじゃないか」七海が寒そうに両手を擦り合わせる。

「了解」ミックが車を出した。雨で濡れたマンホールの蓋《ふた》を踏んだのか、後輪が一瞬滑る。ワイパーが耳障りな軋み音を立てた。

「トミー・ワンの別宅は、もともと親が住んでた掘っ立て小屋みたいなものだったんだ」走り出した車の中で、七海が説明を始めた。「それを、五年前に周囲の土地を買い増して豪邸に建て替えた。豪邸というか、要塞だな。最新の監視システムを完備してるから、押し入るのは事実上不可能だ。中がどうなってるかは俺も知らない」

「今回の件で正式に捜査できるはずだ」

私が指摘すると、七海が渋い顔をした。

「そういうやり方はしたくないんだよ。他の連中が動き出す前に中へ入りたい」

「だけど、要塞の中へどうやって入る」

「力ずくでも」コートの前をはだけて拳銃を抜き、銃身をそっと撫でる。

「中に誰かいると思うか」彼の拳銃から目を逸《そ》らした。

「いや」

「だったら拳銃は必要ないぞ」

舌打ちして、七海が拳銃をホルスターに戻した。

「当然、その要塞はトミー・ワンの名義じゃないんだろうな」ハンドルを握るミックが訊ねる。

「ああ。名目上の所有者は奴の会計士だ」と七海。

「その会計士を揺さぶったらどうだ」

ミックの提案に、七海が首を振った。

「その手は考えたことがある。トミー・ワンの弱点になりそうな人間は全員リストアップしてるからな。でも、この会計士には穴が見つからないんだ。だいたい、トミー・ワンがそこに住んでるはっきりした証拠もない。実は俺も、本人をそこで見かけたことは一度もないんだ。証言はあるけど、それだけで点を一本の線にすることはできない。そんな面倒なことをやってる暇はないしな……それより、ブルックリンに行く前にちょっと情報を収集しておかないか。俺たちはまだ、あの立てこもり現場で何が起こってたのか、はっきり知らないんだから。ちょっと、市警本部に寄ってくれ」

「大丈夫かよ」ミックが疑問を口にする。「近づいたら面倒なことになるんじゃないか。俺たち、指名手配されてるようなものだぜ」

「中へ入らなければ大丈夫だ。話を聞ける人間を呼び出そう」

「了解」ミックが強引に車をUターンさせ、市警本部に向かった。

市警本部は、マンハッタン南部の一角で異彩を放っている。市庁舎《シティ・ホール》、裁判所、どれも優雅な雰囲気さえ感じさせる建物だが、市警本部はそれと対照的に、素っ気ない茶色の箱なのだ。ミックが市警本部の近くで車を停めると、七海が携帯電話で誰かを呼び出した。短く言葉を交わすと、車のドアを押し開ける。「ドーナツの時間だぞ」と言い残して、黒く濡れた歩道を歩き出した。私たちは無言で後に続く。

「ドーナツの時間」は何かの冗談だろうと思っていたのだが、七海は本当に近くにある終夜営業のダイナーに足を運んだ。迷わずにコーヒーを五つと大量のドーナツを注文してから、店の一番奥にある席に陣取る。大人が六人か七人も座れそうな席だったが、彼がそこを選んだ理由はすぐに分かった。

五分後、店のドアよりも大きそうな男が入ってきた。身長はおそらく二メートルをはるかに超えており、体重に至ってはすぐには見当もつかない。百二十……いや、百五十キロはありそうだ。ついに辞職する決意を固めた今《こん》も巨漢だったが、それよりも一回り以上大きい。褐色の肌を擦ると、七海の顔を見つけて全開の笑みを浮かべ、手を振る。いや、その視線は七海ではなく、明らかにドーナツに向けられていた。

一人で二人分のスペースを確保すると、挨拶抜きでドーナツに手を伸ばす。こんな時間にドーナツを食べるのは、自分の体に対する裏切り行為にも等しいのだが、男はこの瞬間を心から喜んでいる様子だった。大男の割に仕草は優雅で、ドーナツを一口齧《かじ》り取る時に、右手の小指は綺麗にぴんと伸びていた。食べることに執念を燃やし、なおかつ礼儀を持って食べ物に向き合うところも、今そっくりである。

「組織犯罪捜査部のヴァーノン・ワシントンだ」七海が改めて紹介する。

「よろしく」ワシントンが体に似合わぬ繊細な声で言って、紙ナプキンで丁寧に指先を拭ってから私たちと握手を交わした。全員の手を握り終えると、齧りかけのドーナツにまた手を伸ばす。

「トミー・ワンは、どうやってあの倉庫に忍びこんで脱出したんだ？」ヴァーノンの隣に座った七海が訊ねる。

「舟を用意したようだな。船外機つきの小さな舟だと思う。あの倉庫の地下道、ハドソン川まで続いてたんだな。何に使ってたのかは分からないが……舟で接近しておいて、最後も舟で逃げたんじゃないか」

「どうして追わない」

「追うも何も、それに気づいた時は手遅れだった」言い訳してからヴァーノンが続ける。

「目撃者が出てきたんだけど、その時には、舟はもうどこにもいなかったよ。今捜してるけど、簡単には見つからないんじゃないかな」

「ということは、トミー・ワンの行方はまだ分かってない？」

「ああ。ただ、今回の件は奴一人でやったとは思えないな。手下が絡んでいるはずだ。その全員が、もうニューヨークにいない可能性もある」

「どういうことだ」

「組織の人間が何人か、行方が分からなくなってる」

「動機は？」

「分からん」肩をすくめ、ヴァーノンが二つ目のドーナッツに手を伸ばした。「想像もできんな。クソッタレのチャイニーズ・マフィアとテレビドラマの人気子役と、どうつながるんだ？」

「知るかよ」乱暴に吐き捨て、七海が一瞬深く頭を垂れた。嫌な推測が脳裏を駆け巡っているであろうことは、容易に想像できる。俺のせいではないか。トミー・ワンを追い詰めようとしたことで、逆襲を受けたのではないか。しかし、それを言うなら私にも責任の一端はある。私は日本でトミー・ワンのビジネスチャンスを叩き潰したのだが、向こうはそれを恨みに思っているかもしれない。私がニューヨークに来たことを知り、馬鹿者がむざむざ網に飛びこんできたと、手揉みをしながらチャンスを狙っていた可能性もある。

「とにかく、今回の件は謎が多過ぎる。みんな頭を抱えてるんだよ。それより、無理するなよ」二つ目のドーナツの最後の一片を飲みこみながら、ヴァーノンが忠告した。

「自分たちでやろうとする気持ちは分からないじゃないけど、あちこちに敵を作る必要はないだろうが」

「それでもやらなくちゃならないんだ」七海がテーブルの上で拳を握り締めた。

「そこまで言うなら仕方ないな」迷わず三つ目のドーナツを取り上げる。「できるだけバックアップはしよう。これからも情報は流すよ」

「すまん。必ずお返しする」

「このドーナツで十分だよ」ヴァーノンがドーナツを持った手を振った。砂糖が雪のようにテーブルに舞い落ちる。「安心しろ。敵ばかりじゃない。気持ちの上ではお前らを応援してる奴も一杯いるんだから」

ヴァーノンの言葉は、気休めにもならなかった。

7

深夜のブルックリン・ブリッジを渡り、トミー・ワンの別宅に向かった。腕を突き出して時刻を確認する。祖父の形見のオメガは午前三時を指そうとしていた。

「誰か先回りしてるかもしれないぞ」

「そうかもしれない」私の指摘に、七海の声が苛立った。「だけどそれは、行ってみなくちゃ分からない。何度もヴァーノンに確認するわけにもいかないし」

マンハッタンを出て二十分ほどで、問題の別宅に着いた。七海が指摘していた通り、確かに要塞である。周囲に高いブロック塀を張り巡らせ、外から見える数少ない窓も銃眼のように細長い。内部の様子はまったく窺えなかった。ミックがゆっくりと車を走らせたが、それだけで四か所に防犯カメラを確認できた。

二ブロックほど離れたところに車を停める。息が白くなるような寒さで、濡れたアスファルトが足元で不快な音をたてた。

「どう攻める」何気なく訊いたジャックの一言が、七海の苛立ちをさらに加速させた。

「聞くな。今、考えてるところだ」

七海は冷静さを失っている。やる時は瞬時に判断して大胆に動く男なのだが——日本でトミー・ワンと対峙《たいじ》した時は家に車を突っこませた——今は考えすらまとまらない様子だった。目立つから控えるべきなのに、盛んに煙草をふかしている。

車が二台、私たちを立て続けに追い越していった。市警の覆面パトカーだった。

「クソ、先を越されたか」ミックが右の拳を左手に叩きつけ、前を歩く七海に問いかける。「運が残ってるかどうか賭けるか？　入れてくれる人間がいるかもしれない」

七海がちらりと後ろを振り向き、小さくうなずいた。

「そうだな。今のところ、便乗させてもらうしかないようだ」

「誰か知り合いがいることを祈るよ。ドアをぶち破るつもりなら、加勢してやってもいい」私は言ったが、冷ややかな沈黙に迎えられただけだった。

結果的に強行突入の手助けをする必要はなかった。数人の刑事たちが正面のドアの前に立ち、鍵を開けようとしている。

「しめた」七海の声に明るさが戻る。「賭けは俺たちの勝ちだな。まだ運が残ってるぞ……組織犯罪捜査部のウォンがいる」

言われるまま目を凝らすと、確かに中国系の刑事が一人いた。一団の最後尾に位置し、寒そうに肩をすくめている。

「ウォン！」住宅地の眠りをぶち壊すような大声で七海が叫んだ。ウォンが一瞬びくりと肩を震わせ、こちらを振り向く。小柄で童顔で、まだ二十代にしか見えなかった。前にいる同僚たちに二言三言声をかけると、小走りにこちらに近づいて来る。七海の前に立つと、小さく溜息をついた。

「やっぱり来たか」

「手助けはいらないか？」七海が強張った笑みを浮かべた。

「冗談じゃない」ウォンが体を震わせた。「お前さんたちのこと、あちこちで噂《うわさ》になってるぞ。何でこんなことしてるんだよ」

「巡り合わせってやつでね」

「無茶するなよ。俺まで内務監査局に目をつけられる」ウォンが低い声で忠告する。

「連中が怖いのか？」挑みかかるように七海が言った。しばらく前、ウェブに内務監査局の名前を出された時の自分たちの反応は忘れている。

「俺、二人目の子どもが生まれたばかりなんだぜ」ウォンが口をすぼめる。

「結構だね。アメリカの繁栄のためにどんどん子どもを作ってくれ」

「そういう問題じゃないだろうが」深い溜息。「まったく、こいつはボタンの掛け違いだな。最初から『手伝わせてくれ』って素直に言えば、反対する人間もいなかったんだよ。後先考えないで突っ走るから、目をつけられるんだぜ」

「緊急時だ。仕方ないだろう」

「分かったよ。とりあえずここには、仲間を売るような人間は来てないからな……」体を捻って私の顔を見上げる。腰まであるオリーブ色のナイロンジャケットがキュッと鳴った。「あんたが今回の事件の主役だな」

「一番大事な友だちが誘拐されたんだ」

「お気持ちは分かりますよ」ウォンが腹に手を当て、体を折り曲げた。「ナナミのためじゃない、あんたのためってことにしようか。ただし、ここには来なかったことにしてもらう。もしばれたら、お前たちが勝手に入ったことにするからな。それでいいな？」

「用心深いのは結構なことだな」皮肉を吐いて、七海がアスファルトを踏み鳴らすように家に歩み寄って行く。

「まったく、あいつには参るよ」ウォンが私の顔を見て溜息をついた。「あんた、つき合いは長いのか」

「十五年前から」

「それは可哀相に、と言うべきかな」拳を口に押し当ててくすくすと笑う。「昔からあんな感じだったのか」

「野球の試合中はね」

「あいつが大リーガーになってたら、今ごろ退場の記録でも作ってたかもしれないな」

不安気に首を振る。

今のところ、刑事の仕事に関しては退場させられずに済んでいるわけだ。むしろ危ないのは私の方かもしれない。考えてみれば、今回の研修留学もよく許可されたものだと思う。首になりかねないことばかりしてきたのに。いや、これは上層部にすれば体のいい厄介払いだったのかもしれない。ある人間など、あからさまに明るい笑みを浮かべて「そのままニューヨーク市警に移籍したらどうかね」と言ったものである。そんなことなど、できるわけもないのに。ふざけるな、と睨みつけてやったのだが、今は、可能ならばそれも悪くないと思っている——勇樹を助け出せればの話だが。

家の中では胡散《うさん》臭い顔で見られたが、誰も何も言わなかった。ウォンの説得が功を奏したようである。

家は広いが殺風景だった。個人の生活ぶりを想像させるものはあまりない。一階のほぼ全体が広いリビングルームだったが、これといった特徴のない家具が無造作に置かれているだけだった。超大型の液晶テレビや高価なオーディオセット、高い酒を集めたリカーキャビネットなど、金遣いの荒さを彷彿《ほうふつ》させるものはない。そもそも、使われていた痕跡さえ感じ取れなかった。

二階は小さな部屋に分かれており、私はトミー・ワンの寝室と見られる一番大きな部屋を七海と二人で捜索した。といっても、こちらにも注目すべき物はさしてなかった。キングサイズのベッドのマットを剝がし、クローゼットの中を引っ掻き回してみたものの、これはというものには行き当たらない。手紙や領収書の類《たぐい》は、この家には保存していないのだろう。

「トミー・ワンは本当にここに住んでたのか」床に引き摺り下ろしたマットレスを蹴飛ばしながら訊ねた。

「ああ」七海の声には自信がない。

「生活臭がしないな」

「週末しか使ってなかったからだろう。しかし、一つ分かったよ。トミー・ワンは潔癖性だな」

クローゼットを見ればそれは明らかだった。革靴が十足、綺麗に並べられている。オールデンの靴が多かった。コードバンばかりで、顔が映りこみそうなほど磨き上げられている。ブラシや靴クリーム、磨き用の布などが靴の空き箱にきちんと収められていた。あの男と私の間には、一つだけ共通点があるようだ——時間があれば靴を磨く。この場に座りこんで、トミー・ワンが時の経つのも忘れてバーガンディのコードバンを光らせる様子を想像してみる。はっきりとしたイメージは浮かばなかった。考えてみれば私は、トミー・ワンという男をほとんど知らないのだ。七海から聞いて膨らませたイメージがほとんどである。日本では二回、顔を合わせたが、一度は蕎麦屋《そば》でちらりと見ただけだし、もう一度は事件現場で短い時間遣り合っただけである。あの時は、襟なしのシルクのシャツに薄い茶色のジャケットという格好で、堂々とした態度は、成功した中国系のビジネスマンのようにも見えた。しかし、先日優美の家の近くで見かけた時は、だいぶ様子が違っていた。年を取ったというだけではなく、何か心配事があってやつれ、苦悩に内側から体を食い荒らされていたような感じすらした。

「トミー・ワンに、何かあったんじゃないのか」

「何かって、何だよ」七海はベッドを動かしにかかっていた。数人がかりでないとびくともしそうにないサイズだったが、彼が低い姿勢で押すと、じりじりと滑り出す。強《きょう》靭《じん》なプロップの選手が相手スクラムを押しこむ様が頭に浮かんだ。私も横に並んでベッドを押すのを手伝う。一気に一メートルほど滑って、床が姿を見せたが、トミー・ワンはベッドの下を秘密の隠し場所にしてはいなかった。七海が立ち上がり、両手を叩き合わせてから私に向き直る。

「何か気になることでもあるのか？」

「この前見た時、ずいぶんしょぼくれてる感じがした」

「しょぼくれてる……」首を捻る。七海の辞書にはない日本語だったようだ。

「元気がなかった。何か問題を抱えているように見えた」

「ああ、そういうことか」

「組織の方でトラブルでもあるのか」

「俺が知る限りでは、ないな。奴は今ナンバー2だけど、野心がない分、かえって立場が安定してる」

「マフィアの連中は、みんな足を引っ張り合ってるのかと思ったよ」

「普通はそうなんだろうけどね……奴の組織は、何年か前に代替わりしたんだ。それまでのトップが死んで、息子に組織を譲ったんだよ。その時に、強引に組織を乗っ取る手もあったはずなのに、そうしなかった。長年仕えたボスの息子をサポートすることにして、自分はナンバー2の座にとどまったのさ。ある種の保身策だったんだろう。それにしても、奴がまだ自分で荒っぽいことをするとは思わなかったよ。汚れ仕事は若い連中にやらせるような年なのに」

「ちょっと」開いたドアからジャックが顔を覗かせる。顔には戸惑いと何かを期待する輝きが同居していた。

「どうした」七海が振り向く。

「レシートが見つかった」

「レシート？」

「ちょっと来てくれ。トミー・ワンの手下の部屋だ」

生活臭の少ないトミー・ワンの部屋とは大違いだった。二つのシングルベッドの上では毛布がくしゃくしゃに丸まり、床にはビールの空き缶やピザの箱、テイクアウトの中華料理の空箱などが散乱している。雑多なものが入り混じった悪臭は、廊下にまで流れ出していた。

「レシートは？」

七海が訊ねると、ジャックがデスクの上を指差した。ポルノ雑誌や新聞が積み重なった山の一番上に、クレジットカードのレシートが一枚載っている。七海がハンカチを使って取り上げた。

「ハーツのレンタカーだ」

「高飛びか？」私は彼の肩越しにレシートを覗きこんだ。七海が体を捻り、私の目の前にレシートを掲げる。

「レンタカーで高飛びは、ちょっと不自然だな」七海が首を捻る。「飛行機を使った方がかえって危ないんじゃないか？　空港のチェックは厳しい」

私が反論すると、七海が素早くうなずいた。

「そうだな。とにかく、こいつを調べてみるのは手だ」

「ウォンに話すのか？」私の問いかけに、七海が一瞬言葉に詰まった。友情と刑事としての義務、それに自分の意地を秤《はかり》にかけているのだろう。結論は数秒後に出た。

「しばらく預かろう。後でここに戻しておくってことでどうだ」

「そいつはまずいぞ」ミックの顔が白くなった。「あんたの友だち――ウォンの面目丸潰れじゃないか」

「それは何とかフォローしておく」

「内務監査局にばれたらどうする」ジャックも深刻そうな声で忠告する。

「分かった、分かったよ」七海がレシートをテーブルの下に落とした。「これでいいだろう？　そのうち連中も見つける。俺たちはここでおさらばしようぜ」

他の刑事たちに先行する――それはすべて、自分たちの手で勇樹を見つけるための独断専行だ。一瞬、私の頭に疑問が入りこむ。四人だけで動くのには限界もあるし、直接関係ないミックとジャックを巻きこむのは気が引ける。こういう時は、やはり人海戦術の方が効果的ではないだろうか。だが七海の気持ちを考えて、無理にその考えを押し殺した。彼は自分でトミー・ワンを捕まえたいのだ。誰かがあの男に手錠をかけることを考えただけで悶絶するだろう。親の敵と長年追いかけてきた男を捕まえるチャンスができたのだ、彼には思いを遂げさせてやりたい。勇樹を一刻も早く無事に救出することと、何とか両立できるはずだ。

いや、しなければならない。

夜中の三時過ぎでは、レンタカー会社の担当者を摑まえることはできなかった。車に戻り、一度優美の家に引き返すことにする。電話を入れると彼女が疲れた声で出てきた。

「どう？」と訊ねる声にも力がない。

「トミー・ワンはまだ行方不明だ」

「勇樹と一緒にいるのは間違いないの？」

「おそらく」

「何のために……」彼女が指を嚙む様が脳裏に浮かぶ。

「それは分からない。それより、少しは寝たのか？」

「ちょっと横になってみたけど、眠れなくて。仕方ないから起きてるわ。勇樹の写真ばかり見てる」

「よせよ」危ない兆候だ。まるで死人の想い出に浸《ひた》るようなものではないか。

「何だか、顔を忘れそうな気がして」

「そんなことないさ。君の息子なんだぜ」

「そうよね」深い溜息。「私、どうかしてるわ」

「こんな状況なんだから、普通でいられるわけがないよ。これから一度そっちへ寄る」

「何か手がかりはあったの」

「手がかりと言えるかどうかは分からないけど、朝になったらすぐに確認する」

「コーヒー、淹《い》れておくわ。兄さんも一緒？」

「総勢四人だ。ムーアやキャロスはどうしてる？」

「居眠りしてる」

あの連中は……緊迫感や責任感という言葉を見たことも聞いたこともないのか。

「着いたら叩き起こしてやる」

「そうね。でもあの二人が起きてても、何もしてもらうことがないんだけど」

「心配するのも仕事のうちだ。そっちへ行ったら思い知らせてやる」

「了……やめてね」

もごもごと言い訳をしてから電話を切り、唇を舐めた。

「優美、どうだった」七海が目を閉じたまま日本語で訊ねる。

「相当参ってる」

「だろうな。あんなに慌ててるあいつを見るのは俺も初めてだよ。ロスのクソ野郎と揉めてた時だって、もう少し元気だった」

「その時は、憎む相手がはっきりしてたからじゃないか」

「今回だって、トミー・ワンを呪い殺してやるつもりでいればいいんだ」七海が、トミー・ワンを捻り潰してやろうかという勢いで指先を擦り合わせた。

「彼女はトミー・ワンを知らないんだぜ？　一度も会ってないし、今日まで——昨日まで、そういう男がいることも知らなかったんだから」

「できれば、一生知らないままでいて欲しかったんだが」

その後に訪れた短い沈黙を切り裂くように、ミックが突然甲高い声を上げた。

「ああ、腹が減った」

「我慢しろよ」ジャックが諭す。「一段落したらたっぷり食わせてやるから」

「いや、俺が食いたいのはママのラザニアなんだ。トマトソースがこってりしてて美味いんだぞ。たぶん、イタリアでもあんな美味いラザニアはない」

「だったら、そのうち俺も招待してくれよ。お前のお袋さんのラザニア、食ってやろうじゃないか」

「アイルランド人に、イタリアの食の真髄《しんずい》が理解できるかね」

「食い物は理解するんじゃなくて、舌と心で感じるもんだぜ」

再び沈黙。暗く沈みこむ私たちを立ち直らせようと、二人がこの場にそぐわない軽口を叩き合っていたことは分かる。ありがたいことだが、効果はなかった。腕を組み、目を閉じる。ひどく疲れていたが、ベッドが恋しい気分ではなかった。

どこかで携帯電話が鳴り出した。

「誰の携帯だ?」ミックが疲れた声で呼びかける。私だった。自分の携帯が鳴ってるのに気づかないほど疲れている。

「はい」

「おっと……あれ、これはナナミの携帯じゃなかったか?」ヴァーノン・ワシントンだった。

「ナルサワだ」

「おお、リョウ」眠そうな声だが、彼は昼間でもこんな喋り方をするような気がした。

「ナナミに替わろうか?」

「いや、どうせあんたにも伝わる話だからな。まだ一緒に動いてるんだろう？」

「ああ」

送話口を手で押さえ、七海に「ヴァーノンだ」と伝える。七海は目を閉じたまま、面倒臭そうにうなずいた。ヴァーノンとの会話に戻る。

「何か情報でも？」

「トミー・ワンの甥っ子で、チャーリー・ワンという男がいるんだが、昨日の午後から行方が分からない」

ぴんと来た。数時間前に、七海と話題にした男ではないか。

「二人は一緒なのか？」

「それもはっきりしない。ただチャーリーは、いつも影みたいにトミーにくっついてるらしいからな。今回も何か手助けをしてるんじゃないか……それと一つ、警告がある」

「なんだ」

「マスコミの連中が動き出してるぜ。ユウキがさらわれたことは、公式にはまだ伏せてるんだが、こういうことは必ず漏れるからな。気をつけないと張りつかれるぞ。特に今回は被害者が有名人だから、テレビも新聞も大喜びで騒ぎまくる」

「そうか」喉が渇く。日本でもアメリカでも、マスコミは時に捜査の邪魔になる。新聞で数センチ程度にしか扱われない小さな事件なら、連中はこちらが投げる情報を丸呑みにするのだが、今回のように注目を浴びる事件ともなると、自分たちで積極的に動き出す。捜査の途中でどんなにデリケートな問題があろうが、平気で踏み潰して前進するのだ。

電話を切ると、七海が物憂げな声で訊ねた。

「何だって」

「チャーリー・ワン」

「チャーリー・ワン？　奴がどうした」急に声が張り詰める。

「昨日の午後から姿を消してるらしい。ヴァーノンは、トミー・ワンと一緒に動いてる可能性があるって言ってる」

「クソ、奴が絡んでるのか」七海が慌ててシートの上で体を起こした。

「どんな男なんだ？」

「切れ者だよ。かなりの切れ者だ」その事実を認めるのが悔しいかのように吐き捨てる。

「頭を使う仕事になると、必ず出てくる。まだ若いんだけどな。俺たちと同じぐらいの年だよ」

「三十代の前半か……逮捕歴は？」

「一度だけある。麻薬の不法所持だけど、実刑は受けなかったはずだぜ。今は絶対に表に出てこないで、不法入国ビジネスを仕切ってるらしい」

「次世代のエースってわけか」

「そういうこと。組織の中でも一目置かれてる」

「そいつが動いてるってことは、これは組織絡みの事件なのか」

「それは分からん。今のところ、動きはないけどな。不気味なぐらい静かだ……」七海が親指をきつく嚙んだ。「実は、トミー・ワンは、もう引退を決めてるって噂もある。そうなったら、甥っ子が跡目を継ぐのも自然な流れだろう。俺は、トミー・ワンが引退してほっとしたところでドアをノックしてやるのもいいんじゃないかって思ってたけど、今はそんなことを言ってる場合じゃないな。贅沢は言わない。見つけたらすぐにぶちこんでやるよ。あいつが苦しむ顔を見て楽しむのは、この際諦《あきら》めよう」

8

「ここから出て行って」

優美の家に戻るなり、若いアフリカ系アメリカ人の女性が、腕組みをして私たちを睨みつけた。身長五フィートほどと小柄なのに、有無を言わせぬ迫力がある。優美の面倒を見るために、市警本部から送りこまれてきた女性刑事だ。

「ちょっと待て。俺は身内だぞ」七海が反論する。

「身内なら身内らしくして」

「なるほど。じゃあ、大人しくしてるよ」七海が皮肉っぽく吐き捨て、女性刑事に、次いで優美に目を向ける。「少し休ませてもらおうか。ユミ、ユウキの部屋を借りるぞ」

「ちょっと――」

女性刑事が反駁しかけたが、七海は彼女の言葉を一刀両断した。

「俺は身内なんでね。こいつもな。家族の身を案じてるだけじゃないか」私の肩を叩き、わざとらしい笑みを浮かべる。「何か問題でも?」

答えはなかった。


勇樹の部屋は私には馴染みの場所だが、今までノックもせずに入ることはなかった。もう、プライバシーが必要な年頃なのだ。初めて主のいない部屋に足を踏み入れると、寒々とした空気が身に沁みる。

目立つのは壁に張られた野球関係の写真である。特にニューヨークの二チームの選手たち。勇樹と選手が一緒に写った写真もあった。去年のシーズン終盤、勇樹がヤンキー・スタジアムを訪ね、選手たちと記念撮影をした時のものだ。首位打者に輝いた選手とのツーショット写真では、子どもらしい、作り物ではない笑みを浮かべている。その中でひときわ大きいのは、大学時代の七海の写真だ。大きく引き伸ばされたその写真は、三塁へヘッドスライディングした瞬間を正面から捉えたもので、ずれたヘルメットに顔が半分隠れているにも拘らず、雄たけびが聞こえてきそうな迫力のあるものだった。

「スポーツ・イラストレイテッド」にも載ったその写真は勇樹のお気に入りで、七海が持っていたのを譲り受けたのだ。七海の顔の線は今よりも細いが、発する鋭い雰囲気は変わっていない。あの頃は一球を見極める眼光。今は悪を見詰める厳しい視線。

「クソ、疲れたな」七海が勇樹のベッドに腰を下ろす。大きな手で頰を擦り、そのまま顔を埋めた。私は窓際に立ち、ガラスの冷たさを背中に感じていた。ミックとジャックが部屋の真ん中に座りこむ。さすがに全員、疲労の色が濃い。

「朝まで一眠りするか」ミックが欠伸を嚙み殺した。「どうせ今は何もできない」

「寝たい奴は寝てくれ」七海も掌で口を押さえて欠伸をした。「しかし、あのレシートは何なのかね」

「ナナミ、この件は然《しか》るべき人間に報告すべきだ」

私が提案すると、七海とジャックが同時に声を上げた。

「どうして」

「奴らが借りた車はすぐに割れるだろうけど、そこから先は俺たちだけじゃどうしようもないからさ。車を探すには人手が必要だ」

「それはもっともだな」ミックがすぐに同意した。「面子《メンツ》の問題を言ってる場合じゃない。物量作戦が一番だぞ。どうだ、ナナミ」

「ああ……仕方ないな」溜息をつきながら、七海が電話を取り出す。「どうせなら、友だちに話して手柄を立てさせてやろう。ウォンがまだ現場にいるはずだ」

「早くしろよ」ミックが面倒臭そうに言った。「手遅れにならないうちにな」

「縁起でもないこと言うな」ミックを一睨みしてから七海が電話をかける。「ウォンか？俺だ。まだ現場か？よし。二階の部屋を探してくれ。いや、トミー・ワンの部屋じゃなくて、手下の部屋だ。そう、ピザとテイクアウトの中華料理の空き箱が散らかってる部屋だよ。そこにレシートがあるんだ。誰かがハーツのレンタカーを借りたらしい。手下が手配して、トミー・ワンの高飛びを準備した可能性がある。分かってるよ。もう手遅れかもしれないけど、今、その責任を言っても仕方ないだろう。とにかく、さっさとチェックしてくれ。ああ？何で俺がそれを知ってるって？頼むよ、ウォン。一＋一の結果以上に複雑なことは聴かないでくれ。俺は眠いんだ。あんたが見つけたことにして、手柄にすればいいだろう」

電話を乱暴に切り、ベッドに投げ出す。後頭部に両手をあてがい、そのままベッドに倒れこんだ。目を閉じたまま、しわがれた声で溜息のように言葉を押し出す。

「これで俺らの手を離れるわけか」

「そうと決まったわけじゃない」私は慰めたが、七海の耳には届かない様子だった。じっと目を閉じると、分厚い胸板が規則正しく静かに上下し始める。

ノックの音が響く。誰も顔を上げない。ドアが細く開き、優美が顔を覗かせた。大きなマグカップを五つ、それにポットをトレイに載せている。危なっかしいので、すぐに受け取った。

「私もここでコーヒーにしていい？」

「もちろん」

「あの人たちと一緒だと疲れるのよ」言葉で言う以上の疲労が顔を染めている。

「ここでゆっくりしてればいい」

「刑事さんたちと一緒の方が気楽だっていうのも、ちょっと変よね」

カップにコーヒーを注ぐ。全員が無言で、ブラックのままコーヒーを啜《すす》った。優美の淹れるコーヒーは美味いのだが、今日はいつもより苦みが強い。

無言の、呆けたような時間が続く。勇樹のグラブを取り上げ、左手にはめてみた。右の拳で、ポケットを二度、三度と叩く。勇樹の手には大きい大人用のグラブなのだが、私がプレゼントした時には、「これならずっと使えるね」と満面の笑みを浮かべたものだ。よく手入れされ、革はすっかり柔らかくなっているが、使いこんでいるとは言えない。気軽にキャッチボールできる場所も時間もないのだ。一度、だだっ広いスタジオでキャッチボールの相手をしたことがあるが、しばらくボールに触っていなかったために勘が狂ったようで、大暴投してセットの壁に穴を開けたことがある。その時の悲しそうな顔。狭苦しいスタジオに押しこめられ、野球をする自由すらない生活は、息苦しいものだったのだろう。何しろエージェントは、怪我を恐れて、やんわりとだがキャッチボールさえ禁じているのだ。

メディアへの露出が増えるに連れて勇樹はプライバシーを失っていったが、それに気づいた時にはもう引き返せなくなっていた。思い切ってテレビの世界から身を引いて、普通の小学生の生活に戻ることもできるかもしれないが、それはそれで失うものも大きいだろう。引くことにも進むことにもメリットとデメリットがあるが、私は勇樹にもう少しだけ余裕を持たせてやりたかった。

キャッチボールした時の手の痛みを思い出す。数年前、初めてボールを受けた時はまだ山なりだったのに、今はそれなりに力のある球を投げるようになった。硬球で野球をしたことのない私が相手をできるのも、それほど長くはないだろう。その後は野球が本職である七海の出番だ。

そういう生活が戻ってくれば。

ベッドに放り出した七海の携帯電話が鳴り出した。胡散臭そうに眺めていたが、やがて意を決したように取り上げ、ぞんざいな口調で電話に出る。

「おう……はい」一瞬にして七海の背筋が伸びた。コーヒーを零《こぼ》しそうになり、慌ててカップを前に突き出す。「ええ、そうです。間違いありません。いいんですか？　いや、もちろん俺は異存ありません……はい、分かりました。朝になったらすぐに動きます。ええ、今は妹の家で待機中です」

電話を切り、「よし」と気合を入れて七海が立ち上がった。張りついた疲労が剝がれ落ちたように、声が蘇っている。

「俺たちも正式参加だ」

「ああ？」床に座りこんでいたミックが慌てて立ち上がる。「どういうことだ」

「諸々の事情を考慮した結果だそうだ」七海の顔が自信で輝いている。声も高い。

「今の電話、どこからだ」ジャックが首を捻った。

「重大事項課の課長。人手が足りないし、俺はこの街のチャイニーズ・マフィアの事情をよく知ってる。それに、身内の人間がいた方がいいっていう話になったらしい」

「身内？　俺たちはどうなる」ミックが不満そうに言った。

「大丈夫だ。俺が必ず上を説得する」

「ならいいけど……ここまで来て仲間外れは困るぜ」まだ心配そうに、ミックが唇を尖らせる。「とりあえずの命令は？　つまらない仕事を押しつけて、厄介払いしようとしてるんじゃないだろうな」

「具体的にどう動くかは、朝になってから指令がある。状況によっては、どこかに飛ぶことになるかもしれない。トミー・ワンの行き先が分かったら、追いかけなくちゃいけないからな。その場合は、リョウ、お前が行くべきだ」

「ああ」すばやくうなずく。

「ユウキを助け出すのはお前だ」

「分かってる。だけど、お前はそれでいいのか？　トミー・ワンは……」

「お前は、どうすればいいか分かってるはずだよな」燃えるような目つきで七海が告げる。俺の代わりに銃弾をぶちこめ。暗黙のメッセージはすぐに理解できたが、私は首を振って否定した。

「トミー・ワンがどこにいても、絶対にこの街へ連れて帰る。生きたままお前に渡してやるよ」

私たちのやり取りを聞いて、優美が不思議そうに目を細めた。

レンタカーを借りたのはトミー・ワンの部下だという情報が入ってきた。だが、私たちに具体的な指令はまだない。

「こいつはまた大騒ぎになるぞ」早朝のニュースを見ながら、七海が悪態をついた。半分眠ったような様子でテレビを眺めていたレスリー・ムーアが、はっと顔を上げる。七海が睨みつけると、慌てて背筋を伸ばした。

「おい、あんたの局のニュースでやってるじゃないか」

「ああ、なかなかよくまとめてるね」かすれた声でムーアが応じる。画面には勇樹の顔写真が大写しになっていた。アナウンサーが、早口で事件の概要を伝えている。新聞の朝刊には間に合わなかったようだが、テレビで流れてしまえば、ニュースは全米中に広がる。あるいは国境を越えて、日本にも。私たちはチェックしていなかったが、インターネットのニュースはこれより早く流れていたかもしれない。

「他人事みたいに言ってる場合じゃないだろう。こういうの、抑えられないのかよ」七海が舌打ちをした。

「冗談じゃない」ムーアが頭から水を振り払うように首を振った。「我々とニュース部門は何の関係もないんだ」

「スポンサーが渋い顔をすれば、ニュースなんかすぐに引っこめるんだろう？　テレビなんて、そんなもんだろうが」

「おいおい、そんなに簡単なもんじゃないんだぜ」七海の攻撃にもまったくこたえない様子で、ムーアが立ち上がった。「こんな大きな事件で盛り上がらない奴がいたら馬鹿だ。それに、ニュースで流れることで情報が集まるかもしれない。過去にだって、そうやって解決につながったケースが幾つもある」

「犯人がニュースを見て、慌てて人質を殺したことも――」

「兄さん」優美の鋭い声が七海の言葉を断ち切った。

「ああ、すまん」七海が顔を擦った。「とにかく、これであんたのところにも取材が殺到するぜ。ユウキは『ファミリー・アフェア』で人気者になったんだから、マスコミはあんたをスポークスマンにしたがるだろうな。そうなっても、下手なことを口走るなよ」

「なるほど」ムーアが大仰に両腕を広げた。「そんなことは考えてもいなかったな。確かに、これは最高の前宣伝になる」

「いい加減にしろよ」

「いやいや」首を振ったが、ムーアの目は喜びで輝いていた。

「ここで大騒ぎしたら、宣伝どころかスキャンダルになるぞ。あんた、昔の件で何も学んでないんだな」

「冗談じゃない。スキャンダルはもうたくさんだ」ムーアが大きく目を見開き、首を振った。

　実際、「ファミリー・アフェア」は過去に大きな危機に見舞われている。ブルックリンを舞台に、人種の違う家族同士の交流を描いたドラマなのだが、出演していた若い人気俳優がドラッグ問題で降板せざるを得なくなり、その後釜に入ったのが勇樹だった。結果的に、その後視聴率はさらに上がったのだが、ムーアは悪夢を二度は見たくないだろう。もっともこの男は、スキャンダルさえ番組の肥やしにしてしまうかもしれないが。

「とにかく、少し抑えてくれ」

「無理だ」

「抑えろ」七海が目を細めて命じる。一瞬、ムーアが挑発に応じようと口を開きかけたが、アナウンサーの声が二人の間の緊張した空気を切り裂いた。

「――市警では、捜索を続けるとともに背後関係を調べています」

女性アナウンサーが眉根を寄せながらコメントを発した。

「背後関係について、気になりますね。現場ではどう見てるんでしょうか」

画面が中継に切り替わった。市警本部の前からだ。素っ気ない建物を背景に、分厚いダウンジャケットを着こんだ若い男のレポーターが早口で喋り始める。隅にはめこまれた画像の中でアナウンサーが身を乗り出した。

「今のところ、身代金の要求などはなく、犯人の目的は不明です。また、人種的な問題が関係しているかどうかもはっきりしていません。さらには、昨日のバスジャック事件との関連性も分かっていません。市警本部は慎重に捜査を進めています」

「二つの事件には関連性があると考えていいんでしょうか」アナウンサーが質問を投げかける。一瞬間が開いた後、レポーターが曖昧《あいまい》な答えを返した。

「市警は、あらゆる可能性を考慮して捜査しているとしかコメントしていません。いずれにせよ、異例ずくめのこの事件、人質の早期解放が待たれます」

「ここで一旦コマーシャルです」

テレビでは、また勇樹の顔が大写しになった。骨髄バンクへの登録を呼びかけるもので、「僕も将来登録します」と笑顔で宣言している。アメリカでは骨髄バンクへのドナー登録は十八歳からだが、若い層にアピールしようという狙いの公共コマーシャルだ。イメージアップには役立ったはずだが、今は勇樹の笑顔を見るのが辛い。だいたい、誘拐事件の被害者が出演しているCMを、それを伝えるニュースの直後に流すとはどういうつもりなのか。ミックがリモコンを取り上げ、テレビを消した。優美が固まっている。

冷めたコーヒーカップを持ったまま、優美の肩を抱く。そのまま寝室に連れて行く。ベッドに横たえようとしたが、私の腕を振り払って窓を開けた。湿った寒気が流れこみ、足元から震えがくる。彼女はふらふらとベランダに出た。慌てて後を追い、後ろから腕を摑む。

「やだ……」優美が細い声で言った。「外へ出られないわ」

身を乗り出して数十メートル下の路上を見下ろすと、テレビ局の中継車が何台も集まっていた。優美が表に出ようものなら、コメントを求めるマイクの集中砲火に襲われるだろう。

「仕方ない。君はここにいるべきだよ。俺も一緒にいた方がいいか？」

「私は大丈夫」雨混じりの風が一瞬強く吹きつけ、優美の髪を揺らす。「二人でここに座っていても何も解決しないから。あなたに勇樹を捜してもらってる方が安心できるわ」

「分かった」そっと肩を抱く。彼女の体は硬く、力を入れると今にも折れてしまいそうだった。張り詰めた心は、体をも変化させる。もしもこの事件が長く続けば、彼女は今までと同じではいられないだろう。

「空気が悪いわ……日本へ帰りたい」優美がぽつんと言って私の肩に頭を乗せた。

「その方がいいかもしれないな」

「私のせいなのかな」

「そんなことはない」

「勇樹、寒くないかしら」

「大丈夫だ」何の根拠もないが、そう言わざるを得なかった。「あいつはしっかりしてるから。自分の面倒は自分で見られる」

「でも、まだ子どもなのよ」優美の声が震えた。「しっかりしてるって言っても……」

「俺が捜し出す」

「そうね」相槌を打ってみたものの、彼女は何かを信じている様子ではなかった。私は、芽生え始めた無力感を必死で押し潰そうとした。私が諦めれば、その瞬間に全てが終わる。

「了」七海が部屋に飛びこんできた。血相を変え、興奮で息を切らしている。

「どうした」

「車が割れた。ボストンかもしれない」

「ボストン？　どうして」

「理由は分からん」七海が拳を腿に叩きつける。「今分かってるのは、あのレンタカーがマサチューセッツ州内を走ってたってことだ。レンタカーを借りた奴のEZパスの記録が残ってた」

　EZパスか。日本で言えばETCのようなもので、通過の記録が残る。

「時刻は？」

「ニューヨークを出たのが昨日の真夜中。マサチューセッツに入ったのが今日の明け方だ。時間的にも無理がない。ニューヨークからボストンまで、車を飛ばして四時間ぐらいだからな。ボストンの件については、重大事項課の連中が調べてる。俺たちは、とりあえずチャイナタウンを当たることになった」七海が顎に力を入れてうなずいた。

「分かった。お前はチャイナタウンに行ってくれ」

「お前はどうする」

「ちょっと話を聞きたい人間がいるんだ。後で合流するよ」

勇樹がバスに乗り込む瞬間を見ていた老婆は、アン・マカフィーと名乗った。ニューヨーカーにしては用心が足りないようで、すぐに私を部屋に導き入れる。上から押し潰されたように小柄で、目が本来の二倍に見えるほど分厚い眼鏡をかけていた。

「そこの窓ですよ」案内されて、通りが見下ろせる窓辺に歩み寄る。すりガラスになっている窓を開くと、確かに眼下にバス停が見える。

「たまたま、空気を入れ替えようと思って窓を開けて。いつも外を見ているわけじゃありませんよ」言い訳するようにアンが言った。

「その男の子なんですが、どんな様子でした?」

「向こうから走ってきたのよ」窓辺に立ち、右の方を指差す。その先はワシントン・スクエア・パークだ。「ずいぶん慌ててたから、バスに乗り遅れそうなんだって思ったんだけど、一瞬振り向いてね。怖そうな顔をしてたの。誰かに追われてるみたいな。只事じゃない雰囲気だったわ。だから昨日来た、あのハンサムなイタリア系の刑事さんにも話したんだけど、その後でいきなりバスジャックなんか起きて……マンハッタンも、また怖い街に逆戻りかしらね」

「実際、その子は追われてたんですね」

「だと思うわ。追いかけるみたいに、アジア系の男もバスに飛び乗ったから」

「バスの中ではどうしてたんでしょう」

「あなた、それは無理よ」アンが私の腕に手を触れ、窓の外を向かせた。ちょうどバスが通りかかるところだったが、この位置からは屋根しか見えない。

「追いかけていたのは、この男ですか」トミー・ワンの写真を取り出し、アンに示す。手には取らず、体を捻るようにして覗きこんだが、結局首を横に振った。

「手に取って見てもらっていいですよ」

「その必要はないわ。顔が全然違うもの」

「ちゃんと見分けがつきますか？」

「あら、私にはアジア系のお友だちも多いのよ」機嫌を損ねたようで、アンがそっぽを向く。

「失礼しました」トミー・ワンの写真を引っ込め、代わりに何枚か写真を取り出す。七海から、トミー・ワンの周辺にいるチャイニーズ・マフィアの顔写真を借りてきたのだ。アンが手に取り、トランプの札のように顔の前で広げる。

「これ、引いて。右から二枚目」

言われるまま引き抜く。初老の男。裏返して名前を確認した。ジャッキー・リウ。確か、七海の説明によると三十年来のトミー・ワンの手下だ。

「これがジョーカーよ」

「分かりました。ご協力に感謝します」

おそらく昨日が、誘拐の決行予定日だったのだ。バスジャックは予想外のアクシデントだったのだろうが、連中は市警本部でさえ手を焼いた事件を乗り越え、当初の目的を達したに違いない。だが、肝心の事実はまだ闇に覆い隠されていた。

奴らは、何のためにこんなことをしたのだ？


州に跨《また》がる事件になり、FBIも動き出したらしい。らしいというのは、現場にいる私たちにはその動きが見えないからだ。ボストンの警察にも協力を依頼したが、トミー・ワンらしき人間もレンタカーもまだ発見できていない。私はアン・マカフィーとの面会を終えてから七海と合流し、チャイナタウンに入って情報を探したが、午後になっても手の中は空っぽのままだった。

「こうなったら、奥の手しかないな」七海が意を決したように唇を引き締めた。

「奥の手？」

「最高の情報源がいるんだ。滅多なことじゃ使いたくないけど、今がその滅多なことだからな。一緒に来るか？」

「もちろん」

「よし」跳ね上がるように消火栓から離れ、七海が歩き出す。歩きながら携帯電話を耳に押し当て、小声で話し出した。彼の声が雑踏に溶けこむ。

　無言のまま十分ほど歩き続け、チャイナタウンの南の外れまで出た。七海が、シンダー・ブロック作りの小さなビルの前で立ち止まる。喉仏を上下させながらビルに入り、暗い階段を早足で上り始めた。照明が切れているせいか薄暗く、苦味を感じさせる香辛料の香りが漂っている。三階まで上り、一つのドアの前に立つと、七海が小さく肩を上下させて深呼吸した。

「ずいぶん緊張してるな。相手はそんなに大物なのか？」

　私が訊ねると、ドアを睨んだまま「ベトナム人だ」と答える。

「難民か」

「ああ。名前はグエン。ベトナム戦争が終わってから、何十年もここに住んでる」

「ギャング？」

「そういうわけじゃない。仕事は情報の売り買いだ」

「情報屋か」

「今までずいぶん投資してきたんだ。今日はそれを回収させてもらう」

七海がノックすると、かすれた声で返事があった。薄いドアを押し開けると、むっとするほど熱い空気が流れ出す。煙草の煙と何かの香が入り混じっており、部屋の奥まで見通すことができない。暖房が入っているようで、中へ入ってドアを閉めると、途端に汗が噴き出した。歩き出した途端、訛の強い英語で「動くな」と命じられる。

「いきなり撃たんでくれよ」聞こえるか聞こえないほどの声が飛ぶ。「そのまま前へ進みなさい」

七海と並んで部屋の奥に進む。煙の中でぼんやりしていた一人の男の姿が、ようやくはっきり見えてきた。両足を引き上げる格好で椅子に腰かけ、背中を丸めている。これだけ暖房を強くした上に、セーターを二枚重ねているようだが、それでもまだ寒いようで、体を抱くようにして両腕を擦った。

「これはこれは」表情に乏しい顔だ。歓迎の言葉も、いかにも表面的である。きつい訛が、溶けた飴《あめ》のように私にまとわりついた。「久しく会ってなかったな」

「その通り」七海が答える。

「あの件かね」

「そうだ」

「ほうほう」鳥が鳴くような声を出してから、グエンがどこかから煙草を取り出して火を点け、汚染された部屋の空気にとどめの一撃を与えた。生気のない目を私に向ける。

「そちらの人は？」

「事件のことは知ってるんだな？」私が口を開く前に七海が訊ねる。

「テレビで見た程度は」

目を凝らして室内を見渡した。テレビは見当たらない。

「どこにテレビがあるんだ。ふざけてるのか？」詰め寄ろうとしたが、七海が太い腕をかざして私の前進を食い止めた。

「誘拐されたのは、こいつの義理の息子になる予定の子なんだ」

「なるほど」関心なさそうに言い、グエンが煙草の煙を噴き上げた。

「大事な家族が危ない目に遭ってる。情報が欲しい」七海が両手を前に放り出して訴えたが、思いはグエンには届かないようだった。平板な顔にうっすらと笑みが張りつく。

「家族と言えば、おたくの国はわしの家族を滅茶苦茶にしてくれた」

「何十年も昔の話じゃないか」七海の言葉は、じゃりじゃりと砂を噛んでいるように聞こえた。

「何十年経とうが、わしの頭の中にはしっかり記憶が残ってるよ」グエンが耳の上を人差し指で叩いた。「公式の歴史は勝った者が自由に書くことができるが、人の記憶は変えられない。おたくの国は、基本的に頭が悪いんじゃないかね。何度でも同じことを繰り返す。イラクでも――」

「俺は日本で生まれた日本人だ」私はグエンの愚痴《ぐち》を遮った。「アメリカが何をしようが関係ない。大事な人を見つけたいだけだ」

グエンがまじまじと私を見つめた。皺だらけの顔に埋もれた目が、一瞬光る。何か同情を買うようなことを言うべきだろうか。情報が手に入るなら、土下座でもすべきだろうか。だが、決めかねているうちにグエンが再び口を開いた。

「家族の問題だな」

「そうだよ。何度もそう言ってるだろう」七海が痺《しび》れを切らしたように吐き捨てた。

「違う。トミー・ワンの家族の問題だ」

「何か知ってるのか」私は前に出た。今度は七海も止めようとしない。「知ってるなら教えてくれ。金は払う」

グエンの大きな目が私の顔を舐め回す。

「あんたは、金で情報を買うタイプには見えんがね」

「家族のことなんだ」辛抱強く言葉を叩きつける。「どんな手を使っても助けたい。あんたも、家族を失った辛さは分かるだろう。大事な人を失いかけている人間を見殺しにしたら、あんたの苦しみは薄れるのか」

「若いな」表情を変えずにグエンが言った。いや、そもそもこの部屋に来てからグエンの表情は一度も変わっていない。苦渋や慟哭《どうこく》を仮面の下に隠したまま、何十年もこの部屋の一部と化しているのかもしれない。もぞもぞと体を動かし、どこかから携帯電話を引き抜いた。ささやくような声で二言三言会話を交わすと——英語ではなかった——私に目を向ける。

「南だ」

「南？」

「そう。トミー・ワンを捜すなら南の方だな」占い師のような言い方だった。

「それじゃ分からない。だいたい、トミー・ワンは——」ボストンにいる可能性が高いと言いかけた瞬間、七海が遮った。

「奴は南に向かった、ということか」

「それは分からない。ただ、重要なヒントが南の方にある。それと、奴の家族についてもっと調べることだな。警察も、もう少ししっかりしないといかん」

「分かってる。その通りだな」うんざりした顔で七海が認めた。

「この街の中国人には、マフィアもいればまっとうな人間もいる。ただ、故郷を離れて暮らしている人間にとって一番大事なのが家族であることに変わりはない。分かったらさっさと行け」

グエンの言葉に尻を蹴飛ばされるように、私たちはドアに向かった。ドアノブに手をかけた瞬間、壁に二枚の古い白黒写真が張ってあるのに気づく。二枚とも、下の方に焼け焦げたような跡があった。歳月が、あるいは煙草の煙が黄ばみを与え、写真の人物の表情はぼやけていた。どこかグエンの面影を感じさせる子どものポートレート。その微笑みが、私の心に小さな悲しみと勇気を刻んだ。

グエンの部屋を出るとすぐに、七海は電話をかけた。相手と短い会話を交わした後「アトランタだ」と言った。

「アトランタがどうした？」

「グエンが『南』って言ってただろう」七海が深呼吸してから煙草に火を点けた。「筋はつながった。前に、トミー・ワンの娘が南の方にいるって言ったの、覚えてるか」

「ああ」

「アトランタだったよ。今、別の情報源に確認した」

「アトランタ？　ボストンの件はどうなるんだ」

「それは……ちょっと待て」七海が携帯電話をズボンのポケットから引っ張り出した。

「はい、そう……ああ。何だって？」

いきなり私の顔の前に大きな手を突き出し、親指と人差し指で丸を作ってみせる。

「どういうことだ？　ああ、早朝の便を使ったんだな。名前は違うわけだ。風貌は？　うん……初老の男二人と子ども一人、どっちもアジア系か。クレジットカードの名義はどうなんだ。ああ、なるほど。そいつは確かにトミー・ワンの子分だよ。分かった。リョウに行ってもらおうと思うんだが、上の方に話をしてくれるか？　無理？　いい。だったら俺から話す」

電話を切り、私の背中を叩いた。

「ジャックだ。それらしい二人が、今朝、ボストンからアトランタに飛んだらしい」

「変だな。トミー・ワンみたいな人間にしては用心が足りない。他人が航空券を購入しても、簡単に足がつくぐらいは分かってるだろう」

「それはそうだが、さっきのグエンの話を思い出せよ。これは奴にとっても家族の問題なんじゃないのか。甥っ子はこの街から姿を消してる。娘はアトランタだ。偶然とは言えないぞ」

「もう少しグエンを絞り上げてみたらどうだろう。ずいぶんもったいぶってたけど、本当はもっと詳しく知ってるんじゃないかな。あんな中途半端な情報じゃなくて、正式に調べてはっきり喋らせた方が早い」

「それは無理だ」七海の声が小さくなった。「俺にとっては貴重な情報源なんだよ。潰すわけにはいかない」

「アトランタか」

「早朝の便でボストンを出たとすると、もうとっくに着いてるな。フライトは三時間ぐらいだろう」七海が時計を確認した。「アトランタ市警に協力を頼むにしても、手続きが面倒だ。自分たちでやるしかないな」

「分かった」

「ぐちゃぐちゃ言う奴はいるだろうが、俺が黙らせる。お前はすぐに準備しろよ。それに、俺たちにはまだ幸運が残ってる。あそこには手助けしてくれそうな人間がいるんだ」

南部へ——アトランタへ。足を踏み入れたことのない街だ。ニューヨークと違い、中国人のコミュニティも小さいだろう。そんなところへ潜りこめば、シーツについた染みのように目立つはずだ。それを承知で、しかもあちこちに足跡を残しながら、トミー・

ワンがアトランタに飛ばなければならなかった理由とは何なのか。
家族。グエンの言葉が、頭の中で繰り返し響く。

第二部　アトランタ

1

熱気が体を包みこんだ。濃密で湿《しめ》り気《け》を帯びた暑さである。もう午後八時を回っているのに、昼間の熱がそのまま居座っているようだった。結局、ニューヨーク市警から正式な出張の許可は下りず、私は表向き休暇を取ったことになっている。

予約しておいたレンタカーを受け取り、地図でアトランタ周辺の様子を確認する。基本的に八五号線を北へ十マイルほど走れば、ダウンタウンに入るはずだ。だが、ホテルのチェックインは先延ばしにすることにする。どうしても先に現場を確認しておきたい。

それにしても暑い。分厚いＭＡ・１を着たままだったので、上半身だけ蒸し風呂に入っているようなものだった。上着を脱いで後部座席に放り、シャツの袖《そで》を肘《ひじ》までめくってから窓を全開にして走り出す。湿った風が車内を満たし、それでだいぶ涼しくなった。

思い切り目を擦《こす》る。二時間半ほどのフライトを利用して少しでも眠ろうと思ったのだが、結局意識が消えたのは着陸直前の三十分ほどだけだった。それでも少しは体が軽くなっている。なっているはずだ、と自分に言い聞かせた。

がらがらの八五号線をひた走りながら、拳《こぶし》を顎《あご》に押し当てる。七海《ななみ》が情報源を総動員して調べた結果、トミー・ワンの娘はアトランタ市内ではなく隣町のクラークストンに住んでいるらしいという曖昧《あいまい》な情報が入っていた。アトランタ市内なら何となくイメージが湧く。南部の中心地であり、独特のサザン・ホスピタリティを持った街。白人とアフリカ系アメリカ人の確執が未《いま》だに根強く残る。金《きん》の匂い。だが、その周辺の小さな街のこととなると、想像するのも難しい。

汗が引いてきたので窓を閉め、エアコンを軽く効かせた。携帯電話を取り出し、七海を呼び出す。本当は路肩に停めたいところだが、今はそうする時間も惜しかった。

「着いたか？」七海の声にも疲労の色が濃い。

「ああ。今クラークストンに向かってる」

「そうか……どのルートを走ってる？　八五号線か？」

「そうだけど」

「空港からなら、クラークストンへは二八五号線を使ったほうが早かったんだが」

「気がつかなかったな」ハンドルの上で地図を広げる。「ダウンタウンに入ったら二〇号線に乗り換えるよ」

「目標はストーン・マウンテンだ。そこを目指していけば、方向的には間違いない」

「了解。ところで、例の援軍だけどな」言いながら、その援軍の顔を思い浮かべてみる。靄《もや》がかかったようだった。十年以上の歳月は情け容赦なく人の記憶を奪う。

「ああ」

「俺はまだ連絡してないんだ。お前から電話しておいてくれるか」

「分かった。じゃあ、クラークストンの現場で会えるように調整するよ」

「現場っていっても、住所も分からないじゃないか」

「今、必死で当たってる」七海がむっとして言った。「とにかく、クラークストンのアパートらしいってことしか分からないんだから、仕方ないだろう」

「マンハッタンで、当てもなく一人の人間を捜すのと同じぐらい難しいぜ」

「分かってる。何とかするから。それより、絶対無理するなよ。その街では俺たちのバッジは通用しないんだからな」

「慎重にやるよ」

アメリカの警察組織の複雑さと難しさは、こういう事態になると浮き彫りになる。日本の場合、全国の警察を統括する組織である警察庁があるから、複数の県に跨《また》る事件でも調整は比較的簡単だ。アメリカの警察は基本的に自治体が運営するもので、それぞれ独立しており、警察間の調整をする上部機関がない。州レベルなら州警察が乗り出すこともあるが、事件が複数の州に跨ると、途端に厄介なことになる。もちろん、事件の捜査で他《ほか》の街へ出向くことはあるが、基本的にバッジの威力はゼロになるのだ。然《しか》るべく連絡すれば地元警察の協力も得られるが、今回は時間がなかったし、だいたい私は正式の捜査で動いているわけではない。

森が濃くなる。アメリカ南部は基本的に平地で緑が少ないと聞いていたが、アトランタ周辺は例外のようだ。ダウンタウンの賑《にぎ》わいもすっかり落ち着き、高層ビルの灯りもほとんど消えて闇に沈んでいる。黒く染まった市の中心部を横目に見ながら、二〇号線に乗り換えて東を目指した。地図を見ると、確かに七海の言う通りで少々遠回りになるが、途中で二八五号線に乗れば間違いなくクラークストンにたどり着ける。

空港を出てから四十分後、クラークストンらしき街にたどり着いた。道路に沿って線路が延びている。地図を見ても鉄道は見当たらないが、おそらく貨物線だろう。当てもなく車を流しているうちに、偶然アパートが立ち並ぶ一角に出た。人気《ひとけ》はなく、雰囲気《ふんいき》の悪さは窓を閉じていても車内に伝わってくる。敷地に入るアプローチには小さな小屋があったが、直感的に監視小屋ではないか、と思った。誰もいないので、そのまま車を乗り入れる。濃い茶色のレンガ造りの二階建てのアパートが立ち並んでいるが、駐車場は波打ってゴミが散乱し、窓ガラスが割れたままになっている建物も目立った。窓にぽつんと灯《とも》りが点っている家もあるが、人の気配は感じられない。駐車場にはスクラップ寸前の車が何台か置いてあるが、このアパートには本当に人が住んでいるのだろうか。エンジンを止め、ドアに手をかける。どうするか……このまま張っていても無駄だし、一軒一軒ドアをノックして回るのはあまりにも危険な気がした。無駄に時間が過ぎるのは惜しいが、やはり七海の情報を待つしかないようだ。

駐車場に入って来た車のヘッドライトが目を突き刺した。見知らぬ車が停まっているのを見たら不審に思うだろう。キーに手を伸ばしてエンジンをかけようとしたが、入ってきた車は急にスピードを上げ、派手にリアタイヤを滑らせながら私の車の前を塞《ふさ》いだ。透き通るほど肌の白い男が二人、周囲に目配りしながら車を降りてくる。キーから手を離し、腕組みをした。

一人が私の車のドアを叩《たた》く。相手の顔に疑念と怒りが入り混じったような表情が浮かんでいるのを見て、まずい状況に追いこまれてしまったことを瞬時に悟った。バッジを見せれば切り抜けられるだろうか。窓を開けるためにエンジンをかけようとキーに手を伸ばした瞬間、相手がドアを引きちぎるように開けた。

「表に出ろ」威圧的な台詞《せりふ》の割に、声は震えている。

「ちょっと待ってくれ――」

「表に出て、屋根に両手を置け」

地元の警察だろうか。それにしては、奇妙な訛《なまり》が気になる。明らかに、英語を母国語にしていない人間の発音だった。言い訳すると、かえって面倒なことになりそうだ。大人しく車を出て、言われたまま屋根に両手をつくと、相手がぎくしゃくした手つきでボディチェックを始める。もう一人は、車の反対側から私を睨《にら》みつけていた。二人とも私より背が高く、ほっそりした体型だ。ボディチェックをしている方が若く、車を挟んで私と正対している方は四十絡みに見える。

「よし」若い男が、ひとまず私を解放する。向き直ると、依然として強張《こわば》った表情を浮かべたまま、一歩下がった。「こんなところで何をしてる？　あんた、この辺の人間じゃないな」

「ニューヨークから来た」

「ニューヨーク？」声が裏返る。相棒の方に目を向け、困ったように首を振った。「あのな、あんた、いかにも怪しいぞ」

「あんたらこそ、何者だ」

「俺たちはここに住んでるんだ」背後の建物に向かって顎をしゃくった。「この辺りは最近物騒でね。警察も当てにできないし、自分たちでパトロールしてるんだよ……で、もう一度聴くぞ。こんなところで何をしてる」

つまり、自警団か。これは、地元の警察を相手にするより面倒だ。

「捜査だ」

「捜査？」若い男が吐《は》き捨て、全身を強張らせた。太い首筋に血管が浮く。「下手な嘘はよせ」

「俺はニューヨーク市警の刑事だ」

「はあ？」

「自警団の真似事はいいけど、ボディチェックが甘いんじゃないか」バッジを取り出そうとして、それが後部座席で丸まっているMA‐1のポケットに入っているのを思い出した。「バッジなら、車の中のジャケットに入ってる。調べたいならどうぞ」

年長の男が動き出し、後部座席のドアを開けた。MA‐1を引っ張り出し、ポケットを探ってバッジを見つけると、マグライトで照らして確認した。

「これで分かっただろう」

「とにかく、警察まで一緒に来てもらうぞ。あんたがここに不法侵入してるのは間違いないんだから」若い方が、警戒心を解かずに言った。

「おいおい」相棒が注意した——面倒臭い、というニュアンスが滲《にじ》み出ていた——が、若さゆえだろうか、それを無視する。

「確かにあんたは警察官かもしれないけど、この街では何の権限もない。勝手にアパートの敷地内に入りこんだら問題になるぐらい、分かりそうなもんだがね」

「人を捜してたんだ」

「誰を」

「中国人なんだが——」

「はっ」若い男が吐き捨てる。「ここには中国人はいないよ。難民専用のアパートなんだ。住んでるのはアフリカ、東欧、そういうところから流れてきた人間ばかりだ。中国人を捜すなら場所が違う」

「じゃあ、情報が間違ってたんだ」

「ますます怪しいな。だいたい、そのバッジだって偽物かもしれん」

「本物だよ」

「いいから、警察までつき合ってもらおうか。突き出してやる」若い男が私の腕に手をかけた。反射的に振りほどくと、それまで見せなかった素早い動きで背中に手を回し、拳銃を抜いた。一気に緊張が高まったが、駐車場に入って来た別の車のヘッドライトでそれは崩壊した。振り向くと、でっぷりと太ったアフリカ系アメリカ人の男が、難儀そうに車から降りるところだった。

「おいおい、何してるんだ、こんなところで」呑気《のんき》な声。すっかり丸くなってしまった顔に残る昔のわずかな面影。救世主は、覆面パトカーに乗ってやって来た。B・J・キング。我が古きよき友。

「まったく、何やってるんだか」ホテルの部屋に入るなり、B・Jが肩をすぼめて溜息《ためいき》をついた。私の脇を通り抜けると、窓を開けてベランダに出る。すぐに煙草《たばこ》に火を点け、煙を吹き上げた。小さな椅子《いす》に無理矢理腰を落ち着け、パティオを見やった。腎臓型のプールが照明に照らされ、エメラルド色に光っている。私は冷蔵庫からミネラルウォーターを取り出すとベランダに出て、彼の向かいに腰を下ろした。B・Jが漆黒の顔に険しい表情を浮かべたが、すぐに破顔一笑した。記憶の奥底にしまいこまれていた人懐っこい笑みが蘇《よみがえ》る。

「ヘマしたな、リョウ」

「何なんだ、あそこは」

「クラークストンは、街の方針で世界各地の難民を受け入れてるんだ。想像はつくと思うけど、そういう連中が集まってるところは治安がいいとは言えない。警察にばかり任せておけないから、住んでる連中が自警団みたいにパトロールしてるんだよ。お前さん、その網の中に飛びこんじまったんだ」

「確かにヘマしたよ。先にお前と落ち合えばよかった。日本の警察時代の癖が抜けないんだ」

「日本じゃ、地元の警察に仁義を切らなくてもいいってことか？」

「大きな事件になるとそうもいかないけどな」

B・Jが素早くうなずき、携帯灰皿で煙草を揉み消した。すぐに新しい一本に火を点け、顔を背《そむ》けて煙をパティオの方に吹き出す。巨大なプールの端までも届かずに、煙は空気に消えた。

「ところで、何か食ったか」

「いや。空港からクラークストンへ直行したから」

「それはいかん」B・Jが深刻そうに目を細める。「あれだけ大飯食らいのお前が飯を抜くなんて、尋常じゃない。何か食おうぜ。ルームサービスを頼め」

「お前が食べたいだけじゃないのか」

「ばれたか」にやりと笑って、B・Jが巨大な丸い腹を撫《な》でた。「とにかく、何か腹に入れておけよ。死にそうな顔してるぞ」

実際、疲労は極限に近く、神経がささくれ立っていた。せめて何か食べておかないと。理性はそう告げているが、本能は、こんなところで休んでいる場合ではないと主張している。B・Jにそう告げると、鼻で笑われた。

「こんな時間に動きようがないだろうが。心配するな。夜が明けたら、俺がちゃんと面倒を見てやる」

「それが待てないんだ」

「ナナミから聞いたけど、相当厄介な話みたいだな」B・Jが眉《まゆ》をひそめる。

「だから、時間がもったいないんだ」

「それは分かるけど、こんな夜中じゃ話を聴ける人間もいないし、とにかく今夜は少し休んでおけ。お前さん、車に轢《ひ》かれたみたいな顔してるぜ」

「もっとひどい」顔を擦る。疲労が脂《あぶら》になって滲み出ているようだ。

「とにかく、何か食おう。な？　俺もつき合うから」B・Jが立ち上がって部屋に戻り、ルームサービスのメニューを広げて電話をかけた。冷蔵庫からビールを二本取り出し、ベランダに戻って来ると、一本を私の前に置いた。

「ここはバドしかないんだな。ミラーの方が美味《うま》いんだが」

「俺はいい」彼の方にビールの缶を押しやった。「ずいぶん前に酒はやめたんだ」

「お前が？　酒をやめた？」Ｂ・Ｊが目を丸くし、腕組みをした。Ｔシャツの肩が破れんばかりに張り詰める。「学生時代は、水代わりにビールを呑《の》んでたじゃないか。体でも壊したのかよ」

「いや、仕事の邪魔になるから」

「何とまあ、真面目なことで。でも、その体型を保ってるってことは、酒をやめたのは正解だったかもしれん」まじまじと自分の腹を見下ろす。おそらく、学生時代よりも十キロ以上体重が増えているだろう。そのほとんどが腹に蓄積されたようだった。

大学時代、七海がショート、Ｂ・Ｊがサードを守り、この三遊間は私たちの大学の野球チーム「パンサーズ」の名物だった。ファイト溢《あふ》れる七海と、常に冷静で堅実な守備を見せるＢ・Ｊのコンビは、試合に心地よい緊張感をもたらしたものである。私はルームメイトの七海の紹介で彼と知り合い、頻繁にビールパーティを開いては馬鹿話に現《うつつ》を抜かした。近くで試合がある時は必ず足を運んで応援したが、ほどなく七海とＢ・Ｊの違いに気づくようになった。当時、七海は大学レベルをはるかに超えた打撃の才能を認められており、実際、私が留学していた年のシーズンには四割八分という冗談のような打率を残した。B・Jは、そこまでの器ではなかったのだ。守備の安定度という点では七海を上回っていたと思うが——少なくとも私が見た試合で、彼は一度もエラーをしなかった——打撃ではずっと見劣りがしたのは事実である。アメリカの大学野球は常に打者有利なのだが、彼の通算打率は二割五分辺りを低迷していたはずだ。それでは、プロでは通用しない。それは本人が一番深く理解していたようで、大学を終えると同時に野球からも卒業し、生まれ故郷のアトランタに戻って警察官になったのだ。七海とは頻繁に連絡を取り合っていたといい、今回も非公式に手を貸してくれることになっている。

「ずいぶん鍛えてるみたいだな」B・Jが恨めしそうに私を見た。

「時間が許す限りは」

「残念ながら、俺にはそんな暇がない。何しろこの街は騒がしくてね……ちょっと前に比べればずいぶん安全になったけど、今でもずいぶん働かされるよ」

「今はニューヨークの方が安全らしいな」

「統計的にはそういう数字もある」B・Jが肩をすぼめる。「ま、アトランタは特殊だから。ニューヨークがサラダボウルなら、ここはチーズケーキみたいなものかな」

「何だ、それ」

「チーズケーキは、クリームの部分とパイ生地の部分がくっきり分かれて層になってるだろう？　で、俺たち黒人は、相変わらずパイ生地なんだ。上から押しつぶされてな。この構図は、これからも変わらないだろうな」

「おいおい、もう二十一世紀だぜ」

「実態は十九世紀のままなんだよ。お前さんには分からんだろうが」Ｂ・Ｊが鼻で笑った。「何も変わってないんだ、この国は。最近は何だか奇妙なことになってきてね。会社なんかで、アフリカ系アメリカ人の方が昇進が早いのが差別だって訴える白人が増えてる。逆差別だとか言ってな。ずっとひどい目に遭《あ》ってきた俺たちの歴史なんか忘れて、そういう下らない裁判を起こしやがるんだ。阿呆みたいな話だと思わないか」

「そうかもしれないけど、俺はコメントする立場にない。今はそれどころじゃないし」

「ああ、そうだったな」Ｂ・Ｊが咳払《せきばら》いをした。「ユウキは、俺もテレビで見たことがあるよ。可愛い子じゃないか。それがどうしてチャイニーズ・マフィアに誘拐されるんだ？　金の要求はないんだろう」

「ない。あった方が、まだ分かりやすい」

「確かにな。訳が分からん」Ｂ・Ｊが剃《そ》り上げた頭を撫でた。「お前、そのマフィアと因縁があるそうじゃないか。ナナミが言ってたぞ」

「ああ」

「だとすると、お前に対する嫌がらせかもしれない」

「それも考えてみたけど、違うと思う。因縁と言えば、ナナミの方が濃いよ」煙草の煙が漂ってきた。見ると、火先がB・Jの指先を焦がしそうになっている。私の視線に気づいて自分の手を見つめ、慌てて灰皿に押しつけた。「だいたい、たかが嫌がらせのために、ここまで面倒なことをすると思うか」

「まあ、そうだな。あの連中は執念深いけど、金にならないことはやらないのが基本だ。中国人と韓国人は金を大事にするから」

B・Jの口調に偏見と差別の臭いを感じ取ったが、そのことは口に出さずにおいた。アメリカはいろいろな意味でピントのずれた国だが、今は議論している場合ではない。

室内で私の携帯電話が鳴り出す。七海だった。

「B・Jに助けられたんだって?」

「ちょっと失敗した」認めると、自分の間抜けさ加減を改めて思い知らされる。

「今はB・Jと一緒か?」

「ああ。ホテルに入った」

「ちょっと代わってくれ」

ベランダに出て電話を渡す。同時にドアをノックする音がして、私はルームサービスを部屋に入れた。ニューヨークカットのステーキが二人前。つけ合せは巨大なベークド・ポテトだ。日付が変わる時間帯に食べるものではない。

電話を切って、B・Jがベランダから部屋に入って来た。巨大な鼻をひくつかせて、目を輝かせている。ステーキをベランダに運ばせ、私がサインし終えると、すぐにフォークとナイフを取り上げた。

「まったく、人の金だと思って」

「ニューヨーク市警につけておけばいいじゃないか」

「この出張は非公式なんだぜ。金は全部俺の財布から出るんだ」

「ああ、そうか」さして気にもしていない様子でB・Jがうなずいた。仕方なく、私も肉にナイフを入れる。例によって、噛《か》み応えがあるというか硬い肉で、一口飲みこむ度《たび》に腹にずしりと重い一撃が加わった。

「ナナミ、何だって」

「例の女、やっぱり行方《ゆくえ》は摑《つか》めないそうだ。あの一家とは、というよりもニューヨークとは完全に縁を切ってるようだな。クラークストンっていう情報も、何かの間違いだったらしい」

「そうか……捜せるかな」

「捜してる相手がアトランタにいれば、何とかなる。ここには結構大きな中国人のコミュニティがあるんだ。そういうコミュニティの中を当たっていけば、絶対に手がかりを摑めるよ。ただ、警察のデータには何もない。それが気がかりだな」

「犯罪を犯してなければ、データには残らないだろう。たぶん、真っ当な暮らしをしてるんだよ」

「どうだかね」B・Jが耳の後ろを掻《か》いた。「マフィアの娘が真っ当な暮らしって言われてもな」

「とにかく、トミー・ワンとユウキらしい二人が、ボストンからアトランタに向かったのは間違いないんだ」

「そいつは断定できないんじゃないか」B・Jが、脂で汚れたナイフを振りたてた。「今のところ、全部『らしい』とか『かもしれない』とか、そんなことばかりなんだぜ」

「分かってる。だけど、手がかりがアトランタを指してたのは確かなんだ」煙に曇ったグエンの部屋を思い出す。あの男は、情報を小出しにしているはずだ。絞り上げれば必ず何か出てくるだろう。七海は乗り気ではなかったが、後でもう一度押さなければ。彼は情報源を失うかもしれないが、勇樹《ゆうき》の命よりも大事なものなどこの世にない。

「とにかく、動くのは明日からだ。少しでも寝ておけよ。アトランタはニューヨークと違って暑いからな。睡眠不足だとばてちまうぜ」

「ああ」実際、この街の熱は早くも私の体力を奪いつつあった。夜でこの暑さだと、昼間はどこまで気温が上がるのだろう。乾いていればまだ我慢できるのだが、湿気で粘つく暑さのせいで消耗戦になるのは間違いない。

早々とステーキを食べ終えたB・Jが、紙ナプキンで口を拭《ぬぐ》う。

「これ、今日何回目の食事だ？」

「大きなお世話だ」B・Jが鼻を鳴らす。

「太るのも当たり前だな」

「放っておいてくれ。自分の体のことは自分が一番よく分かってる……さて、お前は一眠りしろよ。いろいろ考えちまうのは分かるけど、とにかく目を閉じろ。気休めかもしれんが、一つ言っておこう。あの子は無事だよ。少なくとも今のところは」

「どうしてそう思う」

「いなくなって二十四時間以上経つんだろう？　その間、何も動きがないのはどういうことだと思う。殺すつもりならとっくに殺してるはずだ。それに、そういうことになれば、自然に噂《うわさ》が流れるんじゃないかな」

「ニューヨークの場合、そうもいかない。アトランタとは街の規模が違うんだから」

「いや、どの街でも、エスニックのコミュニティは情報のスピードが速いんだよ。何かあれば、もう噂でもちきりになってるはずだ。それにしても、相手が何を考えてるのかが分からないな。それが不気味だ。お前たちをたっぷり苦しませておいてから、理不尽な要求をつきつけるかもしれないぜ」

「だったら、こっちが先回りするしかないな」

「オーケイ」B・Jが立ち上がり、大きな手を私の肩に置く。人を安心させる感触が伝わってきた。「先回り、その通りだな。突き進む気はあるか?」

「もちろん」

「よし、気持ちが折れてないなら大丈夫だ。俺もできるだけ手伝う」

「本当はまずいんだろうけどな」

「俺のことなら気にするな。多少無茶しても、大目に見てもらえるよ。普段は真面目に仕事をしてるんでな……明日の朝、迎えに来るよ。八時スタートだ。しっかり朝飯を食っておけよ」

2

六時過ぎに目が覚めてしまった。短い睡眠は記憶に残らない悪夢に妨げられ、深い疲労感はわずかに薄れただけだった。大急ぎでシャワーを浴びて髭《ひげ》を剃り、新しいシャツに着替える。まだ昨日の夕食が胃に居座っていたので、朝食抜きで街を歩いてみることにした。散歩ではない。動き回っていないと気持ちが破裂してしまいそうだったのだ。ホテルを出て、目の前の坂を登り始める。かなりの急勾配《きゅうこうばい》で、疲れが残る足には厳しい。だが、体を解《ほぐ》すつもりでひたすら歩き続けた。アンドリュー・ヤング・インターナショナル・ブルバードの坂を頂点まで登り切ると、ピーチツリー・センター、さらに地下鉄の駅の入り口が見えてくる。このまま真っ直ぐ歩けば、オリンピック公園にぶつかるはずだ。この辺りがダウンタウンの核の一つだろう。時間が早いせいか人の姿はほとんどない。左に折れてピーチツリー・ストリートを一ブロック歩き、エリス・ストリートに入って坂を下り、ホテルに戻る。大した距離でもないのに、早くも額に汗が浮び始めていた。

B・Jと落ち合うまでは、まだ一時間半もある。それまでに何かすることはないのか。

何も思い浮かばないのがもどかしかった。ふと、自分はこの街では何の権限も持っていないことを強く意識する。実際夕べは、あんな田舎《いなか》の自警団にボディチェックされて、まともな反論もできなかったではないか。せめてニューヨーク市警が正式な形で捜査に加わってくれれば、堂々と動けるのだが。

出た時よりも重い気分になってホテルに戻った。ドアを開けた瞬間、一枚の紙片が左右に揺れながら廊下に落ちる。拾い上げようとして屈《かが》んだ瞬間、体が凍りついた。殴《なぐ》り書きのメモは、私から見れば逆さになって床に張りついたが、読み取るのは難しくなかった。

「手を引け」

怒りが一瞬だけ燃え上がった直後、襲ってきたのは興奮だった。私は正しいボタンを押している。この街には何かがあるのだ。

「一応、調べさせるよ。無駄だと思うけど」メモの入ったビニール袋を顔の前でゆらゆらさせながら、B・Jが言った。「グラブボックスに突っこんでおいてくれ」

手渡されたビニール袋を入れるスペースを確保するために、グラブボックスの中のマグライト、手錠、大量の領収書などを掻き分けなければならなかった。

「市警本部に行くのか」

「いや、こいつはどこかで然るべき人間に会って引き渡す。俺はほら、今日はあくまで非番だから」

「了解……で、とりあえずどこへ行く？」

「そりゃあもちろん、中国人がいるところさ。アトランタのダウンタウンから東北に向かってビュフォード・ハイウェイっていうのがあってな、その道路沿いがエスニックのコミュニティなんだ。ダウンタウンに近い方からヒスパニック、韓国、ベトナム、中国っていう具合に分かれて固まってる。『チャイナタウン』っていうのは、中国人のコミュニティの近くにあるけど、そこは小さなショッピングモールみたいなものだ。ニューヨークやサンフランシスコみたいに大きなものを想像されると困るよ」

「とにかく、中国系の人間はその辺りに住んでるわけだ」

「ああ。例によって、街の中の街みたいなものだ」

「遠いのか？」

「そうだな……アトランタの地理は分かったか？」

「いや」

「よし。まずは大雑把《おおざっぱ》に円を描いてくれ。それが二八五号線。その中に納まるのが、いわゆる大アトランタだ。分かりやすいだろう？　チャイナタウンはその縁に近い場所にある。ここから三十分ぐらい走るかな」

「分かった」

「……ちょっと失礼」ハンドルを左手で握ったまま、右手をジャケットの内ポケットに入れて、鳴っている携帯電話を引っ張り出す。電話は彼の手の中にすっぽり隠れてしまった。「ああ、俺だ。どうだった？　そうか、該当なしか。だったら、名前が変わってるかもしれんな。結婚してるとか。いや、相手が中国人とは限らないだろう。うん、こっちでも少し当たってみるよ。そうだな……伝《つて》がないわけじゃない。俺が何年、この街で靴をすり減らしてると思ってるんだよ。ああ、分かってる。助けが必要になったら頭を下げるから。それより、ジョーはいるか？　いない？　分かった。見かけたら、俺に電話をくれるように言ってくれ」

電話を切り、ハンドルを握り直して肩を上下させる。

「もう一度データを調べてもらったけど、やっぱり警察とは係わりがないみたいだな。それと、鑑識の奴が摑まらないんだ。メモの件はちょっと待ってくれ」

「ああ」

頰杖《ほおづえ》をつき、窓の外を流れる光景に目をやる。ビュフォード・ハイウェイは片側三車線の広い道路で、道路脇にはスペイン語の看板が目立つ。B・Jの説明通りなら、これがやがてハングルになり、ベトナム語が増え、最後は中国語に変わるはずだ。道路沿いには小さな雑貨店やレストラン、ガソリンスタンドが目立つが、住宅地はこの奥深くに広がっているのだろう。

「心配するなって」私の心を見透かしたようにB・Jが言った。「人間が姿を消すのは簡単じゃない。特に、今回みたいな場合はな。俺たちが追ってる女は、犯罪者じゃないみたいだし、隠れることに命を懸けてるわけじゃないだろう」

「いや、懸けてるかもしれない。父親から逃れるために必死なんだろう」

アイリス・ワン。

私の手元にあるのはその名前だけだった。トミー・ワンは、娘に花の名前をつける時に何を考えていたのだろう。幸せを願っていたのは間違いないが、どんな形で娘が幸せになれるかは、想像もつかなかったに違いない。幸せになるために一番確実な方法は、ギャングの親と離れること――娘の選択を、トミー・ワンは許容するつもりだったのだろうか。いや、そう簡単に割り切れるものではないはずだ。

「一番可能性が高いのは、結婚してラストネームが変わったってことだ」

「たぶんそうだろう」B・Jの推測に同意する。「ただ、相手も分からない」

「アイリスって名前の人間が、この街に何人いると思う？　リストを引っ張り出すことはできるかもしれんが、一人ずつ消したら何日かかるか分からんぞ」

「とにかく聴いて回るしかないな。伝があるって言ってたけど、どうなんだ」

「中国人のコミュニティに知り合いがいる。彼に当たってみるつもりだけど、今朝から電話してるのに摑まらないんだ。どうも、今日はツキがないな」

「だったら、とりあえず聞き込みだな」

「ああ。おっと、また電話だ」赤信号で停まったタイミングを見計らい、電話を取り出す。「ああ、B・Jだ。ジョーか？　忙しいところ、すまんな。ちょっと頼みたいことがあるんだが……いや、正式な仕事じゃない。話すと長くなるんだが、ここは黙って頼まれてくれないか？　分かってるよ。昼飯を奢《おご》るから、それでどうだ？　ああ、今日の昼でいい。中華料理を食うことになると思うけど、つき合えよ。何時……分かった、十二時だな。『チャイナタウン』だ、デカルブ空港の近くの。分かるだろう？　じゃあ、詳しいことはその時に。仕事の内容？　簡単な分析だよ。お前さんなら夕方までに終わる。その後はブレーブスの試合を観に行くなり、女と遊ぶなり、好きにしろ」

　電話を切って溜息をつく。左手でハンドルを軽く叩いた。

「優秀だけど気難しい男でね。上手く乗せるのが難しいんだ。それに、奴が分析しなくちゃいけない証拠品が、トラック五台分ぐらい溜まってるのも事実だし」

「指紋の鑑定だけだったら、そんなに時間はかからないだろう」全国犯罪情報センターに照会すれば、すぐにチェックできるはずだ。もちろん、メモを書いた人間に犯歴があり、過去に指紋を採取されていればの話だが。

「今日の夕方までには何とかなるだろう。何が起こってるのか、それで大体分かるんじゃないか」

「今でも想像はつくよ。俺たちは、連中の痛いところを突いてるんだ」

「メモで警告してきたのは理解できないがな」B・Jが巨大な頭を傾《かし》げた。「そんなことをすれば俺たちだって用心するし、証拠を残すことにもなりかねない。もしも本当に俺たちが邪魔で、排除しなくちゃいけないとなったら、予告なしで撃ってくるんじゃないか。相手はマフィアなんだから」

「ああ」

「ぞっとしないな」わざとらしく、B・Jが震えてみせた。「俺にはどうも、何かの計略に思えるんだが」

「そうかもしれない。だとしても、連中がアトランタに入ってることだけは間違いないだろう」

「狙《ねら》いは分からんが、何かがある」

「そういうことだ」今度は私の携帯が鳴り出す。七海だった。

「もう動いてるか」

「ああ、聞き込みに向かう途中だ。今朝、俺の部屋にメモが入ってたよ」

「メモ？」

「連中だと思う」

「何だと」七海の声が緊張でひび割れた。「で、内容は」

「手を引け、と」

「それはおかしい。わざわざ警告してくる意味が分からない」

「今、B・Jとも同じ話をしたよ。とりあえず、メモの指紋を調べてもらう手配をしてる。それで何か分かるかもしれない」

「了解。それよりトミー・ワンの娘だけどな、結婚してるらしいんだが、相手は中国人じゃないようだ」

「何だと」電話を握り締める手に力が入る。引き返せ、とB・Jに声をかけようとしたが、今そうしても意味はないと思い直した。「今、中国人が住んでる街へ聞き込みに行くところなんだ」

「そうか……」七海が何か思案している様子が窺《うかが》えた。

「とりあえず、アイリスという名前で当たってみる」

「それは、あまりにも大雑把だよ」七海が深く溜息をついた。

「動いてれば、噂だけでも引っかかってくるかもしれない」

「分かった。こっちも引き続き情報収集するよ」

「頼む。ところで、優美《ゆみ》は大丈夫か」

「今朝見た限りではな。ただ、体調があまりよくない。ずっと横になってるよ」

「そうか」張り詰めた気持ちだけでは、体を支えることはできない。側にいてやるべきではなかったか、という後悔が胸を過《よぎ》ったが、一瞬でそれを握りつぶした。私がここにいるのは彼女の希望でもあるのだ。

「ま、心配するな」七海が無理に元気な声を出した。「あいつのことは俺が引き受けた。お前はお前の仕事をしてくれ」

「市警の方は大丈夫なのか」

「今のところは、な」急に声を潜める。「一応、お前の休暇届はきちんと受理されたよ。しばらくはそれで誤魔化せるだろう。表向きは、心配して優美についてることにしてある。家庭訪問まではしないだろうから、ある程度は時間を稼げるよ」

「ＦＢＩは？」

一瞬間が空いた後、七海が舌打ちした。

「公式には連中が事件を引き取った。市警の動きはストップしてる。ただし、そのうち手伝うように言ってくるかもしれないけどな……冗談じゃねえぞ。あんな連中の言いなりになってたまるかよ。とにかく、奴らの目につかないように動くから、こっちのことは心配するな」

「分かった」正面衝突するようなことにならなければいいのだが。私の心配を見透かすように七海が言った。

「ＦＢＩも、アイリスのことは嗅《か》ぎつけるだろうな。連中に会っても無理するなよ。知らん振りして逃げるのが一番だ」

「俺は大丈夫だ」

「簡単に考えるな。あいつらとぶつかると厄介なことになるぞ」

「ぶつかる？　おいおい、奴らもそこまで馬鹿じゃないだろう。敵が誰かぐらい分かってるはずだ」

「馬鹿じゃない、ね。俺が知ってる話と違うな」憎まれ口を一つ叩いて七海が電話を切った。

「ナナミか？」とB・J。

「ああ。FBIが正式に動き出してるそうだ」

「あの腰抜けどもか」B・Jが鼻で笑う。「どうせそのうち手が足りなくなって、泣きついてくるだろう。その前に、俺たちで決着をつけちまおうぜ」

「ああ」答えてみたものの、自分の声が不安に染まっているのが分かった。

ビュフォード・ハイウェイ沿いに漢字の看板が多くなる。だが、歩いている人がほとんどいないので、中国系の人たちの居住区に入ったという実感はまったくなかった。

「とりあえず、知り合いのところに行ってみよう」

「どんな人なんだ」

「この辺のコミュニティの主みたいな人でね。昔、ある事件の時に知り合ったんだ。中国人のクリーニング屋に強盗が入って主人が殺されてな。犯人は近くに住んでる奴だったんだけど、借金のトラブルが原因だった。その時に捜査に協力してもらったんだ。本人は、中国が共産化した時代に、親に連れられてこっちに渡って来たらしい。ずいぶん苦労して、息子を大学まで出したんだよ。今は小さな食料雑貨店をやってる」

「とすると、結構年なんだな」

「そう、六十……七十にはなってないけど、六十代後半だろうな」

トミー・ワンと似たような経歴ではないか。片方は実直に働いて地域社会に根づき、片方はニューヨークの闇の中でうごめいている。出発点において、二人の間にそれほどの差はなかったはずだ。小石のような躓《つまず》きが、二人の人生を大きく左右に分けたのだろう。

B・Jが車を路肩に停めた。ビュフォード・ハイウェイから一本奥に入った、森の中に佇《たたず》む店の前である。

「チャンのドラッグストア」という分かりやすい名前がついた店は、間口五メートルほどの小さな店だった。外から中を覗《のぞ》くと、棚の向こうにすぐカウンターがあり、レジの前に小柄な老人が座っているのが見えた。客の姿はない。

B・Jに続いて店に入った。洗剤とシャンプーが並んだ棚と、スナック菓子が詰まった棚の間を、体を斜めにして通り抜け、レジの前に立つ。チャンの頭はすっかり禿《は》げ上がり、店の照明を受けて鈍く光っていた。白くなった口髭が表情を曖昧にしている。

「これはこれは、シャーロック」

「よしてくれ」B・Jが大袈裟《おおげさ》に手を振った。「あんたがシャーロック・ホームズで英語を覚えた話は何度も聞いたけど、俺はイギリス人じゃない。白人ですらない」

「名探偵なのは間違いないだろう」

「だったらそういうことにしておこうか。悪いことじゃないからね。それより、何かあったのか？　朝から何度も電話したんだけど」

「孫の具合が悪くてね。病院へ連れて行って、店を開けるのが遅れた」

「大丈夫なのか？」

「大したことはない」チャンが薄い笑みを浮かべて首を振った。「子どもってのは、いつでも何か病気してるもんさ」

「ならいいが」Ｂ・Ｊが、壊れ物を扱うように老人の手を握った。「今日はこの男を紹介しに来たんだ」

「日本人だね」低い声でチャンが言ってうなずく。

「分かりますか」

「Ｂ・Ｊには、日本人も中国人も韓国人も同じに見えるようだがね。この男はどうして我々の差に気づかないんだろう」

「鈍いんでしょう」

Ｂ・Ｊが私を睨みつけ、チャンは喉《のど》の奥で球を転がすように笑った。手を差し伸べてきたので、Ｂ・Ｊに倣《なら》ってそっと握手をする。女性のように細く柔らかい手で、少しでも力を入れたら壊れてしまいそうだった。

「で、今日はお友だちを紹介しに来ただけなのかな、B・J」

「こいつはリョウ・ナルサワ。学生時代の友人で、日本で刑事をやっている。今はニューヨーク市警で研修中だ」

「そんな人が、私たちの街に何の用かな」チャンの視線が疑念で細くなる。

「ちょっとややこしい話なんだ」B・Jが真剣な眼差《まなざ》しでチャンを見た。

「なるほど」大きな目をわざとらしく動かして、チャンが店内を見回す。「この時間は店は暇でね。お茶をご馳走しよう。ちょっと待ちなさい。ああ、そこの椅子を引っ張ってきて座ってくれんか」

チャンがのろのろと店の奥に引っこんだ。B・Jがカウンターに置いてあった「USAトゥデイ」を手に取り、勇樹の事件が書かれたページを広げる。思わず目を背けた。紙面から、勇樹の写真が笑いかけてくる。「ファミリー・アフェア」の制作発表の様子だが、テレビ用に浮かべた明るいその表情も、今は助けを求めているようにしか見えなかった。

外は暑く、店内は凍えるほど冷房が効いており、お茶は火傷《やけど》するほど熱い。大いなる矛盾だったが、チャンの淹《い》れてくれたお茶は薫り高く、体の芯《しん》に残る疲労を薄めてくれた。Ｂ・Ｊが新聞の記事を示すと、見出しを読んだだけでチャンが顔をしかめる。

「その記事は読んだ。まったく、恐ろしい世の中だな」

「この男のガールフレンドの息子なんだ」

Ｂ・Ｊの指摘に、チャンが目を見開く。私はうなずいて、簡単に事情を説明した。

「トミー・ワンか」溜息をつくようにチャンが言った。

「知ってるんですか」私は訊ねた。

「悪名轟《とどろ》く、というやつだ。どこの社会にも悪い奴はいる。しかし、子どもを誘拐するなぞ、問題外だな。何のために？」

「それさえ分からないんです。分かっているのは、トミー・ワンの娘がアトランタに住んでいるらしいということだけで。奴がアトランタに飛んだ形跡があるんです。娘に会いに来たのかもしれない」

「何のために？」私が肩をすくめたのを見て、チャンは質問を切り替えた。「娘の名前は？　居場所を知りたいんだろう」

「アイリス・ワン。ただ、中国人以外の人間と結婚して、名前が変わっているらしいんですけどね」

「うむ」チャンが腕組みをし、天井を仰いだ。そこから記憶が降ってくるとでもいうように。だが手がかりは何もなかったようで、残念そうに首を振る。「すまんが、私の記憶にはないな。少なくとも、アイリスという中国系の女性の名前に心当たりはない。中国人と結婚したんじゃないとすると、この辺りには住んでないんじゃないかな」

「一応、聞き込みをしてみようと思います。誰かが何か覚えているかもしれない」

「だったら、適当な人を紹介するよ。私より長くこの辺りに住んでいる人もいるし、コミュニティの活動を熱心にやっている人間もいる。そういう人の方が、情報を持っているかもしれないからね」

「感謝します」

「なに」チャンがひび割れそうな硬い笑みを浮かべた。「困った時はお互い様だ。それよりあなたにお願いがある」

「何でしょう」

「我々中国人を悪く思わないでくれ。我々と同じ出自の人間が、この国の腐った部分に生息していることは認める。そいつらは、ろくでもない連中だよ。だが、全部が全部そうだとは思わないでくれ。私は真面目に生きてきた。一日十八時間、何十年も身を粉にして働いて、この国に根づいたんだ。息子は大学を出て、政府系の研究機関に勤めている。ほとんどの人間は、私のようにこの国の役に立とうと頑張ってるんだ。トミー・ワンのような男一人のために、中国人に対するイメージが悪くなるのは我慢ならん」

「それは分かってます。事実、あなたは私に協力してくれている。感謝します」

「とんでもない、私にはこれぐらいしかできないからね。ところで、そのアイリスという娘さんの写真はないのかな」

「残念ながら」

「そうか」眉をひそめ、チャンが首を傾げた。「名前は分からなくても、顔を見れば何か思い出すかもしれないんだがね」

「この女性に関する情報は極端に少ないんです。家族との縁は完全に切っているようで、生まれ育ったニューヨークにも痕跡を残していない」

「それは、彼女の人生における最も賢い選択だったかもしれないな」

チャンに指摘されるまでもなかった。親を選ぶことはできないが、そこから逃げ出すことはできる。そして子どもには、どうしようもない親と縁を切る権利があるはずだ。

まだ縁ができていない勇樹のことを思った。もしも本当の親子だったら、彼には私を見捨てる権利がある。

シャツが肌に張りつき、頭がぼうっとする。車内に戻ると急激に冷やされ、体がだるくなってきた。Ｂ・Ｊの紺色のＴシャツは、肩から背中にかけて逆三角形に黒くなり、車内には汗の臭いがこもり始めた。

「ここには手がかりはないかもしれんな」聞き込みを始めてから初めて、Ｂ・Ｊが弱音《よわね》を漏《も》らした。私は一度だけアイリスという名前の女性に行き当たったが、調べてみると十二歳の少女だった。そこで壁が立ちはだかり、後はどこへ行っても首を横に振られるばかりだった。

「時間だな」車の時計に目をやり、Ｂ・Ｊが疲れた声で漏らした。この街で生まれ育った彼でさえ、この暑さは辛いようだ。無駄に終わった午前中の動きが、徒労感に拍車をかけている。「とりあえずジョーと落ち合おう。奴にメモを渡さないと」

「渡したらすぐに動こう。飯を食ってる暇はない」

「いい加減にしろよ、リョウ」Ｂ・Ｊが深く溜息をついてみせた。「この暑さだ。俺だってばてる。飯ぐらい食っておかないと、ぶっ倒れちまうぜ」

「食欲もないよ」

「とにかくつき合え。奴に飯を奢らないといかんし」

Ｂ・Ｊは小さな空港の脇を抜けて車を走らせた。ほどなく駅が見えてくる。ダウンタウンでは地下を、郊外では地上を走るｍａｒｔａ《アトランタ都市高速交通局》の鉄道の駅だ。そこを通り過ぎると、瓦屋根のついた門が見えてくる。駐車場に車を停め、外へ出た途端に、外気の暑さとアスファルトから立ち上る熱で一瞬眩暈《めまい》を覚えた。頭を振って意識をはっきりさせ、B・Jに続いて門をくぐる。門全体は白に近いクリーム色で、瓦の緑色がアクセントになっていた。「チャイナタウン」「スーパーマーケット」「フードコート」の看板が赤く浮き、ライオンの石像が睨みを利かせている。

B・Jが言っていた通りに、チャイナタウンとは名ばかりの小さなショッピングモールだった。二階建ての建物が中庭を囲んでおり、一階には土産物《みやげもの》店やレストラン、雑貨店などが並んでいる。二階には小さな会社や事務所などが入っているようだった。B・Jは迷わず一軒の中華料理店に入り、店内を見回して一番奥の席に突き進んだ。円卓に一人で座った男がメニューに目を落としている。ほっそりとした若いアフリカ系アメリカ人で、眼鏡が合わないのか、しきりに人差し指で押し上げていた。

「ジョー」

「B・J」

名前を呼び合って挨拶《あいさつ》代わりにする。B・Jが私を紹介すると、ジョーと呼ばれた男が、今にも笑みに変わりそうな柔らかい表情を浮かべて手を差し出した。

「ジョー・ホワイトだ」

「リョウ・ナルサワ」

「ニューヨークから来たカウボーイってのは、お前さんか」

「俺はカウボーイじゃない」

「ま、どうとでも」肩をすくめ、B・Jに視線を戻す。「腹が減ってるんだが」

「好きなだけ頼んでくれ」

「じゃ、料理は任せてもらうぞ」

ホワイトがウェイターを呼びつけ、タマネギ入りのパンケーキ、甘酸っぱいソースをかけた鶏の唐揚、野菜の炒め物、海老チャーハンを注文する。それが終わると、B・Jが脅迫状の入ったビニール袋をホワイトに渡した。

「こいつか」ホワイトがビニール袋をテーブルに置き、両手で押しつけるように撫でた。

「うーん、指紋は厳しいかもしれん」

「期待はしてない。ただ、一応調べて欲しいんだ」とB・J。「あんたなら、奇跡を起こせるかもしれないし」

「筆跡は……何とも言えないな。ただ、右利きの人間が左手で無理に書いたような感じもする。これ、見てみろよ」ルーペを取り出し、文字を拡大する。「素人《しろうと》のあんたらでも、どの線も不規則に揺れてるのが分かるだろう？　真っ直ぐなところがまったくない」

「確かに」Ｂ・Ｊがうなずき、茶を一口飲んだ。ビールでないことが恨めしそうに唇をすぼめる。

「このほかに何か手がかりはないのか？」ホワイトがビニール袋をブリーフケースに落としこんだ。

「今のところはこれだけだ」

私が断じると、ホワイトが渋い表情を浮かべ、唇に手をやった。

「何も見てないわけだ」

「朝、散歩に行ってる二十分ぐらいの間に、ホテルのドアに挟んであったんだ」

「そうか。ま、ホテルなんて誰でも入りこめるからな。とにかく調べておく。何か分かったら連絡するよ」

食事は意気消沈した雰囲気の中で進んだ。ホワイトだけは旺盛《おうせい》な食欲を見せたが、

「飯ぐらいちゃんと食っておかないと」と言っていたＢ・Ｊ自身、食が進まない。

「まだここで捜すつもりか？」チャーハンを飲みこんでから、探るようにＢ・Ｊが訊ねた。

「今のところは、ここしか当たる場所がないだろう。チャンが何か情報を入れてくれれ

ば別だけど……」

私の言葉に被《かぶ》さるように、Ｂ・Ｊの携帯が鳴り出した。

「はい……ああ、ミスタ・チャン」私にウィンクしてみせ、スプーンをテーブルにそっと置いた。「聞き込み？　芳《かんば》しくないね。この辺のコミュニティの人は、誰もアイリスなんて名前の中国人のことを知らないみたいだ。ああ？　分かった？　どこに……バックヘッド？　そりゃまたずいぶん、高級なところに住んでるんだね。旦那がよほど金持ちなんだろうな。なるほど、旦那の正体までは分からないわけだ。とにかく、バックヘッドで絞りこんでみるよ。旦那についての情報はないんだね？　了解。感謝するよ」

電話を切ると、Ｂ・Ｊが「よし」と気合を入れ直した。伝票を見て、二十ドル紙幣を一枚と十ドル紙幣を一枚、テーブルに置いて立ち上がる。

「行くのか」ホワイトがのんびりした声で訊ねる。

「ああ。ゆっくり食っててくれ。指紋の件、何か分かったら電話してくれよ」

「了解」

早足で店を出るＢ・Ｊの後に続いた。私が助手席に乗りこみ、ドアを閉め切らないうちにタイヤを鳴らしてスタートさせる。

「バックヘッド？」

「北の方だ。アトランタの高級住宅地だよ」

「ということは、住んでるのは……」

「ほとんど白人だ」Ｂ・Ｊの声に、わずかに侮蔑の色が滲んだ。「黒人のミドルクラスもちらほらいるけど、基本的には白人の街だな。ダウンタウンに黒人が増えて白人が逃げ出す。これはアメリカ中どこへ行っても同じだ」

「そこに住んでるということは、アイリスは白人男性と結婚してる可能性が高い」

「ちょっと待て」Ｂ・Ｊが、私の逸《はや》る気持ちに冷水をかけた。「はっきりした情報じゃないんだぞ」

「具体的には？」

「ずいぶん前にチャイナタウンに住んでた女性がいたっていう話だけだ。俺たちが捜しているアイリスとの共通点は、ファーストネームと、昔ニューヨークに住んでたってことだけだ。ここへ来る前はロスにいたらしい」

「それにしても、ヒントにはなる」

「まあな。大まかな住所と名前で、ある程度は絞りこめると思う。それに、あの辺にアジア系の人間が住んでれば嫌でも目立つはずだぜ」

「急いでくれないか」

「分かってる」車がビュフォード・ハイウェイに入った。Ｂ・Ｊが思い切りアクセルを踏みこむと、私の体は柔らかく腰のないシートに押しつけられた。Ｂ・Ｊがちらりとバックミラーを覗く。その顔が険しくなり、血の気が引いた。

「つけられてる」彼の低い声が、私の頭の中で渦を巻いた。

3

すぐに二つの可能性が頭に浮かんだ。その一、ＦＢＩ。その二、ホテルのドアにメモを残した人間。

「間違いないか？」私はシートの中で背中を丸めた。

「さっきの駐車場からずっとだぜ。赤いトレイル・ブレイザーだ」シボレーのＳＵＶ。当てずっぽうに石を投げればぶつかるほど、街に溢れかえっている。「間に三台入れてつけてきてるな」

「運転してる人間は？」

「一瞬見えたけど、似顔絵を描けるほどはっきり顔は見てない」

「ＦＢＩかな」第一の可能性を口にしてみた。一瞬間が空いた後、Ｂ・Ｊがハンドルを指先で叩きながら首を横に振る。

「いや、奴らはこんなややこしいことはやらないだろう。偉そうに俺たちの前に顔を出して、『余計なことをするな』って言えば済む」

「自分たちは何の手がかりも摑んでないから、俺たちに案内させようとしてるのかもしれない」

「おお、その可能性は否定できないな」B・Jが喉の奥で短く笑いを零《こぼ》した。「連中は、お前さんが考えてるよりもずっと無能だから。さて、どうする」

「無視する。しばらくこのまま行こう」低く体を沈めたまま、窓の外を見やった。車は流れているが、交通量の多い道路である。こんなところでカーチェイスを始めたら、大事故を引き起こしかねない。

「了解」私の言葉の意を汲《く》み取ったのか、B・Jがアクセルを緩めた。前を行くピックアップのバンパーが遠ざかる。すぐ後ろを走っていた車が激しくクラクションを鳴らし、強引にレーンチェンジをして追い抜いて行った。これで、尾行している車との間には、二台しか挟まっていないことになる。今の動きを不自然だと思われなかっただろうか？いや、そこまで神経質になることはないだろう。どうせ向こうも、私たちが尾行に気づくことは可能性に入れているはずだ。

「まだついて来てるか?」無理に体を捻らないと後ろを確認できないが、そうしたいという気持ちを抑えつけた。気づいていることを気づかれたくない。

「いる。あんな目立つ色の車で尾行するってのは、このままバックヘッドまで連れて行くのは気が進まない」

「任せろ。気づいてない振りをして、最後はどこかで巻いてやるよ。たぶん、尾行してるのは地元の奴じゃないだろう。ダウンタウンに入ればチャンスがある。ここは俺の庭だからな」

B・Jは制限速度をきっちり守って車を走らせた。道路の継ぎ目を乗り越える度に、何かをカウントするようにハンドルを指先で叩く。車内は無言で、私は胸に顎を埋めたまま、背中が汗で濡《ぬ》れ始めるのを感じた。

車を八五号線に乗り入れると、B・Jがスピードを上げた。暴走になる一歩手前までアクセルを踏みこみ、前を行く車を次々とパスして行く。しかし、尾行車はさほど苦労する様子も見せずについて来ている。地元の道をよく知っているかどうかはともかく、運転の腕が確かなのは間違いない。

「クソ、振り切れんな」ちらりと横を見ると、B・Jの眉間《みけん》の皺《しわ》が深くなっていた。

「気をつけろよ」

「分かってる」

ダウンタウンを南北に貫く八五号線は、途中で東側に大きく膨《ふく》らみ、中心部を迂回《うかい》する格好になる。二〇号線と交差する地点――道路が複雑に入り組んでいるのでスパゲティ・ジャンクションと呼ばれている――まで来ると、Ｂ・Ｊがハンドルを握る手に力を入れ、じっと前方を注視した。

「しっかり摑まってろよ」

言われるまま、シートの端を手で握った。汗ばんだ掌《てのひら》が滑る。Ｂ・Ｊがいきなり隣の車線に飛びこんだ。タイヤに悲鳴を上げさせながらダブル・レーンチェンジを敢行し、クラクションの非難を浴びながら二〇号線に突入する。別の車と接触しそうになり、急ハンドルを切った。私は体を捻って一瞬だけ斜め後ろを向き、尾行車を視線の端に捉えた。運転席の男がちらりとこちらを向く。顔の半分ほどを覆い隠す巨大なサングラスをしているので表情までは窺えなかったが、アジア系の男のようだった。こちらを見もせず、アクセルを踏みこんで巨大なトレイル・ブレイザーを加速させる。

「行ったか？」

「ああ」

「よし」Ｂ・Ｊがハンドルから一瞬手を離し、両手を開いては握り締めた。右手をハンドルに添えておいて左手をシャツで拭ってから、窓を下ろす。熱い風が吹きこみ、B・JのTシャツをはためかせた。

「運転してる奴を見たか？」Tシャツの襟首《えりくび》を引っ張って空気を導き入れながら、B・Jが訊ねる。

「アジア系の男だったと思う」

「となると、トミー・ワンの手下かね。FBIにもアジア系の人間がいないわけじゃないが……さて、邪魔されちまったけど、目的地に向かおうか」

「いや、もう少し用心しておいた方がいいと思う」

「了解。お前さんが納得できるようにやればいいさ」早口で言ってから携帯電話を引っ張り出す。市警本部の同僚らしき相手を呼び出し、バックヘッド付近に住むアイリスという名前の人間のデータを引っ張るよう、慇懃無礼《いんぎんぶれい》な口調で頼んだ。電話を切ると、肩を小さく上下させてから窓を閉める。身を切るように冷えたエアコンの風が車内に満ち、汗で濡れたシャツが体温を奪った。

メモと尾行。私は間違いなく虎《とら》の尾を踏んでいる。一つ、問題に気づいた。B・Jにぶつけてみる。

「連中は当然、アイリスのことは知ってるんだろうな」

「と思うけど、それが何か？」

「アイリスに近づくと、俺たちは罠の中に飛びこむことになるかもしれない。俺たちが連中を案内してるんじゃなくて、逆に俺たちが誘導されてる可能性もある」

「そうかもしれんが、危険は承知の上だろう？」Ｂ・Ｊが私の方にちらりと顔を向け、凶悪な笑みを浮かべた。「俺は、連中が本当に嫌いになってきたよ。蠅《はえ》みたいに周りを飛び回ってるだけの連中は信用できん」

　その蠅が、致命的な病原菌を媒介することもある。


　Ｂ・Ｊが冷蔵庫のミネラルウォーターを一本空にし、何か所かに電話をかける間に、私は荷物をダッフルバッグに詰めこんだ。

「ホテルを換えるのは、ベストなアイディアとは言えないぞ」Ｂ・Ｊが、荷造りする私を見ながらぶつぶつと文句を言った。「このホテルだってすぐに見つけられたし、簡単に尾行も許してる。どこへ行っても同じだろうが」

「それでも、用心しないよりはましだ」

「まあ、そうかな」納得できないようで、小さく首を振る。

「さっさとチェックアウトしよう。それよりアイリスの件、何か分かったか？」

「バックヘッド周辺で、その名前の人間は十五人いる」B・Jが深い溜息を漏らした。「手助けがあれば、今日中に全員に当たれるかもしれんが……」

「きついのは分かってる」ダッフルバッグを担ぎ上げる。「とりあえず、向こうでは別々に動こう。効率重視だ」

「了解」短く言ってから、B・Jが首を傾げる。「しかし、ナナミもだらしないな。もう少し情報が取れそうなもんだけど」

「手足を縛られてるのかもしれない。FBIが事件を引き取ったから、表立っては動けないんだよ。あいつにだって限界はある。むしろここまで、よく情報を取ってくれたと思う」

「それもそうだな……あいつの悪口言っても仕方ないか。よし、行こう」

B・Jが冷蔵庫からミネラルウォーターのボトルを二本取り出し、一本を私に放って寄越す。顔の前で受け取り、そのまま頰に押し当てた。頭の芯に居座っている頭痛を意識させられたが、それでも目の前が晴れていくようだった。痛みは時に、人に生きている実感を与えるものである。

ダウンタウンから北へ向かうと、比較的新しい街並みが次々と姿を現した。八五号線が、小さな街を順番に串刺しにしているようなものである。B・Jが「バックヘッドの中心地だ」と言って私を連れてきたのは、martaレールのNE線レノックス駅で、周辺は一つの小さな街を形成していた。ホテルや巨大なショッピングモール、高層のコンドミニアムなどが立ち並び、街並みも小綺麗である。建物はほとんどが新しい。「金持ちが住んでいる」というB・Jの説明は確かなようだし、本来のダウンタウンよりもよほど賑わっている。

彼の車を追いながら、聞き込みの手順を頭の中で確認した——手順もクソもない。地図を頼りに、一軒一軒当たっていくしかないのだ。しかし、ほとんどは顔を見た瞬間に除外できるだろう。アジア系でアイリスという名前の女性となると、さほどたくさんいるとは思えないし、そのうち噂に行き当たるかもしれない。

B・Jが右にウィンカーを出した。リアウィンドウ越しに手を振るのが見える。私はそのまま直進し、最初の目的地に向かった。リストの一番上、アイリス・カールソン。スウェーデン系の名前だ。

何度か道に迷った末、十二階建てのコンドミニアムを見つける。まだ真新しい建物で、青い空に突き刺さるような白い外壁が眩しい。埃《ほこり》っぽく熱い風が吹き抜け、車を降りて歩いていくわずかな時間の間に額に汗が浮き出た。すぐにドアマンに行く手を遮《さえぎ》られる。ほっそりとしているが身のこなしが軽そうなアフリカ系アメリカ人で、穏やかな言葉遣いとは裏腹に、射すくめるような視線が警戒心の強さを表していた。

「何のご用でしょうか」

「ミズ・アイリス・カールソンに会いたいんだが」

「お約束は？」

「警察だ」バッジを取り出して見せたが、懸念した通り、ドアマンには通用しなかった。一瞬で、私がこの街の人間ではないと見抜いたようである。元警官かもしれない。

「困りますね」眉をひそめ、一歩前に出て私を外へ押し戻そうとする。引かなかったので、互いの胸がぶつかりそうになった。

「こっちも困るんだ」

ドアマンが一歩下がり、まじまじと私の顔を見た。さらに警戒心が深まっている。

「あなた、ニューヨーク市警の人じゃないですか」やはり見抜かれていた。「何でアトランタに」

「向こうの事件の関係だ」

「と言われても、それを簡単に信じるわけにはいかないんですよ。それじゃ、私も仕事にならないんでね。バッジそのものが偽物かもしれないし、仮に本物でも、ニューヨークのバッジはアトランタじゃ何の権限もないでしょう」

「身元は、アトランタ市警が保証してくれる。殺人課のキング刑事に聞いてくれ」この男が本当に市警に電話をしたら、B・Jが面倒な事態に巻きこまれるのは目に見えている。だが具体的な名前を出したことで、ドアマンの警戒レベルは一段階下がった。

「ミズ・カールソンに何をお聞きになりたいんですか」

「彼女の顔を見たい」

ふざけるなと言わんばかりに、ドアマンがまた詰め寄ってきた。胸がぶつかり、鼻がくっつきそうになったが、私は一歩も引かずに説明した。

「彼女の顔を見ればすぐに分かることだ。それ以上の用事はない」

「仮に容疑者を捜してるなら、そういうやり方はないでしょうね」馬鹿にしたようにドアマンが鼻を鳴らす。

「彼女は容疑者じゃない。単なる参考人だ。とにかく、彼女が中国人なのかどうかだけ、確認したい」

「は？」ドアマンの右の眉だけが上がった。「あんた、からかってるのか？　ミズ・カールソンはきれいな金髪だよ。スウェーデン訛も抜けてないし」

それでも何とかドアマンを押し切り、アイリス・カールソンと電話で話すことができた。最初に「ミズ・アイリス・ワンですか」と質問をぶつける。先ほどのドアマンが見せたのにも似た戸惑いと疑念が、電話の向こうから伝わってきた。それだけで、ドアマンが嘘をついていないことが確信できた。

コンドミニアムを後にした時には、紙やすりをかけられたように気持ちが磨《す》り減っていた。このペースだと、日が暮れる前に全員に当たることは不可能だ。

電話が鳴り出した。

「俺だ」七海。久しぶりに声が弾んでいる。

「何が分かった」

「アイリス・ワンの結婚相手。日本人だったよ」

「日本人か、日系人か？」何かが体の中で弾ける。これで一気に絞りこめるはずだ。

「いや、日本人……この表現で合ってるか？」七海の日本語は時々揺れる。

「アメリカ生まれの日本人じゃなくて、日本で生まれて育った人間だろう？　俺は日本人、お前は日系人だ」

「それそれ」くすくす笑いまで伝わってきそうだった。「とにかく、結婚後の名前はアイリス・ヤマオカだ」

名前を復唱し、メモ帳に書きこむ。「ヤマオカ」は「山岡」だろう。しかし、B・Jのリストにその名前はない。

「住所は分かってるのか？」

「いや、それはまだ……この名前を割り出すだけで大変だったんだぜ」

「分かってるよ。とにかく助かった。アイリスっていう名前の人間は、バックヘッド周辺だけで十五人いるんだ」

「バックヘッドね。アトランタの副都心みたいな所じゃないか？　高級住宅地だ」

「そういうこと」エンジンをかけ、エアコンの温度を下げる。冷風が濡れたシャツを冷やし、首筋がぞくりとした。目の前には、私を半《なか》ば拒絶したコンドミニアムが、巨大な墓石のように聳《そび》え立っている。

「バックヘッドに住んでることは、どうやって割り出したんだ」

「こっちの中国人コミュニティで、B・Jのネタ元に探ってもらった。それは曖昧な情報だったんだけど……日本人と結婚してるなら、中国人コミュニティにいないのも当然だよな」

「これでずいぶん絞りこめただろう」

「ああ。アトランタには、日本人はそんなに住んでないはずだから。それよりやっぱり、俺たちはトミー・ワンの痛いところに刺さってると思う」

「刺さってる？」

「ああ、その……とにかく、トミー・ワンがアトランタにいるのは間違いないようだ」

「何かあったのか」七海が声を潜める。刑事の勘が、はるか彼方のニューヨークから私の心を照らし出した。

「尾行された。はっきりしないけど、ＦＢＩじゃないと思う。車を運転してたのはアジア系の男だった」

「なるほど。例のメモのこともあるし、間違いないみたいだな。気をつけろよ」

「背中に気をつけてる暇があったら前へ進むよ」

「お前のそういうのは、危なっかしくて見てられないんだ」

「お前に言われたくないね」

「よく言うぜ。去年、バイクでワルどもを吹っ飛ばしたそうじゃないか」

「何で知ってる」背筋をぞくっとした感覚が走った。アメリカへ渡る少し前の話である。武装した男たちに素手で立ち向かう羽目になり、私はカワサキのリッターマシンを武器にせざるを得なかった。

「俺にもあちこちにネタ元はいるんでね。とにかく、無茶はやめてくれよ。トミー・ワンたちの狙いが分からない限り、無闇に刺激したくない。いいな？　約束してくれよ」

「……分かった」一瞬口ごもった後、彼の言葉に従った。「無茶はしない」

「了解。また連絡する」

電話を切り、B・Jを呼び出した。彼の声には汗の臭いと疲労が滲み出している。私からの電話にも、何かを期待する気配は感じられなかった。

「どうした」

「アイリスのラストネームが分かった。アイリス・ヤマオカ」

「何だ、それは。日本人か？」

「そう。ナナミが割り出してくれた」

「よし」B・Jの声が勢いづいた。「日本人と結婚してたんだな。だけど、リストにはない。この辺にはいないのか」

「ラストネームが分かったんだから、それで絞りこめるはずだ」

「アトランタに日本人は多くないしな。周辺も入れて五、六千人ってところじゃないかな。とにかくこれで、ピンポイントで当たれるぜ」

「すぐに分かるか？」

「分かるも何も、ケツを蹴飛ばしてもやらせるさ。俺は市警本部に電話を入れておくから、どこかで落ち合おう。居場所が分かったら、二人で行った方がいい」

「了解。どこで会う？」

「さっき、大きなショッピングセンターの前を通ったの、覚えてるか？」

「ああ」

「レノックス・スクエアっていうんだ。そこの一階、正面入り口を入ったところでどうだ？　十分後ぐらいに」

「分かった」

　電話を切り、一つ深呼吸をしてから車を出した。心が沸き立つのを感じたが、これはまだ取っ掛かりに過ぎないのだ、と逸る気持ちを戒める。今私の手元にある事実は、トミー・ワンと勇樹らしい二人連れがボストンからアトランタに向かったらしいこと、トミー・ワンの娘がこの街に住んでいることだけである。想像力は勝手に羽ばたいて二つの事実を結びつけたがったが、その線は細い。

　焦るな。だが、急げ。矛盾した二つの命令の間で、私は揺れた。

　酷暑から逃れ、モールの冷房で一息ついた。吹き抜けのガラス天井から降り注ぐ陽射しは凶暴だが、例によって空調は季節を冬に巻き戻さんばかりにきつい。基本的にこの国には、省エネルギーという考えはないのだ。Ｂ・Ｊを待つ間に、モールの案内図を眺める。数え切れないほどの専門店のほかに、百貨店が三つも入っている。長大な通路には、様々な屋台が出ていた。「アメリカはショッピングモールだ」と誰かが看破していたのを思い出す。確かにどんなに小さな街でも、今はモールが街の中心だ。その中でも、ここが群を抜いた特大サイズなのは間違いない。

ふと空気が凍るのを感じた。

誰かに見られている。

その場に立ち尽くし、ゆっくりと左右を見回す。気配はするが、こちらを見ている人間はいない。アクセサリーの露店でハンドバッグやネックレスを眺めている若い白人女性……サングラスを試しているアフリカ系アメリカ人のティーンネイジャー……携帯電話のショップで店員と話しこんでいるヒスパニックの中年女性……普通の買い物客にしか見えない。目に見える範囲で、アジア系の人間を確認することはできなかった。

「お待たせ」振り返ると、Ｔシャツを汗で黒く染めたＢ・Ｊが大股で近づいて来る。小さくうなずき、私のところまで来るのを待たずに歩き出す。ばたばたと大きな足音を立てて追いつくと、彼が怪訝《けげん》そうな声で訊ねた。

「何だ」

「誰かにつけられてる」

「またか」荒い息遣いの裏に怒りが透けて見える。「さっきの連中か」

「分からない。気配がしただけだ」一段声を低くする。「ここで一度別れよう」

「分かった。どこで落ち合う？」

「駐車場。俺の車で、十分後に」

「了解」

Ｂ・Ｊが左の通路に入った。私はエスカレーターで二階に上がる。本屋とフローシャイムの靴屋を覗き、今度は地階へ降りてフードコートの中をぶらついた。椅子に腰を下ろし、さっと周囲を見回す。気配は消えていた。やはり気のせいだったのだろうか。腕時計をちらりと見下ろし、Ｂ・Ｊと別れてから七分経っていることを確認する。そろそろ行かないと。駐車場は、東京ドームの面積を基準に考えなければならないほど広大なのだ。

立ち上がった瞬間、柱の陰で動く何者かの姿が視線の脇に入った。顔は……アジア系かもしれない。見たのは一瞬だけだったが、サングラスをかけていることだけは分かった。先ほど車で尾行していた男のサングラスとは違う。今度は顔の横までぐるりと回りこむラップアラウンド型だ。

思い切ってそちらに歩みを進める。途中で歩調を速め、手を伸ばせば柱に触れる位置まで来た時には、ほとんど小走りになっていた。そのまま裏に回りこんだが、誰もいない。素早く左右を見たが、男の姿は消えていた。クソ。こちらの動きは、向こうには手に取るように分かっているようだ。

駐車場に出て、背中を焼くような陽射しの中、自分の車に駆け戻る。ドアに手をかけた瞬間、車の向こう側にしゃがみこんでいたB・Jが体を伸ばした。顔には戸惑いの色が浮かんでいる。車に乗りこみ、エンジンをかけると、B・Jが太い指でエアコンをいじって温度を下げた。シャツの襟に人差し指を引っかけて広げ、冷気を導き入れる。喋《しゃべ》り始める前に、私は車を出した。

「どうだった」B・Jが訊ねる。

「いた、と思う」

「まいたのか？」

「自信はない」

「俺の車を使った方がよかったかな」

「どっちでも同じだよ」

外観が鏡張りになっている銀行の脇を走り抜け、ピーチツリー・ロードに出る。

「それにしても、なかなかしつこい奴らだ」丸い腹の上で手を組み、B・Jが零した。

「何人いると思う？」私は背中の強張りを感じていた。

「今のは、さっき車を運転していたのとは別の男か？」

B・Jの質問を受けて、頭の中で二人の顔を重ね合わせる。

「だと思う」

「とすると、最低二人か」

「地元の人間かな」

「いや、違うだろう。ニューヨークみたいなチャイニーズ・マフィアは、アトランタにはいないからな」

バックミラーに目をやった。今のところ、尾行されている気配はない。

「少し流すぞ」

「そうしよう。その間に話をするよ」B・Jがメモパッドをめくった。「アイリス・ヤマオカという人間は確かにいる。家もここから遠くない。行ってみるか」

「少しタイミングをずらそう」拳を唇に押し当てた。何が待っているか分からない。トミー・ワンの一味がそこにいたら、反撃に遭うかもしれない。人数や火力で向こうが上回っているのは間違いないだろう。

「とりあえず、場所だけ確認しておこうか」とＢ・Ｊ。「訪ねるのは、暗くなってからの方がいい。それまでにできるだけ動き回って、連中の目をくらまそう。上手くいけば、向こうのガソリンが切れるかもしれない」

「いや、連中は当然アイリス・ワンの家を知ってるだろう。俺たちが最終的にそこにたどり着くのも予想してるはずだ」

「ということは……」

「どこかでまた妨害してくる」

言葉を引き取ると、Ｂ・Ｊが拳を掌に叩きつけた。

「クソ、援軍がいるな」

「それは駄目だ。少なくとも、アトランタ市警が正式に動き出すようなことにはしたくない」

「分かってるよ」Ｂ・Ｊが背中を丸め、両手を腿《もも》の間に挟みこんだ。「ただな、相手はマシンガン・トミーだろう。こっちにはちゃちな拳銃があるだけなんだぜ」

「お前でも不安になることがあるのか」

「怖いものは怖い。だいたい、この街に住んでれば臆病にもなるんだよ」助手席を向くと、Ｂ・Ｊが真顔でうなずいた。「怖いものは怖い。オリンピックの後はずいぶん安全になったけど、それでも実際に犯罪が多いのは確かだからな。こんな時じゃなけりゃ、お前さんをウェスト・エンドに連れて行ってびびらせてやるところだよ」

「そこがアトランタのテンダーロインなのか」セックスとドラッグと犯罪に塗りこめられた街の一角を、アメリカではこう呼ぶことがある。

「ああ。基本的にはアフリカ系アメリカ人しか住んでないし、白い顔をしている人間は、夜中には一人で歩けない。パトロール警官だって避けて通りたくなる場所だよ。そこで何かあっても、放っておかれる可能性が高いね」

「アメリカの警察は、金持ちしか助けないからな」

「物事には優先順位がある。何かあった時、文句を言ってくるのは金持ち連中だ」B・Jが肩をすぼめる。

「少なくとも俺たちは、そこでトミー・ワンを捜す必要はないんじゃないかな。アフリカ系アメリカ人が仕切ってる場所なら、ニューヨークのチャイニーズ・マフィアも入れないだろう」

「そういうことだ……おっと、次を右へ曲がってくれ」

言われるまま車を走らせる。しばらく行くと、また大きなショッピングモールが見えてきた。

「モールだらけだな、この辺は」

「ああ。でも、あれはただのショッピングモールじゃない。小さな会社やコンドミニアムも入ってて、そこだけで小さな街として完結してる。最近、こういう開発が流行《はや》ってるんだよ。仕事でもダウンタウンに行きたくない連中が増えてるんだろうな」Ｂ・Ｊがグラブボックスを開け、地図を引っ張り出した。「この先で左だ。その辺りがアイリス・ヤマオカの住所なんだが」

「了解」ダッシュボードの時計に目をやる。午後四時。陽射しはまだ強く、時に目を焼くほどになる。胸ポケットに入れておいたサングラスをかけ、バックミラーに目をやる。とりあえず、尾行はされていないようだ。

Ｂ・Ｊの指示通り車を走らせる。道路は狭く、曲がりくねったものになり、周囲に緑が増えてきた。陽射しが遮られるようになったのでサングラスを外し、アクセルを踏む足の力を抜いた。すぐ後ろを走る車はフォードのセダンで、運転しているのは白人男性だった。綺麗に白くなった髪がバックミラーに映りこむ。尾行者からは除外してもよさそうだった。

「この辺りなんだが……ちょっと停めてくれないか」

ウィンカーを出して車を路肩に寄せ、フォードのセダンを先に行かせる。シートに深く身を埋めたまま、行き交う車を観察した。五分ほど車を停めている間に何台もの車が行き過ぎたが、少なくともアジア系のドライバーは一人も見かけなかった。街路樹が大きく枝を広げ、陽光が遮られて少しだけ暗くなっている。窓を下ろすと、松の香りがふわりと鼻先に漂い出した。小動物が素早く木の幹を駆け上がっていく――リスだろう。

「よし、行こう」B・Jのかけ声で車を出す。細い道を五分ほど走ったところで、再び「ストップ」の声がかかった。深い森の中に家が点在しているような場所で、どの家も大きい。広い前庭の芝生は、一様に綺麗に刈りこまれている。停まっている車は外国車が多かった。

「この辺も、金持ちが多いみたいだな」

「ああ。アイリス・ワンはいい男を摑まえたんじゃないのか」皮肉混じりの声でB・Jが指摘した。「さて、目の前が問題の家なんだが……」

車のドアを半分押し開けたところで、B・Jが「クソ」と短く漏らした。

「どうした」

舌打ちしながら表に出て、車のルーフに両腕を預ける。降りて、彼の視線の先を見つめると、芝生に斜めに刺さった「売り出し中」の看板が目に飛びこんだ。

「どういうことだ」

「分からん」彼の目に戸惑いが浮かんでいた。芝生を踏んで歩き出し、看板を確認する。振り返って私に報告した。「まだ新しいな。不動産屋の電話番号が書いてあるから、そこで聞いてみよう」

「そうだな」

車に戻り、B・Jが携帯電話に番号を打ちこむ。

「アトランタ市警のB・B・J・キング……いや、偉大なキング牧師とは何の関係もない。ついでに言えば、B・B・キングともアルバート・キングとも親戚関係じゃない」乾いた短い笑い。だがジョークが通じたのもそこまでだったようだ。用件を話し始めると急にB・Jの顔が強張り、太い喉に血管が浮き上がる。「いや、これは捜査なんだ。おたくに迷惑はかけないから協力して欲しい……違う、単に人を捜してるだけなんだ。その家に来たら、売り出し中の看板が立ってて、おたくの電話番号が書いてあったんだよ。いや、とにかく名前ぐらいは聞かせてくれないか。おたくのところから出たことは絶対に誰にも知らせないから。市民の義務として警察に協力してもらえないかな。ああ？何言ってるんだ、あんた。ふざけてるなら、こっちにも考えがあるぞ」

いきなり電話を切り、ダッシュボードに拳を叩きつけた。肩を上下させて深呼吸をし、すまなそうに唇をへの字に捻《ね》じ曲げる。

「すまん。ちょっと熱くなった」

「話しそうもない雰囲気だったな」

「プライバシーがどうのこうのぬかしやがった。そういう問題じゃないのにな。ユウキの事件だってこと、言っておけばよかったかもしれない。あんな大事件だってことが分かれば、協力しようって気になるかもしれないからな」

「それは駄目だ。話が広がると、どこでどんな風に情報が漏れるか分からない」

「それもそうだな」B・Jが煙草臭い息を吐き出した。もう一度ダッシュボードを叩き――先ほどよりは遠慮がちだった――車の外に出る。煙草に火を点けると、深い緑の空気を煙で汚染した。

私も車を降りた。靴底を心地良く刺激する芝生を踏みしめながら郵便受けを確認する。確かに「ヤマオカ」の名前があった。アルファベットの下にわざわざ漢字で「山岡」と書いてあるのは無意味だが、この家の主人のささやかな自己主張なのかもしれない。

家は大きな平屋建てで、車が二台、余裕で入れるほどの車庫があった。玄関はアメリカの家の常で二重になっている。外側にある網戸は上の方が十センチほど切れていたが、暴力的な過去を感じさせるものではなかった。何かの拍子に引っかけたのだろう。横に回りこみ、窓から家の中の様子を観察する。家具はほとんど撤収されたようだが、残ったものには丁寧に白い布がかけられていた。人の気配はまったくなく、生活の名残も感じられない。窓際の棚に小さな写真立てがぽつんと置いてあったが、私の位置からは写真が残されているのかどうか見えなかった。

そのまま裏手に回る。少し乱雑に伸びた芝生はずっと奥まで続いており、小さなブランコがぽつんと置かれていた。Ｂ・Ｊが近づいて来て、ぼそりと零す。

「普通の家庭の匂いがするな」

「ああ」声がかすれるのを意識した。

「どこへ行ったんだか……近所で聞き込みをしてみるか」

「そうだな」踵《きびす》を返し、車に向かった。丁寧に作られた料理。ブランコで遊ぶ、まだ小さな子ども。温かな家庭の様子が脳裏を去来した。

アイリスは、トミー・ワンの暴力の傘から抜け出し、この地に居を構えた。Ｂ・Ｊの言う通り、おそらくは普通の家庭を。このような高級住宅地に家を構えるぐらいだから、経済的にも恵まれていたのだろう。だが私は、なぜか不幸の匂いを嗅いでいた。

4

聞き込みは難航した。アイリスの一家は周囲とあまり係わりを持たずにひっそりと暮らしていたようで、引っ越し先について知っている人間は見つからない。

「変だな」車に戻ると、額から頭頂部にかけてを掌で拭いながらB・Jが首を捻った。剃り上げた頭も汗で光っている。「こういう場所じゃ、隣近所のことはよく知ってるはずだ。いつ引っ越したのかもはっきりしないなんて、妙だと思わないか」

「借金取りに追われて、誰にも気づかれないように逃げ出したとか」

「なるほどね」気乗りしない声でB・Jが相槌《あいづち》を打つ。「だけど、ヤマオカ一家の財政状況まで調べ出したらきりがないぜ」

「分かってる。出直そう。夜になればもっと情報が集まると思う」

「そうだな。おい、ちょっとドライブしようか。今度は俺の車に乗り換えようぜ。少しは目くらましになるだろう」

「分かった。じゃあ、一度レノックス・スクエアに戻ろう」

「今のうちに、何か食料を調達しておこうか。今夜も長くなるかもしれない」

「そうだな」

レノックス・スクエアに戻るまでの二十分間、二人ともほとんど無言を貫き通した。地階のフードコートでサンドウィッチと飲み物を買い求め、B・Jの車に乗り換える。彼がハンドルを握り、私は助手席でサンドウィッチの袋を開いた。

「何だよ、B抜きのBLTサンドウィッチって」B・Jがぐるりと目を回す。

「ベーコンは嫌いじゃないけど、脂肪の塊だからな」

「お前さん、スーパーモデルじゃないんだぜ」B・Jが鼻で笑う。

「太って動けなくなったら困る」

「俺はこれでも十分動けるけどな」丸い腹を撫でながら、B・Jが鼻で笑った。

「今はな。そのうちガタがくるぜ」

「大きなお世話だ。ダイエットしてストレスが溜まるぐらいなら、体に悪くても、俺はハムの厚さが二インチあるサンドウィッチを食べる」

「お好きなように」

「当然。食い物のことで人にとやかく言われたくない」

トマトとレタスだけのサンドウィッチは味気ないことこの上なかった。全粒粉のパンもぱさついており、ひたすらマヨネーズだけが頼りだった。ミネラルウォーターで何とか流しこみ、袋を丸めて足元に置く。外を眺めると、ようやく夕暮れが迫ってきたところで、広く開いた空は暗い赤色に染まり始めていた。窓を開けると、少しだけ冷たくなった外気が頬を叩く。ガソリンと排気ガス、それに熱せられたアスファルトの臭いが鼻を襲った。

「さっきも言ったけど、ああいう郊外の住宅地で近所づき合いがあまりないってのは、変だ」窓に肘をつき、右手一本でハンドルを操りながらB・Jが疑問を口にした。

「確かに、それならそれで噂になるはずだよな。変わり者は目立つから」

「何か隠してるのかもしれないな」B・Jが顎を撫でた。煙草を咥《くわ》えると、火を点けないまま、唇の端でぶらぶらさせる。「今度はもう少し厳しくいこう」

聞き込みを再開する。アメリカのサラリーマンは、朝が早いがその分仕事を終えるのも早いというケースが多い。一時間ほど離れていただけなのに、家々には灯りが点り、あちこちでバーベキューの煙が薄く漂い始めていた。

「二手に分かれよう」

私の提案に、B・Jが無言でうなずいた。集落の中心部に車を停め、左右に分かれて歩き出す。最初の三軒は空振りだったが、四軒目でようやく手がかりらしきものにぶつかった。

出てきたのは私と同年輩に見える白人の女性で、白いホルタートップに膝《ひざ》のところでカットしたジーンズというラフな格好だった。すでにアルコールが回っているのか、目の縁がわずかに赤い。が、酒臭い息が漂い出すほどではなかった。はっきりと嗅げるのは、家の中から漂い出すレモンオイルの香りである。周囲に薄い膜を張り巡らしているのを、はっきりと感じ取った。友好的ではないが、敵意を露《あらわ》にするわけでもない。私の訪問の意味を見極めるまでは、ニュートラルな姿勢を保とうとしているようだった。

「アイリス？　知ってるけど」

「あの家にはもういないんですね」

「そう、もう……ね」意味深に言って、女が私の肩越しに闇を睨む。「いなくなってから、三か月ぐらいになるかな」

「家が売りに出されたのは最近ですか」

「そうだけど……あなた、何にも知らないんだ」

「ええ。こっちの人間じゃありませんし、まだミズ・ヤマオカに会ったこともない」

「変わった人捜しね」

「いろいろありまして。それより、ずいぶん深い事情がありそうですね」

「そうねえ……喋っちゃっていいのかな」女がジーンズのポケットから煙草のパッケー

ジを取り出した。皺だらけになって曲がった一本を引き抜き、ビックの黄色いライターで火を点ける。「あそこの家、うまくいってなかったみたいなのよ」

「家族は、日本人のご主人と……」

「子どもが一人。七歳の男の子」

「離婚したんですか」

「離婚したかどうか、はっきりとは知らないけど、彼女があの家を出たのは間違いないわね。それが三か月前。だから、さっき言った『いなくなって』っていうのは、彼女のことよ。アイリスと息子さん」

「ご主人は？」

「しばらく住んでたみたいだけど、あの家、一人じゃ広過ぎるんでしょうね。コンドミニアムか何かに引っ越して、家は売りに出したみたいよ」

「今どこに住んでいるか、分かりますか」

「さあ」彼女が肩をすぼめた。煙草の煙が螺旋《らせん》状に渦巻き、闇の中に消える。「ジョージア工科大《テック》の先生みたいだけどね。そっちに聞いた方が早いんじゃないかしら。警察なら教えてもらえるでしょう」

「この近所で、あなた以外にミズ・ヤマオカと親しい人はいませんか？」

「そうねえ」女が顎に手を当てた。「彼女はあまりつき合いがいい方じゃなかったから。あえて言えばクリスかな。クリス・リー」

「中国系の人ですか？」

「そう。同じ年頃の子どもがいるし」

「家を教えてもらえますか」

「隣」女が親指を横に倒した。「だけどあなた、何でアイリスを捜してるの？　彼女、警察に追われるようなことでもしてるわけ？」

「そうじゃありません」否定しておいてから、ふと頭に浮かんだ質問をぶつけた。「この辺で、最近中国系の人を見たことはありませんか？　住んでいる人以外で、ですけど」

「私？」驚いたように自分の鼻を指差した。「私は、周りのことはあまり見ないようにしてるから」

言葉と実態が合わないのはよくあることだ。今まで話を聞いた中で、彼女ほどアイリスの事情をよく知っている人間はいなかったのだから。

「ミズ・クリス・リー？」

問いかけに答えたのは、かすかに揺れるドアだった。ノックするとすぐに足音が近づいてきたのだが、ドアが開く気配はない。こちらをじっと窺っている様子だけが感じられた。

「警察の者です。ミズ・アイリス・ヤマオカのことでお話を伺いたいんですが」

ようやく、ドアが細く開いた。わずかな隙間《すきま》にこじ入れるようにしてバッジを見せる。半分だけ見えているクリス・リーの顔は青白く、目の下では隈《くま》が存在を主張していた。カチューシャで髪をまとめ、それがチャームポイントである秀でた額を見せていたが、神経質そうな頰骨の高さを目立たせることにもなっている。

「アイリス？」異国の言葉を話すように頼りない口調だった。ドアが自然に開きかけたが、慌てて手で押さえる。自分の顔の幅以上に開けるつもりは毛頭ないようだった。

「そうです。この近くに住んでいたミズ・アイリス・ヤマオカの件で」繰り返すと、クリスの茶色い目に不安の色が宿った。三十代前半だろうか。子どもはまだ小さいのだろう、滲み出る疲れは、子育てに振り回される女性に特有のものだった。

「アイリスはもういませんよ」

「それは分かっています。どこに引っ越したか、ご存じないですか」

「さあ」小首を傾げる。隠している様子ではなかったが、顔には明らかな戸惑いの表情が浮かんでいる。「彼女は、三か月ほど前にあの家を出ました」

「そう聞きました。お子さんを連れて、ですね」

「ええ」

「お子さんは一人だったんですか」

「そうです。男の子で……」小声だが淀《よど》みなく流れていた言葉が急に途切れる。

「その子がどうかしたんですか」

　クリスがびくりと肩を震わせ、顔を伏せる。右手がドア枠をそっと擦った。

「家を出た、と言われましたよね」ギアを入れ替え、アクセルを踏む。「夫婦の間に何か問題でもあったんですか」

「他人の家のことをあれこれ言いたくありません。彼女のプライバシーの問題です」

「ミズ・ヤマオカから何か相談を受けたり愚痴《ぐち》を聞いたりしたことは？」

「そんなこと、あなたには言えません」毅然《きぜん》と言い放ったつもりだったのだろうが、彼女の言葉は頼りなく夜気に消えた。

「人の命がかかっているんです」

「どういうことですか」顔を上げると、ほつれた毛が一筋、額に垂れた。それを指先でいじりながら私の顔をじっと見つめる。

「私の大事な人の命がかかっている。早急にミズ・ヤマオカを見つける必要があるんです」

「でも、本当に知らないんです。私もあちこち捜したんですけど、連絡が取れなくて」

「三か月前に何があったんですか」

「彼女の息子さん……ジェイクが……」

「ジェイク」鼓動が高鳴り、胸が締めつけられた。「その息子さんに何かあったんですね」

「何か難しい病気だったんです。詳しいことは知らないけど、一年ぐらい前からずっと病院に通っていて」

「彼女が家を出たのは、それが原因だったんですか」

「分かりません。でも、ほかにもいろいろとあったみたいで……」語尾がフェードアウトした。

「病気だけじゃないんですね」

念押しすると、クリスは悲しげな顔で私を見上げる。

「彼女の家族のことかもしれません。家族って、彼女の父親のことですけど」

トミー・ワンの名前が喉元まで上がってきた。しかし、クリスが詳しく事情を知っているとも思えない。ギャングなのだと明かして、不用意に恐怖心を植えつけるようなこともしたくなかった。

「ミズ・ヤマオカの父親はニューヨークにいるはずです」

「ここへ、彼女の家へ訪ねて来たんですよ。それから急に、アイリスの様子がおかしくなって」

「おかしくなった？」

「私に対しても急によそよそしくなって。何だか慌ててる様子で、話しかけてもろくに返事もしなくなったんですよ。ジェイクの病気がよほど悪いのかと思ったんですけど……そうか、家を出て行ったのは、彼女の父親が訪ねてきてから一月《ひとつき》後ぐらいでしたね」

「どうして彼女の父親が訪ねて来たことが分かったんですか」

「見ちゃったんですよ」小さく肩をすくめる。「私、毎朝この辺をジョギングするんですけど、たまたま彼女の家から出て来るところで。アイリスは蒼《あお》い顔をして、『二度と来ないで、パパ』って話しかけてたんです」

「それきりですか」

「……と思います。私だって、彼女の家を見張ってたわけじゃないから」

「二人はどんな様子でした」

「アイリスはすごく迷惑そうな……怒ってたし。ふだんは大人しい人なんだけど、あの時は珍しく怒鳴ってましたから。あんな彼女を見るのは初めてでした。彼女のパパは困ってたわ。そうね、自分がどうして追い出されるのか分からないって感じで。すごく悲しそうで、家を出てから車の中でしばらくじっとしてましたよ」

「本当に追い出されたんでしょうか」

「それは分からないけど」肩をすくめる。「私の印象です」

「その時のことを彼女に聞きましたか」

「まさか」クリスが激しく首を振った。「あれは……ちょっと異常な感じがしたから。だいたいアイリスは、ジェイクの病気のことで手一杯だったんですよ。難しい名前、確か骨髄《こつずい》異形成症候群って言うんですけど。その上、パパが訪ねて来てからは人が変わったみたいになっちゃって。気軽に話しかけられる雰囲気じゃなかったですね」

やはり、トミー・ワンの足跡はこの街にあった。問題はアイリスの居場所だ。マフィアの父親から逃れるためにニューヨークを捨てる覚悟があったのだから、見つけられれば、ようやく手に入れた我が家を捨てるぐらいのことはするかもしれない。誰にも何も教えず、自分の足跡を消しながらの退却だ。だが、クリスの言う通りなら、難病の子どもを抱えての逃避行になる。それほど遠くへは行っていないのではないか、と推測した。今のところ、それをはっきりさせてくれるのは彼女の夫しかいない。

「本当にミズ・ヤマオカの居場所は知らないんですね」

「本当です」クリスが力なく首を振った。「私だって知りたいぐらいなんだから。心配なんです。あまり話したがらなかったけど、彼女はいろいろ苦労してきたみたいですよ。ニューヨークで生まれたんだけど、その後ロスで暮らして、それからこっちに来たらしいですね」

「ご主人の方はどうですか。ジョージアテックに勤めてると聞きましたけど」

「そうね。彼に訊ねてみたらどうですか」

「あなたは聞かなかったんですか」

「話しにくい人なのよ。ちょっと神経質な感じで。会えば挨拶ぐらいはするけど、ほとんど口をきいたことはないわ」

「大学に電話するにはもう遅いですね」わざとらしく腕時計を見た。「今どこに住んでいるか知っているなら、教えて下さい。明日の朝までの時間を無駄にしなくて済む」

「事件なの？」

「事件です。詳しい内容は言えませんが……とにかく、私の大事な人が巻きこまれている。ミズ・ヤマオカの助けがどうしても必要なんです」

「ちょっと待って」クリスが家の中に引っこんだが、ドアはわずかに開いたままだった。

一分後、メモを持って戻って来る。整然とした文字で書かれた住所と電話番号だった。

ちらりと見て折り畳み、シャツの胸ポケットにしまう。

「ありがとうございました……信じてもらって」

「あなたが警察官だから教えたんじゃないわよ」クリスが真顔でうなずく。「大事な人って言った時のあなたの顔が、あまりにも真剣だったから」

「私の立場だったら、誰でも同じように真剣になると思いますよ」

あるいはトミー・ワンでさえも。


「甘いな、リョウ」

「そうかな」

「お前が考えてることは分かる」B・Jが分厚いハム・サンドウィッチを一齧《ひとかじ》りした。

ゆっくり咀嚼《そしゃく》し、飲み下してから話し出す。「トミー・ワンは、孫の病気が心配になってここまで来たと思ってる。違うか？」

「その通りだ」

「それで奴に感情移入してるのか？　冗談じゃない。娘でさえ嫌がって逃げ出した男だぞ。同情の余地なんぞないよ」

「俺は何も言ってないぜ」

「奴に同情するな」叩きつける口調でぴしゃりと命じた。「お前にとっては敵なんだ。それを忘れるな、絶対に」

レノックス・スクエアにとって返し、互いの車に乗った。Ｂ・Ｊの先導で、クリスに教えてもらった山岡の家に向かう。八五号線を一気に南下し、ダウンタウンへ。Ｂ・Ｊには庭のような場所らしく、一度も迷うことなくたどり着いた。

南部の中心地であるにも拘らず、アトランタのダウンタウンはこぢんまりとしている。目立つ建物と言えばホテルとオフィスビルばかりで、ランドマークらしいランドマークと言えばＣＮＮの本社ぐらいのものだ。それすら、赤いロゴマークはごく控え目なものである。街路樹が夜にさらに深い闇を与え、行き交う人の姿はほとんどない。車から下り立ったＢ・Ｊがいつの間にかジャケットを着こんでいるのに気づいた。左腰の辺りが膨らんでいる。私の視線に気づいたのか、厳しい顔でうなずき、膨らみをそっと叩いた。

「用心に越したことはないからな」

「それにしても寂しいところだ」わずかに冷たくなった風が肌を撫でて行く。

「ダウンタウンの夜なんて、こんなもんだよ。だけど、俺たちの大学の街も寂しかったじゃないか」

「ああ、そうだったな」私が一年間を過ごした中西部の大学は、ハイウェイ沿いに広大なキャンパスを持っていたが、学生相手に酒や食べ物を売る店が近くに数軒ある他は、時の流れに忘れ去られた廃墟のようなものだった。必然的にキャンパスで過ごす時間が長くなり、七海やB・Jとも濃厚な人間関係を築くことができたのだが、あの闇の深さを思い出すと、今でもいくばくかの寂寥《せきりょう》感を感じることがある。

路上に人気が少ないとは言っても、まだ夜は早い。バーやレストランは稼ぎ時で、勤め帰りのサラリーマンたちがだらだらと酒や食事を楽しむ声が外に流れてきた。

「こんなところに住んでる奴がいるのか」

「俺たちみたいなアフリカ系アメリカ人か、独身者だな。あるいはゲイのカップルとか」B・Jが周囲を見回しながら言った。「それはアメリカ中どこへ行っても同じだよ。どうせ反論するつもりだろうから予《あらかじ》め言っておくけど、あらゆる人種がごちゃごちゃになって暮らしてるニューヨークの方が異常なんだぜ。あそこはアメリカじゃないんだ」

……さて、問題の家は、あそこのコンドミニアムみたいだな」

B・Jが指差す方を見る。茶色いレンガ造りのビルが一ブロックほど先にあった。全体に古ぼけ、窓に灯りが点っている家は数えるほどである。

「廃墟じゃないのか、ここは」取り壊しを待つビルがホームレスのねぐらになったり、ジャンキーの若者たちの隠れ家になったりする。アメリカのダウンタウンではよくあることだ。

「いや、空き部屋が多いだけだろう。ヤマオカとかいう男がここに住んでる理由も、分からないじゃない」

「勤め先に近いから？」

「いや、離婚したからさ」Ｂ・Ｊがさらりと言った。ジャケットを着こんでいるせいか、少し涼しくなっているにも拘らず、額には薄《うっす》らと汗が浮いている。それが一滴、目の脇を流れ伝った。「郊外の家ってのは、家族のためのものだ。今日見たあの家に、一人でずっといることを考えてみろ。だだっ広いところに一人っきりだったら、気が滅入るだけだろうが。ダウンタウンだったら家は犬小屋みたいに狭いけど、一人暮らしにはちょうどいいサイズだ。俺だって、離婚したらダウンタウンに住むと思うよ」

「そういう状況なのか？」

「まさか」Ｂ・Ｊが豪快に笑ったが、最後は溜息に取って代わられた。「まあ、家族ってのはいろいろあるもんだよ。女房とはハイスクール時代からのつき合いだけど、これだけ長くなると、お互いの良いところも悪いところも嫌というほど分かってる。我慢する方法も自然に覚えるもんだ。ただ、いつ不満が爆発しないとも限らないからな」

「そんなものか？」

「そんなもんだ。まあ、ガキがまだ小さいからね。養育費のことなんか考えるとおちおち離婚もできないさ。それに、うちの女房は料理の天才なんだ。オヤジさんがずっとコックをやっててね、その才能を受け継いだんじゃないのかな。こんな時じゃなけりゃ、ぜひうちで飯を食って欲しいよ。女房のバーベキューは絶品だぜ」

バーベキューなど、どう料理しても同じだと思ったが、うなずくだけにした。アメリカ人の味覚はまったく信用できない。

「お前さんの彼女はどうだ？　料理は上手いのか」

「ああ」

「そういう相手は逃がしちゃ駄目だぜ。やっぱり、家族の基本は食事だからな。俺も、ガキの頃はしょっちゅうオヤジと衝突してたけど、お袋の料理が家族をつなぎとめてたと思う。お前は、家族とはどうなんだ」

「今は誰もいない。みんな死んだ」父が病死したことで、家族を巡る確執はほとんどが水に流れてしまったが、まだ引っかかっていることもある。あの家族を壊したのは、結局私なのだから。

「そうか。だったらますます、彼女を大事にしないと」

「そうだな」反射的に返事をしたが、それも今は細い希望でしかない。勇樹が見つからなければ、私と優美の関係は重大な局面を迎えるだろう。二度は家族をなくしたくない。家族とは、一緒にいて当たり前の存在なのだが、時に試練を課される。そういう時、願うだけでは維持していくことができないのだ。

「ちょっと待て」携帯が鳴り出した。Ｂ・Ｊが立ち止まり、街路樹に身を寄せて煙草に火を点ける。「ナナミだ」と告げると、うなずいて煙を宙に噴き上げた。

「あまりよくない知らせだ」七海が深刻な声で告げた。

「脅かすなよ」

「ＦＢＩの連中もそっちに向かったぞ。トミー・ワンがボストンからアトランタに向かったのを事実だと判断したようだな。今夜、そっちに入るはずだ」

「だったら、まだこっちが一日リードしてるわけだ」

「時間の問題だよ」七海の指摘は厳しかった。「連中は、地元の支局やアトランタ市警も正式に動かす。そうしたら、アイリスの居場所なんかすぐに割れるだろう」

「こっちは今まさに近づきつつあるんだ」

アイリスが離婚したらしいこと、住所を突き止めるために夫に会いに来ていることなどを説明した。話し終えると、黙って聞いていた七海が疑問をぶつけてくる。声がわずかに昂《たかぶ》っていた。

「トミー・ワンがそこに現れたんだな？　たぶん、孫の病気のことで」

「証言は一つしかないけど、その可能性は高いと思う。今まで、親子の縁は切れたも同然だったんだろう？」

「俺が聞いてた限りではな。孫が心配になって、いきなり娘のところに押しかけたってわけか。奴にも、そういう人間らしい気持ちがあるのかね」汚らわしいものを目の当たりにしたかのように、七海が吐き捨てる。

「あんな人間だからこそ、そういう気持ちは強いんじゃないか。身内以外に信じられるものはないだろうし」

トミー・ワンはその身内に一度裏切られたわけだ。衝撃は大きかっただろうし、心の底では、チャンスがあれば娘と和解したいという気持ちも持っていたはずだ。孫の難病は、千載一遇《せんざいいちぐう》のチャンスに見えたのかもしれない。さあ、こっちには金があるんだ。それが汚れた金か綺麗な金かなんてことは関係ない。とにかく、ジェイクの病気を治すのが先決じゃないか――しかし、アイリスはそれを拒絶したようだ。

「つまり、家族が奴の弱点というわけだ」七海が薄い笑い声を漏らした。「そっちを押さえておけば、取り引き材料に使えるかもしれない」

「よせよ」

「おい」急に七海が凄《すご》んだ。「勇樹を取り戻すチャンスなんだぞ」

「家族は関係ないだろう」

「甘っちょろいことを言うな」ぴしりと決めつけた。息が荒くなっている。「利用できるものは何でも利用するんだ」

「俺は、そういう手は使わない」

「勇樹が大事じゃないのか」

「何よりも大事だ」

「だったら――」

「取り引きはなしだ」勢いこんで話す七海に負けまいと、声を荒らげる。「子どもを取り引き材料にはしない。俺は、奴のレベルにまで落ちたくないんだ」

「マフィア相手に甘いことは言ってられないぜ」

「だけど、報復で応じるわけにはいかないんだよ。俺たちは戦争をやってるわけじゃないし、そういうことを繰り返してるうちに泥沼になった戦争を、アメリカは何度も経験してるじゃないか」

七海の言葉が途切れ、荒い息遣いだけが伝わってくる。が、結局彼の方が折れた。

「分かったよ。なあ、了、俺は正直言って焦ってるんだ。こんな奇妙な事件は初めてなんだよ」

「それは俺も同じだ。とにかく、一歩ずつ進むしかない」

「ああ。ＦＢＩの連中に気をつけろよ。連中に会ったら、余計なことをしないでさっさと逃げ出すことだ。正面からぶつかって、余計なエネルギーを使うのは馬鹿らしいぜ」

「分かってる」

「時間ができたら優美に電話してやれよ。様子を知りたがってる。お前の口から直接報告した方がいいだろう」

「了解」

電話を切り、小さく肩を上下させた。危うく、大事な相棒を失うところだった。力には力で。七海の思考の根底にあるのは、極めてアメリカ的な考え方だ。私は違う。今の私は恐怖を知っている。勇樹を傷つける恐れがあるなら、それがどんなに効果的な作戦であっても、即座に候補から外す。

「えらい勢いで喧嘩《けんか》してたな」煙草を投げ捨て、靴底で踏み消しながらＢ・Ｊが言った。

「喧嘩じゃない」

「あんな馬鹿でかい声で話してたら、誰だって喧嘩だと思うよ」

「ちょっと、な」折りたたんだ携帯をズボンのポケットに落としこむ。「お互い、苛々《いらいら》してるんだ」

「仕方ないさ」B・Jが私の肩を柔らかく叩いた。「こういう事件じゃ、みんな仲よくってわけにはいかない。衝突だってするさ。だけど目的は一つなんだ」

「分かってる」

「よし、行くか」両手を叩き合わせ、B・Jが歩き出した。後に続きながら、FBIがすでにここに張りついているのではないかと考える。連中は、公式の権限を持って動き回っているわけで、関係者を絞り上げるのもはるかに簡単だろう。それに、人手も多いはずだ。二人だけで歩き回り、情報を取るにも一々面倒な手間がかかる我々のやり方は、ひどく非効率的なものなのだ。ウサギとカメの競走は、カメがどんなにハンディを貰《もら》ってスタートしても、どこかで必ずウサギが追い抜く。

山岡のコンドミニアムは、ドアマンが常駐しているような高級なものではなかった。郊外の家が売れていない以上、山岡の手元にはあまり現金はないはずで、このレベルの部屋を借りるのが精一杯なのかもしれない。郵便受けの一つには確かに彼の名前があった。インタフォンを押してみたが返事はない。B・Jが自分の腕時計を見て「まだ八時だからな」とつぶやいた。

「戻るまで、外で張ろう」

「ああ」B・Jの声は疲れていた。

「二人で一緒にいると目立つから、ちょっと離れた方がいい。その方が見落としもないだろうし」

「そうだな」私の提案にB・Jが素直に賛同した。頭を巡らせる余裕もなくなっているらしい。

「俺はここの正面にいるよ」

「オーケイ」B・Jがうなずく。「だけど、車があった方がいいぞ。こんな時間に、ダウンタウンで一人で立ってると怪しまれるからな。車の中にいた方がまだましだ」

「分かった。歩いて一回りしてから、こっちに車を回すよ。裏がどうなってるか確認したい。非常階段があると思うから」

「そっちは心配する必要はないと思うけどな。ヤマオカは、俺たちが待ってることを知らないだろう。正面から帰って来るはずだ」

「念のためだ」

「……そうだな。じゃ、正面に車を回したら電話してくれ。その時に、張りつく場所を確認しよう」

「ああ」

　B・Jと別れ、一人歩き出す。建物の裏手に回ると、急に沈黙と闇が支配する世界になり、自分の靴音がやけに大きく聞こえた。売春婦やジャンキーがうろついているわけではないが、どこかから刺さるような視線が降ってくるのを感じる。

　山岡のコンドミニアムは五階建てで、裏には非常階段が魚の小骨のように張り巡らされている。そこで涼んでいる人の姿はなかった。角を曲がり、表通りに出ようとした瞬間、私は体が後ろに引っ張られるのを感じた。喉に腕が食いこみ、ぐいぐいと締め上げてくる。むっとするような汗の臭いが漂う。顎を引き、喉仏を潰されないように注意しながら反撃のチャンスを窺った。相手の腕に右手をかけ、思い切り引っ張る。わずかだが肺に空気が流れこみ、体に力が漲《みなぎ》った。左手を引き、肘をわき腹に叩きこむ。相手が一瞬ひるんだ隙を逃さず、右腕を巻きこんで、体を前に折り曲げるようにして背中からアスファルトに叩きつけてやった。空気が抜けるような音と短い悲鳴が混じり合い、相手が背中を海老反《ぞ》りにする。動きを奪って正体を確かめるためにとびかかろうとした瞬間、一発の銃声が闇を切り裂いた。

5

　左肩を後ろから殴られたような衝撃が走り、私は前によろめいた。倒れていた男が弾かれたように立ち上がり、私に背中を向けたまま走り出す。後ろ姿は……黒いTシャツに黒いジーンズ。真っ白なバスケットシューズだけが闇に浮き上がっている。後を追おうとしたが、もう一発の銃声で私はその場に釘づけにされた。

　歩道の植えこみに飛びこむ。街路樹が植えられたコンクリート製の台座は高さが三十センチほどしかないので、ぺたりと伏せる格好になった。顔を上げて周囲の様子を窺ったが、かすかに火薬の臭いが漂っているだけで、人影は見当たらない。背後から私を襲った男の足音が遠ざかり、ほどなく消える。だが、まだ動けない。狙撃者はどこかに隠れてチャンスを狙っているかもしれないのだ。

　そっと左肩を動かしてみる。激しい痛みが襲ったが、骨はやられていないようだ。右手を背中に回すと、ぬるりとした感触が指先に触れる。首を捻ろうとすると、突き刺すように鋭い痛みが走った。

「リョウ！」張り詰めたＢ・Ｊの声が耳に届く。

「ここだ」自分でも驚くほど、かすれた弱々しい声しか出なかった。

「動くなよ」

目線を動かしてB・Jの姿を捜した。建物の角から顔と銃だけを突き出して、周囲の様子を窺っている。目が合った。小さくうなずくと、姿勢を低く保ち、銃を構えたままこちらに突進して来る。併殺を防ぐために二塁へ滑りこむような勢いで私の隣に這《は》いつくばると、途端に顔が曇った。

「ヘイ、生きてるか」

「何とか」

傷口から垂れた血が、アスファルトに小さな水溜りを作り始めた。B・Jが腕時計を睨み続ける。二分が過ぎた頃、ようやく膝をついて立ち上がった。釣られて私も上体を起こす。右手をコンドミニアムの壁につくと、掌の形に血がべっとりと付着した。B・Jが顔の前で銃を構えたまま、周囲を見回す。小さく溜息をついたが、銃は下ろさなかった。そのまま私の方を振り向く。

「誰もいないようだ。怪我《けが》はどうだ？」

「大丈夫だ……と思う」

「ちょっと見せてみろ」B・Jが私の背後に回りこんで傷を確認した。安堵《あんど》の吐息が首筋にかかる。

「出血はもう止まりかけてるよ。で、一体、何が起きたんだ？」

「誰かが後ろから襲ってきたんだ。そいつは投げ飛ばしたけど、その直後に撃たれた」

「二人組か」

「たぶん」

「クソ、連中は何人いるんだ？　尾行してたのと同じ奴だったか？」

ふらつく頭で必死に考える。幾つかの残像を重ね合わせようとしたが、上手くいかなかった。

「分からないけど……違うと思う」

「とにかく、怪我の手当てをしないと」

「大したことないんだろう？　だったら放っておこうぜ」

「いや、病院に行った方がいい。俺は撃たれた人間を何人も見てるから怪我には慣れてるけど、ただの刑事だからな。医者じゃない。素人判断は危ないよ」B・Jが顔を背ける。その瞬間、全身に震えが走った。意識が一瞬遠のき、両足で体を支えるだけの簡単なことが、大変な苦行に変わった。B・Jが私の右脇に肩を差し入れ、体を支える。表通りに引き返しながら、血がアスファルトに垂れる音を聞いたように思った。どこか遠くで、パトカーのサイレンが沈黙を切り裂き始める。

朦朧《もうろう》と途切れがちになる意識を一本につなげたのは痛みだった。肩を鋭く刺し貫き、それで背筋が伸びる。呻《うめ》き声を漏らすと、喉の奥が痺《しび》れるように痛んだ。

「大丈夫、心配ないよ」アフリカ系アメリカ人の若い医者が、無事な右肩を叩いた。「かすっただけだ。出血も止まってる。しばらく痛むし、腕を動かすのは不自由かもしれないけど、すぐによくなるよ」

「運動は禁止ですか」

背中越しに振り返って訊ねると、また痛みが走る。

「ジョギングぐらいは構わないけど。痛みを我慢できればの話だけどね」

「ジョギング？　それは無理ですね。アトランタの暑さの中で走ろうなんて気になりませんよ」

「冗談が言えるぐらいなら大丈夫だね」

消毒薬の臭いに包まれながら包帯を巻かれていると、B・Jが処置室に入って来た。医師と握手を交わし、肩を抱くようにして小声で話しかける。互いの口調からして、知り合いのようだった。それもかなり親密な。二人の会話が漏れ伝わってくる。

「くれぐれも内密にな」

「銃創なんだぜ」医師が反駁《はんばく》した。「警察に届けないとまずいよ」

「何言ってる。そもそも俺が刑事なんだぞ。ちゃんと処理するから、何もなかったことにしておいてくれ」

「しかし、な」目を細め、B・Jに視線を注ぐ。B・Jが私を一瞥《いちべつ》した。

「この男はアトランタにいちゃいけないことになってるんだ。だから、今回の件はなかったことにしたいんだよ。それに、怪我が大したことないんだったら、今夜もまだやることがあるんでね」

「無茶するなよ。責任は持てない」

「責任はこっちで持つ。あんたの役目は、今夜ずっと待機してることだ。二度目があるかもしれん」

「馬鹿言うな」

「とにかく、ブレーブスのチケットでどうだ。彼女の分と二枚」

「カード次第かな」

「インターリーグのレッドソックス戦」

「おお」医師が驚きの声を漏らした。「よく取れたな。警察にはそういう役得もあるのか」

「実直な努力の結果と言ってもらおうか。とにかく、あれやこれやひっくるめてレッドソックス戦のチケット二枚だ」Ｂ・Ｊが右手でＶの字を作った。

「ただし、繰り越しはなしだぞ。今夜だけだ」条件つきで医師が折れた。

「分かってるよ」

丸ごと私に聞こえていた密談を終えると、Ｂ・Ｊは医師を解放した。

「さて、こいつに着替えろ」紙袋を私に手渡す。中からメタリカのロゴ入りの真新しいＴシャツが出てきた。

「何だよ、これ」

「これしかなかったんだ。文句を言うな。裸で歩くわけにはいかんだろうが」

車の中には着替えが入っているのだが、山岡のコンドミニアムの近くに置いたままだ。仕方なく、包帯で固定された左肩を庇《かば》いながらＴシャツを着こむ。先ほどまで着ていたシャツは治療の時に切り裂かれ、無残な残骸となっていた。胸ポケットからクリス・リーが渡してくれたメモを取り出してから、シャツを丸めてゴミ箱に叩きこむ。慎重に床に足をつけると、痛みが足の先から頭まで突き抜けた。拳を固めてそこに意識を集中しながら、ゆっくりと一歩を踏み出す。

「今夜は鎮痛剤を飲んでおいた方がいいね」医師が忠告する。

「遠慮します」

「痛みは相当ひどくなるよ」

「医者の忠告通りにして、ろくな目に遭ったことがないんでね」

「とすると、あなたは結構不幸な人生を送ってきたわけだ」

「大きなお世話です」中指を立ててやろうかとも思ったが、そのまま処置室のドアに向かって歩を進める。足元がおぼつかなく、世界が左右に大きく揺れていた。つかまり立ちできるようになったばかりの赤ん坊の気分が、少しだけ味わえた。

「また怪我したら、いつでもどうぞ。私は今夜は当直だから。ブレーブスのチケット分は仕事をするよ」

　ちくちくと刺さる皮肉に切り返せない。それだけダメージが深いということなのだろうか。

「大丈夫だな」大丈夫か、と訊ねるのではなく、B・Jは確認しただけだった。

「何とか」シートに左肩をつけないように無理な姿勢で座っているせいで、腰が疲れてきた。だが痛みは急速に去りつつあり、何とか持ちこたえることができそうだった。少なくとも今夜は。

「鎮痛剤が欲しいなら、グラブボックスに入ってるぞ」

一瞬その誘惑に惹《ひ》かれた。だがアメリカの薬は、一般的に市販のものでも相当強い。頭がぼんやりとした状態で動き回りたくなかったし、痛みは時に、人の感覚を鋭敏に研ぎ澄ましてくれることもある。

「やめておく。だいたい、普段から薬はほとんど飲まないんだ」

「それはいいことだな。さて、奴《やっこ》さんに会いに行くか。ちょうどいい時間潰しになったかもしれん」

「市警の方は大丈夫なのか」ダウンタウンの真ん中での発砲事件だ。逃げ出す時にはサイレンの音が聞こえていたし、現場はとうに調べ上げられているだろう。しかも建物には、私の血糊《ちのり》がべっとりと残っている。

「被害者が名乗り出なければ、どうしようもないさ。それに俺が見た限りでは、目撃者もいないはずだ。とにかく無視しよう。摑まると面倒なことになるからな」

「お前の立場が悪くならないか」

「余計な心配するな」肩を小突こうとしてパンチを繰り出してきたが、当たる直前で思い止まった。「俺は、今日は非番だ。休みの日ぐらい、同僚とは顔を合わせたくない」

大いなる矛盾だった。彼は今日、散々仲間を動かして情報を集めている。何も言わず、心の中で手を合わせた。

「おっと、電話だ」ジャケットの内ポケットに手を突っこむ。見ると、私の血で袖の辺りが汚れていた。B・Jはブレーブス戦のチケット二枚であの医師の口封じをしたが、私も彼に何かお返しをしなくてはならないだろう。クリーニング代程度では済まない。

「B・Jだ……おお、ジョーか」私を見てうなずく。うなずき返し、静かに目を閉じた。すっかり灯の落ちたダウンタウンの光景がすっと消える。

「ああ、取れたって？　凄いじゃないか。いや、俺は前から、お前さんの腕前は人間レベルでは語り得ないと思ってたんだよ。神の手ってやつだな。で、照合は？　ああ、なるほど。チャーリー・ワン？　誰だ、そいつは」

撃たれた時以上のショックが全身を襲う。チャーリー・ワン。トミー・ワンの甥で、片腕と呼ばれる男。ニューヨークから姿を消していたが、やはりこの街に潜んでいたのだ。電話を渡すよう、B・Jに合図する。

「ジョー？　昼間会ったナルサワだ」

「おお、リョウ。リョウでいいな？」

「もちろん」挨拶のまだるっこしさに苛々しながら質問をぶつける。「チャーリー・ワンの指紋、間違いないのか」

「おいおい、俺の仕事にケチをつけるのか？　俺が何年、この仕事をしてると思ってるんだ」ジョーの声が強張る。扱いにくい男というB・Jの評は的確だった。

「そういうわけじゃない。確認してるだけだよ。どうなんだ？」

「右の親指と人差し指、中指の指紋がほぼ完全な形で確認できた。九十九パーセントまで間違いない」

「奴は、トミー・ワンの甥なんだ」

「何だと」ジョーが声を潜める。ハンドルを握るB・Jも、私の声を聞いて凍りついていた。

「トミー・ワンがいなくなった前後に、奴もニューヨークから姿を消してるんだ。一緒にアトランタに来ている可能性が高い」

「ビンゴ」ジョーが低く言った。「やばいぞ。気をつけろよ」

「忠告はありがたいけど、もう手遅れだと思う」

質問される前に電話を切り、B・Jに手渡した。

「濃くなってきたな」

「ああ」

「今まで以上に気をつけないといかん」

「分かってる」

「とりあえず、今夜は単独行動は慎もう。お互いに背中を見張っておかないとな。特にお前さんは気をつけてくれよ。拳銃があれば渡したいところなんだが、生憎、今は手元に余分なものがないんでね」

「拳銃があっても安心できないよ。それに、俺が撃ったら面倒なことになる」

「そうか……撃たれたのは初めてか？」

「いや」頭の古傷をそっと触った。「何年か前に、耳の上の方を撃たれた」

「それは危なかったな」B・Jが目を眇《すが》める。「紙一重だ」

「数ミリずれてたら死んでたと思う」

「ということは、お前には持って生まれたツキがあるんだよ。今回も上手くいくさ。心配するな」

無言で、腹の上で手を組み合わせる。B・Jの慰めは慰めになっていなかった。私のツキは、何度か生き延びてきたことで既《すで》に底をついてしまったかもしれないのに。

山岡のコンドミニアムの付近は先ほどよりもさらに人気が少なくなり、闇も一段と深くなっているようだった。学生らしい若い男の乗った自転車が猛スピードで走り去ると、不気味な沈黙が降りる。私は自分の車に戻り、中を改めた。誰かに探られた様子はない。ダッフルバッグを探って新しいシャツを取り出し、Tシャツの上から羽織る。メタリカのロゴが隠れ、少しだけ気分が落ち着いた。

「何だ、せっかくのTシャツが見えないじゃないか」車に戻ると、B・Jが笑いながら文句をつけた。

「着替えを用意してくれたのはありがたいけど、もう少し何とかならなかったのか」

「メタリカ、嫌いなのか？」

「こういうのは、好き嫌いの範疇《はんちゅう》にないんだよ」

「つまらん男だな」

「言われなくても分かってる」

ふと、優美に電話をかけなくてはならないという思いに襲われた。この件で一番心を痛めているのは彼女なのだ。助手席に落ち着いて電話を取り出すと、彼女から何度も着信があったことに気づく。

「ナナミに連絡したか」B・Jに確認すると、「当然だ」という答えが返ってきた。まずい。私が撃たれた話は、当然七海から優美に伝わっているだろう。私の口から直接聞くのと、七海から告げられるのと、どちらがショックが大きいか。

手の中で弄《もてあそ》んでいるうちに電話が鳴り出した。慌てて出ると、優美の声が耳に飛びこんでくる。

「大丈夫なの？」もう泣き声だ。「何度電話しても出ないから……」

「おいおい、また七海が大袈裟に話したんだろう」わざとおどけた声を出す。

「でも、何も分からなくて」

「かすり傷だから、心配いらないよ」体を捻ると鋭い痛みに襲われる。声が漏れないよう、掌で口を押さえた。

「そんなこと言ったって……あなたにもしものことがあったら、どうしたらいいの」

「そんな心配をする必要はない。勇樹を見つけ出すまで、俺は絶対に死なないから」

「だけど……」

「いいか、トミー・ワンの仲間が俺を妨害してるんだ。つまり、俺は確実に奴らに近づいてるってことなんだよ。連中だって、まずいと思ってるから妨害してるんだぜ」

「それは分かるけど……何か手がかりはあるの？」

「直接勇樹につながる材料はまだ出てない。だけど、少しずつ手繰《たぐ》り寄せてるよ。心配するな。それより少しは休んだのか？　君の方が先に参っちまうぜ」

「私は大丈夫よ」彼女の声は張りぼての虎だった。威勢はいいが中身がない。「私のことを心配するぐらいなら、勇樹をお願いします」

「君のことも心配なんだよ。二人とも、俺にとっては大事な人なんだから」

「……ありがとう」

「心配かけて悪かった。でも、確実に近づいてるから。もうすぐいい知らせができると思う。また連絡するよ。今も動いてるんだ」

「怪我は本当に大丈夫なの？」

「動けるんだから、大したことはない」

電話を切り、溜息をつく。Ｂ・Ｊが「彼女、大丈夫なのか」と訊ねた。日本語で話していても、会話のニュアンスは伝わるものらしい。

「相当参ってる。俺が心配かけちゃいけないよな」

「でも怪我の件は、ナナミには伝えておかないとまずかっただろう」言い訳するようにＢ・Ｊが言った。

「それはそうなんだけど、あいつに言うと全部彼女に伝わるんだ。勘が鋭いし、ナナミも妹には逆らえない」

「奴のアキレス腱ってわけか」

「俺にとってもそうだけど」

「よほど強烈な女性なんだな」

実際はその逆なのだが——私より三十センチ近く背が低いし、見た目はふんわりと柔らかく、芯の強さが外に出てくるのは時たまだ——否定せずにおいた。

「さて、そろそろ行こう。まずドアをノックして揺さぶってみようぜ」とB・J。

「ああ。歯がくがくするほど揺さぶってやってもいい。俺たちには時間がないんだ」

B・Jが唾《つば》を呑んだ。無言の時間が数秒続いた後、「そうだな」と小さく呟いて車のドアを押し開ける。風が車内に吹きこみ、肩の傷はそれだけで鋭く痛んだ。

インタフォンの呼びかけにはすぐに返事があったが、回線の具合が悪いのか、声が途切れがちになる。が、突然明瞭な声が一本につながった。B・Jが先陣を切る。

「ミスタ・ヤマオカですか」

「ええ」訛のない素直な英語だった。

「遅くに申し訳ありません。アトランタ市警のキングと申します」

「はあ」

「ちょっとお話を伺いたいんですが、お会いできませんか」

「任意ですか」急に声が硬くなった。

「そう、任意……参考までに話が聴きたいだけです」

「それならお断りします。警察と話す義務はない」

「ちょっと——」

　こめかみをひくひくさせ始めたB・Jの巨体を押しのけ、インタフォンに顔を近づけた。日本語で話しかける。

「山岡さんですね」

「はい」すぐに日本語の返事が返ってきたが、彼の声に滲んでいた疑念はさらに膨れ上がったようだった。

「ニューヨーク市警の鳴沢と言います。キング刑事が言った通り、参考までにお伺いしたいことがあります。どうしてもあなたの協力が必要なんですよ」

「申し訳ないけど、私は警察と係わりになるようなことは何もしていない」

「あなたが何かをしたと言ってるわけじゃないんです。ただ、あなたでないと分からない情報が欲しいんですよ」

「意味が分かりませんね。だいたい、アトランタ市警とニューヨーク市警の人が、どうして一緒に仕事をしてるんですか」

「いろいろ事情があるんです」

「秘密主義ですか。あなたたちはそれでいいかもしれないけど、いきなり警察に押しかけられる身にもなって下さいよ。とにかく、こんな時間に来られてもお会いするつもりはありません。お引き取り下さい」

「奥さんのことなんですが」

沈黙。数秒後、「もう関係ありません」という台詞を最後に、インタフォンから彼の気配が消えた。

「えらく強情だな」B・Jが空気を震わせるような溜息をついた。

「日本語、分かるのか」

「まさか。でも、雰囲気で何となくな。お前さんは渋い顔してるし」

「傷が痛むだけだ。それよりB・J、非番は今日だけだろう」

「まあな」

「俺は今夜、ここで張り込む。明日の朝、彼が出てきたところを摑まえて話を聴くよ。お前はもう引き上げてくれ」

「そうはいかない。俺もつき合う」B・Jが太い首を左右に振った。ばきばきと、枯れ枝を踏みしだくような音が響く。疲れた足取りでコンドミニアムを出て、車に向かう。ドアを開ける前に、車の周囲をぐるりと回った。マグライトを取り出すと、しゃがみこんでアスファルトに顔を押しつけながら車の下回りを調べる。ドアを開けても、座る前に床を舐《な》めるようにマグライトの光を当て続けた。ようやく得心したのか、運転席にどっかりと腰を落ち着ける。

「用心に越したことはないからな。アクセルに足を乗せた途端にどかん、じゃ困る」

「ああ」

「十時半か。お前さん、先に寝ろよ。怪我もしてるんだから。二時間交替にしよう。俺は夜食にする」言って、後部座席に手を伸ばして紙袋を取り上げた。ドーナツ。先ほどから車内に漂っていた甘い香りの発生源はここだったのだ。

「食うかい？」

黙って首を振った。甘いものは疲労回復には役立つかもしれないが、ここのところ少し体が重くなっている。生ぬるくなったミネラルウォーターを一口含み、喉を湿らせるだけにした。ドーナツを頬張りながら、B・Jが私を見やる。

「後ろへ行けよ。横になってた方が楽だぜ。助手席じゃ眠れないだろう」

「分かった」言われると、急激に疲労が襲ってきた。一度外へ出て、山岡のコンドミニアムを見上げる。五階建ての建物は、周辺のビルに比べてそれほど高いものではないが、今は聳え立つ巨大な砦にさえ見えた。ここに籠っていれば、山岡は私たちとの面談を拒否し続けることができるだろう。かといって、彼も仕事には行かなければならない。とりあえず明日の朝を待つ——今の私たちにできるのはそれぐらいだ。

後部座席で横になり、目を瞑《つむ》る。鼓動と同じリズムで痛みが肩を走り抜け、なかなか寝つけなかった。無理に眠ろうとすると、様々な思いが脳裏を過る。勇樹の存在は……私と優美にとっては接着剤のようなものだ。思い切って大事な一歩を踏み出すことができずに、重要な問題の周囲をぐるぐる回っているだけの私たちの関係は、いつ崩壊してもおかしくない。離れていた時期もある。だが勇樹の存在が常に私を勇気づけてくれた。慕ってくれている子どもがいる限り、諦《あきら》めるわけにはいかない。しかし、今回の事件を招いたのは私の責任ではないか。一生かけても償いきれないものを背負いこんでしまったら……駄目だ。肩をかばいながらむっくりと体を起こす。

「眠れないならコーヒーでもどうだ」運転席からB・Jが声をかけてくる。

「いや、遠慮しておく」

「いろいろ考えちまうのは分かるけど、休める時に休んでおけよ。いつでもどこでも眠れるようにしろって、刑事の教科書の一ページ目に書いてあるだろう」

「アメリカと日本じゃ教科書が違うんだ」

切り返しながら、漂うコーヒーの香りに包まれて再び横になる。B・Jがコーヒーを啜《すす》る音が聞こえるばかりで、街は静かだった。車もほとんど通らない。ジョージア州立大のキャンパスがダウンタウンのあちこちに散らばっているから、遅くまで学生たちが馬鹿騒ぎしていそうなものだが、死んだような沈黙が周囲を覆っている。再び想いが巡り始めた。だが全ての考えは途中で切れてしまうか、訳の分からない方向に捻じ曲がっていく。混乱が眠りを呼び、いつの間にか私は意識を失っていた。決して穏やかな眠りではなく、悪夢の断片に埋め尽くされたものではあったが。

体を捻った弾みに傷口が刺激されたのだろう。痛みで目が覚めた。だがそれは鋭いものではなく、肩全体に広がる痺れのような痛みに変わっていた。撃たれたというよりも、どこかに激しくぶつけて広範な打撲傷を負った感じだった。呻き声に気づき、B・Jが振り返る。

「よう、起きたか」目は充血しているが、声ははっきりしていた。

「ああ」欠伸《あくび》を嚙み殺しながら腕時計を覗きこむ。三時だった。「おい、二時間って言ったじゃないか。寝過ぎだよ」

「お前さんは、一応怪我人だからな。これでも気を遣ってるんだよ。どうだ、少しは休めたか？」

「まあ、それは……」

「よし、じゃあ代わってくれ。二時間で起こしてくれよ」B・Jがドアを押し開ける。私もすぐに外に出た。ひんやりとした夜気が神経を落ち着かせる。B・Jが大きく伸びをし、遠慮なく欠伸をする。

「無理しないでくれよ」

「何言ってる。俺はまだまだ元気だし、こういうのは嫌いじゃないからな」

「ゆっくり寝てくれ」

「言われなくてもそうするさ。まあ、見てろよ。一分で眠れるから。俺は優秀な刑事なんだぜ」

　事実、後部座席に潜りこんだB・Jは、私が運転席で肩が痛まないように様々な姿勢を試しているうちに、軽くいびきをかき始めた。ハンドルを抱えこんで、コンドミニアムのホールに目を凝らす。コカ・コーラの大きなカップを持ったホームレスの男がふらふらと歩いてきて、ホールに続く階段に腰を下ろした。折り曲げた長い両足の間にカップを置き、頭を垂れて静かな眠りに入って行った。が、すぐに誰かに肩を叩かれでもしたように、顔を上げて周囲を見回す。何もないことに気づいたようだが、その場所では安心できなくなったのか、立ち上がってふらふらと歩き出した。

頭の中で、これまでに分かった事実を整理する。やはり気になるのは、トミー・ワンがこの街を訪れていたことだ。父親の干渉を避けるためにアイリスが家を出る——というのは理解できないではない。だが何故、離婚までする必要があったのか。たまたまタイミングが重なっただけなのか、それとも全てが絡み合っているのか。

今までの経験から言えば、何か関係性がありそうな出来事は実際に関係がある。偶然というのは案外少ないものなのだ。大抵は、複数の出来事をつなぐ糸が見えていないだけである。

ここにも必ず糸がある。それは解きほぐせるはずだ。だが、最大の溝《みぞ》は未だに埋まっていない。トミー・ワンがなぜ勇樹をさらったのか。見えない動機は無闇に想像力をかきたてるものだが、あまりにも深く暗い闇の底に隠れている場合には迷うばかりだ。真相は闇の中。明けない夜はない、と自分を勇気づけようとしても、心のどこかでそれを拒絶するもう一人の自分がいた。

6

ノックの音は遠慮がちだったが、私の心臓を縮み上がらせるのには十分だった。ちら

り と窓の外を見ると、黒いスーツ姿の男が体を折って車内を覗きこんでいる。白人。三十歳前後。よく日に焼け、耳を覆うほどの長さの金髪がオリーブ色の肌に映えている。かなりの長身で、体を曲げ続けているのが苦しそうだった。何者だ？　B・Jに声をかけようとした途端、男が窓越しにFBIのバッジを提示する。七海は「すぐに逃げろ」と言っていたが、この状況では無理だ。エンジンをかけて強引に車を発進させれば、男に怪我をさせかねない。

仕方なく窓を開けると、男が柔らかい笑みを浮かべて特大のコーヒーカップを差し出した。香ばしい香りが鼻先に漂い出し、朝の訪れを嫌でも意識させられる。B・Jを起こさないよう、そっとドアを開けて外に出た。冷たい空気が意識を尖《とが》らせる。

コーヒーを受け取る。スタイロフォームのカップはまだ熱く、持っているだけで火傷しそうだった。車の屋根に置いて、男と向き合う。

「あんたがミスタ・ナルサワだ」確認ではなく断定する男の声は太く、通りがよかった。コーヒーを一口啜って私の答えを待つ。黙っていてもよかったが、それではいつまで経っても逃げられそうもない。

「肯定も否定もしない」

「そういうのはちょっと困るな」大袈裟に眉をひそめる。

「自分から名乗るのが筋じゃないか、ＦＢＩさん」

「必要がない時は、不用意に名前は名乗らない——今は必要とは思えないんでね」

「ずいぶん一方的だな」

「そう。立場の違いを理解してもらわないと」口調は丁寧だが、有無を言わさぬ響きがあった。「あんたは、この街では何の権限もない。ところが俺にとって、ここは大事な庭なんだ」

「ということは、あんたはアトランタ支局の人間か」

「外れ」男が顔を歪《ゆが》めるようにして笑みを浮かべる。「事件を追いかけてる限りは、そこが俺のテリトリーになる。関係ない人間が立ち入るのは許さない。率直に言えば、あんたは我々の捜査を妨害している。ニューヨーク市警にも抗議せざるを得ないな」

「妨害？　何の話だ。俺は休暇を取ってこの街に遊びに来てるだけだぜ」

「そんな言い訳が通用すると思うなよ」男が、開いた左手をゆっくりと握っては開いた。指の関節に硬いタコができているのが見える。「どこが休暇だよ。ニューヨーク市警の刑事が、知り合いもいない街で張り込みか？　それだけでもう、論理は破綻《はたん》してる」

「古い友人がいるんだ」Ｂ・Ｊの名前を出すのはまずい。だが、この男から逃げ切るためには必要な材料だった。

「ああ」男が馬鹿にしたように、車に視線を投げた。Ｂ・Ｊが起き出す気配はない。

「なるほど。我らがＢ・Ｊ・キングか」

「知ってるのか」

男が肩をすくめる。動作の一つ一つが、私に対する嫌がらせに思えた。車内を見据えたまま、訊ねる。

「あんたは奴と知り合いなのか」

「だとしたら？」

「Ｂ・Ｊも、自分の職務以外のことに手を出したらいかんよな」男が訳知り顔で顎を撫でる。「アトランタ市警での立場もあるだろう。感心できないな」

「彼は酔ってるんだ。帰れなくなったんで、ここで仮眠を取ってただけだよ」

「七十点ぐらいの答えかな」男が皮肉に頰を歪める。

「七十点なら十分合格点だ」

「いや、俺が言ってるのは千点満点で七十点だ」

「ここで俺を相手にふざけてる暇があるのか？　ＦＢＩはずいぶん余裕があるんだな。そんなことじゃ、事件は任せられない。だいたい、夕べこっちに着いて、今頃のこのこ動いてるような人間を信用するわけにはいかないな」

「だから自分で動いてるってわけか？」男の声が荒くなった。「カウボーイ気取りもいい加減にしろ。こっちはプロなんだ。黙って任せておけばいいんだよ」

「プロだって言う割には、何の手がかりも摑んでないみたいじゃないか。俺たちから何か情報を引き出そうってつもりじゃないのか？　それがFBIのやり方なのかよ」

「ノーコメント」頰は引き攣《つ》っていたが、男は私の言葉に対して言葉で反撃しないだけの我慢強さを持っていた。気を取り直したようにコーヒーカップを左手から右手に持ち替える。「ところで夕べ、この付近で発砲事件があったらしいな。八時ごろだ」

「さあ」目を逸《そ》らしたが、彼の視線はしつこく追いかけてくる。

「この街は荒っぽいね」気取った仕草で周囲を見回す。「八時なんてまだ宵の口だろう。人も大勢出てたはずだし、そんな場所で銃を撃つなんて、まともな人間のやることじゃないね」

「場所も時間も関係ない。銃を撃つこと自体が異常なんだ。アメリカではそれが当たり前かもしれないけど、それは世界の常識じゃない」

「あんたと銃規制論議をするつもりはないよ」

「これは銃規制の問題じゃなくて、哲学の問題だ」

「そんなことはどうでもいい。どうしてこんなところで発砲事件が起きたと思う？」

「車のバックファイアーじゃないのか」

「おいおい、俺たちにはちゃんと目がついてるんだぜ」男が自分の両目を指差した。「建物の壁に血痕が残ってた。正確には、血塗《ちまみ》れの手の跡だけどな。残念ながら指紋は確認できなかったようだが……どうも、俺の知ってる誰かさんが撃たれたような気がする」

男の視線が、私の肩の辺りを嘗め回す。クソ。何か証拠を残してしまったのか。それとも、B・Jの友人の医師は、ブレーブス戦のチケット二枚で買収されなかったのか。

「あんた、何だか元気がなさそうだな」今にも笑い出しそうだった。

「酔っ払った友人の世話をして、ほとんど寝てないんだ。元気がないのは当たり前だろう。それに、まだ朝も早いんだぜ。こんな時間に元気一杯ってわけにはいかない」

「なるほど。ところで、俺と腕相撲でもしてみないか？　左手で」彼の視線が私の左肩を射抜く。

「FBIは、いつもそういう非科学的なやり方をするのか？　それとも、ただ力自慢をしたいだけなのか？」

「突っ張り通す気か」男が舌打ちをした。一瞬だけ、表情を緩めてみせる。「なあ、あんたの気持ちは十分理解できる。大事な人を誘拐されて、座って待ってるわけにはいかなかったんだよな。それにあんたは、骨の髄まで刑事なんだろう。自分で何とかしたくなるのは当然だと思うよ。だがな、少し冷静になって考えてくれ。あんたにも俺たちにも立場ってものがある。何も暴走して自分の立場を悪くすることはないじゃないか。それに俺たちには、こういう事件の専門家もいるんだぜ。任せておけよ。悪いようにはしないから」

「これは俺の事件なんだ」

「下らん突っ張りはよせ。一人で何ができる」

「全て」大きく手を広げた。

「まったく、とんだ目立ちたがり屋《ホットドッグ》だぜ」舌打ちして、足元に唾を吐く。

「ふざけるな」一歩詰め寄ると、男がコーヒーカップを持ったまま、おどけたように両手を肩の高さに上げる。

「おっと、手出ししないでくれよ」

「怪我が怖いのか」

「違う、違う」苦笑が浮かぶ。「あんたが手を出したら、身柄を拘束せざるを得ないからさ。俺だって、あんたをぶちこみたくはないんだよ。仲間みたいなもんじゃないか。ここは俺を——俺たちを信じて、黙ってニューヨークに帰れ。彼女の側についててやるべきじゃないのか」

「どうするかを決めるのは俺だ」

「俺は忠告したからな。二度目はないぞ」急に真顔になり、男が私の胸に人差し指を突きつけた。さながら銃口のような重さと硬さが指先から伝わる。実際彼は、私を一発で仕留める引き金に指をかけているはずだ。

私の顔を見据えたまま、男がゆっくりと後ずさる。こんな時間だというのに服装はまったく乱れていない。おそらくブルックス・ブラザースのサイズ四十四のブラックスーツはクリーニングから戻ってきたばかりのようだし、襟先の尖った白いシャツは朝日の中で眩く輝いている。黒とシルバーのストライプのタイも上等そうなものだし、外羽根式の黒いUチップも顔が映りそうなほど磨き上げられていた。連邦捜査官というより、銀行の幹部候補といった感じである。

「あんたを何と呼んだらいい?」

「俺の名前なんか知ってどうする。二度と会うことはないんだから」私の問いかけに半ば笑いながら答え、肩をすぼめる。

「いや、この件は合同捜査になる可能性がある」

「馬鹿らしい。ありえんな」

「そんなに手柄を独り占めにしたいのか。自分たちの力を過信するのもいい加減にしろ。鼻を高くしてうぬぼれてる間に、あの子に何かあったらどうするんだ」

「俺たちを信じるんだな」私のぶつけた罵詈雑言《ばりぞうごん》の数々にも、男は動じる様子がなかった。よほど自分に自信があるか、鈍いかのどちらかだ。今は後者でないことを祈らざるを得ない。

「ところで、あんたたちは今回の事件をどう考えてるんだ」一球、緩い変化球を投げた。「おかしな事件だと思わないか？　誘拐しておいて何の要求もない」

「動機については後回しなんでね」男が耳の後ろ側を指先でそっと撫でた。「その件については、ノーコメントということにしておこうか」

「そこを追及していけば、事件のヒントが見つかるかもしれない」

「あんたはたっぷり考えればいい。ニューヨークへ戻れば暇になって、考える時間もできるだろう」

「断る」

「強制的に排除することもできるんだぞ」男の目に火が点った。

「やれるものならやってみろ」

「なるほど」大きく深呼吸してから、男がうなずいた。「そういうことなら、話し合いはこれまでだな。さっさとここから出て行け。今度見かけたら、捜査を妨害したと見なして身柄を拘束する。被害者の家族だからって遠慮はしないぞ」

「あんたは完全に間違ってるよ。俺はユウキの家族じゃない——正確にはな。こんないい加減な情報で動いてる人間を信用できると思うか」

「瑣末《さまつ》なことだ」馬鹿にしたように唇を歪め、男が踵を返した。

「おい」車の屋根に載せたコーヒーカップを摑む。「忘れ物だぞ」

足元に投げつけると、狙い通りに男の靴の十センチ手前でカップがアスファルトに衝突する。跳ねたコーヒーの飛沫が、靴の踵《かかと》とズボンの裾を濡らした。立ち止まって振り返ると、すさまじい表情で睨みつけてくる。

「クリーニング代はニューヨーク市警に請求してくれ。大笑いしながら払ってくれる人間がいくらでもいるはずだ」

クリーニング代以上のツケが私に回ってくるのは間違いなさそうだった。

「まったく、無茶しやがって」

男の姿が見えなくなった頃、ドアが開いてB・Jが姿を現した。顔を擦り、大きく伸びをする。

「聞いてたのか」

「当たり前だ。あんな大声で怒鳴り合ってるんだから」

「聞こえてたんなら、バックアップしてくれればよかったのに」

「お前さんの腕前を見せてもらっただけさ。なかなかやるな。FBI相手にあそこまで突っ張れる奴はいないぜ」

「ナナミは、FBIに見つかったら逃げろって言ってたけど、逃げる暇もなかった」

「そうかい」コーヒーがあらかた零れてしまったカップを拾い上げ、近くのゴミ箱に放りこむ。「スリーポイント、決まったな。ここは拍手するところだぜ」

「ああ」そうする代わりに顔を擦った。熱いシャワーが恋しい。傷口を中心に、上半身から腐ったような臭いが立ち上がる。

「まったく、オートンにも困ったもんだ」

「オートン？　知ってるのか？」

私の質問に答えず、B・Jは後部座席に上半身を突っこんで、ミネラルウォーターのボトルを二本、取り出した。一本を私に放って寄越す。生ぬるくなってはいたが、水分は体に沁みこんだ。

「ウォルター・オートン。何年か前に、FBIのアトランタ支局にいたんだよ。今は二ユーヨークにいるはずだ」

「知り合いなのか」

「知り合いと言えば知り合いかな。何度か、事件で一緒になったことがある」苦笑を漏らしながら、B・Jがキャップを捻ってボトルを開けた。一気に半分ほど飲むと「一言で言えば阿呆だな」と決めつけた。

「無能なのか」

「そういう意味じゃない」残念そうに首を振った。「一応、やるべきことはやる男だ。アトランタにいる時も、いい情報源を摑んでてな。いつの間にか先回りされてることもあった。何度か市警と事件の取り合いになったことがあるけど、だいたい奴に持っていかれたな」

「なるほど」

「連邦捜査官ってのは、本来目立っちゃいかん存在だろう？　だけど、奴はとにかく出たがりなんだよ。俺たちが犯人を逮捕した現場に突然現れて、『その事件はＦＢＩがもらった』なんて言い出しそうなタイプなんだ。テレビカメラがあれば、なおいい」

「下らん」吐き捨てたが、一抹の不安は消えなかった。

「だけど、用心した方がいい。奴は馬鹿じゃないからな。俺たちがここにいる理由だって、もう掴んでるだろう。偶然俺たちを見つけたとは思えないし、俺たちと同じルートでここまで辿《たど》りついたんじゃないかな」

「それは買い被りじゃないのか。あいつが本当に目立ちたがり屋だったら、知ってることを言わないわけがないだろう。少なくとも、気取った言葉でほのめかすぐらいはするはずだ」

「そうかもしれない」ペットボトルから掌に水を零し、顔に叩きつける。「その辺りを一回りしてくるよ。俺たち以外にも張ってる奴らがいるとしたら、やり方を考え直さないといけない。右と左に敵がいたら、身動きが取れなくなるからな」

「お前、いいのか」

「何が」歩き始めたB・Jが足を止めて振り返る。

「FBIまで敵に回したら、市警での立場がなくなるぞ」

「俺たちとFBIの小競り合いは、今に始まったことじゃない。何かあったら、市警の連中は俺の味方をしてくれるさ。とにかく俺は、FBIの連中が嫌いなんだ。口先ばっかりで、いつも美味しいところをさらっていくんだからな。たまにはこっちもヒーローになりたいじゃないか」

お前は俺の中では十分ヒーローだよ。遠ざかる彼の背中にその台詞を投げかけ損ねたことを、私は少しだけ後悔した。

コンドミニアムのホールからB・Jが飛び出してきた。

「今、エレベーターが降りてくる」

腕時計で時間を確認する。八時。オートンとの不快な邂逅《かいこう》から二時間近くが経過していた。三十秒後、一目で日本人と分かる男がホールから出て来る。皺だらけの青いボタンダウンシャツに麻のジャケット、カーキ色のコットンパンツという格好で、くたびれた革のブリーフケースを小脇に抱えている。うつむいたまま、早足で歩き出した。借りている車庫に向かうのだろう。打ち合わせ通りにB・Jが自分の車に戻り、私は歩いて尾行を始めた。

山岡らしい男は、ウォルトン・ストリートを真っ直ぐ歩き続けた。私には気づかない様子で、時間に遅れて焦っているような歩き方である。街には人が溢れ始めていた。martaの白いバスが傍《かたわ》らを通り過ぎ、山岡の姿が一瞬陰に隠れる。慌てて歩調を速めて確認すると、ドーナツショップに入るところだった。朝食を食べてから出勤だろうか。ガラス張りになっている店の前を通り過ぎる時、彼がレジに並んでいるのが見えた。

つなぎっ放しの携帯電話に向かって報告する。

「ドーナツショップ」

「了解。腹が減ったな」

「もう少し我慢しろ」

山岡はすぐに店から出てきた。片手に特大のコーヒーカップ、片手にブリーフケースを持ち、慣れた足取りで人を避けながら歩いていく。

「出てきた。朝飯はコーヒーだけみたいだな」

「だからあんなに痩せてるんだろう」

Ｂ・Ｊの言う通りで、山岡は小柄で痩せた男だった。ジャケットは明らかにサイズが大き過ぎ、肩の線が腕まで下がっている。ズボンの裾は引きずるようで、時折立ち止まってはベルトの位置を直していた。後ろから見ると、後頭部の真ん中で髪が派手に撥ねている。絶好の目印だ。これなら、歩いて追っている限り見失うことはない。

ダウンタウンの朝は早い。パーキングメーターの横には車が連なり、小さな公園では、溢れるほどの人が時間潰しをしていた。チェスに興じる者、友人と静かに話をする者――ほとんどがアフリカ系アメリカ人だった。半ズボンの制服を着た警官が、自転車を押して公園の横をゆっくり通り過ぎる。

山岡はスプリング・ストリートを右に曲がり、すぐにナッソー・ストリートに入った。

「地下駐車場」の看板が掲げられたビルに入って行く。

「ナッソー・ストリートの地下駐車場。緑色のビルだ」

「オーケイ。そこなら分かる」

山岡は階段で地下二階に広がる駐車場に降りた。電話をつないだまま跡を追い、駐車場に出たところで足を止めて山岡の居場所を確認する。暗い栗色のアキュラのセダン——かなり古いモデルだった——のドアを開けて乗りこむところで、ブリーフケースを助手席に放りこむ間に、ルーフにコーヒーカップを載せた。駐車場内の照明は暗く、オイルの臭いが漂っている。どこかで別の車のタイヤがきゅるきゅると鳴った。

「アキュラ」

「……ああ？」電波状態が悪い。

「古い型のアキュラのセダンだ。色は栗色。茶色に近い」

「了……解。ナンバーは」

「ここからだと確認できない」

「すぐ行く」

山岡がコーヒーを一啜りしてから車に乗りこんだ。セルモーターがへたっているらしく、一発でエンジンがかからない。一休み。溜息をついているのが遠くからでも見えた。

小走りに車に近づく。あと五メートルというところでエンジンがかかり、山岡がそろそろと車を出した。駐車スペースから通路に出ようとした瞬間、突っこんできたB・Jが車を急停車させて行き先を塞ぐ。アキュラのフロントががくんと沈み、山岡がハンドルを拳で打ちつけながら何か悪態をついた。コーヒーが零れたのだろう。

その間に車に近づいてドアをノックする。怪訝そうに山岡が顔を上げた。B・Jが運転席の窓ガラスにバッジを押しつけると、やれやれと言わんばかりに大きな吐息を吐く。諦めたように窓を十センチだけ開け、B・Jに訊ねる。

「夕べの人ですね」

「その通り」

「私の家を見張っていたんですか」

「それはどうでもいい。せっかく会えたんですから、お話を伺いたいですね」

「どうしても？」

「どうしても。あなたの証言に人命がかかってるんです」

「仕方ないですね」大袈裟な溜息を漏らす。「一人ですか」

「そう」

「乗って下さい。ただし、運転しながらでいいですか？　遅れ気味なんです」

B・Jが後部座席に、私が助手席に落ち着いた。山岡がそろそろと車を出す。英語で話すか、日本語にするか迷ったが、日本語を選んだ。彼は二世ではなく日本生まれである。日本語を使った方が警戒しないかもしれない。B・Jには後できっちり説明すればいいことだ。

「あなたの奥さんのことなんです」

「夕べもそう言ってましたね。その件は、あまり話したくないな」駐車場から道路に出るところで、彼はハンドルに両の二の腕を預け、首を突き出して左右を確認した。

「離婚されたんですよね」

「まあ、そういうことです。ところであなた、日本人ですか」

「ええ」

「通訳で来たわけじゃないでしょうね。私、英語で大丈夫ですよ」

「いや、日本語で話したいんです。日本人同士として」

「ま、構いませんけど」車が流れに乗ると、山岡はコーヒーを一口啜った。シフトレバーの周囲が黒く濡れている。やはり、先ほどB・Jが行く手をブロックした時に零してしまったのだろう。

「離婚したのは……」

「二か月前に手続きが終わりました」

「家は売りに出したんですね」

「ええ。彼女が先に家を出て行ってね。しばらく一人で住んでたんだけど、あの家はえらく広いんですよ。持て余してね。気楽な独身暮らしには小さなコンドミニアムの方がいい」淡々とした口調だったが、どこか自棄《やけ》っぱちな本音が覗いた。

「彼女はどこに行ったんですか」

「知りません」

「知ってますね」

「知りませんよ」強張った声で否定する。「もう何の関係もないんだから」

「それは冷た過ぎませんか。仮にも夫婦だったんでしょう。お子さんもいらっしゃる」

「あなた、結婚してますか」山岡がちらりと私の顔を見た。

「いえ」

「じゃあ、分からないでしょうね。夫婦の間の隠し事っていうのは、決定的な溝を作ることがあるんですよ。信じ合って一緒に暮らしてきたのに、ずっと隠してることがあったって分かったらどうなります？　友人や恋人同士の嘘よりも、よほど罪が重いんです」

「何か隠し事があったんですか」

私の質問を、山岡は無言で迎えた。相当の確執があったのは間違いない。壁をぶち破るために質問を続けた。

「だけど、子どもはどうなります？　父親に会いたがるでしょう」

「それも隠し事の一つ」

「え？」

「いや、別に」言葉を切って、山岡がアクセルを踏みこんだ。「とにかく、彼女の居場所は知らない」

「アトランタにいるんですか」

「さあ。この街も広いし」

「お子さん、体調が悪いんですよね。難しい病気らしいじゃないですか」

「アメリカの医療費の高さ、ご存知ですか。病気になると大変なんですよ。特に血液の病気は難しい」

「お金が問題なんですか」

「そればかりじゃないけど」山岡が拳を口に持って行き、人差し指の関節を噛んだ。見ると、その辺りが赤くなっている。子どものような仕草が、彼の苦悩を浮き上がらせた。

「彼女の父親が、しばらく前に訪ねて来ましたよね」

いきなり山岡がブレーキを踏み、私はダッシュボードに手をついて体を支えた。後ろの車が激しくクラクションをぶつけてくる。

「あんた、何を知ってるんですか」

「チャイニーズ・マフィアの幹部が家を訪ねてくるのはどんな感じですか」

ハンドルを握る山岡の手が震え出した。そろそろと車を路肩に寄せ、何とか真っ直ぐ駐車する。サイドブレーキを乱暴に引くと、今にも吐きそうな蒼い顔で喋り始めた。

「私は、アメリカに二十年近く住んでます。学生の時に留学して、そのまま残ってね。今の職場は、ようやく見つけた大事なものです」

「ええ」突然始まった身の上話に戸惑いながら、相槌を打った。

「アイリスとは、六年前にこの街で出会いました。彼女は、私の大学で事務の仕事をしていたんです。一歳の子どもを抱えて、一人で苦労しながらね……そう、ジェイクは私の子どもじゃないんですよ。彼女は詳しい事情を話したがらなかったけど、相当苦労してきたのは間違いありません。まあ、同情もあったかな。子どもも私になついたし、そのうち一緒に暮らすようになって」

ジェイク・ワン。ジェイク……何かが頭の中で鳴った。

「彼女の家族のことは全然知らなかったんですか」

「家族も過去も関係なかった。いや、彼女は過去を振り切ろうとしていたんですよ。そういう努力をしている人に、無理に家族のことを問い質《ただ》すわけにはいかないでしょう。最初はいろいろ訊いてみたんですよ。でも、アイリスはひどく嫌がった。嫌がるのを無理に蒸し返すのは趣味が悪いですよね。そういうことをしないのが、私なりの思いやりだったんですよ」

「それがいきなり、チャイニーズ・マフィアが訪ねて来て、親だと名乗った」

山岡の肩が震えだした。顔色はさらに蒼くなり、汗が頰を伝う。

「はっきりマフィアだと言ったわけじゃないんです。見た目は穏やかそうな紳士でした。でも、家の外に停めた車の中では、見るからに危なそうな連中が待ってるし、あの男も目が笑ってなかった。殺し屋の目ですよ、あれは」

まさにその通りなのだが、その事実を彼に告げる気にはなれなかった。ここでパニックを起こされては困る。

「その男は、何をしに来たんですか」

「ジェイクのことでね……病気のことで。骨髄異形成症候群は難しい病気で、しかも急速に症状が悪化しています。いずれは白血病になる可能性が高いんですよ。完全に治療するには骨髄移植しかない。それには大変な費用がかかります。あの父親はどこかでそれを知って、援助したいと言ってきたんですけどね」

「あなたは断った」

山岡が力なく首を振った。マフィアの幹部と対峙《たいじ》した時の自分の無力さを思い出したのだろう。

「私じゃない。断ったのはアイリスです。彼女が捨てたかった過去は、自分がマフィアの幹部の娘という事実だったんだ」小さな目から涙が零れた。「私は……私は何もできなかった。アイリスが自分の父親を叩き出すのを、黙って見てるしかなかった。その夜、彼女はようやく自分の過去を話し出したんです。自分がマフィアの幹部の娘だということを隠してたんだ。これは裏切りだと思いませんか」

身勝手な理論にも思えたが、責める気にはなれなかった。山岡とて、妻の過去についていろいろと思いを馳《は》せたことだろう。重罪を犯していたとか、家族に犯罪者がいるとか想像していたかもしれない。だが、マフィアの娘だという現実を知った時のショックはいかほどのものだっただろう。彼は六年間、妻を信じて支えてきた。それは十分長い歳月だったはずだし、心がすり減るような努力を必要としただろう。それが崩壊する衝撃は計り知れない。

「それでも私は、彼女を許そうとしました。アイリスが何をしたわけでもない。彼女だって、犯罪者である父親から逃げ出したかっただけだし、それは私にも理解できることです。ただ、その日を境に彼女はすっかり変わってしまって……怯《おび》えるようになったんですよ。家の前に見覚えのない車が停まってるのを見ただけでパニックになって。それに加えてジェイクの病気のこともあって、彼女は完全に自分を見失ってしまった。出て行ったのはアイリスの意思ですよ。私は何とかしたかった。彼女を、子どもを助けたかった。でもアイリスは、父親から逃れるためにあの家を出たんです。私を捨ててね」長い打ち明け話の終わりは、突き上げるような嗚咽で締めくくられた。「ジェイクがどうしているか……今はまだ元気です。元気なはずです。でもこのままじゃ、長くは生きられない。危険な状態なんです。ちゃんと治療を受けさせないと」

「私はトミー・ワンを――ミズ・アイリスの父親の行方を追っています」

「そのために、アイリスがどこにいるか知りたいんですか」顔を上げた山岡の目は怒りに燃えていた。「彼女を利用しないでくれ」

「人の命を助けるために、彼女の助けが必要なんです。トミー・ワンがまたアトランタに来ている。ミズ・アイリスに会いに来ているのは間違いありません」

「人の命って、どういうことですか」

「ニュースは見てないんですか」

「縁遠い生活を送ってますよ」唇の端がわずかにめくれ上がった。

「トミー・ワンが、ニューヨークで子どもを誘拐したんです。この街に来ているらしいことは、まだ報道されていませんけど。その子は、私の子どもになるはずです」

山岡の喉仏が大きく上下した。まじまじと私を見つめ、目を細める。真偽を疑っているのではなく、言葉の意味をじっくり検討している様子だった。

「ある意味、私と同じようなものですね」

「ええ」

「大事な人なんだ」

「あなたにとって、息子さんが大事だったようにね」

山岡がブリーフケースにのろのろと手を伸ばした。鮮やかなオレンジ色のロディアのメモ帳を取り出し、歪んだ字で書き殴ると引きちぎって私に手渡す。

千切れかけていた糸がつながった。細い糸だったが、その先にはトミー・ワンがいる。そして勇樹が。

7

私たちはダウンタウンの外れで山岡と別れた。コーヒーショップに入り、朝食を注文する。B・Jはトースト四枚にマッシュルーム入りのオムレツとハム、つけ合わせにハッシュブラウンを頼み、コーングリッツを追加した。私はイングリッシュ・マフィンだけにして、オレンジジュースで喉を湿らせる。マフィンが上手く喉を通らない。一晩肩の痛みに悩まされていたせいか、体が芯から疲れていた。

「それっぽっちじゃ、ばてちまうぞ」B・Jがすっと目を上げ、私を非難した。

「食欲がないんだ」凝り固まった左肩を慎重に動かしてみる。鈍い痛みが走り、同時に軽い吐き気が襲う。

「いいから食え」B・Jがハッシュブラウンを半分切り取り、私のマフィンの皿に載せる。仕方なく口に運んだ。わずかに糸を引くのは、中にチーズをしこんでいるせいらしい。ゴルゴンゾーラの癖のある味が口中に広がる。また吐き気がこみ上げてきたが、何とかオレンジジュースで流しこみ、山岡から聞いたことを話した。

「何とまあ、その子はヤマオカの子どもじゃなかったわけだ。だんだん事情が複雑になってきたな」

「彼も覚悟が必要だったと思う」

「アメリカじゃよくある話だよ。家族はどんどん解体されて、再構築されて広がる」

「彼は日本人だぜ」

「日本じゃ、こういうのは珍しいのか？」

「珍しいってほどじゃないけど、それなりの覚悟はいるだろう」

「なるほどね。さて、住所を見せてくれ」

B・Jにメモを渡すと、一瞥して素早くうなずく。

「東の方だな」

「近いのか？」

「ここからだと二十分ぐらいだろう」

「すぐに出よう」ジュースを飲み干し、財布から二十ドル札を取り出す。

「まあ、待てよ」B・Jが私の手を押さえる。二十ドル札が宙に浮いた。「ちょっと状況を考えてみよう。もしかしたら、アイリスの家にはトミー・ワンたちがいるかもしれない」

「だったら？」

「いや、お前の仲間にこれ以上迷惑をかけるわけにはいかない」

「違う。FBIだ。我らがウォルターー・オートンに連絡すべきタイミングだよ」

「冗談じゃない」拳をテーブルに振り下ろすと、B・Jのコーヒーが受け皿に零れた。

「ユウキを助け出すのは俺なんだ」

「分かる。お前さんの気持ちはよく分かるよ」B・Jの目が潤み、瞳の色が濃くなった。

「だがな、ちょっと冷静になれ」

「俺は冷静だ。どうしてもっていうなら、ここでお前と別れて一人で行く」

「よせよ。これは面子《メンツ》の問題じゃないんだぜ。トミー・ワンの別名は？ マシンガン・トミーだろう。ニューヨークで人を殺してここまで来たんだ。当然武装してるだろう。手下もいる。覚悟もできてるはずだ。二人だけでやるのは無理だぞ」

「俺がやる」

「死んだら何にもならないんだぜ」

ぎりぎりと奥歯を噛み締める。B・Jは冷静だ。方針も理に適っている。私はどこかに冷静さを置いてきてしまったようだ。大きく深呼吸して、長く溜息を吐いた。

「援軍が必要だ」

「分かった」

「よし」Ｂ・Ｊが安堵の吐息を漏らし、目の隅で小さく笑った。「奴に連絡してから出かけよう……あのな、心配するなよ」

「無理だ。俺はこれで排除されるんだぞ。お前は撤退を選んだんだ」

「いや、一緒に行くんだ。俺に任せろ」

「どうするつもりだ？」

「駆け引きなら、オートンごときには負けないよ」Ｂ・Ｊがにやりと笑い、私の手首を軽く叩いた。「ユウキを最初に抱いてやれ。それはお前さんの権利でもあり、義務でもあるんだ」


アイリスの家は、ｍａｒｔａレールのイーストラインの駅から程近い、森の中に隠れたような住宅街にあった。家の場所を確認してから、少し離れたところに車を停めると、Ｂ・Ｊがすぐ後ろにつける。私たちが車を降りるのを待っていたかのように、オートンがどこからか姿を現した。スーツ姿から、黒いＴシャツにジーンズ、ナイキのランニングシューズという臨戦態勢に着替えている。左の足首辺りが不自然に膨らんでいた。あんなところに拳銃を隠してもいざという時には抜けない、と誰かが嘲笑っていたのを思い出す。

「クリーニング代は高かったぜ」私を認めると、薄い唇を皮肉に歪めた。

「その件は解決済みのはずだ。ニューヨーク市警につけておいてくれ」

「経費で落ちるとは思えないな」

「判断するのは俺でもあんたでもない。それより、ここを仕切るつもりならさっさとしてくれ」

笑みが引き、顎が強張る。指図されるのに慣れていないのだろう。B・Jが私の背中をそっと突いた。一つ咳払いをして、次の攻撃の言葉を呑みこむ。

「まず偵察だ。それから、必要に応じて突入する」

「作戦はシンプルなのが一番だな、オートン捜査官」B・Jが皮肉っぽく論評を下す。

「最初に情報ありき、だ。手探りじゃ動けない」

「FBIの教本にもそう載ってるのか」とB・Jがまた皮肉る。

「常識の範囲内だ。あんたらは後ろに下がってもらう。この場では民間人と同じなんだからな」

「オーケイ。あんたの背中に隠れてるよ。連邦捜査官として、事件に関係ない俺たち民間人を守るために、ちゃんと弾除《たまよ》けになってくれ」

B・Jが言い返すと、オートンが睨みつける。険悪な雰囲気が高まってきたところで、三台のパトカーが車列に連なって停まった。オートンがそちらを一瞥して言った。

「偵察部隊を組織する。二人はここで大人しくしてるように」

　オートンが、パトカーから出てきた地元の警察官たちに居丈高に指示を与える。彼らはむっとした様子を隠そうともしなかったが、正式な協力依頼なので反論はできないのだろう。無言のまま指示を聞いて散って行った。取り残された私は、B・Jに文句を言った。

「これじゃ、置き去りじゃないか」

「ここにいることを見逃してもらってるんだ。文句を言うな」

「これがお前流の駆け引きかよ」

「そういうこと。さあ、俺たちも行くぞ。オートンに撃たれでもしない限り、引く必要はない」

「撃たれたらどうする」

「撃ち返せ」真顔で言って、B・Jが小走りにアイリスの家に向かい始めた。少し遅れて後に続く。全力疾走はまだ無理だ。

　スーツ姿の男たちがアイリスの家を取り囲む光景は、ある意味異常だった。目立つ。偵察するにしても、もう少しましなやり方があるのではないか。

「誰もいないみたいだな」家から二十メートルほど離れた歩道の上に立ち、B・Jがぽつりと漏らす。「ガレージは……シャッターが下りてるか。あれじゃ、車があるかどうか分からないな」

「アイリスがまた逃げ出した可能性はないかな」

「それは考えられる。あれほど父親を嫌ってるんだ、つけ回されたらどこまでも逃げるだろうよ。でも、それなら最初から、アトランタじゃなくてもっと遠くへ逃げればよかったんだよ。大きな街の方が、姿を隠すのも簡単だろう。それこそ、一番安全なのはニューヨークじゃないか」

「この街を離れないのは、子どものためじゃないかな。信頼している主治医が近くにいて、そこに通う必要があったとか」

「ああ、その可能性はあるな」B・Jが目を細めて家を睨んだ。

「ナナミに連絡しておく。向こうでも情報が入ってるかもしれない」

「そうしろ。俺はここで見張ってる」

B・Jから離れ、辛《かろ》うじてアイリスの家が視界の隅に入る位置まで後退する。七海に電話すると、呼び出し音が一度鳴っただけで出てきた。

「今、トミー・ワンの娘の家まで来てる」改めてアイリスの家を見た。間口の狭い平屋建てで、壁の板張りがあちこちでずれている。今は薄い水色に塗られているが、以前の色である白がところどころに覗いていた。前庭の芝生は手入れされておらず、雑草が混じって森の下生えのようになっている。金の臭いは嗅げなかった。

「そうか、そこまでたどり着いたか」七海の声が弾んだ。「どうだ？　トミー・ワンのクソッタレはそこにいそうか」

「外から見た限りじゃ、誰もいないみたいだな。しばらくここで待ちながら、近所で聞き込みをすることになると思う」山岡から得た情報を説明する。さすがの七海も呆然として、言葉をなくした。

「トミー・ワンも人の子ってわけだ」ようやく吐き出した皮肉には力がない。

「孫なら、子どもより可愛いだろうな」

「だからと言って、あいつを許せるわけじゃないぜ」七海が強固なバリアを張り巡らせ、一瞬覗かせた同情心を隠した。「どんなに孫が可愛くても、奴がやったことは単なる犯罪だ。しかし、勇樹をアトランタに連れて行くことに何の意味があるんだろう」

「問題はそれなんだ。相変わらず、奴の目的がまったく分からない。トミー・ワンが孫の病気を心配して娘を助けようとしてたのは間違いないだろうけど、そこに勇樹がどう絡んでくるのか……」

「結局、捕まえてみないと分からないわけか。生きて捕まえれば、だけどな」

「おい」釘を刺したが、七海の暴言は止まらなかった。

「大事なのは勇樹であって、トミー・ワンの家族じゃない。奴なんか、そこで桃の肥料にしてやってもいいんだ」ひとしきり怒りを吐き出してから、七海が深呼吸する音が聞こえてきた。「この国から中国人は追い出すべきだと思うよ」

「よせよ」

「いや、マジで考えちまうな。俺の周りにも中国人はたくさんいる。だけど、誰を信じていいのか分からなくなっちまうよ……俺に中国人不信の気持ちを植えつけたってことだけでも、トミー・ワンの罪は重いぞ」

「考えるな。考え過ぎると、どんどん下へ落ちちまうぞ」

「分かったよ。それより、怪我は大丈夫なのか」

「まあ、何とか」

「無理するなよ」

「こんなのは怪我のうちに入らない」

「そうくると思った。だけど、意地を張るなって」

ふと周囲を見回した。森に遮られて陽射しが射しこまず、ひんやりとした空気が流れている。松の涼しげな香りが鼻を刺激し、ともすれば忍び寄ってくる眠気を追い払ってくれた。

「また連絡してくれ」

「そっちから情報はないのか」

「残念ながら」心底悔しそうに七海が認める。「何かあれば、こっちからも連絡を入れるよ」

「いや、俺の方から連絡する。次は……そうだな、二時間後に」

腕時計を見ていたために、正確な時刻を頭に刻みこむことができた。銃声が森に木霊《こだま》し、怒声が飛び交い始めた時刻を。


一発だった。

反射的に、警察官たちは音がした方に走り出す。B・Jも。警察官がそのように訓練されているのは、アメリカも日本も同じだ。そちらに突進したいという気持ちを抑えつけ、私は周囲の様子を視界に納めた。一発だけというのは不自然である。隠れているトミー・ワンの手下たちが反撃を試みたのなら、もっと派手に、一斉に掃射を始めたはずだ。

ゆっくりと、人気がなくなった家に向かって歩き出す。車道に足を踏み入れた瞬間、ガレージのシャッターがいきなりぶち破られた。直後に木製のガレージは一瞬にして崩壊し、巨大なピックアップトラックが飛び出してくる。フォードのF150。アメリカで一番売れている車。全幅は二メートルを超え、五リッター級のV8エンジンは三百馬力を叩き出す。体を震わせるほど野太いエグゾーストノートを聞く限り、強力なエンジンにさらに手を入れているようだ。尻を振りながら道路に飛び出し、警察官たちの方に突進して行く。警察官たちは蹴散らされ、路上に転がりながら発砲したが、車を止めることはできない。私は慌てて自分の車に戻り、ターンさせて追跡を始めた。

私のレンタカーは、シボレーのモンテカルロで、馬力ではF150にはるかに劣るが、軽い。それがこちらにとっては有利になるはずだと信じて、フォードを追い始めた。メモリアル・ドライブに入ってアトランタのダウンタウン方面へ。フォードは制限速度をはるかに超えるスピードで走り続けたが、暴走とまでは言えない。目を凝らすと、二人乗っているのが見えた。

覆面パトカーが、サイレンを鳴らしながら迫って来た。隣の車線に強引に割りこむと、一気に追い越してフォードの横に並ぼうと試みる。銃声。次の瞬間、横から衝突されたようにノーズがあらぬ方を向き、派手にスピンして停まった。先ほど現場で見かけた警察官が、シートベルトに締めつけられて苦しげな表情を浮かべる。私も慌てて右にハンドルを切ると、タイヤが路肩に溜まったゴミを踏みつけ、嫌な振動が伝わってきた。二度、ハンドルを切り返して体勢を立て直す。クラクションを鳴らしっ放しにしながら車線変更し、フォードの真後ろにつけた。助手席の窓から東洋系の男が体を乗り出しているが、この位置にいる限り撃たれる心配はない。

ちらりとバックミラーを見ると、すぐ後ろにB・Jの車がつけていた。オートンたちはその後ろだろう。偉そうに指示を飛ばしているだろうが、内心では真っ青になっているに違いない。

携帯電話が鳴り出す。舌打ちしてシャツのポケットから引き抜いた。

「無事か？」B・Jだった。

「ああ、そっちは？」

「大丈夫だ。玉突きになるところだったな。無理するなよ」

「真後ろにつけてるから大丈夫だ。撃たれる心配はない」

「何人乗ってる？」

「ここから見る限りは二人。でも、あの現場にはまだ人がいたはずだぞ」

「そうだな。発砲は囮《おとり》だったんだろうが、撃った人間は見つかってない」

「現場にまだ誰か残ってるのか？」

「知らん。ミスタ・オートンがきっちり仕切ってるんじゃないのかね」

「皮肉はいいよ。それより、このまま行くとアトランタのダウンタウンに入るぞ。どうする？　オートンに任せておいていいのか」

「仕方ない」Ｂ・Ｊが断《いな》くように溜息を漏らした。「俺が市警に連絡する。たまたま事件に出くわしたことにするさ」

「道路封鎖はできるのか？　ダウンタウンに入ったら厄介なことになる」

「それは、市警のプロに任せよう。とにかく、見失うなよ」

その心配はなさそうだった。フォードは時折、ウィンカーを出さずに車線を変更したが、こちらが慌てるほどのスピードを出すわけではなかった。発砲も先ほどの一回だけ。まるで私たちを引き連れてパレードしているようなものだった。

だが、そのパレードも終わりに近づいている。急に車の流れが遅くなった。市境が近いのだろう、アトランタ市警が道路封鎖を始めたに違いない。のろのろと動く車の列にフォードが強引に割りこみ、一気に加速した。その先で、制服警官たちが道路を封鎖するために木製のバリケードを準備し始めていた。ちょうど道路を塞いだところで、フォードが一気に加速し、バリケードを真っ二つに叩き割って突破する。木屑が飛び散る中、制服警官たちが転がるように飛びのき、慌てて発砲したが、止めることはできなかった。

路肩に待機していたパトカーが二台、急発進してフォードを左右から挟みこむ。だが、ピックアップトラックは左右にボディを振り、巨体に物を言わせてパトカーを弾き飛ばした。

「化け物かよ」思わず吐息が口をついて出る。こいつを止めるには、ミサイルでも使わないと無理かもしれない。

交通量の少ないメモリアル・ドライブを西へ。八五号線と二〇号線の交わるスパゲティ・ジャンクション辺りでピードモント・アベニューに入り、すぐにマーティン・ルーサー・キング・ジュニア・ドライブに乗り入れた。この先は、シティ・ホールや裁判所が立ち並ぶ、まさにアトランタの中心地である。フォードはまったくスピードを落とさず、赤信号を無視し、逃げ惑う人たちを巧みに避けながら右折した。歩道に乗り上げ、小さな広場を暴走して「アンダーグラウンド」と書かれた小さな門をかすめて、下へ向かう階段に突っこんで行く。私は思い切りブレーキを踏み、さらにサイドブレーキを引いて車を横滑りさせ、階段の手前ぎりぎりで停まった。階段を下りたところは小さな広場になっており、そのまま地下のショッピングセンターと地下鉄の駅へつながっているようだった。フォードは茶色い街灯に横腹から衝突して停まっている。二人組が車を飛び出し、悲鳴が渦巻く中、拳銃を振り回しながらショッピングセンターに飛びこんで行った。クソ、何を考えてるんだ——舌打ちしながら階段を駆け下り、二人を追いかけ始めたが、心の中には違和感が芽生えていた。

こいつらは、どうしてわざわざ包囲網の真ん中に突っこんで来たのか。逃げるつもりなら、フリーウェイを利用してどこまでも逃げられたはずなのに。

逃げ惑う人たちをステップで避けながら、二人の跡を追った。アンダーグラウンドは、駅の構内をそのまま利用して作ったらしいショッピングセンターで、レンガ敷きの細長い通路沿いに様々な店が入り、屋台も出ている。「ｍａｒｔａ」の看板がところどころに下がっていたが、二人は地下鉄の構内に駆けこむつもりはないようだった。

追うのは難しくなかった。悲鳴と逃げ惑う人々で混乱している方に向かえば、見逃すことはない。左肩がまた疼《うず》き始め、呼吸が荒くなった。「フットロッカー」の店先に並んだランニングシューズが目に入る。今履いているオールデンのブーツはほとんど完璧《かんぺき》な靴だが、ただ一つ、ランニングだけは不得手だ。オートンのように軽いナイキでも履いていれば、あんな連中に追いつくことなどわけもないのに。逃げる二人の後ろ姿が目に入る。私を撃とうとするわけでもなく、時折振り返ってこちらの様子を確認しながら走っている。その顔に焦りや怒りが見えないことに気づいた瞬間、私の疑念は確信に変わった。だが、それが分かったところでどうしようもない。今はあの二人を捕まえなければならないのだ。

途中から通路は左右を壁に囲まれ、急に夜の中に放りこまれたようになった。はるか向こうに眩しい光が見えている。男たちのスピードが落ち、ほどなく止まった。追いついた瞬間、無数の銃口が二人を狙っているのが見えた。アンダーグラウンドを抜けた先にあるバス乗り場に、警察官たちが殺到している。二人がゆっくりと拳銃を落とし、両手を挙げた。私はそのまま二人に近づき、「おい」と声をかける。

ふざけやがって。

私たちは――私は引っかけられたのだ。

拳を固める。こちらを振り向いた二人の顔には、今にも崩れ落ちそうなにやにや笑いが浮かんでいた。どっちだ？　左の奴の方が笑いが大きい。

「リョウ、やめろ！」一塊になった警察官たちの中からB・Jの声が鋭く飛んだ。

だが、彼の言葉が消える前に、私は右のストレートを繰り出していた。男のにやけた笑いが固まる。拳が顎を打ち抜いた瞬間、B・Jの盛大な溜息が聞こえたような気がした。

「なかなか見事な右ストレートだったな」Ｂ・Ｊが右の拳を左の掌に打ちつける。「お前さんがボクシングの試合に出るなら、俺は全財産を賭けてもいいね」

「俺はどうなる？」

「何とかなるさ――たぶん、な」

私たちは市警本部に連れて来られ、刑事部屋の外でもう一時間近く待たされている。アジア系の男二人はその場で逮捕されたが、私が殴った男は顎を手ひどく怪我したようである。骨折しているかもしれない。それを理由に供述を拒んでいるという。もう一人の男は、穏やかな笑みを浮かべたまま、何も知らないと繰り返しているそうだ。

Ｂ・Ｊが立ち上がり、自動販売機でコーヒーを二つ買ってきた。口をつけようとした瞬間に呼び出されて立ち上がる。嫌な気分だろう。刑事部屋は、ふだん自分が詰めている場所なのだ。背の低いアフリカ系アメリカ人の刑事が顔を出し、Ｂ・Ｊを呼んだ。

「じゃあ、そういうことでな」言い残して、Ｂ・Ｊがコーヒーのカップを持ったまま刑事部屋に入っていった。一杯のコーヒーを何とか持たせたまま、さらに三十分待つ。こんなことをしている場合ではないのに。私たちには時間がないのだ。

ようやく呼ばれた時、私の体は強張り、鈍い頭痛が頭に巣食っていた。刑事部屋の一角にあるガラス張りの部屋に入ると、Ｂ・Ｊが神妙な面持ちで立っていた。正面のデスクには、髪がすっかり白くなったアフリカ系アメリカ人の男が座っている。ネクタイなしで半袖のワイシャツを着ているが、肩の辺りがはちきれそうだった。週三回のウェイトトレーニングを長年欠かしていない体型で、Ｂ・Ｊよりも一回り大きい。

「座れ」

命じられるまま、彼の前にある椅子に腰を下ろした。脚の長さが合っておらず、ががたと安っぽい音をたてて揺れる。

「殺人課のアンダーソンだ」握手はなし。

「ニューヨーク市警のリョウ・ナルサワです」

「で？　こんなところで何をしてる」

「休暇中です」

「そういうことなんです」Ｂ・Ｊが助け舟を出した。「こいつは、俺の大学時代の友人で――」

「黙ってろ、Ｂ・Ｊ」アンダーソンがぴしゃりと言った。居心地悪そうに、Ｂ・Ｊがうつむく。アンダーソンが再び私に目を向けた。「あんた、例の誘拐事件の関係者なんだってな」

「ええ」

「それが、呑気に休暇を取ってアトランタに来てる、と」

「そうです」

「惚《とぼ》けるのもいい加減にしろ」アンダーソンがデスクを殴りつけると、桃の形をした銀色のペーパーウェイトが転がり落ちた。

「で、私の罪状は？」

「逮捕されたいのか」

「まさか」

「何を知ってる？　すっかり話せば、考えないでもない」

「取り引きはしません」

「何だと」

「おい、リョウ――」

B・Jが口を挟みかけたが、アンダーソンに一睨みされて黙りこんだ。

「私は、市民の義務として凶悪犯を追跡しただけです。連中は捕まったんですよ。何か問題でも？」

「屁理屈だ」

アンダーソンが、充血した目で私をねめつける。しばらく睨み合いが続いたが、折れたのは彼の方だった。巨大な手で顔を拭うと、溜息を漏らして全身の力を抜いた。

「FBIから話は聞いた。例によって、連中は情報を小出しにするだけだがね」

ＦＢＩよりもアトランタ市警の方が信用できる――そう判断して打ち明けた。

「早くあの家の近くを捜索するべきです。さっきの男二人はダミーだったんですよ。囮です」

「何だと」アンダーソンの口元に深い皺ができた。

「あいつらは、本気で逃げるつもりはなかった。我々を引きつけて、時間稼ぎをするのが目的だったんだと思います。発砲するチャンスはいくらでもあったし、まだまだ逃げられたはずなのに、そうしなかった。誰かを逃がすための時間を稼いでいたんですよ」

「誰を」

「トミー・ワン」

「奴がこの街に来ている確証はない」

「空港を押さえて下さい。今頃、どこかに逃げようとしているかもしれない」

「筋が通らないな」目を閉じ、己の罪を悔いながら受難曲でも聴いているかのように唇をへの字に曲げる。

「筋が通らないのは、この事件全体がそうです」

「それはそうだが」アンダーソンの歯切れが悪くなった。「とにかく、お前さんはセカンドベースかサードベースまでは来たかもしれないが、ここでタッチアウトだ。これ以上手を出すな。何の権利もないのは分かってるだろう？　カウボーイ気取りかもしれんが、俺の街でそういうことは許さない。当然、ニューヨーク市警にも話をさせてもらう」

肩をすくめてやると、アンダーソンが身を乗り出す。私は土砂崩れを想像した。

「分かってるのか？」

「俺が何をしましたか？」

「ああ？」

「捜査を妨害しましたか？　誰かを傷つけましたか？」

「そういう問題じゃない」アンダーソンが拳を握り締めると、二の腕の筋肉が岩のように盛り上がった。「さっさとこの街を出て行け。これ以上怪我をしないうちにな」

「用がなくなれば出て行きますよ」

「勝手なことを言うな」

立ち上がった。アンダーソンは止めようとしない。もちろん、握手も笑顔もなかった。B・Jに対して脅しの言葉を飛ばす。

「B・J、お前には後でもう一度話を聴く。ただじゃ済まんから、覚悟しておけよ」

「分かってますよ」不貞腐《ふてくさ》れたように、B・Jがそっぽを向いた。

「ニューヨークへの航空券なら手配してやってもいいぞ」アンダーソンが私に皮肉をぶつけてきた。

「行き先は自分で決めます」

「いい加減にしろ」また怒鳴りつけたが、今度はデスクを叩こうとはしなかった。

「失礼します。行くところがあるので」

ドアに手をかけた。「おい」という乱暴な呼びかけに振り返ると、アンダーソンがまじまじと私を見つめている。

「あんたは、一般市民の立場で逮捕に協力した。そういうことだな」

無言でうなずく。アンダーソンがうなずき返した。

「結構だ。一つ、教えてやろう。あんたが殴りつけた男は、顎を骨折してた。喋れるようになるには、しばらくかかるだろうな」

最後の最後でアンダーソンがにやりと笑ったような気がした。仮にそうだとしても、私に対する連帯と許しの笑みでないことは明らかだった。

8

東へ向かう車の中で、Ｂ・Ｊが盛大に溜息を漏らした。眉毛に溜まった汗を親指の腹で拭い、両の掌で頰を張る。

「綱渡りだったぞ」

「すまん」

「無茶しやがって」肩に素早く軽いパンチを入れてきた。全身を痛みが貫き、思わずシートの中でうずくまる。それを見て、Ｂ・Ｊがくすくす笑った。痛みが引くのを待って訊ねる。

「お前の上司は、いつもあんなに厳しいのか」

「他人よりも自分に厳しい。典型的な仕事中毒だ。ただ、俺たちに対しては公正な男だよ。公正に厳しい。ま、滅多に怒ることはないけどな」困ったように耳の後ろを搔く。

「それがあれだけ怒ったってことは……」私はいい。だがＢ・Ｊのキャリアを考えると暗い気持ちになった。

「気にするな。やっちまったことは仕方がない。俺はとっくに覚悟してる」

「すまん……市警は動いてるのか」

「というより、ＦＢＩが、だろうな。ふんぞり返って指示を飛ばしてるんじゃないか」

「俺たちも聞き込みをしないと」

「分かってるよ。今度は隠密行動で行こうぜ」

「お前は目立つからな」

「お前の方こそ」

　短い笑いを交換し合った後、私は頭の中で情報を整理しようと試みた。この街で行われたことはすべて、囮だった可能性が高い。トミー・ワンは、私たちの動きに気づいて陽動作戦を仕掛けたか、あるいは最初からアトランタには来ていなかったのだ。今は、後者の可能性が高い気がしている。おそらく私たちを錯覚させ、ここに引きつけておく間に本来の目的を果たすつもりなのだろう。

　しかし、アイリスの一件はどうなる。病気のジェイクはどうつながってくるのか。私は間違ったドアを叩き続けていたのだろうか——そうは思えない。全ての事実を結びつける輪がどこかに隠れているはずだ。

　午後になって、現場に戻った。Ｂ・Ｊがゆっくりと車を流し、まず周囲を偵察する。すぐに、パトカーが三台固まって停まっているのを見つけた。人影も見える。Ｂ・Ｊは右折し、一度切り返して方向転換してから、パトカーが見える場所に車を停めた。私はグラブボックスから双眼鏡を取り出し、先ほどの人影に照準を合わせた。顔を赤く染めたオートンが両腕を振り回している。パトカーのルーフに拳を叩きつけては、唾を飛ばさんばかりの勢いで喋り続けた。説教を受けているらしい制服警官二人は、うんざりした表情を隠そうともせず、両足に順番に体重をかけている。

「どうだ」B・Jが煙草を咥え、火を点けぬまま唇の端でぶらぶらさせた。

「オートンがお冠みたいだ」

「指揮官としては焦るところだな。ところで、世の中には二種類のリーダーがいるのを知ってるか」

「いや」

「天性のリーダーと、努力で勝ち取ったリーダーだ」

「オートンは？」

「奴がリーダーだなんて、誰が言った？」

双眼鏡をアイリスの家に転じる。壊れた車庫を中心に鑑識活動が続いていた。見たままを報告すると、B・Jがハンドルを両腕で抱えこんで背中を丸め、訊ねる。

「何か見つかると思うか」

「思う、じゃなくて見つけないと」

「ごもっとも。じゃ、連中に見つからないように遠いところから始めるか」

だが、聞き込みの結果は芳しくなかった。バックヘッドに住んでいた時と同じように、アイリスはここでも隠者のような生活を送っていたようである。何をしていたのかは誰も知らない。子どもがいることを知っていた人さえ、ほとんどいなかった。

汗だくになったB・Jと車のところで落ち合う。二人とも空振りだった。

「アイリスは、よほど隠しておきたいことがあったんじゃないかな」B・Jが感想を漏らしたが、私はまったく別のことを考えていた。

彼女は突っ張り続けていたのではないだろうか。親元から逃げ出し、自分の出自を隠し続けるためには、大変な労力を要しただろう。誰にも頼らない――その気持ちだけが、生きていく上での柱になったはずだ。子どもが難しい病気にかかって医療費が膨れ上がっても、離婚しても、人の力は借りない。信じるものは自分だけ。子どもの本当の父親がこのドラマに出てこないのも、彼女の意地なのではないか。

ふと、数年前の自分を思った。優美に会う前の自分を。頼る人もなく、かといって信じられるだけの強さが自分になく、宙に浮いた状態でただ突っ張っていた。アイリスは私と違って、自分にだけは自信を持っていたに違いない。そういう自信は羨《うらや》ましくも思えた。たとえその生活が、どれほどぎすぎすした苦しいものであったにしても。

「どうするよ」Ｂ・Ｊの声に疲れが滲む。「ここで聞き込みを続けても、何も出てこないんじゃないか」

「空港の方はどうだろう」

「そうだな……」携帯電話に手を伸ばしかけ、遠慮がちに引っこめた。「今は、仲間には頼めないな。話をすれば、アンダーソンに伝わっちまうから。だいたい、そっちの方はもう手を打ってるだろう。何だかんだ言っても、お前の忠告は効いてるはずだ」

沈黙が二人の間に幕を引いた。Ｂ・Ｊが車に寄りかかり、煙草に火を点ける。ミネラルウォーターのボトルを開け、一息に半分ほど飲んで吐息を漏らす。私は体の左半分に痺れを感じていた。左肩に手を乗せ、そっと揉み解そうとしたが、痛みが先に走る。が、その痛みが閃《ひらめ》きを呼び起こした。

「待てよ」

「どうした」Ｂ・Ｊが虚《うつ》ろな目を私に向ける。

「まだ当たるところがある」

「まさか」長い長い延長戦の末に敗れた野球選手のように疲れ切った様子で、Ｂ・Ｊが首を横に振る。「この辺の家は、ほとんど当たっちまったぜ」

「違う、ここじゃない」

先を続けようとした瞬間、大股でこちらに向かって来るオートンに気づいた。制服警官を二人引き連れ、頭から湯気を噴き出さんばかりの勢いだ。

「貴様、いい加減にしろよ」今にも胸倉を摑みそうな勢いで私に食ってかかる。「まだうろうろしてるのか。俺の邪魔をするのはやめろ」

「俺が何をした」

「な……」オートンが口をぽかんと開け、言葉を失う。

「あんたの邪魔をした記憶はない」

「いるだけで迷惑なんだ」子どもの喧嘩のような台詞を吐き捨て、オートンが私の顔の前で指を振りたてた。「さっさとこの街を出て行け。さもないと逮捕する」

「見解の相違だな。俺は何もしてないんだから。で、どうなんだ？　ミズ・アイリスは見つかったのか」

「あの家にはいない」

「なるほど。じゃあ、あんたとはこれでお別れだ」

「ああ？」

「この街を出て行くよ。少なくとも、あんたの目の届くところからは消える」

「ふざけるな。B・J、お前も自分の立場が分かってるのか？」

B・Jは反論する気力もないようで、小さな溜息を漏らしながら肩をすくめるだけだった。

「何か手がかりはあったのか？」

「そんなことをお前に話す必要はない」オートンがまた顔を朱に染め、私の質問に対する答えを拒絶した。

「みんな嫌がってるじゃないか」私は、彼の後ろで必死に欠伸を噛み殺している二人の警察官に目をやった。「人任せにしないで、自分の靴底をすり減らしたらどうだ」

「余計なお世話だ。俺の仕事は指揮を執ることなんだから」

「じゃあ、頑張って立派に指揮を執ってくれ」車のドアに手をかける。ようやくこの場から逃れられると思ってほっとしたのか、B・Jが素早く助手席側に回りこむ。

「どこへ行く」オートンが疑わしげな視線を私に向ける。

「消えれば文句はないんだろう。しっかりトミー・ワンを捜してくれよ。ユウキを助けてくれ。もしもそれができなかったら――」胸を人差し指で突く。「生まれてきたことを後悔させてやる」

「言ってくれるね」Ｂ・Ｊが笑いながら窓を開けた。空っぽの笑いだったが、それでもむっつり黙っている彼を見るのは辛かったから、少しだけ慰めになった。「俺だったらあそこまで言えないな」

「オートンは、あれぐらい言わないとこたえないよ。ＦＢＩでは、人より鈍い人間じゃないと出世できないいんじゃないか」

「そうかもしれない。で、どこへ行くんだ？　肝心のことをまだ聞いてないぞ」

「ミスタ・ヤマオカのところだ」

「どうして」

「医者だよ」

「医者？」

「そう。ジェイクの治療をしていた医者。ミスタ・ヤマオカが言う通りの重病だったら、医者の許可やアドバイスなしでアトランタを離れることはできないはずだ」

「なるほど」指を鳴らし、Ｂ・Ｊがシートの上で姿勢を正した。「それもそうだな。いい着眼点だ」

「電話を入れてみるか」赤信号で車が停まったところで運転を替わった。助手席に滑りこんで、山岡が教えてくれた携帯電話の番号にかける。呼び出し音が二回鳴ったところで彼が電話に出た。

「山岡さん？　鳴沢です。朝方はどうも失礼しました」

「いえ……」歯切れが悪い。

「どうかしましたか？　今、電話で話すのはまずいですか」

「そうじゃないんですけど」

「じゃあ、どうしたんですか」

「妙なことがあったんです。ちょっと会えませんか？　あなたに話すのも変かもしれないけど、地元の警察に言うべき話じゃないような気もするし」

「警察沙汰になりそうなことなんですか」

「それも分からないんですよ……会えますかね」

「私もあなたに聴きたいことがあったんです。どこがいいですか」

「うちの近くにドーナツショップがあるんですけど、そこでどうでしょう」

「そうですね」ダッシュボードの時計に目をやった。「四十分後、午後三時には行けます」

「結構です」

硬い声のまま電話が切れた。妙だ。電話を見つめていると、Ｂ・Ｊが怪訝そうな声で訊ねる。

「どうかしたか」

山岡との会話の内容を説明した。

「もうちょっと突っこんで聴けよ」非難めいた口調で言い、アクセルを思い切り踏みこんだ。

「電話で聴けるような雰囲気じゃなかったんだ」

「とすると、相当深刻だな」

「ああ。急いでくれるか？」

「当然」スピードメーターの針が跳ね上がり、七十マイルを指したままぴたりと止まった。車は路面に吸いつき、制限速度の五十五マイルを守って走る車が次々と視界から流れて消える。

財布から写真を取り出す。四人で写した中でもお気に入りの一枚で、私と優美に挟まれた勇樹が満面の笑みを浮かべている。七海は私たちの後ろに立ち、全てを見守るように腕を組んで胸を張っていた。勇樹、どこにいるんだ。すぐに助けたい。お前の声を聞かせてくれ。俺を呼んでくれ。ずっと肌身離さず持っていた写真は皺が寄り、縁がめくれ上がっていた。少し歪んだ勇樹の微笑《ほほえ》みが胸を締めつける。

先にドーナツショップに着いていた山岡は、窓に向かったカウンター席に陣取り、ぼんやりとコーヒーカップに視線を落としていた。私たちは何も買わずに、すぐに彼の横に座った。山岡がのろのろと顔を上げ、助けを求めるように私の顔を見つめる。

「どうしたんですか」

「私の友人がいなくなったんです」

「それは、すぐに警察に相談すべきですね」落胆を悟られないよう、努めて冷静な声で言った。

「いや、ただの友人じゃない。ジェイクの主治医なんです」

「何ですって」血の気が引くのを感じた。「どういうことなんですか？　いついなくなったんですか」

「分かりません」山岡がカップを両手で包みこんだ。「実は私、離婚してからも彼にジェイクの病状を確認してたんですよ。血はつながってなくても一応息子だし、アイリスに確認するのは、ちょっと……」

「分かります」

「今日も病院に電話をかけたんですが、出勤してないっていうんです。何か嫌な予感がして、家を訪ねました」

「そうしたら？」

「部屋の鍵が開いてました。彼は——ドクタ・スコットはバックヘッドのコンドミニアムに住んでるんですけど、鍵をかけ忘れるような男じゃない。で、思い切って部屋に入ってみたんですけど……」山岡の喉仏が大きく上下した。

「荒らされたような跡でもあったんですか？」

「そんなこと、私のような素人が見ても分かりませんよ」

「行きましょう」彼の腕を摑んで立ち上がった。

「おい」B・Jが眉をひそめた。「まずいんじゃないか」

「友だちの相談に乗ってるだけだ」

「相談ね……それで行くしかないか」小さく溜息を漏らしてから「ドーナツ買っていいか」と訊ねる。

「ああ」

「昼飯も抜きだったからな」

「分かってるよ。車で待ってる」

後部座席のゴミを片づけてシートに落ち着くと、山岡が遠慮がちに聞いてきた。

「忙しかったんですか」

「どうしてそう思います？」

「昼食を抜いたんでしょう」

「ええ」ふと思いつき、訊ねてみた。「こんなことを聴いていいか……あなたはジェイクの父親がどんな人間か、知ってますか」

「いいえ」バックミラーの中で、山岡がうつむいた。「聞かないのも覚悟だと思ってましたから」

「白人ですかね」

「アジア系だと思いますけど、どうしてですか」

「深い意味はありません。ジェイクの写真はありますか？ あなたに教えてもらった家には、ミズ・アイリスはいなかったんです。またどこかに姿を隠したのかもしれない。息子さんも一緒だと思います」

「まさか……」

「いや、危険なことはないと思います」勇樹に比べれば。「万が一、念のためですよ」

「用意します。一番新しいのは、一年ぐらい前に撮った写真かな。少し背は伸びているけど、顔つきはほとんど変わってません」

「分かりました」

「お待たせ」B・Jが車に戻ってきた。ドアを閉めた瞬間、砂糖の甘い香りが車内に満ちる。またドーナツ。いい加減にしろと思いながら手を伸ばす。今の私は、自分に課した食生活のルールを守ることにさほどの意味を見出せなかった。

近所に買い物に行くのでちょっと家を空けただけ。ジェフ・スコットの部屋に踏みこんだ時の第一印象はその程度のものだった。広いリビングルームとダイニングルーム、それに寝室だけの比較的狭い部屋だが、きちんと整理されている。大量の医学書はジャンル別に分けられ、さらに著者名のアルファベット順に揃《そろ》えられていた。店を開けるほどの量が揃ったジャズのCDも、アーティスト別に並べられている。ベッドもきちんとメークされ、床には塵一つ落ちていない。だが、細かく調べていくとおかしな点がいくつも見つかった。クローゼットでは、きちんと並んでいるべきスーツの列に不自然な隙間ができている。まるで、慌てて何着かをスーツケースに放りこんだように。キッチンでは、スクイーザーの天辺《てっぺん》にオレンジが刺さったままになっており、果汁は黄色い滓《かす》になってこびりついていた。荒らされた、あるいは誰かと争ったような形跡はないが、ひどく慌てて部屋を出て行ったのは間違いない。

「ドクタ・スコットの車は？」

「あります。駐車場で確認しました」蒼い顔をした山岡が答える。

「車がなくても動けないわけじゃないですよね」このコンドミニアムは、ｍａｒｔａレールの駅のすぐ近くなのだ。

「いや、彼は地下鉄には乗らない人間です」山岡が肩をすぼめた。「この街で地下鉄に乗るのは、基本的に車を持ってない人ですからね」

「絶対に乗らないと断言できますか」

「いや、それは……」山岡が言い淀んだ。

「玄関に鍵をかけて、窓の近くの壁にくっついていて下さい」

一瞬、指示を把握しかねたようだが、すぐに理解して玄関に飛んでいった。私は窓辺に立つと、外を見ながら吐息を漏らした。ドアをロックして、外からの襲撃者には備えた。周囲に高い建物はなく、この場所なら狙撃される心配もない。しかし念のためにカーテンを閉めた。カーテンは分厚く、室内が夜のように暗くなる。灯りを点けて捜索を続けた。Ｂ・Ｊが寝室に回り、私はリビングルームを受け持つ。

本を一冊ずつ引き抜き、隙間を探す。隠された書類、なし。ＣＤのケースも確認したが、何も見つからなかった。テレビの背後、オーブンの中まで探してみたが、私の気を引くものは何もない。冷蔵庫が半開きになり、冷気が漏れ出しているのに気づいた。やはり、出発は非常に唐突なものだったらしい。暴力的な拉致《らち》――あるいは言葉で脅されて連行されたのは間違いない。

「リョウ」B・Jに呼ばれて寝室に入った。パソコンを立ち上げ、ファイルを調べているところだった。

「何かあったか?」

「気になるメールがある」

B・Jの肩越しに、ノートパソコンの画面を覗きこむ。マイアミにあるクリニックからのメールだった。

『お問い合わせの件、こちらで対応可能です。日程の調整をする必要がありますので、連絡を下さい』

「返事はしてるのか?」

私の問いかけに、B・Jがメールソフトの送信済み欄をチェックする。

「出してる。ものすごく簡単だな。『こちらも調整の上、後ほど連絡します』だってさ。その後メールのやり取りはしてない。電話を使ったんだろう」

「山岡さん、彼はマイアミと何か関係があるんですか」

一瞬目を閉じた後、山岡が口を開いた。

「以前、ドクタ・スコットと骨髄移植の話をした時に、マイアミにいいクリニックがあるという話題が出たことがあります。手術をするならそこがベストだろうって」

「その時は実現しなかったんですね」

「ドナーが見つからなかったんです」山岡が唇を噛んだ。「あれは、ほとんど偶然みたいなものですから」

話には聞いたことがある。白血球の型が合致する確率は兄弟姉妹で二十五パーセント、それ以外では数万分の一程度にまで下がるという。頭の中で嵐が吹き荒れた。それが去った後に顔を出したのは、突拍子もない仮説だった。根拠など全くない、単なる思い付き。だが、もしもこの仮説が事実ならば、全ての謎《なぞ》は真実に貫かれる。

「B・J、出発だ」

「まさか」B・Jが怪訝そうに眉をひそめた。「このメール一本だけで判断するつもりか」

「これが一番、可能性が高い」

「また偽装工作かもしれないぞ」

「だとしても、動かない理由にはならないだろう」作戦を何とか理論立てようと口を開きかけた瞬間、私の携帯電話が鳴った。

「リョウ」強張った口調だった。私の背筋も強張った。デニス・マッカーシー。休暇届の偽装工作が崩壊したのだ。「今、どこにいるんだ」

「休暇中です」

「そんなことは分かってる。どこにいると聞いてるんだ」

「言う必要はないと思いますが」

「馬鹿者」穢《けが》れた物の名前を口にするような言い方だった。「俺が何も知らないとでも思ってるのか」

彼の叱責に無言で応じる。マッカーシーも沈黙した。だが、空白の時間も彼の怒りを鎮めはしなかった。

「アトランタ市警から報告が入ってる。報告なんてものじゃないな、抗議だ」

「事実関係が正しく伝わってないようですね」

「ふざけるな」

「俺はアトランタ市警には迷惑をかけてませんよ」事実を少し捻じ曲げて抗弁する。

「いいか、さっさと手を引け。このまま馬鹿なことを続けてたら、東京にも報告せざるを得ない。研修は終了だ。そうなったら、お前はアメリカにいるただの外国人になる。

何もできなくなるんだぞ」

「そうしたければどうぞ」

「何だと」マッカーシーの声が沸騰《ふっとう》した。

「立場もクソも関係ありません。俺は俺で、できることをやります。それより、そっちはちゃんと捜査してくれてるんですか？　ＦＢＩに持っていかれてそのままなんですか。これはニューヨーク市警の事件でしょう」

「それは上が決めることだ」砂を噛むような口調だった。

「刑事なら誰でも、上の決めることが正しいとは限らないことを知ってるはずです。事件を解決するためには、指揮命令系統を守ってるだけじゃどうしようもない時もある。あなたにもそれは分かるでしょう」

「お前は一線を越えようとしてるんだぞ。俺には庇いきれん」

「庇ってもらう必要はありません」

「突っ張るな」一転して宥《なだ》めるような口調になった。「お前にも将来がある。仕事をなくしたら悲しむ人間もいるだろうが」

「仕事は――」全てだ。刑事であることこそが大事なのだ。警察官になってからずっと私の中心に聳え立っていた原則が、あっさりと崩れ去ろうとしている。だが、その跡には新たな規範が顔を出していた。家族という名の規範が。刑事であることが全て。それは、私が自分のことしか考えていなかったことの証拠だ。だが今、勇樹や優美のいない生活は考えられない。守るべきものは自分でなく家族なのだ。

気を取り直し、できるだけ冷静な声で告げる。

「とにかく、アトランタを離れます」

「そうか、それならいい」静かな口調だったが、マッカーシーの声には疑念が滲んでいた。低い声で念押しする。「こっちへ帰って来るんだな」

「アトランタを離れます」

「おい」

「あなたに迷惑はかけません」

「ちょっと待て――」

言葉を断ち切るように電話を切った。B・Jが眉を上げ、私の表情を窺う。

「赤信号だな？」

「ああ」

「どうする」

「誰かに言われてやめるぐらいなら、最初からこんなことはしてない」

「いいんだな?」

「お前にも迷惑かけた」

「構わんよ」B・Jが白い歯を見せて笑った。「俺は楽しかったぜ。お前さんとまた会えて、一緒に仕事できたからな。学生時代を思い出したよ」

山岡に向き直る。彼の顔には、この世の心配事を全て背負いこんだような暗さが漂っていた。

「私はこれからマイアミに飛びます。万が一、彼女から連絡があったらすぐに教えて下さい。それと、アトランタ市警やFBIもあなたに話を聴きたがると思います」

「それは……どうすればいいんですか」彼の声には怯えが忍びこんでいた。

「協力して下さい」

「おい、リョウ」B・Jが警告を飛ばしたが、私は大したことではないと言う代わりにうなずいた。

「あなたの身に危険が及ぶことはないと思います」日本語で話しかける。「ご家族のことを思う気持ちがあるなら、警察には協力した方がいい」

「あなたは――」

「私は私です」我ながら説得力がないが、一言言わざるを得なかった。「自分の信念に従って動くしかないんですよ。もしもそれが間違っていても、私一人が責任を負えばいいだけの話です」

空港でレンタカーを返し、キャンセル待ちで予約した夜の便を待つ間に、B・Jと別れの食事をした。

「こんなことじゃなければ、この街にはお前に見せたいものが一杯あったんだけどな」チキンウィングを取り上げながら、B・Jが残念そうに言った。「南部は食い物だって美味いんだぜ」

「ああ、残念だ。お前がニューヨークに来ることがあったら、飯を奢るよ」

「そうだな」彼の目が暗くなる。私がニューヨークに戻る可能性は限りなくゼロに近いと確信しているようだった。

私は豆の煮物とコーンブレッドを取っていた。数時間前にドーナツを食べた罪を帳消しにはできないが、少なくとも野菜を食べたことにはなる。

「向こうでは、警察の助けは期待できないぞ。俺もマイアミ市警には知り合いがいないからな。たぶん、ナナミもだ」

「分かってる」

「だがな、助っ人は頼んでおいた。お前さんを裸で放り出すわけにはいかないからね」

「助っ人？　誰だ」

「知り合いの私立探偵」

「あまり信用できないな」少なくとも日本の感覚では。アメリカでも事情は同じようなものだろう。大きな探偵会社のサラリーマン探偵ならそれなりに頼りにできるかもしれないが、調査に金を払う余裕は今の私にはなかった。それを打ち明けると、B・Jが苦笑を浮かべる。

「仕事に関しては信用できる男だ。仕事じゃない時は……」指先で宙に円を描く。「ま、女癖には問題があるが、やる時はやる男だから。それと、金のことは心配するな。失踪人を捜しにこっちへ来た時に、ちょっと手伝ってやったんだ。そろそろ、その恩を返してもらってもいい頃なんだよ」

「分かった」うなずいた。彼に返すべき恩はどれだけ大きくなっているのだろうと思いながら。「連絡先は？」

「これだ」自分の手帳の一ページを破り、電話番号を書きつける。「空港まで迎えに来るように言っておいたから、心配しなくてもいい」

「そこまでしてもらわなくても」

「時間の節約だ。どうせ、向こうへ着いたらすぐに動き始めるつもりなんだろう」

「ああ」

半分齧ったチキンウィングを皿に置き、Ｂ・Ｊが私の顔をまじまじと見つめた。

「しつこいと思うかもしれないけど、気をつけろよ。チャイニーズ・マフィアの連中がこの街をダミーに使ってたんだとすれば、本当に大事なのはマイアミだ。必死に守ってくるだろう。命を賭けてもな」

「分かってる」

「絶対に無理はするなよ。お前にそれを言っても無駄かもしれんが」

「忠告はありがたく受け取る」

「ああ……そろそろ行け。ここの空港は広いからな。遅れると厄介だぞ」ハーツフィールド国際空港のターミナルは六つもあり、それぞれは地下鉄で結ばれている。全米でも最大規模の空港だ。

店を出ると、Ｂ・Ｊが私の手をきつく握った。左肩に触れないように気をつけながら抱き合い、もう一度握手を交わす。一時間後、私は南へ向かう機上の人になっていた。再び一人になり、危険の待つ街が一分ごとに近づくのを、強く意識していた。

第三部　フロリダ

1

熱が眠気《ねむけ》を吹き飛ばす。

空港の外に出た瞬間、日付が変わるまであと一時間という時間帯とは思えない熱気が襲いかかる。到着ロビーが地階にあるせいか、余計に熱気が籠っているようだった。客待ちをするタクシーの排気ガスが、それに追い討ちをかける。アトランタのねっとりした暑さとはまた違う、肌をひりひり突き刺すような暑さだった。

迎えが来ているはずだった。Ｂ・Ｊは「見逃すわけがない」と言っていたが、それほど目立つ車は一台も見当たらない。困った。Ｂ・Ｊの知り合いを当てにして、レンタカーは予約していない。

今から車を借りられるだろうかと思案し始めた瞬間、甲高《かんだか》い排気音が耳を突き刺した。非常な高周波で、車と言うよりはジェット機が近づきつつある感じである。ヘッドライトで目くらましされ、思わず額に手を翳《かざ》す。光点は見る間に大きくなり、一台のスポーツカーが、歩道に乗り上げんばかりの勢いで私の眼前に停車した。

真っ赤なオープンのフェラーリ。ただし右側のドアが大きく凹み、ミッドシップに積むエンジンに外気を送りこむエア・インテークもほとんど潰れかけている。そこだけ見たら、スクラップ寸前だった。

「ミスタ・リョウ・ナルサワか？　いや、遅れてすまない。女の子《チカ》が放してくれなくてね」訛《なまり》の強い英語が、運転席に座る男の口からほとばしる。呆気《あっけ》に取られて言葉を返すこともできなかったが、男は意に介さず、愛想の良い笑みを浮かべて、助手席のドアに向かって手を差し伸べた。「ホセ・カブレラだ。マイアミへようこそ。この街のことなら俺に任せてくれ」

「どうしたんだ、このドア」私は先ほどからドアハンドルをずっと引っ張っていた。そうしていないと、今にも落ちてしまいそうにがたがたと音を立てるのだ。黒とタン色を基調にした内装は落ち着いた印象だが、メーター周りを見るとその素性が知れる。タコメーターのレッドゾーンは八五〇〇回転からだった。

「何だって？」

言葉が風に吹き飛ばされ、フェラーリの中ではまともな会話が成立しない。同じ質問を繰り返す。分かった、とばかりにホセがうなずいて怒鳴り返した。

「これは、女の子が……」

「蹴飛ばしたのか？」

ホセが豪快な笑い声を上げ、ウェーブした長い髪をかきあげた。

「まさか。この車の中で悪さをしてる時に、前を見損なったのさ。怪我《けが》しなくて良かったよ」

「高い車だろう？　大事にしろよ」

「マイアミじゃ、ベントレークラスにならないと高級車とは言わないんだ。特に、こいつは中古だしな。いい出ものだったけど」

車は一路東へ進む。マイアミもアトランタと同じように、空港からダウンタウンまではさほど遠くない。

「で、今夜は？　女の子が放してくれなかったのか？」

「まあね」ハンサムな横顔に緩い笑みが浮かぶ。「男は何にエネルギーを使うべきか。

女の子に対してだろう？　そのほかのことなんか、どうでもいい。人生においては単なるつけ足しだ」

眉《まゆ》をひそめ、体を包み込むシートの中で体を丸める。こんな男に頼って大丈夫なのか？　Ｂ・Ｊの紹介だからまともな人間だとは思うが、あまりにも軽過ぎる。だいたい、こういう車を乗り回しているというだけで信用できない。真っ赤なフェラーリでは、目立ち過ぎて張り込みもできないではないか。

「車を代えよう。さすがにこいつだと目立つからな」私の考えを読んだように、ホセが提案した。

「この程度の車は珍しくないって言ってたじゃないか」

「フェラーリは珍しくないけど、ぼこぼこになったフェラーリは目立つんだよ。マイアミの人間は、車にちょっと傷がつくと大騒ぎで修理に出すからね」

「ところで、今俺たちはどの辺にいるんだ」湿り気を帯びた夜気が頬《ほお》にべっとり張りつく。夕方から夜にかけて雨が、それも相当強い雨が降ったようだ。道路に残る大きな水溜りがその証拠である。

「リトル・ハバナ」

「ああ」名前を聞いただけで、どういう場所か想像がついた。キューバ人難民が住み着いた街。夜半を過ぎて人通りは少ないが、道路の両脇にある店の看板がほとんどスペイン語なのでそれと知れる。「あんた、ここに住んでるのか」

「そうだよ、俺は元々キューバ難民だから」さらりと言う彼の口調からは、難民という言葉が持つ本来の重々しい響きは感じられなかった。「ま、それは関係ないとしても、この辺りはまだ家が安いからね。マイアミは今建築ブームで、金持ちのヤンキーが年取ってから暮らすようなコンドミニアムがどんどん建ってる。そういうところは、俺の稼ぎじゃとても買えないけど、この辺りも住んでみればなかなか楽しいもんだぜ。スペイン語さえ話せればな」

道路の北側には、小さいが比較的瀟洒な家が立ち並んでいるのが見える。一方南側では、狭い敷地にトレーラーハウスが押しこまれていた。

「南北格差があるみたいだな」

「ああ?」ホセが素早く左右を見渡した。「確かに、道路一本隔てると別の街になるからね。さて、我が家へようこそ」

ホセの家は道路の北側にあった。相当古びているが、よく手入れされている。夜目で見る限り、塗り直した壁のペンキは春の空の青、屋根はほとんど白に近い黄色のようだった。フェラーリをバックでガレージに入れると、家の鍵をじゃらじゃら鳴らしながらドアに向かう。五段ある階段の一番上で振り返ると、首を傾《かし》げた。

「少し休まなくていいか」

「いや」言われて、油のようにべっとり体に張りつく疲労を感じた。肩の怪我もさほど回復していない。言葉で自分を鼓舞することにした。「大丈夫だ」

「なら、いいけど」

「あんたこそ、こんな時間に大丈夫なのか」もう十二時近い。

「俺は大丈夫さ」親指をぐっと立てて見せた。「夜更かしは慣れてるからね。仕事でってだけじゃないけど」

一人暮らしの男の家の割には、よく片づけられていた。狭いが居心地の良さそうなリビングルームに通される。座るとそのまま意識を失ってしまいそうだったので、ホセが飲み物を用意してくれる間、立ったまま部屋の中を見回した。

日立つのは、一つの壁のほとんどを占める野球選手のポスターだ。すべてラテン系。キューバ難民だというのが本当なら、彼はルーツを大事にする男らしい。反対側の壁一杯にはCD用のラックがしつらえられており、ジャケットが表を向くようにレイアウトされているので、複雑な模様の壁紙を張ったようにも見えた。エアコンはなく、天井で扇風機が温い空気をかき回していた。シャツのボタンを一つ開ける。

「コーヒーを用意するから待っててくれ。張り込みには絶対必要だよな」キッチンからホセが声をかけた。「今は何が欲しい？」

「あれば、水を」

「了解。最高のミネラルウォーターを差し上げよう」そう言って彼が持ってきたのは、どこでも手に入るクリスタルガイザーだった。喉《のど》を湿らせながら、手招きするソファから目をそらす。

「ところであんた、怪我してるんだよな、ミスタ・ナルサワ」

「リョウでいい」

「じゃあ、リョウ。B・Jから聞いたよ。撃たれたんだって？」

「かすっただけだ」

「出かける前に、怪我の治療はしておかなくていいか？　消毒ぐらいならできるぞ」

「そうだな。せめてガーゼぐらい取り替えようか」

「よし、俺が引き受けよう。バスルームに来てくれ」

バスルームも小綺麗に片付けられていた。薬戸棚を開けると、女性用の化粧品や生理用品がずらりと並んでいる。

「まめだな」

「当然」鏡の中でホセがにやりと笑い、顎《あご》を撫《な》でた。「天性のルックスに甘えるだけじゃ駄目だ。マメさがないとな」

シャツを脱ぎながら、鏡の中のホセの顔をまじまじと見つめた。ウェーブがかかった漆黒の長髪。鋭角な顎に形のよい唇。オリーブ色の肌に、真っ白なTシャツが映えていた。私より少し背が低いが、ふだんから鍛えているようで、腹は鉄板のように平《たい》らだった。

「オーケイ。傷はずいぶんよくなってるみたいだ。包帯だと動きにくいから、テーピングにしようか」

「頼む」

左肩にたすきをかけるような形で、ホセがテーピングを施してくれた。包帯で締めつけられて不自由だった関節が、ずいぶん楽に動くようになる。

「じゃ、出かけるとするか。ただ、こんな時間に動きがあるとも思えないけど」

「それでもいい。とにかく現場を見ておきたいし、朝になれば動きがあるだろう。どうせ寝る時間もないし、そのまま待てばいい」

「お付き合いしますよ」

「ミスタ・カブレラ、一つだけはっきりさせておきたい」

「ホセ」

「金のことだ、ホセ。もちろん払うつもりだけど、あんたの規定の料金を払えるかどうか、正直言って自信がない」

「ああ、そのことだったら気にしないでくれ」ジャケットを羽織りながらホセが首を振った。「B・Jにはでかい借りがあるんだ。今回の件で帳消しにしてもらうよ。それで俺も気が楽になるから、逆に助かる」

「ということは、ずいぶん大きな借りだったんだな」

「アトランタの一件、B・Jから聞いてるか？　それで俺は、あのフェラーリを手に入れたんだ」

中古のフェラーリを手に入れるのに、いくら必要だろう。私の疑念に気づいたのか、ホセがにやりと笑った。

「車に興味があるならお答えしよう。あのF355は、諸経費込みで約十万ドルだ。買った時に七年目の車だったけど、さすがにフェラーリは値落ちしないな」

「一回の仕事で十万ドル？」

「B・Jは何も言ってなかったのかね」ホセが右目を大きく見開いた。

「あいつは、余計なことをぺらぺら喋《しゃべ》る人間じゃないよ」

「そうだな」ホセがゆるりと顎を撫でた。「だったら、俺がきちんと仕事をする人間である証拠だと思って聞いてくれ。まず、マイアミは金持ちの有名人が多いことを頭に入れておいてくれよ。とある有名人の娘が、失踪した。しかも麻薬絡みの事件で、警察のリストに名前が載っちまった。名前は出せないけど、当然あんたも知ってる人間だ。警察に届ければ逮捕されちまうかもしれないし、マスコミに振り回されて大騒ぎになるのは目に見えてるだろう？　俺はその娘を、無事にアトランタで見つけたんだよ——B・Jに助けてもらってね。親にすれば、娘が無事に帰ってきて、麻薬のスキャンダルに巻きこまれなくて済んだのは、極めて重要なことだったんだろうな。ボーナスをどんと上積みしてくれたよ。クールな顔で小切手を受け取るのは大変だったけど」

「なるほど」ぼろい商売だ。しかし、口には出さずにおいた。少なくとも、金持ちの親が感心してボーナスを出そうとするぐらいには手際のいい男だということは分かった。

ホセのもう一台の車は、自慢のフェラーリとは対極にあるフォード・トーラスのステーションワゴンだった。ぬめっとした、魚のようなフロントマスクが特徴的な車である。もう生産中止になっているが、一時は日本でもよく見かけた。

「では出発しましょうか、アミーゴ」

足回りをがちがちに締め上げたフェラーリに比べれば、トーラスはソファに座っているような乗り心地である。私がようやくリラックスしているのに気づいたのか、ホセがささやくような声で話しかける。

「こっちの方が楽だろう」

「ああ。女の子の受けもこっちの方がいいんじゃないか」

「そうだな。少なくともケツが痛くなることはない。フェラーリってのは、見てる分には最高だけど、乗ったら最悪だからな」

「ココナツ・グローブ。すぐ近くだよ」

「クリニック、どの辺りなんだ」

「どこなんだ？　マイアミは初めてなんだけど……」

「ダウンタウンのちょっと南にある高級住宅地。あそこで好きなだけ買い物をするには、アメックスのゴールドカードが必需品だ」くすくす笑いながら拳《こぶし》を口に押し当てた。

「金持ちが多いところだから、そこも高級なクリニックじゃないかな」

エンジンの咆哮がダイレクトに入ってくるフェラーリに比べれば、トーラスは密閉された寝室のようなものだった。小声で話していても十分に通じる。

「それにしても大変だな、今回は」労《いたわ》るような声でホセがぽつりと言った。「家族が事件に巻きこまれるとはね」

「ああ」認めてしまうと、急に疲れが押し寄せてくる。不思議なことに、今はさほど怒りを感じなかった。もちろんトミー・ワンのやったことは許せないが、行為と動機の間に大きな質の差が生じることはままある。あの男の動機に納得できるか……いや、動機は関係ない。今回は、行為とその結果だけが問題なのだ。

「家族は何よりも大事だよ。それは俺のモットーでもある」

「あんたの家族は」

「崩壊してる」ちらりと横を見ると、闇の中で彼の顔は無表情な仮面になっていた。だが、目には小さな怒りの炎が宿っている。「アメリカへ亡命してきた時、俺は二歳だったんだ。正直言って、何も覚えてないよ。その時俺は、二つ上の姉貴を亡くしたんだ。ひどい旅だったらしくてな……そりゃあそうだ。いつ沈んでもおかしくないような船に何十人も人を詰めこんで、アメリカにたどり着けるかどうかは運次第ってわけだからな」

「お姉さんは病気で？」

「いや……」ホセが頬杖をつく。急に年老い、エネルギーが流れ出してしまったようだった。「間引きされたんだ」

「間引き？」

「食料も水もない。人が多いから当たり前だ。とにかくキューバを出ようってことだけで、潮の流れだけを頼りに無理に出発するんだからな。もう少しでアメリカが見えるってところまで来て、俺の親は姉貴を海へ投げ捨てた。そうやって何人もの子どもが殺されたんだ。生かしておいて後で役に立つのは男の子ってことだったんだろうな」

かけるべき言葉がなかった。ホセが低い声で独白を続ける。

「十六になるまで、俺はその事実を知らなかった。姉貴は病気で死んだって聞かされててね。ところが、別の船で亡命してきた叔父に真相を教えられて……叔父も、ずっと苦しんでたらしい。俺に話すことで、楽になりたかったのかもしれないな。そのことを知って家を飛び出してから、両親とは一度も会ってないよ。もう十五年になる」

「そうか」短く相槌《あいづち》を打つのがやっとだった。

「死んでたのは俺だったかもしれない。両親が、何で姉貴を見捨てて俺を生かしたのかは分からないけど、今さら聞く気にもなれないな。だいたい俺は、その話を聞いてからずっと、自分が半分死んだような感じがしてるんだ……悪いな、会ったばかりなのに変な話を聞かせちまって」

「いや、いいんだ」

「何だか、あんたには話しやすいんだよ」ホセが久しぶりに笑みを浮かべる。女の子が母性本能をくすぐられそうな笑みを。「奇妙に聞こえるかもしれないけど、そういう経験をしてるからこそ、俺は家族が大事だと思う。世の中の家族には皆幸せになって欲しいしな。実際、俺が扱う事件のほとんどは家族絡みなんだ。俺は、世界にちょっとした秩序と幸福をもたらしたいだけなんだよ。まあ、女の子の尻を追いかけ回してるのも、同じレベルの話かもしれないな。理想の夫婦になれる、理想の女の子を探してるんだ。そのための、長い苦行の旅なんだよ」

「それは言い訳じゃないか」

一瞬、ハンドルを握るホセの手に力が入った。が、すぐに声を上げて笑う。

「簡単に『分かった』なんて言わない人間の方が信用できるな」

車は海岸沿いのベイショア・ドライブに入っていた。海岸線沿いには高層のコンドミニアムが立ち並んでいたが、蜂の巣のように並んだ窓にはほとんど灯《とも》りが点っていない。他《ほか》に走る車も見当たらず、街は深い眠りに落ちている。

「静かだな。マイアミはもう少し騒がしい街かと思ってたんだけど」

「賑《にぎ》やかなのはマイアミじゃなくて、対岸のマイアミ・ビーチの方だ。あっちは若い連中が多いからね。何だったら足を伸ばしてみるか？」

「別の機会にね」

だった。

「そうか」

沈黙。だがホセは気分を害したわけではなく、単に問題のクリニックに到着しただけだった。

日本で「クリニック」といえばこぢんまりとした個人経営の診療所をイメージするが、私たちが目の前にしているのは広い敷地に複数の建物が散らばる大きな病院だった。灯りが点っている建物もあるが、ほとんどは闇の中に沈んでいる。道路に面した駐車場にも、一角に数台の車が固まっているだけだった。職員のものだろう。

「時間はなかったけど、このクリニックのことは少し調べてみた。血液関係の病気の治療では評判が高いらしいな」ハンドルを両手で抱えこんで、ホセが背中を丸める。

「チャイニーズ・マフィアとのつながりはどうなんだろう」

「それは考えられないな」ホセが言下に否定した。「フロリダは俺たちラテン系の人間の天下なんだぜ。マイアミに限れば、六割から七割の人間がラテン系だって言われてるぐらいだから。もちろんその中には悪い奴もいるし、中南米からの麻薬の中継地点になってるのも間違いないけど、少なくとも中国人が悪さをしてるって話は聞かない」

「ということは、この街で中国人が妙な動きをしたら目立つわけだ」

「そうだな……それより問題は、このクリニックをどう攻めるかだ」

「正面から行っても協力してくれないと思う。守秘義務もあるし。せめて、トミー・ワンの孫が入院しているかどうか分かれば、手の打ちようがあるんだが」

「ちょっと待ってくれ」ホセが額に手を当て、目を閉じた。やがて、粘りつくような笑みを浮かべて私の顔を見た。「シックス・ディグリーズ・オブ・セパレーションって知ってるか？」

「六人の人間を介せば、世界中のどんな人にでもたどり着けるっていうあれか」

「そう。俺の場合、二人か三人で済むかもしれない。女の子のネットワークは案外強くて太いからね。何となく、真っ直ぐつながりそうな感じがするんだ……おいおい、疑ってるのか？　何で俺をそんな目で見るんだよ。世の中の半分は女の子なんだし、彼女たちはある意味男より優秀なんだからさ。利用できるものは何でも利用しないと。いや、利用なんて言葉は良くないな。協力を求めるってことにしようか」

「それがあんたの哲学なら」

「哲学ってほどじゃないよ。とにかく、あてになりそうな女の子にちょっと連絡を取ってみる」ジャケットのポケットから携帯電話を引き抜く。

「こんな時間に？」

「気にするな」

「しかし」

「ご安心を」電話の上で彷徨《さまよ》っていた指をぴたりと止める。「今から電話する相手は、たぶん仕事が終わったばかりだ。まだ店で後片づけをしてるか、家に帰る途中だと思う」

「こんな遅くに仕事か」

「そりゃそうだよ」ホセが肩をすくめる。「バーテンだからね」

「女性なのに？」

「おいおい、リョウ」非難するようにホセが眉をくいっと持ち上げた。「性差別はいかんな。あらゆる仕事に男女の差はないんだぜ」

返す言葉も見当たらない、完璧《かんぺき》な指摘だった。

一台のチェロキーが、オレンジ色のパーキングランプを瞬《またた》かせながら路肩に停まっている。女の姿は見えなかったが、運転席で姿勢を低くして外から覗《のぞ》かれないようにしているのだろう。すぐ目の前はマイアミ市警《MPD》の本部だが、こんな時間にダウンタウンに一人でいるのは心穏やかではないはずだ。いきなりドアをノックして脅かすのを避けるつもりなのだろう、ホセが携帯電話に向かって一言、粘っこい声で「ベイビイ」とつぶやき、チェロキーのすぐ後ろに自分のトーラスを停めた。チェロキーの運転席の窓が降り、見事な赤毛の女性がちらりと後ろを振り向く。強張《こわば》っていた表情があっという間に溶け、気さくな笑みが覗いた。

ホセに勧められるまま、チェロキーの助手席に座った。彼自身は後部座席に落ち着く。

「さっき電話で話したミスタ・リョウ・ナルサワだ」ホセが前に身を乗り出して紹介してくれた。

「よろしく。アニー・ウッドよ」差し出された手をそっと握った。体型と同じように、肉付きの良い、温かい指だった。化粧っ気はなく、グレイのTシャツにジーンズ、サンダルというラフな格好である。後ろを振り向いて頬を膨《ふく》らませた。

「困るわよ、ホセ。こんな時間に会おうなんて」まったく困っていない。完全に甘ったれた口ぶりだった。

「すまなかった。一刻も早く君に会いたくてね」ホセが今にも笑い出しそうな口調で応じる。

「うちに来てもらってもよかったのに」

「ベイビイ、俺にも倫理観とやらがあるんだぜ。辞書の九百ページに載ってる」

「あなたの辞書って、八百九十九ページで終わってるんじゃないの？　相変わらず勝手なこと言ってるわね」軽いジャブの応酬を終えて、アニーが私に向き直った。「で、どういうことなの」

クリニックの名前を挙げると、丸い顎がわずかに強張る。そこが彼女にとって鬼門であるのは明らかだった。

「ある子どもが、そこに入院しているかどうかを知りたい。あなたは、半年前まであそこに勤めていたんですよね。まだ知り合いがいるはずだ。誰かに確認してもらうことはできませんか」

「あなた、私の神経を逆撫でしてるわよ」アニーの声が低くなる。

「アニー、アニー」慌ててホセが割って入った。「こいつは、そういうつもりで言ってるんじゃないよ」

アニーがホセの言葉をあっさり無視して、私に抗議した。

「あの病院を追い出されたのは、確かに私が悪いわよ。でも、あんなやり方をしなくてもいいと思う。そういう恨みは忘れないし、思い出させて欲しくもないわ」

「その話はホセから聞いた」

「だったら、私の口から説明しなくてもいいわね？　思い出すと、それだけでむかつくのよ。ホセ、悪いけど……」

「俺の子どもを助けて欲しいんだ」私が言葉を叩《たた》きつけると、アニーの怒りが一瞬だけ鎮まった。そのタイミングを狙《ねら》い、一気に説明を詰めこむ。

「俺の子どもがニューヨークで誘拐されたんだ。事情は複雑なんだけど、ある子どもがあのクリニックに入院していることが分かれば、捜し出す手がかりになる」

「どういうこと？」アニーが目を細める。ハンドルに置いた手は、いつの間にかきつく握り締められて白くなっていた。できるだけ詳しく——固有名詞は省いて——事情を話す。

「もしかして、あの子？　『ファミリー・アフェア』に出てた？」それでなくても大きなアニーの目が皿のようになった。

「そうなんだ」

「大変じゃない。今日もCNNでニュースを見たわよ。まだ手がかりがないみたいなことを言ってたけど、マイアミにいるの？」

「その可能性はある」

「私で役に立てるのね？」

「そう——どうしてもあなたの助けが必要だ」

「分かったわ。ちょっと待って」目を閉じ、シートに体を埋める。眠ってしまったようにも見えるが、頭の中では様々な計算が同時に進行しているのだろう。ようやく目を開けると、しわがれた声で言った。「連絡してみるわ」

「助かります」

「でも、すぐ連絡がつくかどうかは分からないわよ。あなたも知ってると思うけど、病院の仕事はローテーションで回ってるから、タイミングが悪いと何日も摑《つか》まらないことがあるのよ」

「それは覚悟の上です……でも、できるだけ早く連絡を取りたい」

「知り合いが何人かいるから、連絡してみるわ。上手くいけば、明日の朝にでも誰かに会えるかもしれない」

彼女はさっそく携帯電話を手に取り、あちこちに連絡を入れ始めた。電話に出ない者。出てもすぐに切らざるを得ない者。何度か壁にぶち当たった後で、ようやく一人を摑まえた。

「ハイ、アニーよ……久しぶり。ごめんね、この時間に電話に出るってことは、今仕事中よね。違うの？　また不眠症？　あなた、少し無理し過ぎなのよ。ビタミンCは摂ってるの？」会話はだらだらした方に流れそうになったが、アニーはすぐに立て直した。「明日は？　朝からね。大丈夫なの？　まあ、あなたのことだから大丈夫だとは思うけど。ねえ、少し早目に出て来られない？　あなたに朝食を奢《おご》りたいっていう人がいるのよ。違うわよ、真面目な話。相談に乗って欲しいんですって。大事なことよ。うん……あなたにとってはルール違反になるかもしれないけど、人の命がかかってるの。お願いだから、話を聞いてあげて。そう、あなたしか頼りになる人がいないの」

散々煽《おだ》て上げ、アニーはとうとう相手を説得してしまったようだった。だが、「相談」の内容については一言も触れない。電話を切ると、一つ溜息《ためいき》をつき、髪を掻《か》き上げた。

「キャサリン・テイラー。キャスって呼んであげると喜ぶわよ」

「昔の同僚ですね」

「昔──そう、半年前までのね」自虐的に言って、アニーが鼻を鳴らした。「彼女は私と違って酒は呑《の》まないけど」

病院でのアニーの仕事を奪ったのは、アルコールだった。看護師の仕事が疲労と精神的なプレッシャーに締めつけられる仕事であることは、私にも理解できる。ホセの説明によれば、彼女は病院にいない時間を、アルコールと親密な関係を築くために費やしていたらしい。そのつき合いはやがて勤務時間帯をも侵食し、醜態を晒《さら》して解雇されるのにさほど時間はかからなかったという。

「信じないかもしれないけど、私、今は呑んでないのよ」後部座席を振り返り、ホセに告げる。

「すごいじゃないか、アニー」ホセが大袈裟《おおげさ》に両手を広げた。「それは大きな進歩だよ。君は自分で自分を助けたんだ」

「あなたにもずいぶん迷惑かけたわね……病院を辞めさせられた時も、その後仕事を探す時も。バーテンの仕事をしてみないかってあなたに言われた時、この男は何を言い出すのかって思ったけど、今考えれば正解だったのね。酒を呑んでる人を相手にしてたら、いつの間にか酒を呑みたくなくなったのよ。酔っ払いって、見てるだけで悲しくなるわよね。自分があんな風だったと思うとぞっとするわ」

「君ならいつか気づいてくれると思ってた。そろそろ、いいタイミングじゃないか」

「何の？」

「君の天職に戻る」

「あなた、看護師が私の天職だと思うの？」

「君には、人の命を救うだけの度量も技術もある。君の魂は誇り高いものなんだ。その魂に相応《ふさわ》しい仕事に戻るべきじゃないかな。もちろん、バーテンの仕事が悪いってわけじゃないけど」

刑事も、誇り高き魂の持ち主であるべきだと思う。だが今の私は、バッジの力が通用しない街で、刑事としてよりも親として振る舞おうとしていた。トミー・ワンがマフィアの幹部としてよりも親として振る舞おうとしているように。

家族を思う気持ちは、常に誇れるものなのか。あらゆる行為を正当化するものなのか。好奇心が憎しみを上回った。あの男に、どうしても聞いてみたいと思った。

2

ベッドで寝て早い時刻に起きられる自信はなかったが、ホセは家に戻るべきだと強く主張した。寝るためでなく、主にシャワーを浴びるために。言われてみれば、ゴミ溜めのような臭いが体にまとわりついている。夕べもB・Jと車の中で夜明かししたので、汗を洗い落としていないのだ。

寝ないつもりでいたが、シャワーで体が温まったせいか、ソファで熟睡してしまった。朝の光に目を焼かれ、慌てて飛び起きる。ホセはすでに起き出して、カップにコーヒーを注いでいた。

「飲むか?」

「もう出かけないと」キャサリン・テイラー――キャスの勤務は八時からで、七時に会う約束になっている。あまり時間がない。アメリカは朝が早いから、間もなくダウンタウンへ向かう車が長い列を作るだろう。

「じゃあ、行くか」ホセが大きく伸びをして欠伸《あくび》を嚙《か》み殺した。「俺はフェラーリを使う。他に調べるところもあるから。あんたはトーラスで行って、彼女に会ってくれ。とりあえず、待ち合わせの場所まで先導するよ」

「頼む」

三十分ほどのドライブで、クリニックの近くにある小さなコーヒーショップに乗りつける。ホセはクラクションを鳴らしただけで、さっさと行ってしまった。シャツの胸を摘《つま》んで、空気を導き入れながら店に入る。既《すで》に汗ばむほどの気温になっていた。

席は半分ほど埋まっていた。「その場にいる中で一番綺麗なブロンドが彼女だから」。アニーはそう言っていたが、そもそもブロンドの女性は一人しかいなかった。私に目を止めると、すぐに気づいて小さくうなずく。フロリダでは、アジア系の人間は珍しいのかもしれない。奥のボックス席で彼女の正面に座ると、値踏みするように私を観察した。疲労と焦りが入り混じった表情に何点をつけただろうか。挨拶《あいさつ》を交わすと、にこりともせずにメニューに視線を落とす。目を少しだけ動かしてウェイトレスを呼ぶと、ブルーベリーを加えたパンケーキとコーヒーを注文した。

「あなたは？」

いきなり振られ、メニューも見ずにオーバーイージーの目玉焼きとカナディアンベーコンを注文する。クイーンズのダイナーでの定番の朝飯だ。コーヒーはやめにしてオレンジジュースを頼む。

「眠くないですか」いきなり質問をぶつけると、キャスが目をぱちくりさせる。「不眠症だそうですね。アニーが言ってましたよ」

「ああ」一瞬だけ唇を歪《ゆが》める。「疲れ過ぎちゃって眠れない感じなの。そのうち倒れるわね、きっと。だけど、あなたの方こそ死にそうな顔してるわよ」

「寝てる暇がないんです」数時間の眠りは、かえって疲れを増長させたようだ。

「それほど大変なわけね。それは分かるけど、あなたは、私に職業倫理を犯せと言ってる」

「承知してます」

「これがばれたら……ばれなくても、私はこの仕事を続けるバックボーンを失いかねない。それは理解してもらえるわよね」

「ええ」

キャスは、自分のポリシーを延々と説明し続けた。患者のプライバシーを守るのは看護師として基本中の基本であること、症状や容態が外に漏《も》れたら誰にも信用されなくなること、秘密を守ることは、病院の経営云々以前に、患者と医療関係者の信頼関係の基礎であること、などなど。だがそれは、彼女が自分を納得させるために必要な手続きだということを、私も薄々感じていた。

料理が運ばれてきたが、二人とも手をつけない。彼女は辛《かろ》うじてコーヒーを一口飲んだが、私はオレンジジュースを脇に押しやった。相変わらず食欲はない。

「患者の症状を説明してくれと言ってるわけじゃないですよ」

「分かってるわ」キャスがフォークを弄《もてあそ》んだ。

「ある子どもが入院しているかどうか、それを確認したいだけなんです」

「それだって、プライバシーの問題よ」

「その子が問題なんじゃない。私が捜しているのはその子の祖父です」マフィアなのだ、ということは言わずにおいた。余計な先入観を与えたくはない。

「それでも同じことよ。私の口からは言えないわね」

「子どもの命がかかっています。私の一番大事な人の命が。子どものことなら、あなたもよく分かるでしょう」

アニーから伝授された必殺技だった——彼女はね、シングルマザーなの。離婚して五歳の男の子を一人で育ててる。元々子どもはすごく好きで、他人の子でも自分の子と同じように可愛がるから。その話を出せば、いつまでも突っ張れないわよ」

アニーの言葉は正しかった。キャスの目が見る間に潤み、唇が細かく震え始める。

「本当にそれだけ？　知りたいのは」

「ええ。もちろん、その子が入院しているかしていないかで、私の次の行動が決まります。入院していれば、その子の周辺を調べなくてはいけない。入院していなければ……」

「どうなるの」

「一から出直しですね。もしかしたら私は、間違った街に来てしまったのかもしれない。そのまま答えが見つからないかもしれないし、そうなったら、永遠に自分を責めることになるでしょう」

「……その子の名前を教えて」

教えた。キャスは自分のメモ帳に書きつけたジェイクという名前を、愛しそうに、そして悲しげに指でなぞった。

クリニックから一ブロックほど離れた場所に停めた車の中で、途絶えてしまった手がかりを思い出して溜息をつく。極めて重大な、決定的と言っていい手がかりだった。今一歩だったのだと思う。それだけに、後悔が毛穴から滲《にじ》み出るように感じた。

先ほど電話でキャスと交わした会話を思い出す。彼女は出勤した直後に連絡をくれた。朝のシフトが軌道に乗る前の短い時間を使って調べてくれたのだろうが、その危険な行為は徒労に終わっていた。

「いないわ」

「どういうことですか」

「入院していたのは確かよ。でも、一週間前に退院してる」

「それまでは……」

「治療というより、主に検査ね。あなた、この患者さんの病状はどこまで知ってるの？」

自分の口からは言えない、というニュアンスが滲み出ていた。

「骨髄《こつずい》異形成症候群」

「私は、その患者さんのことは個人的には知らない。知っていても話せない。だから、一般論として聞いて」

「ええ」

「骨髄異形成症候群は、初期段階ならすぐに命が危ないわけじゃないわ。普通は経過観察をする。悪くなったら治療に移る。でも、白血病に悪化する可能性もあるし、最終的な治療としては、今のところ骨髄移植しか手がない」

「彼もそうなんですね」

「一般論よ」キャスが釘を刺した。「一般論だけど、経過観察は通院しながらでもできるわよね。入院する必要はないわ」

相当悪化しているのだ、と胸の中で結論づける。

「治療のために入院していたんですね」

「このクリニックには、血液の病気に関するエキスパートが揃《そろ》ってるのよ」

「でも、彼は退院した。ずいぶん揉めたんじゃないですか？　治療中だったんでしょう」

「出て行きたいって言う人を止めることはできないのよ。最終的には自分の責任なんだから。普通は、自分の意思で退院しようとする人はいないけどね」

「どこへ行ったかは分からないんですか」

「それは本当に、病院でも摑んでないみたい。ごめんなさいね、役に立たなくて」

「とんでもない」

丁寧に礼を言って電話を切った後、間違った方向に迷いこんでしまったのだという悔恨の念に取りつかれた。アトランタでの動きはダミーだと思っていたのに、さらに複雑な隠蔽工作が行われていたのではないか。いや、少なくとも一週間前まで、ジェイクがここに入院していたのは間違いないのだ。とすると、何のために退院したのか。

電話を取り上げ、Ｂ・Ｊに連絡を取る。寝ぼけた声で電話に出てきたＢ・Ｊは、私だと気づくと一発で目覚めた。

「リョウ、どうだ」

「上手くいってたんだが、手がかりが途切れた」事情を説明する。Ｂ・Ｊは黙って聞いていたが、私が話し終えると、彼の方で調べた事実を教えてくれた。

「あの親子はアトランタにはいない。例の家は、三週間ほど前から空けてたみたいだ。クレジットカードでマイアミまでの航空券を買ったのも確認できた」

「そうか」だが、その後マイアミからアトランタに舞い戻っていないという保証はない。トミー・ワンが金を出していればアイリスの記録には残らないし、車を使った可能性もある。

Ｂ・Ｊが、私と同じ疑念を口にした。

「アトランタに戻っているかもしれない」

「その可能性は否定できないな」

「一応、アトランタとその近郊の病院は当たっているそうだ」

「そうだ？」

「当たってるのはＦＢＩの連中」Ｂ・Ｊの声が暗く沈みこむ。「俺は自宅待機中だ」

「それは――」処分なのか、と問いを発しかけて言葉を呑みこんだ。察したＢ・Ｊが、すぐに明るい口調を取り戻す。

「心配するな。そのうち何か処分を受けるかもしれないが、そんなものは乗り切ってやる。俺は今まで、市警のために命をすり減らしてきたんだ。プラスマイナスで言えば、まだ向こうが債務超過だぜ」

「それにしても俺のせいだ」

「気にするなって。俺の判断でやったことなんだから。いい機会だから、家の仕事に精を出すことにするよ。女房にも、芝刈りと壁のペンキの塗り替えをやれってしつこく言われてるんだ。こういう時に機嫌をとっておかないとな。だいたいあいつは、俺が刑事をやってることに未《いま》だに反対してるんだぜ。もっと楽で金を稼げる仕事なんていくらでもあるのにっていうのが口癖なんだ」

「だけどお前は、それしかできない」

「ああ、誰かさんと同じでな」真っ白な歯を見せて笑うＢ・Ｊの顔が脳裏に浮かぶ。それで少しだけ気が楽になった。「ま、心配するな。自宅待機ってだけで、電話やメールまでは制限されてないから。優秀な刑事ってのは、座ったままでも情報を集められるんだよ。何かあったら連絡するから、電話に注意しておいてくれ」

「FBIの動きはどうなんだ」

「我らがミスタ・オートンは、今日中にそっちへ向かうはずだ。また鉢合わせしないように気をつけろよ。それよりお前の方はどうなんだ？　ニューヨーク市警から煩《うるさ》く言ってきてないか」

「携帯の電源をずっと切ってた」

「それが賢いかもしれんな。もしもずっと電源を切っておくなら、俺には定期的に連絡してくれよ」

「分かった」

「ところでホセは、お前さんの面倒をちゃんと見てくれてるか？」

「大丈夫だ。いい奴じゃないか」

「何かあったら俺に言えよ。ケツを蹴飛ばしてやるから」

「電話でか？」

「馬鹿言うな」豪快に笑い、B・Jが電話を切った。

続いて七海《ななみ》に電話を入れる。

「そうか、手がかりが切れたか」七海の声には疲労の色が濃い。

「ああ。そっちから何か情報は？」

気を取り直して七海が説明する。

「チャイニーズ・マフィアの連中は、相当大人数で動いてるみたいだな。これは一大オペレーションなんだよ。いずれにせよ、シナリオを書いてるのはチャーリー・ワンだと思う」

「すっかり時間を無駄にさせられたよ。チャーリー・ワンは相当の切れ者みたいだな」

「俺がそう言っただろう」

「今考えれば、ボストンで目撃されたのも偽者だったんだろう。影武者だよ」

「影武者？」

「代役みたいなものだ。日本の時代小説を読めば分かる」

「そんな暇はないよ」

「とにかく、似たような人間を、準備してたんじゃないかな。それで俺たちをアトランタに誘導して、鉄砲玉まで用意して、逮捕覚悟で時間稼ぎをしてたんだ」

「そのくらいやるだろう、あいつらなら。ただ、それを読み切れなかったのは俺たちの責任だ」七海が一瞬言葉を切った。「トミー・ワンの孫、病状はどうなんだ」

「危険な状態かもしれない」

「アトランタの医者は？ スコットとか言ったっけ？」

「ああ。だけど、まだ手がかりは全然ないんだ。ジェイクと一緒にいるかどうかも分からない」

「弱ったな……」七海の声が頼りなく消える。

「カードや電話の使用状況で調べられないかな」

「裏から手を回してみるよ。今のところ、明確な犯罪の事実があるわけじゃないから、正式にはできない」

「頼む。それと、こっちの電話はしばらく電源を切っておく。マッカーシーの説教を聞いてる暇はないからな……ところで、俺は日本に送り返されそうか？」

「そんなこと、俺の口から言えるかよ」七海の言葉が強張る。「だけど、一つだけ全員がハッピーになれる方法があるぜ」

「何だ？」

「お前が勇樹《ゆうき》を助け出すことさ。そうすれば、今までの規則違反なんか全部吹っ飛んじまうよ。ヒーローを処分しようとする奴なんかいないんだから」

「自分のためにやってるわけじゃない」

「分かってるよ」面倒臭そうに七海が言った。「ただ、それがベストの方法なんだ」

「トミー・ワンの孫に関してもか？」

「それを言うな」七海の声が低く、暗くなった。「俺には……分からない。奴の孫には何の罪もない。娘にもな。ただ、孫の命が助かることでトミー・ワンが幸せになるとしたら、俺は納得できない。奴には幸せになる権利なんかないんだ」

「だけど、この件では――」

「言わないでくれ」七海が悲鳴のような台詞《せりふ》で私の追及を断ち切った。「トミー・ワンを捕まえれば、子どもや孫は罪の意識に苛《さいな》まれて苦しむだろうな。俺はそれを見たいのか見たくないのか……」

「今考えるのはやめよう。俺にも分からない」

「ああ。とにかく、マフィアの連中を締め上げ続けるよ。しかし、ドラッグなんかの捜査じゃないからな、勝手が違って困る」

「FBIが単独でやってるのか？」

「まさか」七海が鼻で笑った。「連中には人手も能力もないさ。こっちにも協力するように言ってきたよ。俺も今日から手伝うことになってる」

「ということは、お前はいつも通り動いても誰にも文句を言われないわけだ」

「いつも以上に動く」七海が私の言葉を訂正した。「とにかく、定期的に連絡を入れてくれ。必ず手がかりを見つけるから」

「頼む。俺は病院の方をもう少し当たってみる」

電話を切り、電源も落とそうと思った瞬間、鳴り出した。マッカーシーの番号でないのを確認してから電話に出る。

「ミスタ・ナルサワ？」

「ああ、ミズ・テイラー――キャス」

「今話して大丈夫かしら」

「いいですよ」

「変な話があるの」

「変な話？」シートの中で姿勢を正した。「どういうことですか」

「あの子――ジェイクの検査を担当していた先生が病院に出て来てないのよ」

「それはつまり……」

「行方《ゆくえ》不明なの。三日ほど休みをとってたんだけど、今朝出勤してこなくて、自宅にもいないのよ。携帯電話にも出ないわ。こんなこと、考えられないのよ。去年のハリケーンの時も出勤してきたぐらいの人なのに」そのハリケーンはフロリダ州内で二十人の死者を出し、一時的に五百万人近くが電気のない生活を余儀なくされた。

「警察には？」マイアミ市警が動き出すと、また話が厄介になる。

「まだ届けてないわ。状況が全然分からないから。でも、今までこんなことは一度もなかったから、心配なの。事務の人間が自宅に向かってるから、警察に相談するにしてもその後でしょうね」

「自宅の住所、教えて下さい」

「でも」一瞬キャスが躊躇《ためら》った。

「ミズ・テイラー。私に電話してきたのはどうしてですか。あなたも勘が働いたはずだ。ジェイクの件とこの先生の件、関係があると思ったんでしょう」

　沈黙が私の質問を認めた。

「事態は動き出してるんです。手遅れにならないうちに何とかしたい」

「私の口から出たことは内緒にしてくれる？」

「もちろんです。私から情報が漏れることは絶対にありません。もしもそんなことになったら、責任を取って、あなたの目の前で死にます」

「やめて」吐息を漏らしながらキャスが言った。「ここではたくさんの死を見るのよ。

そういう冗談は聞きたくないわ」

「冗談じゃありません。約束です」

「分かったわ」一瞬間が開いた後、キャスが医師の名前と住所を告げた。何のことはない。最初から教えるつもりで準備していたのだろう。だが彼女は、儀式めいたやり取りを経て自分を納得させてからでないと打ち明けられないタイプなのだ。

しかし、その名前は一本の線でアトランタにつながった。ベニート・サンチェス。アトランタの、ジェイクの主治医のメールに残っていた名前。

グラブボックスから地図を取り出し、医師の家がクリニックからさほど離れていない場所だということを確認してから車を出す。昔から自分に課している原則を破って、ハンドルを握ったままホセに電話を入れた。留守番電話になっている。メッセージを残して電話を助手席に放り投げ、思い切りアクセルを踏みこむ。熱帯に近いマイアミの陽射しは早くも全開になっており、サンルーフを突き抜けて私に汗をかかせ始めた。

キャスが教えてくれた医師の家は、街路樹というよりは森と言った方が相応しい、鬱《うっ》蒼《そう》とした木立に囲まれた住宅地の中にあった。落ち葉が歩道を茶色く汚していたが、周囲の家の大きさを見る限り、年収十万ドル以下の人が住んでいるようには見えない。

広い前庭と裏庭を持つ平屋建ての家の前には、白いレクサスのクーペが停まっている。家に人の気配は感じられなかった。私がバックミラーで監視し始めた瞬間に、白いセダンが家の前の道路に滑りこんで、二人組の男が出てきた。二人ともころころとした体型で、ジャケットなしでネクタイを締め、ワイシャツの袖を肘までまくり上げている。病院関係者だろう、と見当をつけた。刑事にしては殺気が感じられないし、そもそもまだ警察には届けていないはずだ。ドアを何度もノックし、返事がないので車の中を覗きこみ、さらに裏庭にまで回った。三分ほどして戻って来たが、困ったように顔を見合わせては何か話し合っている。一人が携帯電話を取り出し、身振りを交えながら話し始めた。ほどなく、車に乗って去って行く。今後の相談のために病院に戻るのだろうと見当をつけ、ホセに電話をかけた。今までの動きを説明する。

「何だか急に動きが出てきたな。そいつら、まだいるのか？」

「いや、いない。たぶん病院に戻ったんだろう」

「住所は？」教えた。「よし、十分で行く。待っててくれ」

「どうするんだ？」

「決まってるだろう。外から見てたって何も分からないぜ」

「ちょっと待て――」

「びびってるなら俺一人でやってもいい」

「そうはいかない」

「だったら覚悟を決めろよ。綺麗ごとばかり言ってられないんだぜ。とにかく、俺が行くまで動くなよ」

ホセを待つ十分は長かった。腕時計の針とサンチェスの家を交互に見ながら、時間が過ぎるのを待つ。九分を回ったところで、フェラーリが爆音を響かせながら交差点を曲がって来た。ホセがトーラスの助手席に滑りこんでドアを閉めると、大きく一つ息をつく。真っ白なタンクトップにピンクの薄いジャケットという軽装だが、喉元には汗が玉になって浮かんでいた。

「何か動きは？」

「今のところはない」芝生の上で、馬鹿でかいリスが私の顔色を窺《うかが》っていたぐらいだ。

「よし。不法侵入する前にちょっと報告がある。マイアミとその周辺で、血液関係の病気に強い病院を調べてきた」

「どうだった？」

「意外と少ないんだ。あんたの推理通りだとすると、目的は骨髄移植なんだよな？　それに対応できるのは、相当大きな病院だ——例のクリニックとかな。数は少ないから、虱《しら》潰《みつぶ》しに当たっていけばどこかでぶつかると思う」

「病院の壁は高いよ」

「だけど、何とかするしかないだろう。その前に、とにかくこの家を調べてみようか。ここは俺に任せておけ」

私には車の中での見張りを命じておき、ホセが左右を見渡しながら道路を渡った。ジャケットの内ポケットから何かを取り出すと、ドアの前に立つ。五秒後、私の方を振り向いてにやりと笑った。翳した手の先では、銀色のカードが光っている。車を降り、慌てて車道を渡る。街路樹が頭上を覆い隠し、歩道は緑のトンネルのようになっている。

ドアは開いていた。

「こういうことには、アメックスのカードが一番いいみたいだ」ホセが手先でカードをひらひらさせた。「それにしてもこの先生、セキュリティにもう少し気を遣うべきだな」

ホセに続いて家に入る。陽が射さずにひんやりとして薄暗い。目が慣れるまでしばらく玄関先で立ち尽くした。

「独身みたいだな」部屋の乱雑振りを見回してホセが感想を漏らした。

「こういう家は困るんだ。荒らされたのか、汚れてるだけなのか分からない」アトランタから消えたジェイクの主治医の家を思い出しながら私は言った。ひどく慌てて家を出て行った様子で、今も拉致《らち》の疑いを消すことはできない。だがこの家の場合、そのような気配はなかった。

「車は残ってる」

「ああ」寝室を調べながらホセが相槌を打つ。「この辺は、車がないと動けない」

「誰かの車に乗ったんだろう」

「あるいは強引に乗せられたかだな。リビングルームのパソコン、調べてくれないか」

言われるまま、ロールトップデスクに置かれたパソコンの電源を入れた。パスワードでロックはされていない。メールソフトを立ち上げ、アトランタのスコットとやり取りしていたメールを確認する。

「どうだ？」新しいメールから順番に見始めた途端に、寝室からホセが声をかけてきた。忙《せわ》しない男だ。

「アトランタの医者とメールのやり取りをしてた。ただ、内容は曖昧《あいまい》だな。詳しいことは電話で打ち合わせてたんだろう」

「なるほど」ホセが寝室から出てきた。「その二人が協力してやってたわけか」

「二人だけじゃないと思う。鍵になるのはトミー・ワンだ」

「なるほどね。それよりこの先生、金に困ってたかもしれないぜ」

「どうして分かる」

ホセが寝室に向けて顎をしゃくった。後についていくと、彼がサイドボードの引き出しを開ける。覗きこむと、腕時計がずらりと並んでいた。ホセが一々指差しながら名前を挙げる。

「ロレックスのデイトナ。パテック・フリップのカラトラバ。カルティエのサントス。こいつはブライトリングとベントレーのコラボレーション・モデルだな」短い口笛が空気を切り裂いた。

「それで何が分かる？」

「時計の趣味がばらばらだ。何かを集める時は信念を持たないと」引き出しを閉め、肩をすくめる。「それはともかく、ここにあるだけで相当な金額になるぞ」

どれも高級なブランドで、金《きん》を贅沢《ぜいたく》に使ったものも多く、値が張る時計ばかりであるのは私にも分かった。

「これだけじゃない。表のレクサス、まだ新車だっただろう。あれだって安くない。たぶん、六万ドル以上はするな。病院の勤務医だったら、給料も高が知れてるんだが」

「副収入があったのかもしれない」

「俺は別の見方を提示しよう」ホセが腕組みをして、わざとらしく堅苦しい台詞を口にした。「収入以上のものを無理に買ってたんじゃないか。そういうのって、一種の病気らしいぜ。クレジットカードの記録でも調べれば、もっとはっきりすると思うけど」

一理ある。非常に責任感の強い人間であったことは、ハリケーンの時に出勤したことからも分かるが、それと金遣いの問題は別だ。金に困った医者。違法な相談でも、それが儲《もう》かる話だったら……人の倫理観が砂糖菓子のように脆《もろ》く崩れ落ちる様を、私は何度も見てきた。

「病院か」ぽつりとつぶやく。「あの病院を当たるとしたら、アプローチは一つしかないな」

「何を考えてる」

「キャサリン・テイラー」

「おお。そう言えば、この医者がいなくなった情報も彼女から出たんだよな。もう籠絡《ろうらく》しちまったのか？」

「そういう言い方はやめてくれ。あんたとは違う」顔をしかめる。「お願いしたんだ。彼女の良心と正義感に訴えかけて」

「で？　もう一押しするつもりなのか」

「彼女には彼女なりの規範があったと思う。でも、それは一度破れれば元には戻せない。

ダムにできた穴は、指一本で塞《ふさ》ぐことはできないんだ。結局は崩壊する」

外へ出た途端、張り詰めた空気に気づいた。素早く周囲を見渡し「隠れろ」とホセに告げる。何も聞かず、彼が太い街路樹の陰に身を隠した。私は生垣の切れ目に飛びこむ。濡《ぬ》れた葉が顔に触れた。

オートン。立っているだけでも汗が流れるような陽気なのに、ネクタイを首元まできっちり締め上げ、薄い茶色のスーツを着こんでいる。さりげなく額の汗を拭《ぬぐ》ったが、暑いからではなく、体の内側から噴き出る怒りのためのようにも見えた。家の前に立ち、インタフォンを鳴らす。当然返事はないが、怒りに任せてドアを何度も押した。家を出る時に自動的にロックされるようになっているので、ぶち破ろうとしない限りドアは開かない。オートンがしゃがみこんで玄関マットをめくり、さらに芝生の一番端に立てられた郵便受けに手を突っこんだ。

「阿呆か、あいつは」街路樹の陰から私の方を向き、ホセが呆れたように小さく肩をすくめる。「今時、あんなところに鍵を隠してる奴なんかいないよ」

「彼がそうなのかもしれない」

「知り合いなのか」

「ＦＢＩ」

「ほう」ホセが眉を吊り上げる。「大物のお出ましだな」

「邪魔な男だ」

「心配だったら、何か足止め工作をしなくちゃ」

「余計なことをすると、攻撃の矛先がこっちに向く。俺を目の敵《かたき》にしてるんだ。目立たないようにしよう」

「なるほどね。しかし、あんたの相手をしてるぐらいなら、他にやる仕事があるはずだよな」

「嫌われてるから仕方がない」

「あんたに嫉妬《しっと》してるんじゃないのか？　ハンサムな人間は損だな」

ホセが声を押し殺して笑う。オートンは鍵を開けるのを諦《あきら》め、待たせておいた車に向かって「おい！」と怒鳴った。よし。オートンは無理にこの家に押し入るようなことはしないだろう。法執行機関の人間は、後々問題になるようなことを避けるものだ――自分がすでに法の外側で動いていることを強く意識する。が、正式な令状を用意している間、オートンの意識はこの家に縛りつけられるだろう。こちらは自由に動ける。問題は、オートンがどれだけ私の存在を意識しているかだ。マイアミへ飛ぶ航空券を買うのに、私は何の偽装工作もせずに自分のクレジットカードを使った――時間がなかったのだ

——ので、調べれば行き先はすぐに分かってしまうだろう。私をゴミのような存在だと思って欲しかった。無視してしまっていい人間だと馬鹿にして欲しかった。無視されている限り、好きに動ける。

オートンが助手席に乗りこみ、乱暴に音を立ててドアを閉めた。走り去るのを確認してから植えこみを出る。体のあちこちに濡れた若葉がくっついていた。

「あいつ、またここへ来るだろうな」ホセが、交差点で消えるブレーキランプを見送りながら言った。

「ああ」

「俺たち、ここへはもう来ない方がいいかもしれない」

「フェラーリはまずかったかもしれない。この辺りだと目立つから」

「そうだな」ホセが眉をひそめる。高級なドイツ製のセダンやアメリカ製のSUVばかりが目につく住宅地で、イタリア製のスポーツカーは非常に場違いで浮いている。「ナンバーを控えられてないといいんだが」

「とにかく、ここは引き上げよう。キャスに連絡しないと」

「じゃあ、例のクリニックの前で落ち合うか」

「了解……ところでホセ、こっちの警察やＦＢＩに知り合いはいるか？」

「何を以て知り合いと言うかによるな。もちろん、知ってる奴はいるよ。会えば馬鹿話をする人間もいるし、金で情報を売ってくれる奴もいる。ただ、それは最後の手段だぜ。あいつらにはできるだけ係わりあいたくないんだ。俺はフリーランスだから」それは彼の矜持《きょうじ》というよりも、公権力から遠くに身を置くことで厄介ごとを避けようという知恵なのだろう。

「情報が欲しいわけじゃない。連中の動きが知りたいんだ」

「まあ、ちょっと考えてみるよ」ホセが露骨に顔をしかめる。「ただし、当てにしないでくれよな。連中には借りを作りたくないんだ」

「分かってる」

「正直言えば、俺は自分でこの事件にケリをつけたいのさ」ホセがにやりと笑った。「こんな大きな事件を解決すれば、新聞にも名前が出る。テレビからもお呼びがかかるかもしれない。そうなったら、商売だって上手くいくんだ。まずフェラーリを修理して、ダウンタウンに事務所を持つ。美人の秘書と生意気な助手を雇って、看板を掲げられるよ」

「ああ」

本気で言っているのかどうか分からない。だが、法執行機関の縄張り争いに巻きこまれて身動きが取れなくなってしまうよりは、この男の功名心に賭ける方がましだ。

車に乗りこみ、キャスに連絡しようと電話を取り上げた途端に着信音が鳴り出す。無視しようかと思ったが、発信者を確認するとキャス本人だった。電話に出る前に、フェラーリに乗りこもうとするホセに「待て」と声をかける。ホセが右手の親指と人差し指で丸を作り、ドアを開けたままシートに横座りになった。

「ミスタ・ナルサワ？　どうですか」

「彼は家にはいません」

「そうですか……何が起きたんでしょう」

「それは分からない。病院の様子はどうですか」

「警察も来たわ。こっちからは通報してないのに」

「なるほど。実は今、あなたに電話しようと思ってたんですよ」

「どうして」彼女の声が警戒で強張った。「私、これ以上は……」

「状況はさらに悪くなっています。時間がありません」

電話の向こうで彼女が沈黙した。無理に言葉をかけない。こちらが黙りこんだ意味を頭に叩きこませる作戦だ。

「電話ではまずいわ」

「会えますか？　例えば昼休みに出て来られますか」

「……早目のお昼にするわ」

「ありがとう。朝会った店で落ち合いましょう」

「店の前でね」即座に彼女が訂正した。「一日に二回も同じ店に入るのは嫌だし」

「分かりました。十一時？」

「十一時半でどうかしら」

「では、その時に」腕時計を見下ろし、約束の時間まで二時間あるのを確認する。祖父の形見のオメガは、今日も正確な時を刻んでいた。何十年も前の時計でも、愛情と手間をかけて手入れすればいつまでも使えるものだ。あんたはどうして、わざわざ金をかけて時計を集めていたんだ、とサンチェスに聞いてみたかった。それは残酷な質問だろうか。彼には、貴重な遺産をやり取りするような相手がいないかもしれないのだ。

3

キャスと落ち合うまでの二時間、ホセが調べてくれた病院を何か所か訪れた。とはいっても、私にできたのは所在地を確認するぐらいである。実のある話を聞ける情報源を摑まえるには、相当の時間と労力が必要だ。

目隠しされたまま走り回っているような気分だった。オートンはどこまで摑んでいるのだろう。マイアミ市警は、ＦＢＩと良好な関係を保って捜査に協力しているのか。悩んでも仕方ないことだと自分に言い聞かせても、気持ちが前を向かない。思い切ってオートンに頭を下げ、「捜査に協力させてくれ」と申し出ようかとも思った。駄目だ。あの男が意気に感じて私を捜査会議に招いてくれるとは思えない。

約束の時間の十分前、朝方キャスと会ったコーヒーショップの前に車を停めた。すぐにホセのフェラーリが私の後ろにつける。彼を待たせたまま、ニューヨークの七海に電話を入れた。

「なるほど」彼はすぐに食いついてきた。「医者が行方不明か。お前の推理の通りに動いてる感じじゃないか。手がかりはまだ切れてないんだよ」

「そっちはどうだ？」

「チャーリー・ワンの家を調べた。車が一台なくなってる」

「車？」

「ああ。奴が代表になってる会社の名義で登録されてる、シボレーのミニバンだ。四日前、ＥＺパスを使ってリンカーン・トンネルを通ったことは確認できてるけど、その後の行方は分からない」

「ニューヨークからマイアミまで、車で走ってどれぐらいかかる？」

「休憩なしで突っ走れば、ちょうど二十四時間ぐらいじゃないかな。ミニバンには何人も乗れるから、交代で運転もできる」

「トミー・ワンの車は？」

「奴のジャガーか？」七海の声に皮肉が混じった。「チャイニーズ・マフィアがビンテージのジャガーEタイプに乗ってるのは鼻持ちならないと思わないか？　スポークホイールをぴかぴかに磨き上げやがってさ……それはともかく、奴の車はガレージの中で眠ってるよ。四十年も昔の車で何千キロも走るのは、不安だったんじゃないかね」

「分かった。それより、またＦＢＩに追いつかれた」

「連中も馬鹿じゃないさ。せいぜい気をつけるんだな。ところで、チャーリー・ワンの写真が手元にあるんだけど、そっちへ送りたい。メールは受けられるか」

「そうだな」開いたドアから長い足を投げ出したホセを見やる。「たぶん、大丈夫だろう。一緒に動いている奴に頼んでみるよ」

「そういえば、私立探偵を紹介したってＢ・Ｊが言ってたけど」

「ああ」

「信用できる人間なのか」七海の声に疑念が混じった。

「今のところは。女好きが欠点かもしれないけど、それも今はプラスに転じてるよ。女の子たちが貴重なネタ元になってる」

「全面的には信用するなよ。警察官なら身内だけど、私立探偵は外の人間だからな。信用し過ぎると痛い目に遭《あ》う」

「俺は、身内のはずの警察官にも信用されてない」

「少なくとも俺は信用してる」

電話を切り、ホセの元に足を運んだ。ドアを開けたまま、シートに横座りしている。右膝《ひざ》を緩く曲げて足首を組み合わせ、かすかに首を曲げて空を見上げていた。大抵の女の子は、こういうポーズを見ただけで、彼の言葉を百パーセント信用してしまうだろう。

「俳優か歌手にでもなろうと思ったことはないのか？」

「ああ？　何言い出すんだ」一笑に付して、ホセが鼻を擦《こす》る。「興味ないんだ、そういうのは。俺にはこの仕事が合ってる」

「いつから探偵を？」

「個人で始めたのは五年前。その前は、保険会社で調査の仕事をしてた。自分で言うのも何だけど、優秀だったんだぜ。ただ、保険会社ってのは足の引っ張り合いも多くてね。

そういうのが嫌で独立したんだ。俺は一人が性に合ってるんだよ」

「一人ね……女の子はいつも近くにいるじゃないか」

「近くじゃない、隣だ」にやりと笑って訂正し、唇に指を這《は》わせる。「夕べはなあ……一人で寝たのは久しぶりだったよ」

「悪かったな、邪魔して」

「うちのベッドがあんなに広いってことを忘れてたよ」素早くウィンクする。「さて、キャスがお出ましじゃないか」

彼の視線を追うと、彼女が小走りに通りを渡ってくるところだった。強張った笑みを浮かべて、私の一メートル手前で急停止する。息が弾み、額にかすかに汗が浮いていた。

「ごめんなさい、待った？」

「今来たところですよ」

キャスの目が素早くホセを捉える。

「こちらは？」

「友人のホセ・カブレラです」二人は握手を交わしたが、ホセはすぐには手を離さなかった。一秒長く手を握っていれば、その分親密さが増すと信じているように。

「ミズ・キャサリン・テイラーですね。アニーからあなたの話は聞いてます。マイアミ市内で一番綺麗なブロンドの髪の持ち主だって。キャスと呼んでいいですよね？」

「もちろん」キャスの目が輝きだした。男もこれほど早く心を開いてくれるなら、ホセは全米一の探偵になれるだろう。

朝入ったコーヒーショップの二軒先にあるシーフードレストランに足を運んだ。キャスの勧めに従い、海老のグリルを頼む。強く効かせたガーリックが海老の甘みをより強調していたが、それを楽しむ余裕もない。

アイスティーで喉を潤しながら、キャスの言葉を待った。彼女はほとんど無言で食べることに専念していたが、それは例によって自分を納得させるための儀式でしかないようだった。料理を半分ほど片づけると、ナイフとフォークを慎重に皿に置き、口元をナプキンで叩いてから顔を上げる。ハンドバッグから一枚のメモを取り出すと、半分に折って私に差し出した。広げようとすると、私の腕を押さえる。目にはかすかに怯《おび》えが走っていた。

「後で見て」

「何かあったんですか」

「誰かに見られてる――監視されてるような感じがするの」

緊張感が走る。クリニックの中にスパイがいるのだ。そうでなければ、情報が漏れる

わる頃に迎えに来ますよ」

「クリニックまで送りましょう」ホセがすかさず申し出た。「心配だったら、仕事が終わる頃に迎えに来ますよ」

のが早過ぎる。

「ありがとう」キャスの笑みが心配で崩れた。「大丈夫だとは思うけど……病院の中がぴりぴりしてるのよ。一体、何が起きてるの？」

「これからそれを調べるんです」私はメモをシャツの胸ポケットに落としこんだ。「心配なら、本当に送りますよ」

「大丈夫」アイスティーを一口飲んで、立ち上がった。「先に行きます。ちょっと神経質になってるだけだから。無理に抜け出したから、早く帰らないと」

「待って」素早く立ち上がったホセが、彼女の腕に触れる。「あなたのように素敵な人を危ない目に遭わせるわけにはいかない。やっぱり一緒に行きましょう」

「大丈夫です」もう少しで折れそうになるのを、キャスは辛うじて踏み止まった。「きっと何でもないですよ。ちょっと神経質になってるだけかも」

ようやくほぐれた笑顔を残して、キャスが先に店を出て行った。メモを広げようとした瞬間、店の外で激しい衝突音と悲鳴が折り重なるように響く。ホセと一瞬顔を見合わせて、すぐに外へ飛び出した。

歩道の上でキャスが仰向けに倒れていた。後頭部から流れ出した血が水溜りのようになり、ブロンドの髪を赤く染め始めている。右足が不自然な形に折れ曲がり、左手は体の下に隠れていた。

「キャス!」叫び、駆け寄る。跪《ひざまず》いて手を取り、首筋に指先を当てた。脈を探ったが、弱い。クソ、何なんだ。顔を上げると、タイヤでアスファルトを焦がしながら、一台のセダンが急発進するところだった。ナンバープレートは取り外されてる。窓から顔を出した男と一瞬目が合った瞬間、鼓動が一気に高鳴って怒りが頭を沸騰《ふっとう》させた。アジア系の若い男で、細い目に残忍な光が宿っている。

野次馬が私たちを遠巻きにした。ホセが携帯電話に向かって怒鳴っている。彼が声を荒らげるのを聞くのは初めてだった。

病院に現れたマイアミ市警の制服警官は、一分で私を苛立《いらだ》たせることに成功した。事情聴取がしつこかったからではなく、あまりにも素っ気なかったからだ。ニューヨーク市警の刑事だと名乗っても特段の反応を示さず、たまたま現場に居合わせたので病院まで着いてきたのだという説明を頭から信じこんだ。しかも私が事故の瞬間を見ていないと知ると、急に関心をなくしてしまった。

「阿呆か、あいつは」吐《は》き捨てると、ホセが宥《なだ》めるように言った。

「間抜けな奴で良かったじゃないか。余計なことを突っこまれないで済んだんだから。それより、ここは出た方がいい。長居すると厄介なことになる」

ホセの忠告に反発して、激しく首を振った。

「駄目だ。放っておけるかよ。俺のせいであんな事故にあったんだぞ」

キャスは、彼女が勤めるクリニックに運びこまれていた。頭を強く打っており、緊急手術が続いている。情報は少ないが、予断を許さない状況であるのは間違いない。

「自分を責めるなって。単なる轢《ひ》き逃げかもしれないだろうが」

「冗談じゃない。運転してたのは……」口をつぐんだ。確証はないが、確信はある。七海が送ってくれる写真がそれを裏づけてくれるはずだ。

「メールの確認をしたい」

「だったら俺の家で」ホセが疑わしげに眉を上げた。「どうかしたのか？」

「キャスを轢いた奴に心当たりがある」

「おい、まさか……」

「そのまさかだ。俺たちは、気づかないうちに奴らのケツを蹴り続けてたんだよ。だから連中は、情報提供者の口封じをしようとしたんだ」

「そこまでやるか？」

「チャイニーズ・マフィアを甘く見ちゃいけない」

ホセの顔が目に見えて蒼《あお》くなった。両の拳を握り締めたが、指先は落ち着きなく動いている。電話が鳴り出した。慌てて廊下を走り、ロビーが見えてきたところで電話に出る。

「はい」

「ミスタ・リョウ・ナルサワか？」聞き覚えのない声だった。が、思い当たる相手は一人しかいない。思わず立ち止まり、背筋を伸ばした。

「誰だ」

「名乗るほどの者じゃない」

「チャーリー・ワンだな」

電話の向こうで男が低く笑った。

「そうなんだな？」

「そう思いたいなら好きにしろ。さっきは仕留めそこなったようだな」

「仕留める？　ふざけるな」

「狙った獲物は一発で倒さないとな。これ以上情報を漏らされたらたまらん」

言い返してやりたかったが、不用意な一言でチャーリー・ワンを刺激することを恐れ、意識して声の調子を落とした。

「彼女からはまだ何も聞いていない」

「それは残念だったな。いいか、これは警告じゃなくて親切な忠告だ。お前も、それが分からないほど馬鹿じゃないだろう」

「十分分かってるよ」

「だったら、手を引け。これ以上うろつき回ってると、今度は確実に誰かが死ぬことになる」

「自分が何を言ってるか、分かってるのか？」

「もちろん」

「だったらこっちも忠告しておく。そっちこそ、今すぐ手を引け。子どもを返すんだ。さもないと――」

「さもないと？」

「お前を地獄まで追いかける」

チャーリー・ワンが声を上げて笑った。ざらざらとこちらの心を擦るような、不快な笑い声だった。

「無理だな」

「お前は、そういう人生で満足なのか？」

「何だと？」

「トミー・ワンの下働きをしてるだけでいいのか？　あんな男のために危ない橋を渡って後悔してないのか」

「俺の頭の中には後悔って言葉はないんだよ、ミスタ・ナルサワ」チャーリー・ワンの声に初めて苛立ちが混じる。

「だったらお前は、その言葉の意味をこれから知ることになる」

「気の利いた台詞も、言うだけなら只だ。せいぜい足元には気をつけるんだな」

「おい――」

電話が切れた。啞然《あぜん》と手元を見つめる私の肩をホセが叩く。

「どうした」

会話の内容を伝える。ホセの目の端がひくひくと引き攣《つ》った。

「やばいな」

「いや、やばいのは俺たちじゃない。あいつだ」自分に言い聞かせる。「警告のつもりかもしれないけど、電話までしてくるのは調子に乗り過ぎだ。成功と失敗は隣り合わせなんだぜ。上手くいってると思う時ほど、失敗も近くにあるんだ」

七海に連絡を入れ、優美《ゆみ》の周辺の警備を厳重にするよう依頼した。彼の悪態を振り切って電話を切るのは大変だったが、いつまでもつき合ってはいられない。こちらにはまだやることがある。クリニックの駐車場で車に背中を預けて待っていると、ホセが小走りにやって来た。

「キャスの手術が終わった。何とか一命は取りとめそうだってさ。安心しろ」

温かいものが胃の中に広がる。目をきつく閉じ、再び開けると、世界に少しだけ色が戻ってきた。

「声をかけてやらないと」車から背中を引き剝がしたが、ホセに止められる。

「どうせしばらくは面会謝絶だ。ここにいても時間を無駄にするだけだぜ。それより、せっかく彼女がくれた情報を活かさないと」

「ああ」

燻《くすぶ》る懺悔《ざんげ》の念を置き去りにしようと、思い切りアクセルを踏みこんだ。バックミラーの中で、ホセのフェラーリが見る間に小さくなる。窓を開けて左手を突き出し、先に行くよう促した。一瞬、フェラーリが視界から消え、次の瞬間には横に並ぶ。甲高い轟音《ごうおん》とともに前に出て、私のトーラスの前に割りこんだ。ベイショア・ドライブを北へ進み、マイアミのダウンタウンをかすめて、アメリカン・エアラインズ・アリーナを過ぎたところで右に折れる。ビスケーン湾を横断するマッカーサー・コーズウェイを渡ると、その先はマイアミ・ビーチ市だ。

マイアミ・ビーチの市内に入ると、途端に車の流れが遅くなった。轢き逃げ騒ぎで数時間を無駄にし、すでに午後四時半になっているのに。気持ちが焦る。助手席に放り出してあった地図を取り上げ、街の様子を確認した。マイアミ・ビーチ市は南北に細長い砂州のような地形で、私たちが上陸したのはその最南端、サウス・ビーチと呼ばれる地区らしい。地図には注釈で「アール・デコ地区」という記載がある。建物の様式のことらしいと想像がついた。薄いクリーム色や淡い緑色、青といった色合いが目につく。アーリー・アメリカン調の禁欲的な上品さとも、ラテン系の押しつけがましい原色の洪水とも違う独特の暖かな雰囲気《ふんいき》だ。

通りが細いせいもあり、街は車と人で溢《あふ》れかえっていた。Tシャツにショートパンツ、あるいは水着姿の人が目立つ。今走っているオーシャン・ドライブのすぐ向こうはビーチなのだから、それも当然だろう。ホセが言っていたように、マイアミよりもよほど賑やかだ。

ホセが左にウィンカーを出して折れる。メインストリートのオーシャン・ドライブから一本裏に入ると、途端に人通りが少なくなった。この辺りはホセも不案内のようで、どろどろと低いエンジン音を轟《とどろ》かせながら慎重に先へ進んでいく。何度か右折と左折を繰り返した後、路肩に車を寄せた。人の背ほどもある生垣の向こうに、二階建てのこぢんまりとした家がある。キャンディに入った人工着色料を想起させる周辺の家とは違い、ベージュと茶の落ち着いた建物だった。

ホセが車から下り立ち、地図とキャスのメモを交互に見つめる。私が車から出ると、問題の家に向けて顎をしゃくった。

「ここか」

「キャスの情報が正しければ――彼女に神のご加護を」ホセが胸の前で小さく十字を切った。私が地図を睨《にら》みつけているのに気づくと、顔をしかめる。「あんたも、彼女のために祈ってやれよ」

「俺は祈らない。祈りで助かった人は、歴史上一人もいないんだぜ」

「おいおい」

「いいから、行くぞ」

「どうする」ホセが歩道に上がり、生垣をさらりと手で撫でた。

「正面から行くしかないな。ＦＢＩの連中も、まだここは摑んでないだろう。人捜しをしてる振りをして、丁寧に聴けばいい」

「了解」

私が先に立ち、玄関に向かう短いアプローチに足を踏み入れた。インタフォンを鳴らしたが、反応はない。ホセと顔を見合わせ、「どうする」と口にしようとした瞬間、家の中でかすかに物音がした。人の足音にしてはリズムがおかしい。ドアから離れて待っていると、一分ほどしてドアが細く開いた。二重になったチェーンはかけたままである。その隙間《すきま》から見えるのは、綺麗に白髪になった老女の頭だった。手には歩行器。

「どなた？」甲高い、震える声だった。警察の者だと名乗ろうとして、言葉を呑みこむ。嘘ではない。嘘ではないが、ここは別の手を使った方が効果がありそうだ。

「人を捜しているんですが」

「ここには私しか住んでませんよ」声に不審感が滲む。

「あなたの前に住んでいた人です」たぶん、だが。キャスの情報は数日遅れている。

老女が首を振り、見上げるようにして私の視線を捉えた。分厚い眼鏡の向こうで、目は虫のように巨大になっている。

「私は三日前にここに来たばかりですよ。なかなか片づかなくてね」

「ええ、そうでしょうね」先を急ぎたい気持ちを抑えて笑みを浮かべる。

「私はね、もうすぐマイアミのコンドミニアムに移るの。ここは、それまでのつなぎなのよ」

「そうですか。で、あなたの前にここに住んでいた人は？」

「私は知らないわよ」ドアに手をかける。二センチの隙間がのろのろと一センチに狭まった。

「ちょっと待って下さい」慌ててドアに手をかける。だが、必要以上の力を入れないように気をつけた。彼女をドアごと引っ張り出してしまいそうだったから。「大事なことなんです。人の命がかかってるんです」

「おやまあ、それは大変ね」命と聞いて、突然彼女の口調が変わった。「あなた、どこから来たの」

「ニューヨークです」

「あら、偶然だわ」皺《しわ》の中で老女の顔が綻《ほころ》んだ。「私もニューヨークなのよ。ずっとクイーンズに住んでたんだけど、亭主も亡くなったし、膝が悪くてね……暖かい方が膝にはいいから」

「私も今、クイーンズに住んでるんですよ。アストリアです」偶然の好機を捉えて話を合わせた。

「あらまあ、懐かしいわね」老女の口から、クイーンズの思い出話がほとばしり出た。しばらく相槌を打ちながら聞いていたが、タイミングを見計らって割りこむ。

「ここを管理してる不動産屋を教えてもらえませんか」

「ええ、ええ。不動産屋なら何か知ってるかもしれないわね。ちょっと待ってて」

老女が家の中に消えた。ホセが私の左肩を軽く叩く。痛みが駆け抜け、思わず体をくの字に曲げた。

「おっと、すまん。元気そうだから、つい怪我してるのを忘れちまうんだ」

「キャスの怪我に比べれば、大したことはない」

「そうだな……それより、クイーンズに住んでるなんて、あのバアサン、よく嘘に引っかかったな」

「いや、それは本当なんだ」

「なるほど」奇妙に納得した表情でホセがうなずく。「あんたはそういうタイプだと思ったよ。情報を引き出すためでも嘘はつかないんだろう」

「嘘で引き出した情報には、それなりの価値しかないからな」

「そんなものかね」

「俺の経験では」

五分ほど待たされた後、老女がまたドアを開けた。今度は完全に顔が見えるほど広く。

震える手でメモを差し出す。

「ここから車で五分ぐらいのところよ」

「ありがとうございます」

「とんでもない。捜してる人、見つかるといいわね。クイーンズにはいつ帰るの？」

「この件が終われば、すぐに」

「あの街の皆さんによろしくね。もう、寂しくて仕方ないのよ」

「分かりますよ」

「マイアミは虫が多くて」顔に大きな笑みが浮かぶ。「虫は苦手なのよ」

「殺虫剤をいつも手元に置いておくといいですよ。玄関先にもベッドの横にも」

「そうね。そんなことでお金がかかるとは思わなかったけど。環境が変わると、いろいろ入用になるのねえ」

「そうですね……本当にありがとうございました」

「あなたの目よ」眼鏡の奥から、老女が私をじっと見詰めた。

「はい？」

「嘘をついてるかどうかは、目を見れば分かる。私は七十年以上も生きてるんですからね。あなたが捜してるのは、本当に大事な人なんでしょう」

そうとも言える。私にとって大事な人ではないにしても、目下の最重要人物であることは間違いないのだから。

五時を回った。ホセの先導でたどり着いた不動産屋は、二階建ての小さな建物の一階にあった。ちょうど店じまいしようとしているところで、鍵をかけるために出てきた女性を摑まえることができた。五フィートそこそこの小柄なラテン系の女性で、この暑さにも拘らず白のスーツをかっちりと着こなして、涼しい顔をしている。だが私を見た瞬間、整ったその顔に薄い恐怖の色が浮かび、棒を飲んだように体が強張った。慌ててホセが前に出る。

「失礼、お嬢さん。怪しい者じゃありません。私は探偵です」

「探偵？」女性が小首を傾げた。「驚いたわ。生で見るのは初めてよ」

「大抵の人は、一度も探偵に会わずに人生を終えるものです。あなたは、ある意味ついてるんですよ」

「あの、これって……」彼女が慌《あわただ》しく通りを見渡す。「ロケとかじゃないわよね。あなた、あの映画に出てた俳優に似てるけど……誰だったかしら」

ホセが真夏の太陽のような笑みを浮かべた。

「映画でもテレビドラマでもありません。あなたは今まさに、本物の探偵に会ってるんです。それとこいつは、本物の刑事。ちょっと顔が怖いのは許して下さい」背後に控える私に向かって、肩越しに親指を倒して見せる。「それはともかく……うわ！」

突然、土砂降りの雨が私たちを叩き始めた。ホセのピンクのジャケットが見る間に黒く染まり、私の髪の間を雨滴が伝い始める。

「入って、早く」

勧められるまま、私たちは不動産屋の事務室に飛びこんだ。誰もいない。ブラインドは下ろされ、照明も消えている。

「毎度だけど、マイアミの雨には参るわね」彼女がハンカチで濡れた肩を叩いた。そう、マイアミはほとんど熱帯なのだ。夕方になると決まって、スコールのような雨が降ると聞いたことがある。

「あなた一人なんですか」柔らかい声でホセが訊ねる。

「最後になっちゃったのよ。一応、所長ですから」

「これは驚いた」ホセが大袈裟に両手を広げる。「あなたのように若い女性が責任者とは。分かった、その美貌を武器にどんどん契約を取ってくるんでしょう。だから営業成績が抜群なんだ」

「よしてよ」そう言いながら、彼女の口元は緩んでいた。延々と続くホセの軽い褒《ほ》め台詞を聞きながら、私は焦っていた。そんなことを言っている暇があるなら、早く本題に入れ。

一分後、彼女の名前がマリアであることが分かり、それから二分間、私は名前に関するホセの褒め言葉の豊富さに驚かされることになった。やっと本題に入った時には、外の雨音は聞こえなくなっていた。

「ところでマリア、一つ教えて欲しいことがあるんだ」ホセの口調は早くも馴《な》れ馴れしくなっていた。

「私で役にたてるかしら」

「そうだね……世界中で、この問題を解決できるのは君しかいないかもしれない。僕のヒロインになってくれないかな」もったいぶってメモを取り出す。先ほどの雨で少し湿ってしまったのか、皺が寄っていた。「ある住所に住んでいた人が今どうしてるか、知りたいんだ。もう引っ越してしまったみたいなんだけど。君の会社で扱っている物件なんだ」

住所を告げる。マリアが素早くうなずいた。

「ああ、あそこね。今住んでる人は……」

「ニューヨーク出身の上品なご婦人だ」

「知ってるの？」

「今、会ってきた」

「この街の三分の一はニューヨーク出身者だっていうジョーク、知ってる？」

「気に食わないけど、ヤンキーどもは金を落としてくれる」

二人はくすくすと笑いを交換し合った。笑いが収まらないうちにホセが切り出す。

「俺が知りたいのは、そのご婦人の前にあの家に住んでた女性のことなんだ」

「あなたの知り合いなの？」マリアがわずかに恨めしそうな表情を浮かべる。

「いや、そういうわけじゃない。これはビジネスの問題でね」

「でも……」

「頼むよ、ベイビイ」ホセが芝居っ気たっぷりに首を振る。「君だけが頼りなんだ」

「だけど、お客様のプライバシーに関することは……」

「それは分かってる。君にも立場があるのも理解できる。どうだろう、これから俺とディナーにしないか？」

「どういうこと？」

「もちろん、お礼だよ」

「だけど」口ではそう言いながら、マリアの顔は笑みで光っていた。

「あなたのように素敵な人を食事に誘わないのは、俺のモットーに反するんだ」

「誰にでもそう言うんでしょう」

「とんでもない」ホセが大袈裟に首を振る。「ここ一番という時だけだよ。そういうチャンスは滅多にない」

「そうねえ」マリアが人差し指を顎に当てる。「せっかくのお誘いを断るのは失礼かしら」

「そうだよ。ぜひ君に素敵な時間をプレゼントさせて欲しい。それでだね、レディを待たせるのは申し訳ないけど、ちょっと先に出て待っててくれないかな。すぐに行くよ……ところで君のパソコン、どれかな？」

「駄目よ、それは」途端にマリアの顔が蒼褪《あおざ》める。「こんなことが社長に知れたら大変なことになるわ」

「知られなければ問題ないんじゃないか？　そうだ、こういうシナリオはどうだろう。例えば君は、たまたまあの家の借主のことを調べていた。急にトイレに行きたくなる。

その隙に、俺たちがちょっと覗いてしまった——これなら、万が一ばれても、君の責任にはならない」カウンターの向こうを指差す。

「駄目よ、そんなの」拒絶したが、マリアの声には力がなかった。悲しげに首を振りながら、ホセが続ける。

「マリア、ベイビイ、とても大事なことなんだ。俺と君の将来に匹敵するような問題なんだぜ。頼む。君の判断に一人の子どもの命がかかってるんだ」

腕時計に視線を落とした。マリアがパソコンのファイルを操作し、トイレのドアを閉めるまで、秒針が一周りしただけだった。

4

ホセは本当にマリアを誘ってディナーに行ってしまった。「悪いけど」と弁明しながら、さほど悪びれた様子も見せなかった。「こういうフォローはすぐにしなくちゃいけない。即断即決さ」。女性関係の哲学について語っていても、彼の言葉はあらゆる人間関係の真実を突いていると思う。こんな呑気《のんき》なことをしている場合か、と叱責する気にはなれなかった。

三時間後にリトル・ハバナの彼の家で落ち合うことを約束して、一人車を走らせる。マイアミが車で走りやすい街であることは、もう分かっていた。南北の通りは「アベニュー」「ブルバード」「ドライブ」と呼び名はばらばらだが、東西は基本的に数字であり、それを目印にすれば迷うことはない。ニューヨーク、特にマンハッタンと違って一方通行が少ないから、目的地まで遠回りさせられることもなかった。

マリアのパソコンからコピーしたメモの住所は、ダウンタウンの中心部にあった。市街地をぐるりと取り巻くモノレール、メトロムーバーのナイト・センター駅の北側である。すでにビジネスタイムは終わり、人気《ひとけ》は少ない。ビルに入った駐車場に車を停めて歩き出す。夕方の激しい雨で気温はやや下がっており、むき出しの腕を冷気が襲う。ふらふらと歩いて来たアフリカ系アメリカ人の若者二人連れが、私に好奇の視線を向けた。睨みつけてやったが、反応はない。恐怖や警戒心はどこかへなくしてきたようだ。おそらくドラッグの海の中へ。

どこからか高笑いが聞こえてきた。一仕事終えてもう出来上がったビジネスマンが騒いでストレスを発散しているのか、商売が上手くいったドラッグのディーラーたちがハイタッチを交わして成果を祝福しているのか。自分が丸腰でいることを、急に強く意識させられた。

マイアミ・ビーチの家の契約者はチャーリー・ワンで、契約書に記された本人の住所は、私の眼前にあるビルの二〇五号室になっている。一階から五階まで小さな事務所がびっしりと入っているが、警備員もいない。あの男がここでのんびり葉巻をくゆらせながら、電話であちこちに指示を飛ばしているとは考えにくかった。おそらく、ここは単なるダミーだろう。だが、それならそれで確認しておかないと先へ進めない。

思い切って階段を登った。廊下の灯りは既に消えており、人気はない。二〇五号室のドアには鍵がかかっていて、耳を押し当てても中に人の気配は感じられない。誰もいないと判断してロビーに戻る。それだけで、掌《てのひら》にびっしりと汗をかいていた。これからどうするか。一度ホセの家に行って、七海からのメールを確認することにした。今のうちに、敵の顔を頭に叩きこんでおく必要がある。

駐車場に戻る。タイヤがアスファルトを擦る、きゅるきゅるという不快な音が遠くから聞こえてきた。車の鍵を開けようとした瞬間、背後に殺気を感じる。隣の車との間に挟まれた格好になっているので、身動きが取れない。とっさに屈《かが》みこみ、衝撃に備える。空気が斜めに切り裂かれ、後頭部に鈍い痛みが走った。一瞬気が遠くなりながら、右足を後ろに蹴り出す。オールデンの分厚いソールが相手の脛《すね》を捕らえ、くぐもった悲鳴が響いた。体を丸めながら次のショックに備える。二発目が左肩の傷口のすぐ近くを襲った。電流が走るような衝撃に、思わず呻《うめ》き声を漏らしながら膝をつく。

「ヘイ！」

遠くで声が聞こえた。近づくな。襲撃者は何を持っているか分からない。拳銃を懐に忍ばせていたら、危険だ。

だが、誰かの一言は襲撃者を怯ませるに十分だった。気配が消える。胎児のように体を丸めながら床に倒れこみ、私は安心しながらオイルの臭いを嗅《か》いだ。


「あんた、大丈夫か」

助け起こしてくれたのは、三十年間毎朝ドーナツを三つずつ食べ続けたような白人の大男だった。

「何とか」頭がくらくらする。脳の芯《しん》には刺すような痛みが居座っていた。恐る恐る後頭部に触れると、巨大な瘤《こぶ》ができている。出血はなかった。微妙にバランスを崩したのが幸いして、直撃は避けられたようだ。胡坐《あぐら》をかいて頭を垂れ、意識を集中する。大丈夫。まだ気持ちは折れていない。

「強盗か？」

「分かりません」首を振ると、痛みが脳の中心部をいたぶる。

「救急車は必要かね」

「大丈夫でしょう」トーラスのドアに手をついて立ち上がる。眩暈《めまい》が襲ったが、何とか踏み止まった。

「おいおい、大丈夫なのか？　本当に救急車は必要ないかね」

「ええ」

「何も取られてないか？」

「おかげさまで。それより、危なかったですよ。相手が拳銃でも持ってたらどうするつもりなんですか」

男がにやりと笑い、ジャケットの裾をまくってみせた。肉に食いこんだホルスターに拳銃が収まっている。

「撃ったことはないんだけどな。この街じゃ、こいつがないと安心できないから」

礼を言い、倒れこむように運転席に座ってエンジンをかける。一瞬、しまったと思った。用心深いB・Jなら、車の下回りまで徹底して捜索してからイグニッションキーを回すだろう。車が吹っ飛んで自分がばらばらになる様を想像したが、幸い何事もなく、エンジンは無事に息を吹き返した。男に手を振ってから車を出す。

マイアミ。捨てたものじゃない。自分の危険を顧みずに助けてくれた人がいるのだから。襲われたことで、この街のイメージが悪くなることもなかった。私を襲ったのはマイアミの人間ではない。私の街、ニューヨークに巣食う悪なのだから。

警戒レベルをオレンジから赤に引き上げる。尾行がいないかどうかを確認しながらダウンタウンを流し、途中コンビニエンスストアのCVSに立ち寄って氷とビニール袋、タオルを買い求めた。灯りが煌々《こうこう》と点る市警本部の前で車を停めると、ビニール袋に氷を詰めこんで後頭部にあてがい、タオルで縛りつける。痺《しび》れる冷たさが痛みを遠ざけ、意識を鮮明にした。ホセと約束した時間まで、まだ三十分ある。二人のディナーはどこまで進んでいるだろう。遠慮しながら電話をかけると、ホセは心の底から不快そうな声を出した。

「今、キーライムパイを食ってるんだが」

「できるだけゆっくり食って、時間稼ぎをしてくれ」

「何だ、それ」

駐車場で襲われたことを説明する。「連中か」と訊ねるホセの声が硬くなった。

「あいつら以外に考えられないよ。とにかく、このままあんたの家で落ち合うのは危険だ」

「それなら心配いらない。俺の家は、刑務所並みに安全だから」

「どういうことだ？」

「とにかく、家で会おう」

「分かった。だけど、少し時間をずらしてくれ」

「今もつけられてるのか？」

バックミラーを覗きこむ。

「大丈夫だと思うけど、念のためだ」

「車はチェックした方がいいな。何かしかけられてるかもしれない。GPSでも使って追尾されてたら困るだろう」

「いや」否定してから考える。「さっきのはあくまで警告だったんだと思う。本当にやる気なら、とっくに俺を殺してるさ」

「それにしても、連中も乱暴と言うか、阿呆だと思わないか？　あんたが想像してる通りなら、ちゃんと頭を下げてお願いするとか、他にも手はあっただろう」

「無理だな。あんたが連中の立場だったら、どうする」

ホセが一瞬沈黙した。低い声で「やっぱり無理だろうな」と同調する。

「そういうことだ。落ち合うのは三十分遅れでどうだろう」

「いいよ。じゃあ、九時に」

「了解」

あと三十分、時間を潰さなくてはならない。食欲はなかったが、今晩のために何か軽く腹に入れておくことにして、すぐに食べられそうな店を捜して車を走らせた。ダウンタウンを抜け出し、ホセの家の近くにタコスのチェーン店を見つけて駐車場に車を乗り入れる。注文する前に車をざっと点検した。不審なもの、なし。頭からタオルを外し、駐車場に停めた車を店の中から監視しながら食事を注文した。持ち帰りにして、すぐに車に戻る。それからしばらく、車内に漂う香辛料の香りを友にしてドライブを続けた。

約束の時間の十分前にホセの家に着く。彼を待ちながら、タコスを車の中で頬張った。頭に居座る疼痛《とうつう》と戦いながら、ダイエットコークで流しこむ。氷とタオルはあまり役に立っていなかった。

九時ちょうどに、ホセのフェラーリの爆音が闇を切り裂いた。私のトーラスに気づいて二度パッシングすると、玄関前に車を乱暴に寄せる。車を降りて歩み寄ろうとすると、窓から顔を突き出して、私の動きを手で制した。

「ちょっと待っててくれ。一回りしてくる」そういい残し、歩いて家の裏側に消えた。五分ほどで戻って来ると、玄関の鍵を解除する。今夜はひどく複雑な手順で、ドアが開くまで一分近くかかった。家に入ると、リビングルームの壁にあるコンソールを操作する。

「これで大丈夫だ」私を見てうなずく。「今、ビデオをチェックする。冷蔵庫に何か入ってるから、勝手に飲んでくれ」

言われるまま、ミネラルウォーターを取り出して一口飲み、ソファに腰を下ろす。

「念のため、今日はセキュリティのレベルを上げておいたんだ。この家は無事だよ――連中はここも割り出してるだろうけど、簡単には入りこめない」

「トーラスも確認した。細工されてる様子はない」

「結構だね」

ホセが冷蔵庫から瓶ビールを取り出し、栓を開けるとそのまま一口飲んだ。小さくげっぷを漏らしてから私の向かいのソファに腰を下ろし、両膝に肘を置いて私の目を覗きこむ。しばらくそうしていたが、やがて上半身を起こして、人差し指で自分の頭をこつこつと叩いた。

「怪我はどうなんだ」

「大丈夫だ」

「あんた、ぼこぼこじゃないか」

「これぐらい、大したことはない。俺よりひどい目に遭ってる子がいる」

「そりゃそうだ。で、例の住所はどうだったんだ？」

「ビルの一室だった。中は確認できなかったけど、ダミーじゃないかな」

「借りてるのはチャーリー・ワンだとしても、そこにはいないってことか」

「ああ。それより、メールをチェックしたいんだ。ニューヨークから、チャーリー・ワンの写真を送ってもらってる」

「オーケイ」ホセがロールトップデスクに置いたノートパソコンの電源を入れる。午後遅く、七海からのメールが届いていた。モニター一杯に広がったチャーリー・ワンの顔は、凶暴さとは程遠い。私と同年輩だろうか。口元に薄い笑みを浮かべ、綺麗に七三に分けた髪が、ごく真面目な印象を与える。チャイニーズ・マフィアの若き幹部というよりは、研究者か何かのように見えた。

「こいつがチャーリー・ワンか」ホセが背後から近づいて来た。「キャスを轢いた車に乗ってた——間違いないか？」

「ああ。この写真と違って、ずいぶん凶暴な顔つきだったけどな」車の窓から覗いた顔はさながら別人だった。だが、間違いない。目に宿る暗い光までは変えられない。

「人を轢き殺そうとした直後に、穏やかな顔をしてる奴はいないよ。もっとも、こいつらなら笑いながら引き金を引けるかもしれないけど」

メールに書かれていた経歴をチェックする。生まれは一九七二年、ブルックリン。父親がトミー・ワンの実弟である。その父親は、八〇年代半《なか》ばに起きた麻薬密輸事件に絡んで、銃撃戦の末警察に射殺されていた。父親の跡を継ぐ意識が芽生えたのか、自然に環境に導かれたのか、九〇年代になると組織に名を連ねた。その後はトミー・ワンの補佐役として着実に地位を上げたらしい。密入国ビジネスに係わっていると推測されているが、逮捕歴はごく若い頃、ドラッグの所持で一度あるだけだった。ふだんはきちんとスーツを着こなし、物腰は柔らかで喋り方も知的、との評がある。ニューヨークの社交界にも出入りしているようだ。しかし、何のために？　上流社会へのドラッグの配達人としてか、汚れた金をばら撒《ま》いて歓待され、セレブの仲間入りをするためか。

ことごとく、私が想像していたチャーリー・ワンの印象と異なっている。情報を流した人間を簡単に殺そうとし、自信たっぷりに電話で「手を引け」と命じ、部下に何度も私を襲わせた男なのに。

「この男が、今回の件を仕切ってるわけだな」ホセの口元から、かすかにビールの香りが漂った。

「おそらく」

「こいつを捕まえれば、全部解決する」

「それはそうなんだが、簡単に尻尾《しっぽ》を摑ませるような男じゃないと思う」あれだけ大胆に私たちを欺《あざむ》いたのだ。自分の身を隠すぐらいは簡単だろう。「それよりも、もう少し確実な方法があるんじゃないかな」

「例えば？」

「病院さ。結局話はそこに戻ってくる」

ホセが音を立てて溜息をつく。私はチャーリー・ワンの顔写真をプリントアウトしておいてから、椅子《いす》に座ったまま後ろを振り向いた。ホセがビール瓶を顔の前でぶらぶらさせながら、渋い表情を浮かべる。

「ちょっと待てよ。それがどれだけ大変なのかは、お前さんにも分かるだろう？　一々情報源を摑まえなくちゃいけないんだから」

「それは不可能だろうな」

「だろう？　だったら――」

「違う。別の病院を探すんだよ」

「どういうことだ」ホセの目が細くなる。

「骨髄移植をするには、それなりの設備が必要なはずだよな。だけど今回は、普通の病院を使うわけにはいかないと思うんだ。連中は犯罪を犯してるんだから」

「つまり、もぐりの病院を探せってことか？」

「あるいは、最近閉鎖したばかりでまだ設備が残ってる病院とか。骨髄移植に必要な設備を慌てて買い集めた奴を捜してもいい」

「なるほどね」ホセが顎を撫でた。「確かに、手術室を準備するには金と時間がかかるだろうな。麻酔の設備も必要だろうし」

「金をばら撒いてそういうことを慌ててやった人間がいれば――」

「チャーリー・ワン」ホセが人差し指をぴんと立てた。

「そういうことだ」

「それなら、俺に伝《つて》があるよ。保険会社にいた頃、医療事故も結構扱ってたからな。何しろ訴訟社会だから、ちょっとしたことで医者を訴える奴も多いんだ。その関係で当たってみれば、何か出てくるかもしれない」

「喧嘩《けんか》して辞めたんじゃないのか？」

「この際だ、そうも言っていられないよ。それに、全員と喧嘩して辞めたわけじゃないから。今でも話を聞ける相手はいる」

「女性だな」

「どうして分かった」ホセがぐるりと目を回して見せた。
「俺にもそろそろ、ホセ・カブレラという人間の本質が見えてきた」
「何と、二十四時間も経たないうちに見極められるとはね。俺も薄っぺらな人間だな」
そう。彼の本質は極めて単純である。だがそれは、悪いことではない。少なくとも彼の真ん中には、善良さが太い柱となってそそり立っているのだから。
二時間後、ホセの電話が鳴った。英語ではなくスペイン語でまくしたて、急に沈黙し
ては相手の話に耳を傾ける。大声でのやり取りが終わると、私に向かって親指と人差し
指で丸を作って見せた。
「可能性のある病院が三か所ある。どれも、ここ半年のうちに閉鎖した個人経営の小さ
な病院だ」
「病院っていうのは、そんなに簡単に閉鎖するのかな。この辺り、年寄りが多いから医
者の需要も多いだろう」
「年寄りが多いってことは、医者も年寄りだってことだろうが。本人が死ぬ場合もある
し、いつかは引退するわけだから」
「当たってみるか」

「オーケイ」膝を叩いてホセが立ち上がる。「ところであんた、頭の怪我は大丈夫なのか?」

「ああ」

「タフな男だな」

肉体的には限界に近づいているかもしれない。だが、気持ちにはまだ罅《ひび》すら入っていなかった。

再び二台の車に分乗して夜の街を走り出す。ホセが入手した情報では、三軒の病院はマイアミ都市圏にばらばらに分散していた。まず西を目指す。湿地帯を貫くフリーウェイを三十分ほど走り続けて、真新しい住宅が広がる街に出た。車を降りると、ホセが小さく伸びをする。

「この辺りは? もうマイアミ市じゃないんだな」

「ああ。でも、マイアミのダウンタウンへの通勤圏内ではあるよ」

「車で三十分か」

「朝だと一時間以上かかるだろうな。この辺は渋滞がひどくてね。日本も似たようなもんだろう?」

「日本の場合は車じゃなくて電車に揺られるんだけど。でも、通勤で一時間も車を運転するのも大変だろうな」

「自分一人になれる貴重な時間じゃないか。さて、そこの建物らしい」

一見したところ、個人の住宅と見まがうほど小さな病院だった。車が五台停められる駐車場があり、その一角に「売り出し中」の看板が立っていた。正面、そして裏に回って様子を窺ったが、人気はない。電気も通じていなかった。

「これじゃ、手術どころか、子どもを預かっておくのも無理だな」

「そうだな。じゃあ、二軒目に行くか」

「了解」疲れた様子で首を振って、ホセが車に乗りこむ。私はまた氷入りのビニール袋を後頭部にあてがい、頭とヘッドレストで挟みこんだ。じわじわと冷たさが広がり、痛みが遠ざかる。電話が鳴り出した。七海であることを確認して出ると、その弾みにビニール袋が背中までずり落ちる。

「今、病院を当たってる」

「何か摑んだのか」驚いたように七海が言った。「こっちでも病院の線を当たってるんだ。結局ＦＢＩも、お前と同じ結論に達したんだよ」

「また連中と競争か」

「俺もそっちに行く準備をしてる。明日の朝一番で向かうから」

「よく許可が出たな」

「あくまでFBIのお手伝いっていう名目だけどな」

「お前がいれば心強いよ」

「任せておけ」急に声を潜める。「でも、勇樹は大丈夫なんだろうな」

「それは俺が知りたいよ」

「手術について専門家に聞いてみたんだが、完全に安全とは言えないそうだ。大人でも失敗する可能性があるし、百パーセント安全な手術なんかあり得ない」

「分かってる。だから、事が起こる前に何とかしないと……それより、どう思う」

「何が」

「勇樹が、一人の子どもの命を救えるかもしれない」

「馬鹿言うな！」七海の怒声が私の耳を突き抜けた。「奴らがこの情報をどこで手に入れたと思う？　間違いなく違法な手段だぞ。それにこれは誘拐事件なんだ。重罪だ」

「それと子どもの問題は別じゃないか」七海の怒りに比して、私は自分でも驚くほど冷静だった。

「同じことだ」歯嚙みする音まで聞こえてきそうだった。

「悪党の子どもは悪党だって言い切れるのか？」

「違うのかよ」

「短絡的過ぎる。親と子は別人格だ」

七海が不機嫌に黙りこんだ。

「七海、逆の立場だったらどうする。勇樹が難しい病気になって、骨髄移植が必要だったら。正式の形でドナーが見つからなければ、お前だって、どんな手段を使っても何とかしようとするだろう」

「勇樹は俺たちの家族だ。ギャングの身内じゃない」

「ギャングの家族なら、見殺しにしてもいいのか」

「了」七海の声から力が抜けた。「今この話をしても仕方ないな……いや、この件は永遠に議論しない。ここで封印する。俺は……俺は……」

「どうした」

「何でもない。答えの出ない議論を吹っかけるなよ」

七海が乱暴に電話を切った。悪党の子どもは悪党。そう言い切るのは簡単である。だが、救うことのできる命が目の前にあった時、人はどう動くべきなのか。

南東方面へ転進する。例のクリニックのあるココナツ・グローブの近くで、マイアミのダウンタウンと近郊を結ぶメトロレールの高架脇にある小さな病院だった。やはり照明は落ちており、人の気配は感じられない。

「二軒目も外れ、か」ホセが溜息をつく。

「もう一軒ある」

「あんた、本当に前向きだな」

「後ろを向いてる暇がないんだ」腕時計を見下ろす。日付が変わろうとしていた。

「行くか」ホセが疲れた声で言って目を閉じ、眉根を揉んだ。

「俺一人でもいいぞ。疲れてるだろう」

「馬鹿言うな。相棒の面倒は最後まで見るよ」疲労の仮面の下から、奇妙に素敵な笑顔が覗いた。

「すまん」自然に頭が下がる。

「あんた、恐縮し過ぎだよ」

「いや、本当にすまないと思ってるんだ」

「何言ってる。仲間じゃないか」

その言葉に、すっと顔が上がる。ずっと一人のつもりだった。事件に取り組む時、組織の中で仕事をしていても、本質的には自分だけで動いている気でいたし、それでいいと思っていた。

それがとんでもない間違いだったことが、今は分かっている。様々な状況で、多くの人が私を支えてくれた。それを表に出す人も出さない人もいたが、無数の人の助力の上で私が踊っていただけなのは間違いない。とんだ世間知らずのガキではないか。周りの状況が見えていなかった。しかしこうやって、バッジの力もなく見知らぬ街に放り出された時、ホセやB・Jの助力が身に染みる。礼を言うことしかできない自分が情けなくもあった。彼らに借りを返すチャンスなど、この先まずないのだから。この一件の片がついたら、私は東京へ送り返されるだろう。それも厳しい意見なり警告なりを付されて。警視庁にとどまれるかどうかも分からない。

もしもそうなっても、彼らが貸してくれた力を忘れたくはない。自分一人で生きているなどと、思い上がった間違いに陥りたくはなかった。

「どうした、ぼうっとして」

「いや、何でもない」暗闇に沈む自分の靴を見下ろした。いつもは渋い光を湛《たた》える肉厚のコードバンのブーツも、今は輝きを失っている。「行こうか。もう一頑張りだ」

「一頑張りで済むかどうかかね」

「予感がするんだよ」言葉にすると、背中の産毛が逆立つような感じがした。「俺たちは近づいてる」

「中心に」

「そういうことだ」

「背中を見張っててくれよ」ホセがキーを闇に放り上げた。右手を右から左にさっと動かし、顔の前でキャッチする。

「あんたの場合、背中から襲って来るのは女の子だけじゃないのか」

「言ってくれるね」ホセがにやりと笑った。歯が溶けそうなほど甘いペカンパイの味を思い出させる笑顔だったが、こういう顔が好きな女の子は確かにいるだろう。彼の自慢話を思い出す。一人でベッドに寝たのは久しぶり、とか何とか。


予感は現実になった。廃業したはずの病院に小さな灯りが点っている。場所はマイアミのダウンタウンの一角。環状線になっているメトロムーバーのすぐ内側に位置する場所だった。

「おいおい、お前さんの予感ってのは大したもんだな」ホセがつぶやく。私たちは道路脇に寄せて停めた車の陰に隠れて、建物の様子を窺っていた。二つのビルに挟まれた小さな二階建ての建物で、壁は真っ白な漆喰《しっくい》、屋根はくすんだオレンジ色の瓦に覆われている。道路に面した小さな窓から淡い光が漏れ出ていたが、これだけでは人がいる証拠にはならない。だが、これまで見てきた二軒とは明らかに様子が違う。何百時間も張り込みを経験していると、離れたところからでも人の気配を感じられるようになるものだ。

「このまま張り込むか？」ホセが指を鳴らした。

「そうだな」この時間、動きがあるとは思えないが、万が一ということもある。いや、その前にこちらから先手を打つか。

「忍びこみたい？」ホセがウィンクしながらにやりと笑った。

「どうして分かった」

「そんな顔してるよ。やってみるか？　ただし今回は、上手く行くとは限らないぜ。中に誰かいたら、トラブルの真ん中に突っこむようなもんだ」

「トラブル、か。控えめな言い方だな」

「ま、乗れよ」

促されるまま、フェラーリの助手席に腰を下ろした。先に乗りこんでいたホセは、いつの間にか拳銃を手にしている。銃身を握って私に差し出した。

「持ってた方がいいだろう」

「あんたは？」

ホセがジーンズの裾をめくり上げた。くくりつけた小型の拳銃が覗く。なるほど、彼がブーツも履かないのにブーツカットのジーンズを履いている理由が分かった。

「そんなちっぽけな銃じゃ、役に立たないだろう。いざという時にも抜きにくい」

「気休めみたいなもんだよ。こんな銃でも、急所に当てれば相手を止められるし」

「先に撃たれなければ、だ」

「嫌なこと言うね」

彼の手の中で鈍い輝きを放つ銃を見つめた。相手は何をしてくるか分からない。丸腰で立ち向かうのは、ドン・キホーテ的行為と笑われるだけでは済まされない愚考だ。それを考えても、銃には抵抗感がある。望まぬ状況で人を撃ち殺した記憶は、薄れてはいても消えはしない。

「遠慮しておく」

「どうして」

「ホルスターがないから」

ホセの視線が私を舐《な》め回した。彼はもちろん、私が呑みこんだまま消化できずにいる過去の事情を知らない。だが、一瞬のうちに何かを感じ取ったようだ。

「分かった。カバーしてやるよ」

「すまん」

「何度も謝るな」ホセがにやりと笑う。「さて、少し下見をしておくか」

彼が先に立ち、まず道路の反対側から病院の様子を観察した。建物を抉《えぐ》るような形で駐車場が作られており、車が一台だけ、頭から突っこむ格好で停まっている。ナンバーを控え、道路を渡って車の脇を通り過ぎる時に、何気なくボンネットに手を置いた。冷え切っているが、この車が事件と関係あるかどうかさえ分からない。

「少し待とう」ホセに声をかけ、車に戻る。彼もトーラスの助手席に落ちついた。

「どうする？　入るか？」

「いや、ちょっと待とう。嫌な予感がするんだ」

一台の車が前から走ってきて、一瞬だけスピードを落とす。病院の様子を窺っているようにも見えたが、そのまますぐに走り去った。地元のナンバー。簡単に匿名《とくめい》になる、特徴のないセダン。

「ＦＢＩかな」ホセがつぶやく。

「そうかもしれない」

「追いつかれたか」

「あるいは」

この事件には何十人もの人間が群がり、それぞれの目的、欲望に突き動かされて走り回っている。味方は少なく、敵の数を数えたら目が回りそうだ。きつく目を閉じ、意識を尖《とが》らせようとする。

電話が不吉な呼び出し音を奏で始めた。

5

「まだ懲《こ》りてないようだな」

「チャーリー・ワン」その名前を呼ぶ自分の声は、どこか遠くで響くようだった。

「上手く命拾いしたじゃないか」

「あんたの手下も、大したことはないな。やれる時に確実にやっておかないと、後で後悔することになる」

「チャーリー・ワン」の名前を聞いて、ホセが足首のホルスターから拳銃を引き抜き、通りに鋭い視線を飛ばした。

「一つだけ教えておいてやろう。あんたは心配し過ぎなんだよ」

「心配して当然だ」

「今回の件では、誰も死なない。俺の名前にかけて保証する」

「お前みたいなクズ野郎の保証なんか、当てにならない」

「勝手にほざけ」乾いた笑い声が電話の向こうで広がった。

「いくらでも言ってやる。いつまで冷静な振りをしていられる？」

「まあまあ」チャーリー・ワンの声は、明らかにこの状況を面白がっていた。「冷静が俺のミドルネームでね」

「俺は必ずお前を捕まえる」

「無理だな。いいか、お前にこんなことを言う義理はないんだが、俺は余計な罪を背負うつもりはないからはっきりさせておこう。今回の件は、全部伯父貴が計画したことなんだぜ」

「そしてお前もその事情を知ってる。共犯だ。罪を認めてるようなもんだぜ」

「そう考えるのはそっちの勝手だ。後でまた連絡するよ」チャーリー・ワンの声が急に事務的になった。「お前にとってはいい知らせになるだろうな。俺には感謝してもらわないと」

「待て――」

「ただし、お前がそれまで生きていればの話だ」

「おい」

電話は一方的に切られた。何もかも中途半端だ。チャーリー・ワンはどうしてこんな電話をかけてきたのか。トミー・ワンに一方的に罪を被《かぶ》せて、私がそれを信じこむとでも思っているのだろうか。それに、「いい知らせ」とは何だ。嘲笑うようなあの物言い――いや、違う。あの男はごく真面目な調子で喋っていた。

チャーリー・ワンが極めて真剣だったことはすぐに証明された――お前がそれまで生きていれば。


銃声に続き、トーラスの窓ガラスが崩れ落ちた。粉々になったガラスを体中に浴びながら、反射的に身を伏せる。銃弾がボディに穴を開ける鋭い音が立て続けに響いた。ホセが助手席のドアを開け、頭から歩道に飛び出す。私はシフトレバーにジーンズを引っかけながら、何とか彼の後に続いた。歩道に伏せていたホセが、私に銃を放って寄越す。地面すれすれでキャッチすると、エンジンルームの方に動いてボンネットの上に手だけ突き出し、銃を構える。

銃声が止《や》んだ。タイヤがアスファルトの上で空転する甲高い音が耳に入り、硝煙の臭いにゴムが焼ける臭いが混じり合う。思い切って顔を上げ、ボンネット越しに周囲の様子を確認した。巨大なSUVが、派手に尻を振りながら交差点を左折するところだった。そちらに銃口を向けたが、撃ち返す暇もなくテールランプが闇に消える。

「クソ」ホセが悪態をつく。「トーラスの修理代、絶対出させてやる」

必要なのは修理代だけではなかった。左肩を押さえたホセの指の隙間から、血が溢れ出ている。修理代に治療費も上乗せしろ、という冗談は言えなかった。

遠くでサイレンが鳴り出した。深夜、しかもドラッグの売人が闇に紛れてうろついているような場所だから発砲騒ぎは珍しくないかもしれないが、トーラスのボディにミシン目のような跡が残る銃撃戦となると、警察も見逃すわけにはいかないだろう。

「逃げるぞ」肩を押さえたまま、ホセがフェラーリのドアに手をかけたが、呻き声を漏らしてしゃがみこんでしまった。手を貸して運転席に押しこみ、私はトーラスに乗りこんだ。尻の下で、ガラスの破片がじゃりじゃりと嫌な音を立てる。幸いエンジンには異常がなく、一発で息を吹き返した。フェラーリがアスファルトにタイヤを噛みつかせながら急発進する。その後に続くと、破れた窓から湿った風が吹きこんで顔を叩いた。冷や汗が背中を伝う。私をかすめた銃弾が、ホセの肩に食いこんだはずだ。生と死は、常に数十センチの差に過ぎない。

ホセの家にたどり着くまで、長い二十分だった。ホセは家の周囲を警戒する余力もなく、ドアを開けるとその場に倒れこんだ。肩を貸してソファに座らせ、肩の辺りが黒く染まったジャケットを脱がせる。直径二十センチほどの染みができた絹のシャツを引き裂くと、醜く変色した傷跡が顔を現した。が、命に係わるものではないと判断する。おそらく、私がアトランタで負ったのと同じ程度の傷だろう。

「死にそうか、俺?」

「心配いらない」短く断言して安心させておいてから、薬戸棚を探って治療に必要なものを揃える。悲鳴を浴びながら消毒薬で傷の周辺を洗うと、銃創ではないことが分かった。鋭く、長く切れてはいるが、明らかにガラスによる傷だ。

「大丈夫。撃たれてないよ」

「まさか」ホセが抗議する。「こんなに痛むんだぜ」

「ガラスの切り傷だ。すぐ治る」

「何てこった」自由な右手で額を叩く。「死なない程度の怪我は、女の子に同情してもらう最大のチャンスなんだぜ。看病してもらううちに、本当の愛が生まれるんだ」

「あんたなら、怪我なんかしなくても女の子は寄って来るだろう」

「そりゃあそうだけど、俺は真実の愛が欲しい」

軽口が出始めたので大丈夫だ、と判断する。テーピングテープで処理し、気つけ薬代わりにテキーラのボトルとグラスを渡してやった。長時間お預けを食った犬のように酒を奪い取ると、指二本分を注いで一気に呑み干す。しばらく苦しそうに咳《せ》きこんでいたが、何とかそれを抑えると、ソファにだらしなく腰かけ直した。

「一体何があったんだ」固めた拳に顎を載せて、ホセが前のめりになる。「連中なんだろう？」

「あの直前、電話で忠告された」

「チャーリー・ワンか」グラスを手に取って乱暴にテキーラを注いだが、今度は口をつけなかった。宙に浮かせたまま、ぼんやりした声でつぶやく。「何考えてるんだか」

「警告が終わった瞬間にあのザマだ」

「ということは、奴はすぐ近くにいたんじゃないかな。もしかしたら、あの車に乗ってたのかもしれない」

「ああ」

「奴の考えが分からんよ。本当に殺すつもりなら、警告なんかしないでいきなり撃ってくるはずだよな」

「まあ、ここで考えても仕方ないか。それよりあの病院、どうする」

「そうだな」

「これからもう一度出かける」

「おいおい、連中だってもう手を打ってるはずだぜ。俺たちが近づいたら、また襲ってくるぞ」

「それはそうだけど、放っておくわけにはいかないだろう」

「そうだな……」ホセが顎を撫でた。まばらに伸び始めた顎鬚を、ぼんやりと引っ張る。「仕方ない。本当はやりたくないけど、助っ人を呼ぶか」

「大丈夫なのか」

私の質問にこめられた様々な疑念を、ホセは瞬時に理解したようだった。

「頼める奴がいる。あの辺にいても目立たない人間だ。秘密は確実に守るし、自分の面倒は自分で見られる」親指から順番に指を折っていく。「俺たちがやるより安全かもしれない」

「あんたが保証してくれるなら」

「命は懸けられないけど、フェラーリを担保にするぐらいは信用できる。ちょっと連絡してみるよ。あんたは、車を何とかしてくれないか？　あんな穴だらけのトーラスが表に出てるとまずい。ガレージに入れてくれ」

「分かった」ズボンのポケットにトーラスの鍵が入っているのを確認して立ち上がる。ホセはぼんやりとした表情を浮かべたまま、尻ポケットから携帯電話を取り出した。

ガレージに車を頭から突っこむ。照明を点けて改めて調べると、自分が細いロープを辛うじて渡りきっただけだということを強く意識させられた。左側の窓は前後とも吹っ飛び、ボディには、シートに座ると腹にあたる位置に一直線に弾痕が走っている。前のホイールにも一発当たっていた。タイヤを撃ち抜かれなかったのは、不幸中の幸いとしか言いようがない。こみ上げる恐怖を何とか呑み下し、灯りを落としてから表に出る。シャッターを下ろすと、一台の車が家の前に滑りこんで来るところだった。額に手を翳してヘッドライトの目くらましから逃れる。運転席に座っている男の顔に見覚えはなかった。まずい、早く家の中に逃げこまないと——歩き出した瞬間に後部のドアが開き、オートンが下り立った。こんな時間だというのに、ワイシャツの襟《えり》は石膏《せっこう》でできたように白く硬く、ピンストライプのスーツもクリーニングに出したばかりのようだった。暗くてはっきりとは見えないが、相変わらず靴もぴかぴかに磨き上げているに違いない。服装に関するポリシーには共鳴できるものがあるが、この男にはもっと他にやることがあるはずだ。

オートンが、ゆっくりとした足取りで近づいて来る。二メートル手前で立ち止まると、舐めるような視線で私を睨みつけた。

「こんばんは」でき得る限り愛想のいい声をかけた。なぜか体が汚れたように感じる。

「怪我の具合はどうだ」オートンの声は冷静だった。

「怪我？」

「あんた、あの病院の前にいただろう」

「あの病院って？」

「惚《とぼ》けるな」途端にオートンの顔が怒りでどす黒く染まる。「手出しをするなと言ったはずだぞ。それも一回じゃない。子どもだって、一度言えば分かるんだよ」

「俺は子どもじゃないからね」

オートンの顔色が朱に変わった。掌に何かが隠されているのではないかと疑うように、握って開いてを繰り返した。

「で、あんたはどうしたいんだ」

「何度も同じことを言わせるな」うんざりした顔つきで、オートンが両手を前に投げ出した。「俺の邪魔をするんじゃない」

「具体的には？」

「いるだけで邪魔なんだ」

「FBIは、そういう言葉で被害者の気持ちを逆撫でするのか」

「被害者？　あんたはカウボーイを気取ってるだけだろうが」

「牛に興味はない」

オートンの頬がひくひくと動く。この程度のブラフで私を止められると思っているのだろうか。本当に逮捕する気があるなら、とうに手を打っているだろう。

「お引き取り下さい」わざと大袈裟に欠伸をしてみせた。「こっちはもう寝る時間だ」

「この件が片づくまで、マイアミ市警であんたの身柄を抑えておくこともできる」

「どういう理由で」

「理屈は何とでもなる」

「この捜査には、ニューヨーク市警が正式に協力してるんだぞ。そっちこそ、スタンドプレーはよせ。手柄が欲しいのは分かるけど、俺に構ってる暇があるならあの子を捜すんだな。捜査の手順を捻《ね》じ曲げてるのはあんたじゃないか。回り道ばかりしてる」

オートンの肩が大きく上下する。「勝手にほざけ」と言い残して車に乗りこみ、音を立ててドアを閉める。

同じような捨て台詞はしばらく前にも聞いた。直後に私を襲ったのは銃弾である。今度は何もなかった。罵声《ばせい》を浴びせるようにアスファルトの上で軋《きし》むタイヤの音を除いては。

ソファの上でうつらうつらしたが、部屋に忍び寄る寒さで目が覚めてしまった。ドアを開けっぱなしにした隣の寝室からは、ホセの穏やかな寝息が聞こえてくる。広いベッドで一人きりの二夜目。申し訳ないと思う気持ちを押し殺し、ジーンズに足を突っこんでブーツの紐を締め上げた。キッチンのカウンターに放り出してあったフェラーリの鍵を手に取り、そっと家を出る。オートロックのドアが確実に閉まったことを確認してから、家の前に停めたフェラーリに乗りこんだ。エンジンに火が入ると、どろどろと轟く音に肝が潰れる。昼間は気にならないが、深夜、静まり返った住宅街の中では、ロックコンサート並みの大音響に聞こえるだろう。慌ててクラッチを踏みこみ、シフトレバーをローに入れて車を出した。慎重に。最初は何ということもなかったが、二速に入れてアクセルを踏む右足に軽く力を入れた瞬間、後ろに引っ張られるような衝撃に見舞われた。慌ててアクセルを戻すと、強烈なエンジンブレーキで体が前のめりになる。

この車の実力なら、ダウンタウンの現場までは十分ほどしかかからないはずだ。だが実際には、神経質なじゃじゃ馬と折り合いをつけるのに精一杯で、病院の前にたどり着いた時には、家を出てから三十分近くが経っていた。一ブロック離れたところにフェラーリを停め、湿った冷たい空気に覆われた路地を歩き出す。病院を張っている車はいない。ＦＢＩが踏みこんで、勇樹を救出してしまったのだろうか――それならそれで、後始末の鑑識作業などが行われているはずである。あれから動きはなかった、と判断する。

汚れたジャージ姿のホームレスがふらふらと近づいて来た。家財道具一式を詰めこんだらしいダッフルバッグを猫背の背中に担ぎ、左手にはマクドナルドのマークが入った大きなカップを握っている。無視してしまえ。そう思ってそっぽを向いたが、男は頼りない足取りで私の方に近づいて来る。仕方ない。小銭を探してポケットに手を突っこんだ瞬間、「ミスタ・ナルサワ?」と声をかけられた。「ナルサワ」の発音がスペイン語訛の巻き舌で奇妙に捩《よじ》れる。無言のまま睨みつけると、顔を上げてにやりと笑った。顔は汚れているが、きちんとクリーニングしているらしい歯は真っ白だった。変装は百パーセント完璧ではない。

「ホセ・カブレラ」

「ああ」それが合言葉になった。これがホセの頼んだ男か。「ミスタ・アントニオ・ガルシア?」

「その通り」手を差し出したが、慌てて引っこめる。「別に汚くはないんだ。化粧品で染めてるだけだからな。でも、握手すると色がつく」

「了解」

ガルシアがビルの隙間に向かって顎をしゃくる。彼の後に続いて、大人一人がようやく体を隠せるほどの空間に身を押しこめた。ここだと、正面にある病院からしか姿が見えないはずだ。

「静かなもんだったぜ」

「銃撃事件の捜査は？」

「俺が来た時、サツの連中はちょうど引き揚げるところだった。肝心の撃たれた車がないんだから、やることもなかったんだろう」

「人の出入りは？」

「ない。少なくとも正面から誰かが出た形跡はないよ。裏口のことは分からんが」

「入り口は正面だけだと思う」

「オーケイ」腕を突き出し、デジタル時計のバックライトを点けて時刻を確認する。「今、四時か。病院の電気が消えたのは二時過ぎだった」

「中に人はいるんだな」

「当然」どこかから取り出した煙草《たばこ》を咥《くわ》え、私にパッケージを差し出して「一本どう？」

と勧めた。首を振って断ると、黄色いビックのライターで火を点け、私の横をすり抜けて歩道に戻った。ぺたりと座りこんで煙草をふかしながら、前を向いたまま話し続ける。

「俺はここに座ってても目立たないから。あんたはそこに隠れてればいい」

「いや、あんたの仕事はここまでだ」

「ああ？」ガルシアが目をむいた。「何言ってるんだよ。朝の六時まではここで張るようにホセから言われてる。それは契約だ」

「俺一人でやるよ」

「だいたい、そこがおかしいんだよな」ビルの壁に背中を押しつけたまま、ガルシアがずるずると立ち上がる。「見張る人間がいないからって頼まれたんだぜ。あんたが来るなんて話は聞いてない」

「一人いれば十分だ」

「分からんな」ガルシアの声に苛立ちが混じる。「これは俺の仕事なんだ」

「あんた、ホセの仲間だよな」

「仲間っていうのとはちょっと違うが……同じ商売をしてるのは間違いない。お互いに、何かあった時は手を貸す約束になってる」

「その約束には、命のやり取りまでは入ってないだろう」

「ヘイ、あんた、俺のことを心配してるのか？」ガルシアが大きく目を見開いた。

「当たり前だ。金を払えばそれでいいって問題じゃないんだよ。とにかく、今は俺がいるんだから、あんたが危ない目に遭う必要はない」

「そう言うあんたこそ、そんな格好で命が惜しくないのか」言うなり、ガルシアがTシャツをめくり上げた。鈍いグレイの輝きを放つ防弾チョッキが覗く。「俺はしっかり準備してるけどね。これでもプロなんだぜ。こういうことで金を貰《もら》ってるんだから」

返す言葉もない。ホセの友人というだけでこの男を信用していいのかどうか、まだ判断できなかったが、一人より二人の方が心強いのは間違いない。

「とにかくこっちは準備万端だ」ダッフルバッグを歩道に下ろし、大きく口を広げてみせる。オートマチック拳銃。マガジン。手榴弾。よりによってグレネード・ランチャー。

「戦争でも始めるつもりか」声がしわがれる。この国の病巣を、夜のマイアミではっきりと見た。

「心配するなって。こいつはただの閃光弾だ」手榴弾を指先で撫でる。

「グレネード・ランチャーはどうするんだよ。ここは戦場じゃないんだぜ」

「突入しなくちゃいけないかもしれないだろう？　こいつがあれば、一発で確実に壁を壊せる」

「あそこへは、暗いうちに静かに侵入するつもりだ」

「そんな呑気なことでいいのか」

「俺には俺のやり方がある。誰も傷つけたくない」

「甘いな、あんた」ガルシアが目を眇めた。「一気に片をつけないと、被害が大きくなるかもしれないぜ。俺はこれを『マイアミの電撃作戦』と名づけたい」

「中に子どもがいるんだ」財布を取り出し、勇樹の写真を取り出した。続いてもう一枚、山岡から借りてきたジェイクの写真も。アイリスと二人、ブランコに乗って満面の笑みを浮かべている。二枚の写真を掌の上で並べて眺める。勇樹とジェイクの顔が、どうしても頭の中で重なり合う。この事件がどのような形で解決するにせよ、後に残るのは苦い結末だろう。私は、誰にも明かせない秘密を一人で背負いこむべきかもしれない。その覚悟はあるのか、と自問した。

私はこれまで、人に言えない行為を重ねてきた。が、優美と出会って重い秘密を打ち明けたことで、少しずつ落ち着きを手に入れることができたと思う。だが再び自分の中に闇を呑みこんでしまったら、今度は話す相手がいない。自分のことではないのだ。だが、他人のことであるからこそ、秘密は背骨をへし折るほど重く感じられるだろう。

「バックアップしてもらえるか」会ったばかりの男にこんなことを言っているのが信じ

られなかった。七海は「自分だけは信じろ」と口癖のように唱える。私が唯一、安心して背中を任せられる人間は彼ぐらいのものだった。今はその列にB・J、もしかしたらホセも加わっている。だが、ガルシアとの関係はまだ細く薄い。

「あんた、刑事なんだよな」

「しかも日本の刑事だ」

　呆れたようにガルシアが首を振る。

「はるばる遠くで、えらく面倒なことに巻きこまれてるんだな」

「ああ」

「こっちは慣れてるよ。じゃあ、俺が……」ガルシアが急に黙りこみ、唇に人差し指を当てた。二人揃って、慌ててビルの狭間《はざま》に引っこみ、顔を突き出して様子を窺う。最初にガルシアが緊張を解いた。「何だ、ホセか」

　ホセは黒い革のフライトジャケットを着て、左腕を右手で抱える格好でこちらに近づいてきた。欠伸を嚙み殺すと、私たちに向けて右手の人差し指を振る。狭い空間に入って来ると、ガルシアと素早く笑みを交換し合ってから私を非難し始めた。

「置いてきぼりはひどいんじゃないか」

「これ以上、あんたを危ない目に遭わせるわけにはいかないんだよ、ホセ」

「気にするな」大欠伸。私に取りついている緊張感は、彼には無縁のようだった。「どうせ病院に忍びこもうとしてたんだろう？　でも、あんたには無理だよ」

「それは今、俺も言った」ガルシアが同調する。「こういうことは、プロに任せるべきじゃないか」

「なあ」にやりと笑って、ホセが薄いカードを取り出す。またもやアメックスだった。

「こいつで何とかしよう。プロの技をお見せするよ」

一分後、私たちは道路を渡って病院の前で散開した。ホセがドアに取りつき、ガルシアが左、私が右で建物の壁に張りつく。ガルシアはオートマチックを右手に構えていたが、私は依然として丸腰だった。いつ火を噴くか分からない状況で意地を張るのが、無意味だということはよく分かっている。今銃を持たない理由を挙げるとすれば、人を撃つところを勇樹に見られたくないからだ。

ドアの前に屈みこんだホセが、三十秒でロックを解除する。ドアは開けずに、私たちに目配せした。ドアの前に集まると、まずガルシアが不満そうに唇を歪める。

「グレネード・ランチャーはいらないか？」

「そんなもの、しまっておけよ。怪我人が出るぞ」ホセがうんざりしたように言って、私に顔を向けた。「お前、いい加減に武器を集める趣味はやめろよ。そのうち本当にパ

アメリカでは武器に対する考え方が日本とは全く違う。銃に対する規制の緩さがその象徴だ。ガルシアが趣味で武器を集め、それを使う機会を密《ひそ》かに狙っているとしても驚くべきことではないのだろう。

「まあまあ、そう言わずに」ガルシアがにやにやしながら言った。ダッフルバッグに手を突っこみ、手榴弾のように見える閃光弾を取り出す。「せめてこいつを使わないか？目くらましになる」

「誰の目くらましをするんだよ」ホセが苛立たしげに拳を太腿《ふともも》に叩きつける。「中には子どもの病人がいるかもしれないんだぞ」

「そうか。子どもがいるんじゃ仕方ないな」ガルシアは結局、閃光弾をバッグにしまったが、突き出した唇はまだ無言で不満を表明していた。

「だいたい俺は、張り込みを頼んだだけなんだぜ。武器を用意しろなんて一言も言ってない」ホセの説教が続く。

「おいおい、素手でこの街を歩けると思ってるのかよ」

「俺は素手だけど」私が言うと、ガルシアが「何考えてるんだ」とでも言いたげな表情を浮かべて皮肉を吐いた。

「殺して下さいと言ってるようなもんだぞ、それは」

「まだ生きてる」

「まああ、その辺で」ホセが割って入る。「俺が先に行く。リョウは二番目。アントニオはしんがりについてくれ」

「了解」不満気に言って、ダッフルバッグからオートマチックを取り出す。

ホセがドアに取りつく。慎重に開け始め、体が入る隙間ができたところで一気に押し入った。一歩遅れて後に続く。暗闇の中、すぐにホセの背中にぶつかり、後続のガルシアの銃口が肩の辺りに触れた。息を殺して、目が慣れるのを待つ。

「俺が先に行こうか」囁《ささや》くようにガルシアが言った。「暗視スコープがある」

「大丈夫だ。ちゃんと見えてる」ホセがガルシアの申し出を拒絶して、ゆっくり前進し始めた。私はまだ暗闇の中にいる。右手を伸ばすと壁に触れた。そのままゆっくりとホセの背中の影を追う。ようやく彼の体が見えるようになった途端、水平に挙げた右手で動きを制された。

待合室に出たようだ。そっけないプラスチック製のベンチが二列に並んでいるだけで、人気はない。確かに灯りは点いていたのだが、今はもぬけの殻のようにも思えた。とすると、やはり裏口があったのか？　銃撃戦の混乱の最中にそこから脱出しようとすれば、不可能ではないだろう。

病院は最初に予想していたよりも奥が深く、探索するのに思ったよりも時間がかかった。事務室、診察室、病室を一つ一つ覗いていく。手術室——緊張が高まり、ドアを開ける瞬間には心臓が破裂しそうになったが、誰もいない。少なくとも私が見た限り、何かが行われた形跡もなかった。だが、ガルシアの鼻は何かを嗅ぎつけたようだった。

「消毒薬の臭いがする」

「病院だから当たり前だろう」ホセがたしなめたが、ガルシアは気にする様子もない。

「いや、新しい臭いだ」

「ここで手術でもしたっていうのか」

私が詰め寄ると、ガルシアが短くうなずいた。

「詳しく調べりゃすぐ分かるよ。しかし、ここに誰もいないってことは、もう撤収したのかもしれないな」

手術室を出た。細長い廊下の両側に、調べるべき部屋はまだ幾つか残っている。どこからか風が吹きこんできた。正面のドアは閉めたはずだが……ホセと顔を見合わせ、廊下の奥に向かって目を凝らす。糸のように細い隙間から、街の灯りが忍びこんでいる。

走り出した。二人が後に続く。リノリウムの廊下を打つ激しい足音が入り乱れた。右のストレートで打ち抜く勢いでドアを開ける。私の眼前で、銃口が巨大な穴となって待ち受けていた。

「伏せろ！」

ホセの声が響き、私はヘッドスライディングするように体を投げ出した。頭上で銃弾が行き交ったが、勝負はすぐについた。ホセが興奮に震える声で「オーケイ」と宣する。二人の男がミニバンの左右に倒れていた。アジア系。病院の裏では、新しいビルの基礎工事が行われていた。道路と工事現場を隔てる木製の塀の一部が取り外されている。ここから脱出しようとしたのは間違いない。

二人とも右腕を撃たれていた。揃って祈りを捧げるように両膝をつき、私たちを恨めしそうに見上げている。ホセとガルシアが男たちに近づき、地面に落ちた拳銃を取り上げた。ガルシアが手錠を二つ取り出し、男たちの左手首にかけて、それぞれミニバンのミラーにつなぐ。

「子どもはどうした」私は左側の男に近づき、胸倉を絞り上げた。男の顔が赤く、すぐに白くなる。だが唇は固く結ばれたままで、言葉は胸の奥深くに閉じこめられたままだった。「中にいるのか！」

無言。肩を叩かれて振り返ると、ガルシアが薄い笑みを浮かべて首を振っていた。私を押しのけて男の前に立つと、何の警告もなしに右の太腿に銃弾を撃ちこむ。男が短い悲鳴をあげて屈みこもうとしたが、左手の手錠にぶら下がる格好になった。間髪入れず、左の太腿も撃つ。

「よせ!」ガルシアの胸を押して後ろへ下がらせる。彼の顔には薄い笑みが張りついたままだった。「アマチュアが」とつぶやいたが、それが私に向けられた言葉なのか、二人の男を罵《ののし》ったものなのかは分からなかった。

だが乱暴ではあっても、ガルシアのやり方は間違いなくプロのそれだった。二人は命の危険を深刻に感じ取ったのか、すぐに喋り始めたのである。筋書きではなく断片を。だが私にはそれで十分だった。

救急車と警察を呼ぼうという話は誰からも出なかった。ガルシアが例の巨大なダッフルバッグから止血帯を取り出して応急手当をし、猿轡《さるぐつわ》をかませた上で携帯電話を取り上げ、その場に放置しておくことにした。銃声は警察を引きつけるかもしれないが、その時はその時だ。

裏口に近い病室のドアをそっと開ける。暗闇の中、ベッドに腰かけた人影がぼんやりと見えた。子どもではない。

「ミズ・アイリス・ワン？」

声をかけたが返事はない。手探りで照明のスイッチを探し、部屋の様子を灯りの下に晒す。

アイリスが私の胸の真ん中を銃で狙っていた。

6

「ミズ・ワン」

「その名前で呼ばないで」初めて聞く彼女の声は、名前の可憐さから想像していたのとは違い、低く落ち着いたものだった。だが、最初からそんな声ではなかったのかもしれない。神経をすり減らす出来事が長年続いて、声の軽やかさすら奪われてしまったのではないだろうか。小柄でほっそりとした女性で、病的なまでの顔の白さが目立つ。トミー・ワンに似ているか？　分からない。目と鼻筋に滲み出す力強さは、意思の強固さを感じさせるものではあったが。

「だったら、アイリス」

「その方がましね」

「銃を下ろしてくれませんか、アイリス。私は武器を持っていません」

「あなた、誰なの」銃を持つアイリスの腕は微動だにしなかった。大砲と見まがうばかりの口径で、彼女の細い腕では持ち上げるだけで精一杯のはずなのに。

名乗り、身分を明かす。怒り、諦め、恐怖、わずかな安堵《あんど》の色。彼女の顔が複雑な表情でまだらになった。

「銃を下ろしてくれませんか」繰り返したが、彼女を武装解除したのは、私の両肩越しに狙いを定める二つの銃だった。ようやくそれに気づいたアイリスが、足元にそっと銃を置いて立ち上がる。私の横をすり抜けたガルシアが素早く銃を拾い上げる。短く口笛を吹いてから、まじまじと見つめた。

「四十四口径。こいつで撃たれたら、パイ皿みたいな穴が開くぜ。女性向けじゃないな——失礼、性差別するつもりはないんだが」

「私のじゃないわ。押しつけられたのよ」アイリスが弁解する。

「あの子は——ユウキはどこなんですか」声が上滑りするのを感じながら私は訊ねた。

「ああ」途端に声が強張る。小さく首を動かし、隣の部屋に通じるドアを見やった。そその目からは力が抜けている。「その子のことは知らないわ」

「そのことについては、あなたと話し合うつもりはありません。あなたが話さなくても、いずれ明らかになります。息子さんは隣の部屋ですか」

「そう――開けないで！」振り絞るような強い声に、熱っぽい部屋の空気が凍りつく。

「隣は無菌室なんですね」

「そうよ」

体の力が抜ける。骨髄移植は終わってしまったのだ。手術後、容態が安定し、拒絶反応や感染症の恐れがなくなるまで、アイリスの息子は無菌室で過ごすことになる。だが、勇樹はどこへ行ったのか。ドナー側は、移植を受ける患者に比べればさして負担はないはずだが、それは大人の場合である。

「ドナーの男の子はどうしたんですか」

「知らないのよ」アイリスが繰り返す。「私は、何も知らされてなかったから」

「これは全部、トミー・ワンが――あなたの父親が仕組んだことなんですね」

「その名前は聞きたくないわ」アイリスが両手をきつく組み合わせる。骨ばった細い手は、今にも折れてしまいそうだった。

「あなたは自分の父親を憎んでいた。だからニューヨークを捨てて、家族との縁を切って、新しい生活を始めようとした。そのためにロス経由でアトランタに行ったんですね」

「自分の父親がマフィアだなんて、あなただったら我慢できる？　友だちにも避けられるし、恋人もできない。そんな生活、地獄よ。それに、自分の父親が犯罪者だっていう事実が、いつも重くのしかかってた」挑みかかるような鋭い口調だったが、ささやき声にしか聞こえなかった。

「そのことについては、論評するつもりはありません」俺の父親はマフィアじゃないから。言葉を呑みこんだ。彼女に乱暴な台詞を投げつけても、何も前へ進まない。「確認させて下さい。あなたの息子さんは難しい血液の病気だった。最終的に治すためには、骨髄移植しか方法がない。だけど、ドナーが見つからなかった。そうですね」

無言でうなずく。私が話している間にも、彼女は花が枯れるように萎《しぼ》み始めていた。

「どうして事情を知ったのかは分かりませんが、突然あなたの父親が現れた。あの男にしてみれば、孫を助けたい一心だったんでしょう。そのうち、自分でドナーを見つけたんです。それは……」途方もない想像が頭の中を占領した。「とにかくドナーが見つかった。本来なら移植手術は許されない年齢です。でもあの男は、自分の大事な孫を助けるためにドナーをさらった。頭を下げられる相手ではないし、金を積んでも動かないことは分かっていたからです」

何という皮肉か。孫を助けられるただ一人の人間は、自分がかつて殺した夫婦の孫だったのだ。トミー・ワンもジレンマに陥ったはずだが、出てきた結果は、マフィアらしいといえばらしい強引なやり方だった。

「あなたは結局、トミー・ワンの提案に従わざるを得なかった。息子さんの命を救うためには、それしか方法がなかったからです」

「私にはどうしようもなかったのよ。ジェイクの病状が急に悪化して……」アイリスがスカートを握り締める。「滅茶苦茶な話だってことは分かってた。でも私は、ドナーが誰なのかは知らない。それだけは本当なの」

「ジェイクの父親は誰なんですか」

アイリスが顔を上げる。そんなことを聞いてどうする、と言いたそうだったが、私は追及の手を緩めなかった。

「赤の他人とＨＬＡ型が一致する確率は非常に低い。ジェイクの父親は誰なんですか」

私の声に潜む真剣さに気づいたのか、戸惑った末にアイリスはその名前を告げた。まさか。想像していたことが本当になってしまうとは。事実ではない、偶然だ。そう思い込もうとしたが、彼女から詳しく事実を聴くうちに、曖昧な想像は確信に変わった。だが私は、真実を教えることができない。アイリスは今でも十分罪の念を感じているはずだが、事実を知れば生涯拭い切れない重荷を背負うことになるはずだ。そして私には、彼女に有罪を言い渡す権利も、それがあなたの運命だと突き放す傲慢さもない。

知ってしまったことで、私の心の中では後悔の念が激しく渦巻いた。

トミー・ワンを思う。あんな男でも、いや、あんな男だからこそ、家族は何よりも大事なのだろう。チンピラたちが好き勝手に汚していたブルックリンの豪邸を思い出す。あの広い家に一人座り、夜を無為に過ごすのはどんな気分だったか。たくさんの人間に傅《かしず》かれ、使い切れないほどの金を金庫にしまっていても、心には大きな穴が開いたままだったに違いない。

私は怒るべきなのだ。トミー・ワンは私の一番大事な人間を傷つけ、地獄の底を覗くような不安に陥《おとし》いれたのだから。この手で絞め殺してやると決意を固めて然《しか》るべきだった。なのに怒りが沸いてこない。首を振って気を取り直し、質問を続ける。

「いつからここにいるんですか」

「一週間前。移植の準備をしてたの。薬の副作用で大変で……あの子、今、髪の毛が一本もないのよ」アイリスの頬を涙が伝った。だが、声はしっかりしている。

「この病院は、あなたの父親が準備したんですね」

「ええ。ジェイクのために、潰れた病院を買い取ったって聞いたわ」

「何かおかしいと思わなかったんですか」つい非難が口を突く。「移植は、設備の整った普通の病院で受けられます。どうしてわざわざ、こんな場所で治療を受けなくちゃならなかったのか。違法なことだと分かってたはずですよね」

「私を責めないで」

そう、責められない。大きく深呼吸し、渦巻き始めた怒りを何とか抑えつけた。

「手術はいつだったんですか」

「四日前」

四日前。勇樹はさらわれた直後に、マイアミまで連れて来られたのだろう。そしてすぐに骨髄液を採取された。移植手術という重々しい言葉ほどには大変なことではないと聞いたことがあるが、子どもがそれに耐えるのは大変なはずである。見守る人間が誰もいない中、恐怖と不安、痛みで押し潰されそうになっていたはずだ。

「今夜、この病院を抜け出す予定だったんですね」

「抜け出す……」犯罪を指摘されたように、アイリスが不機嫌な表情を浮かべた。「私は医者の指示に従ってただけです。そろそろ感染症の心配もなくなるから、別の病院へ移る時期だって言われて」

「医者は……ベニート・サンチェス。それに、アトランタでジェイクの治療をしていた主治医のドクタ・スコットですね。今、どこにいるんですか」

アイリスが無菌室に顔を向けた。雑菌は遠ざけても、音まで防ぐことはできない。ここでの会話は、隠れた二人にも伝わっているだろう。今ごろは、己の行く末を思って不安に怯えているはずだ。あの二人には、たっぷり苦しんでもらわなくてはならない。

「ジェイクはどうなるの？　手術を受けたばかりなのよ。危ないことはしないで。やっと元気になれるんだから」

自分のことより先に息子の身の上を心配したアイリスの態度は、私の迷いをさらに深めた。

「私には何の保証もできません。あなたに何らかの罪があるかどうかは、私ではない別の誰かが判断するでしょう」

「ジェイクはどうなるの」

「あなたが守ってあげて下さい」

「守るわよ」突然、決然とした台詞がアイリスの口から飛び出した。「私は母親だから。どんなに違法なことだったとしても、あの子が生き延びたのは事実だし、何があっても守るわ」

黙って彼女の顔を見つめた。今回の事件について、いつかもっと詳しく話し合う機会があるかもしれない。だが、それは今ではない。事件は終わっていないのだから。

夜明けが近い。薄いオレンジ色の光が街に広がりだし、早くも昼の暑さを予感させる熱気が空気に忍びこんでいた。アイリスとジェイク、撃たれた二人、それに無菌室に潜んだままの二人の医師は警察に任せることにして、私たちはその場を離れた。

「結局、手がかりはなしか」ホセが疲れ切った声でつぶやく。ガルシアは元気で、無言のまま朝の最初の光の中へ消えていった。私も背骨を押しつぶされるような息苦しさを感じていたが、ここで立ち止まるわけにはいかない。

電話が鳴り出した。七海か？　いや、いくら何でもこの時間では早過ぎる。

「子どもはベイフロント・パークにいるよ」チャーリー・ワン。軽い調子だった。

「何だと？」瞬時に頭が沸騰した。

「ベイフロント・パーク。あんたがいる病院のすぐ近くだ。元気だ——というか、命に別状はない」

「何をした」分かってはいる。だが、この男の口からはっきりと聞きたかった。憎しみの対象が欲しかった。

「早く行ってやった方がいいんじゃないか。南フロリダも朝は冷えるぞ……それから、伯父貴はこれから南の端に向かう予定だ」

「南の端？」

「アメリカの南の端。キー・ウェストだよ。そこから逃げるつもりだ」

「どうしてそんなことを俺に教える？」

「決まってるだろう。お前が欲しいのは俺じゃなくて伯父貴だろうが。情報をくれてやったんだから、ここは取り引きといこうじゃないか」

「身内を売る気か」

「身内ね……身内だって他人だ。自分の命より大事なものがあると思うか？」

嘲笑うように言い捨て、チャーリー・ワンが電話を切った。

「ベイフロント・パーク」ホセに向かって怒鳴り、フェラーリの運転席に乗りこむ。助手席のドアが閉まらないうちに、車を発進させた。

「何だ、今の電話は」

「チャーリー・ワンだ」電話の内容を説明した。話しているうちに、怒りと恐怖が胸の中で膨れ上がる。

「クソ、用事がなくなったらその辺に置き去り――」

「急ごう」ホセの非難を遮《さえぎ》る。彼の言葉で、怒りが胸を突き破って噴き出すのを恐れた。今は、冷静さを失ってはいけない時なのだ。「早く病院に連れて行かないと」

ホセの指示通り車を走らせる。ビスケーン・ブルバード――US一号線に出ると、すぐ目の前に巨大なショッピングセンターが見えてきた。

「あれがベイサイド・マーケットプレース。公園はその向こうだ」ホセの説明を聞いて、アクセルに鞭《むち》を入れる。V8エンジンが唸《うな》りを上げ、魂を置き去りにするようにフェラーリが急加速した。綺麗に芝が整備された公園の横に出ると、体が前に放り出されそうになる勢いでブレーキを踏みこみ、エンジンをかけっ放しにしたまま車を飛び降りた。

「勇樹！」人気のない公園に声が木霊《こだま》する。公園のすぐ向こうはビスケーン湾。マイアミ・ビーチの街並みも窺うことができた。強い潮の臭いが鼻をくすぐる。朝露に濡れた芝生がズボンの裾を濡らした。朝靄《あさもや》の中でジョギングしている人の姿もあった。いや、見るとそういう人ばかりである。潮風が吹く眺めのいい公園は、この辺りに住む高齢者にとって、格好のジョギングコースなのだろう。

「勇樹！」叫ぶ。喉が張り裂け、血が流れそうだった。芝生の上を無闇に走り回っているうちに、自分の捜し方がまったく非効率的なものだと気づいたが、一人でどうしろというのか。考えろ。もっと効率よくやらなくては。公園は広いのだ。しかし、足は止まらない。縦横に、斜めに走って木の陰を覗きこみ、ベンチを確認する。息が上がり、撃たれた肩、殴《なぐ》られた頭の傷がうずき始める。吐き気に襲われ、足が震えだして思わず立ち止まった。クソ、何のために普段体を鍛えているのだ。たとえぼろ布のようになっても、やるべき時にやり抜くためではないのか。

顔を上げる。背後から近づく足音に振り返ると、ホセが怪我した肩をマッサージするように近づいて来るところだった。ふと怪訝《けげん》そうな表情を浮かべ、ビスケーン湾に面したベンチを指差す。ジョギングの途中の老人が三人、何かを相談するように顔を寄せ合っていた。一人がベンチの前で屈みこみ、何事か言葉を発する。

走り出す。三歩でトップスピードに乗り、滑りやすい芝生を蹴散らして、十秒で老人たちのところにたどり着いた。驚いた老人たちが一斉に抗議の眼差《まなざ》しを向けたが、無視してベンチを覗きこむ。

自分の股間に顔を埋めるような格好で、勇樹が座りこんでいた。規則正しく背中が動いている。無意識に安堵の溜息が漏れると同時に、視界がぼやけてきた。鼓動が一気に遅くなり、心臓が足元まで落ちてきたように思えた。

「勇樹」

私の呼びかけに、勇樹がびくりと体を震わせる。ゆっくり顔を上げ、眠そうに目を開けると、特大の素敵な笑みを浮かべた。こんな頼りない男に、ベストの表情を見せることなどないのに。

「悪かったな、遅くなって」

「来てくれると思ってた」勇樹の声はかすれていたが、意外にしっかりしていた。ヤンキースのロゴが入ったTシャツにギンガムチェックのシャツ、足首のところでロールアップしたカーゴパンツにコンバースのスニーカーという格好である。誘拐された時の服装とは違うが、そんなことはどうでもいい。

「大変だったな」髪を撫でてやる。ぼさぼさで、何日も風呂に入っていない様子だった。それでも笑みを浮かべ続ける。

「リョウ！」追いついたホセが立ち止まる。うなずくと、いきなり顔を両手で覆い、声を上げて泣き始めた。

「何？」びっくりしたように勇樹が体を震わせる。

「友だちなんだ。お前を捜すのを手伝ってもらってた」

「了には、いい友だちがいるんだね」

「一番の親友はお前だぞ」

「ありがと」

　肩を抱いて立たせようとしたが、その瞬間、勇樹の顔が苦痛に歪んだ。腰を庇《かば》うように体を折り曲げ、右手を背中に回す。

「怪我してるのか？」

「分からない。でも……腰が痛い」

クソ、こんな状態で放り出しやがって。また怒りが燃え盛り始める。

「ホセ、救急車を呼んでくれ」

「了解」涙を拭ったホセが、携帯電話に向かって怒鳴り始めた。

「あの人、大袈裟だね。何だか撮影みたいだよ」

「ヒスパニックはみんなあんな感じなんだ。まだ痛いか？」

「痛いっていうか、痺れてる」

「大丈夫だ」肩を抱き、背中の上の方をさすってやった。「もう大丈夫だ。もうすぐママにも会えるから」

「ママ、怒ってるよね」顔が曇る。

「心配するな。お前が無事に帰れば許してくれるよ」

「怒ってたら、庇ってくれる？」

「当たり前だ。いや、二人で一緒に怒られようか」

にこりと笑う。それでエネルギーを使い果たしてしまったかのように、勇樹は私の腕の中に倒れこんだ。年々大人に近づいているはずなのに、その時の勇樹は赤子のように軽く頼りなく感じられた。

優美は言葉をなくした。喉の奥から搾《しぼ》り出すような声を出すだけで、話にならない。どうやって宥めたものかと思っていると、側に控えていたらしいレスリー・ムーアがしゃしゃり出てきた。

「見つけたんだな？」異常にテンションが上がっている。「よし、よくやった」

「あんたに褒められる筋合いはない」一気に熱が冷めた。

「君は、アメリカのヒーローを救ったんだぞ」

「いいか、余計なことは一言も喋るな。あんたがやるべきなのは、マイアミへ向かう一番早い便を予約して、彼女を乗せることだ。いや、チャーター機を用意しろ。ユウキを早く母親に会わせたい」

「まあまあ、そう慌てるな。こっちでもやっておかなくちゃいけないことがいろいろあるんだ。まずは無事に見つかったというニュースを流さないと。会見も必要だな。ファンを安心させることも我々の仕事だ」

「黙れ」歯嚙みしながら言葉を押し出した。「これ以上喋ったら、家族でもあんただと分からないぐらい顔をぼこぼこにしてやる。やるべきことをさっさとやれ」

揺れる救急車の中で電話を切り、溜息をついた。七海はもうすぐこちらに到着するはずだが、ニューヨークにいてもらうべきだったかもしれない。しっかりした人間が優美の世話をしなければいけないし、それは絶対にあのテレビ屋たちでは無理なのだ。

横たわり、疲れた顔つきで目を瞑《つむ》る勇樹を見やる。自分で救出して最初に抱きしめてやる——その目標を達成したのだから、もう少し満足感に包まれていてもいいはずだった。なのに私の中では、怒りと疑問が入り混じって化学反応を起こし、爆発の臨界点にまで近づいていた。

事件は半分しか終わっていない。このまま逃がすわけにはいかないのだ。

「勇樹、大丈夫か。しっかりしろよ」小声で呼びかけ、肩を揺すると、ストレッチャーの上で勇樹が目を覚ました。あちこちで怒声が飛び交い、早朝の病院は慌しい雰囲気に包まれている。

「了」

「今、ママがこっちに向かってるからな。七海ももうすぐここに来るから、もう心配するな。少し治療しなくちゃいけないけど、すぐに元気になれるから」

「大丈夫」微笑《ほほえ》もうとして顔が歪んだ。クソ、あの藪《やぶ》医者どもめ。会う機会があったら指を全部へし折ってやる。

「ごめんな。行かなくちゃいけないんだ」

悲しげに目を細め、勇樹が右手を伸ばした。私の手首に触れると、泣き出しそうに震える声で告げる。

「一人でいなくちゃ駄目？」

「お前をこんな目に遭わせた奴を捕まえるんだ」

「そうだよね。了は刑事だもんね」自分を納得させるようにうなずく。

「それに、これ以上ここにいると、俺が逮捕されちまうからな」

私の視線は、廊下の先に立ちはだかるオートンの姿を捉えていた。ザマアミロ、と口の中でつぶやく。お前は結局、ピンボールのようにあちこちを飛び回り、得点しないままポケットに落ちてしまったのだ。

「もう行かないと」

「了」

「大丈夫だ」髪をくしゃくしゃにしてやった。そうされると最近は嫌がるのだが、今日ばかりは逆らわない。私の指の感触を安全の保障と受け取っているようだった。

「これ」

ズボンのポケットに手を突っこみ、もぞもぞと動かした。何かを取り出し、私の掌にそっと落とした。冷たく固い感触。

「何だ？」

かすれる声で話してくれた。優しい話だったが、今聞くべきではなかったかもしれない。全ての責任が私にあるのではないかという気になってしまった。

ホセが運転するフェラーリは、キー・ウェストを目指し、フロリダの湿地帯をひた走った。ダウンタウンからひたすら西へ突っ走り、フロリダ・ターンパイクに入って南へ転じ、四十分後にはＵＳ一号線に入る。後はひたすら一直線。トップを下ろしているので、強い陽射しがまともに頭に降り注ぐ。それでなくても頭に血が昇っているので、考えがまとまらない。

「――」

ホセの言葉が耳を素通りした。

「何だって？」

「観光案内でもしてやろうか」

「まさか」

「あんた、ゾンビみたいな顔してるぜ。考え過ぎなんだよ。あの子は無事に見つかったんだから、気楽に行こうぜ」

「駄目だ。まだ犯人を捕まえていない」

「そりゃそうだけど、あの子は無事に助かったんだから、もう少しリラックスしろよ。ここから先はつけ足しみたいなもんだぜ」

「いや、ここからが本番なんだ」

「しかしな——」

「俺はもう被害者じゃない。今は刑事だ」

間に合うのか？　チャーリー・ワンの言葉を信じるにしても、トミー・ワンがマイアミを脱出してから数時間は経っている。マイアミからキー・ウェストまでは、車で三時間から四時間。今頃あの男は、事を成し遂げた満足感を噛み締めながら、キー・ウェストで朝食を楽しんでいるかもしれない。あるいはすでに、どこかへ高飛びしたか。

「キー・ウェストまで行って、そこからどこかへ逃げるとしたら、どんな手がある？」

「まず空港だな。船を使う手もある。カリブ海を回る観光船も出てるし、漁船でもチャーターすればどこにでも逃げられる」

「ああ」

チャーリー・ワン。あの男の真意が読めない。伯父を売ってでも自分が生き残ろうとしていることを堂々と明かした。この事件のシナリオを書いたのはあの男ではないか、という疑念をずっと抱いていたが、私に何度も連絡してきたという事実はそれに反する。切れる男だ、と七海は評していたが、私の考えが及ばないところに狙いがあるのだろうか。

「今、キー・ラーゴに入った。あんた、釣りはするか？」

「最近は全然してないな」

「ダイビングは？」

「泳ぐのは苦手だ」

「そいつは残念だ。時間がある時なら、この辺の海はいろいろ楽しめるんだが」ホセの軽口は、内心の焦りの裏返しである。指先が苛立たしげにハンドルを叩いていた。「キー・ウェストまであと百マイルだな」

「どうして分かる」

「道路脇に、一マイルごとに緑色の標識が出てるんだ。キー・ウェストが基点になってるから、自分の居場所がすぐに分かる」

確かに。すぐに九十九マイルの標識が目の前に迫った。残り、約百六十キロ。次の標識が現れるまで、無限の時間が経ったような感じがした。距離を刻んだ証拠を待ちながら、外の光景をじっと眺める。道路脇の土の部分が洗い抜いたように白いのは、この島がサンゴ礁からできているからだろうか。照り返しが目を焼く。

「もっと飛ばせないのか」実際には、ホセはフェラーリに激しく鞭を当てている。無理矢理車線変更し、追い抜いた車に排気ガスを浴びせてはクラクションの洗礼を受けていた。ちらりと見ると、スピードメーターの針は九十マイル付近を指している。

「無理だよ」ホセが指先でハンドルを叩く。「ここはフリーウェイじゃない。俺だってもっと飛ばしたいけど、これが限界だ」

「ああ」ぼんやりと相槌を打った瞬間、電話が鳴り出した。

「俺だ」七海の声には怒りと安堵の念が入り混じっていた。「今、病院にいる」

「勇樹はどうだ」

「命に別状はない」私たちは同時に安堵の溜息を漏らした。七海が説明を続ける。「一種のショック症状みたいだけど、感染症の心配はなさそうだから、二、三日で退院できると思う。しかし何なんだ、あのクソッタレどもは。子どもにこんなことするなんて、絶対に許さんぞ」

「そもそもの責任は、俺にあるのかもしれない」

「どういうことだ」

自分の推理を話した。話しているうちに気持ちが沈みこみ、優美と勇樹の姿が遠ざかるのを感じる。

「マジかよ……」七海の声が消え入る。

「あくまで推理だ。これから確認する」

「確認してどうする」

「誰かが責任を負わなくちゃいけない。それは……」

「今は、それ以上言うなよ」七海がぴしりと命じた。「まだ事件は終わってないんだ。反省会は後でもできる」

「分かってる。今、キー・ウェストに向かう途中だ」

「キー・ウェスト？」七海の声が甲高く突き抜けた。「何でまた、そんなところに」

「お前がこっちへ向かってる間に、いろいろあったんだよ」事情を話す。

「分かった。ＦＢＩの連中とも相談してヘリを出すよ。空から捜してみる」

「捕まえるのは俺だ」

「分かってる。俺がきっちりサポートしてやるよ……だけどな」

「何だ？」

「俺の分も残しておけよ」

「間に合わなかったら、俺は待たない」

「奴は俺の獲物だぞ」

「今は俺の獲物でもあるんだ」

電話の向こうで七海が沈黙した。不気味な怒りが電波に乗って、こちらにも伝わってくる。折り合いがつかないのだろう、ということは容易に想像できた。長年追い続けた男が、再び自分を苦しめた。だが今度は、はっきりと罪を問うことができる。その最後に立ち会う権利を誰かに奪われたくはないはずだ。たとえそれが私であっても。

「とにかく急げ」

「分かった。で、奴らの車は？」

「それは分からない」

「おいおい、それじゃどうしようもないじゃないか。それに、キー・ウェストで追いかけっこになったら面倒だぞ。あそこは小さな島だけど三万人ぐらい住んでるし、観光客で一杯だ。姿を隠すのは簡単なんだぜ」

「何とかするさ。根性があれば何でもできる」

「根性？」

「ガッツ。負けない心だ」

「メモしておくよ」ようやく七海の声が柔らかくなった。メモしておく。大学のルームメイト時代、それが私たちの習慣だった。七海が私に英語を教え、お返しに私が日本語を教える。二人でそれを律儀にメモに取り、壁に貼りつけていったものだ。本来は女の子かロックスター、野球選手のピンナップがあるべき場所に。

「しっかり援護してやる」

「分かった」

電話を切り、シートに座り直す。とはいえ、フェラーリのシートは常に適切な着座位置を要求するもので、楽な姿勢を取りようがない。それは助手席とて同じだった。

「行くぞ」ホセが固い声で言い、思い切りアクセルを踏みこんだ。V8エンジンが高周波の雄たけびを上げ、キー・ラーゴののんびりとした街並みがたちまち遠ざかる。それでも遅い。私の魂は、もうはるか先まで飛んでいるのだ。

7

キー・ウェストを目指して西へひた走る。無言のドライブに緊張を強いられ、怪我した肩が強張った。ホセも同じようで、快適なドライビングポジションを取ろうとしきりに尻の位置をずらしていたが、不快感は消えないようだった。

ふと頭に浮かんだ疑問を口にする。

「キー・ウェストまで行かないで、途中でどこかへ逃げられるか？」

「そうだな……船ならどこからでも。それと、マラソンに空港がある」ホセが即座に返事を寄越した。

「そこを調べてみるか」

「マラソンまで三十分ぐらいだけど、調べても無駄足になるかもしれないぞ」

「分かった。空港は相棒にチェックしてもらおう」

携帯電話に手を伸ばした途端に鳴り出した。途切れがちな七海の声が耳に飛びこんでくる。

「今……US一号線の上を飛んでる。たぶん……キー・ラーゴ付近」

「大分俺たちに近づいてるよ」

「車は？　何に乗ってる？」

「フェラーリのオープン」

「フェラーリ？」七海が一瞬絶句した。「何でまたそんな車に」

「相棒の車なんだ。右側のドアが派手に凹んでるから、それが目印になるはずだ。それと、マラソンの空港をチェックしてくれないか？　そこから逃げる可能性もある」そう言いながら、私の勘は一直線にキー・ウェストを目指すべきだと告げていた。

「了解」

電話を切り、ホセに顔を向ける。

「ＦＢＩがヘリを出した。上からサポートしてくれる」

「また、おいしいところだけ持って行くつもりだろうな」白けた顔でホセが肩をすくめる。

「それはまだ分からない」

最後は滅茶苦茶になるだろう、という予感があった。だがその中から、一片の真実を拾い上げなければならない。一片でいい。時に人は、わずかでもしがみつくものが必要な時があるのだから。

グラブボックスからフロリダ州の地図を取り出し、今走っている場所を確認する。島の名前はプランテーション・キー。街の名はアイラモラーダ。マラソンは三十五マイル、キー・ウェストは九十マイル先だ。

地図を見る限り、フロリダ半島の南端からキー・ウェストに至るフロリダ・キーズは、無数の小さな島々をUS一号線が貫く細長い線のようだ。それは、道路がずっと海の上を走っている様を容易に想像させる。だが実際に走ってみると、そのような印象が誤りだということはすぐに分かる。家があり、郵便局があり、マクドナルドがある。ごく普通の田舎町《いなかまち》を走るのと同じ感覚なのだ。だが、南洋の島を思わせる景色があちこちに広がっているのも事実である。遠浅の海は白みがかった緑色であり、真夏を思わせる入道雲が空の三分の一ほどを覆う。ところどころで道路脇を埋める緑はマングローブのようだ。道路はほとんど海抜ゼロメートルの地帯を走っており、海辺に近づくと船に乗っているような気分になる。走るというよりは、滑るという感覚の方がより正確かもしれない。アメリカの道路にしては凹凸が少ないのだ。

二十分後、ホセが吹きこむ風に負けまいと声を張り上げた。

「マラソンに入ったぜ。空港、どうする」

「このまま行こう」

何か言いたそうにホセがちらりとこちらを見たが、結局言葉を呑みこんだ。どんな判断をするにしても根拠が足りない。私の不安を払拭《ふっしょく》しようというつもりなのか、ホセが淡々と説明した。

「この街を抜けると、すぐにセブン・マイル・ブリッジに入る。そこからキー・ウェストまでは一時間かからない」

電話が鳴り出す。七海だったが、先ほどよりも声ははっきりしていた。

「マラソンの空港には手配した。今のところ、東洋系の人間が姿を現した形跡はない」

「そうか」

「それより、妙な車が二台いるぞ」

「お前、今どこにいるんだ」

「セブン・マイル・ブリッジの上空。橋の手前の駐車場が見えてる」

「どういうことだ？」

「二台とも斜めに停まってるし、ドアが開けっ放しだ」

「ちょっと待て」

送話口を手で押さえ、電話の内容をホセに伝える。「確かに、それはちょっとおかしいな」と答えが返ってきた。

「どうして」

ホセが早口で説明し始めたが、声は風に飛ばされがちだった。

「あそこには、橋が二本ある。一本は俺たちが今走ってる道の続きで、もう一本は、今は使われていないヒストリカル・ブリッジだ。ヒストリカル・ブリッジは、ピジョン・キーっていう小さな島へ通じてるだけで、そこへ渡るには、専用のシャトルカーに乗るか歩くしかない。そのために橋の手前が駐車場になってるんだけど、狭いから、普通はきちんと並べて停めるんだよ。それが礼儀だ」

七海の電話に戻った。

「どんな車だ？」

「一台がセダンで一台がSUVだな……人の姿は見当たらない。慌てて出て行った感じだけど……おい、手を振ってくれ」

言われるまま、右手を空に突き出して左右に振った。先ほどからヘリコプターの騒音がかすかに聞こえており、七海が近くにいるのは分かっていたが、向こうではこちらを確認できていなかったのだろう。

「オーケイ、今確認した。セブン・マイル・ブリッジの手前で停めてくれるか。こっちも近づいてみる」

「了解」

「駐車場だな？」会話の内容を推察したのか、ホセが先んじて言った。

セブン・マイル・ブリッジは、海を二つに切り裂くように海上を突き進む一本の線だった。ホセがUS一号線を外れて、ヒストリカル・ブリッジの手前にフェラーリを停める。赤茶けた鉄製のガードレールと、道路の中央に敷設された二列のコンクリート製の突起が目についた。突起は長さが一メートル、高さが十センチほどで、シャトルカーとかいう乗り物はこれをレール代わりにでも使うのだろう。普通の車が入りこむのを防ぐ役目も負っているようだ。

静かだった。七海の報告通り、二台の車が目の前に停まっていたが、人気はない。開いたドアから中を覗きこんでみたが、レンタカーであり、乗っていた人間を特定させるものは何もなかった。

「どうだ」後ろからホセが近づいてくる。振り返ると、右手に拳銃を握っていた。

「まだ拳銃を持ってたのか」

「探偵の嗜《たしな》みってやつだ」にやりと笑う。

「連中、ピジョン・キーまで歩いていったのかな」

「そこに船を待たせてあったとか、な」ホセの視線が海上を漂う。白い航跡を残しながら、小さな釣り船が東から西へ進んで行った。まさかあの船に……違う。目を凝らすと、でっぷりとした白人の三人組が乗っているのが見えた。皮膚ガンを恐れもせず、裸の上半身は真っ赤になっている。

ホセが首を捻る。

「それにしても、ずいぶん慌ててたんじゃないか。追っ手が迫ってるんでもない限り、ドアぐらい閉めるだろう……待てよ、確かこの下に降りられるんだ」

「何かあるのか」

「何もないけど、釣りができる。小さい釣り船ならつけられるしな」

「行ってみるか」言ってはみたものの、根拠があってのことではない。だがホセも、私の提案に真顔でうなずいた。単なる予感も、二重になれば予想に昇華する。

拳銃を持ったホセが先に立ち、姿勢を低く保ったまま、ざらざらしたコンクリート製の斜面を駆け下りる。

「伏せろ！」ホセが叫ぶと同時に、二発の銃声が重なって聞こえた。慌てて体を横に投げ出し、斜面を転げ落ちる。見上げると、ホセが背中を丸めて斜面を駆け下りていた。再び銃声。彼の足元でコンクリートの破片が跳ね、小さな白煙が渦を巻く。

橋のたもとは護岸壁になっており、二十メートルほど向こうに数人の男が固まっていた。トミー・ワンは……いた。男たちの壁の向こうに隠れるように立っている。表情までは窺えない。マシンガンは？　手ぶらのようだ。汚れ仕事は手下に任せたらしい。トミー・ワンのすぐ横にはチャーリー・ワンが立ち、険しい表情で銃を構えている。

私たちは、消波ブロックの陰に転がりこんだ。

「無事か」銃を構えたままホセが叫ぶ。

「大丈夫だ」怒鳴り返してから、彼の横に身を寄せる。「連中だ——トミー・ワンもチャーリー・ワンもいる」

恐る恐る顔を突き出すと、再び発砲してきた。ホセが撃ち返す。

「銃はないのか」火薬の臭いを嗅ぎながらホセに怒鳴る。

「すまん、もう一丁は車の中だ」

クソ、どうする。また撃ってきた。コンクリートが弾け飛び、薄く白い煙幕が視界を霞《かす》ませる。二人同時に首をすくめたところで、不気味な沈黙の幕が下りた。今度は上空から銃声が降ってくる。七海だ。もっと近く、地上から撃ち返す音がそれに重なる。的としてはヘリの方が大きいが、恐怖感は上から掃射されているトミー・ワンたちの方が大きいはずだ。銃声が止み、ヘリのローター音が周囲を支配する。消波ブロックの陰から顔を出すと、男たちが一塊になって斜面を駆け上がって行くところだった。

電話が鳴り出した。

「生きてるか？」

「無事だ。そっちは？」

「オーケイだ」七海の声が鼓膜を震わせる。「連中は車に乗った。キー・ウェストに向かってる。そこで何があったんだ?」

「分からない。これから確認する」

「すぐ報告してくれ」七海が乱暴に電話を切る。ホセが先にたち、橋のたもとに向かう斜面をゆっくりと下った。本来の——新しい方のセブン・マイル・ブリッジはコンクリート製だが、橋を支える二本組の橋脚は波に洗われて汚れ、どこか頼りなげに見える。一方ヒストリカル・ブリッジは太い橋脚の上に乗り、青い鉄製の側面を晒していた。黒い雲が私たちの頭上まで張り出しており、今にも雨が落ちてきそうだった。

「誰かいるぞ」ホセの声がかすかに震えた。彼を追い越し、「誰か」を見つけた。コンクリート製の護岸壁に仰向けに倒れた男。体の下には血の水溜りができ、そこから細い流れになって海へ注いでいた。シャツの胸から肩にかけてはスープ皿ほどの血の花が開き、胸が弱々しく上下している。

トミー・ワン。

七海の携帯の番号を呼び出しておいて、ホセに電話を渡す。

「ヘリに相棒が乗ってる。トミー・ワンが撃たれたって言ってくれ」

「じゃあ、あいつがそうなのか」電話を耳に押し当てながら、ホセが目を丸くした。答えず、トミー・ワンの元に駆け寄る。手遅れなのは、見下ろした瞬間に分かった。唇の端から零《こぼ》れた血に、泡が混じっている――後ろから胸を撃たれたのだ。銃弾は肺を潰したに違いない。

「俺が分かるか」膝をつき、声をかけた。一瞬、トミー・ワンの目の焦点が合い、生気が蘇《よみがえ》る。かすかにうなずいたように見えた。

「どうしてユウキを狙った」

「……家族を……助けるためだ。孫を助けるためだ」

「無事に助かったようだな」

「俺にとっては……大事な孫だ。元気に育って欲しい」

たとえ死んでも、あんたの存在はジェイクの将来に影を落とす。それは明白な事実なのだが、死にゆく人間に告げるべきではないと思った。たとえトミー・ワンのようなクソ野郎が相手であっても。

「それは分かってる。どうしてユウキとあんたの孫のHLAが一致すると分かった」

「お前らは……自分で宣伝してたんだよ」

「宣伝？」

トミー・ワンの顔が歪む。その瞬間、私は全てを理解した。衝撃が、辛うじて足を踏ん張っていた私の魂をなぎ倒す。喉が詰まり、呼吸が苦しくなってきた。しわがれた声で質問を重ねる。

「あんたを撃ったのはチャーリー・ワンだな？」

かすかにうなずく。目には憎しみとも悲しみともつかない光が宿っていた。

「あいつはあんたの甥っ子だろう。片腕じゃないのか」

「そう……信じていた。俺はあいつを……信じた。あいつは頭が回る。頼りになる。だがな、奴は野心が強……強過ぎた。俺が身を引くのを待ってればよかったのに」

「どういうことだ」

「奴に聞け」

トミー・ワンの顔に、一瞬だけ細い笑みが浮かんで消える。

「礼は……礼は言わんぞ」

「こっちから願い下げだ」

「だがな……」咳きこむ。噴き出した血が顔の下半分を濡らした。体が痙攣《けいれん》し始める。

ハンカチを取り出し、胸に押し当てたが、何の役にも立たないのは明らかだった。それでもトミー・ワンは、最後の体力と気力を振り絞って言葉を発した。「――助かったよ」

七海は絶句したまま、時だけが流れた。背後では、ヘリコプターの機械音が間断なく流れている。

「まだ終わってない」

「――ああ」七海の声は、水面《みなも》を漂う木の葉のように頼りなかった。気持ちは痛いほど分かる。自分が刑事になるきっかけを作った男、両親の敵が、仲間割れで射殺されたのだ。駆り立てていたものが突然失われ、壁にぶつかったような気分だろう。

「まだ終わってない」繰り返すことで、彼の気持ちを奮《ふる》い立たせようとした。

「分かってる」

「チャーリー・ワンを追うんだ。奴を逃がすな。それから、地元の警察に連絡してトミー・ワンの死体を処理させろ」

「なあ」七海が静かに語りかけた。「俺はどうすればいい？　奴が死んだ……奴を殺すのは俺のはずだったんだぜ」

「汚い血でお前の手が汚れなくてよかったよ。こいつは、お前が殺すような価値のある人間じゃない」

無言。耳に痛いホワイトノイズが間断なく流れた。

「いい加減にしろ！」思わず怒鳴りつけた。「事件はまだ終わってないんだぞ」

「分かった」七海の声にようやく力が戻ってきた。これが深夜のマンハッタンで、ビルの陰で死んでいるトミー・ワンを見つけたのなら、彼も己の不運を嘆くことが許されただろう。自分の足元で殺されるとは、何という失態だ、と。だが今は状況が違う。この誘拐事件の全貌を明らかにすることこそが、私たちの義務なのだ。

七海を刑事の道へ引きずりこんだのは、私の眼前で命を失ったこの男だ。だが、その事件からは長い時間が経っている。きっかけはともかく、七海は既に、骨の髄まで刑事になっているのだ。そして刑事の義務とは、自分の感情を封殺することである。己の気持ちに左右されず、事件を追うべき時は追う。彼の刑事としての気持ちが折れてしまったとは思わなかったし、思いたくもなかった。

トミー・ワンの死体を地元の保安官事務所に引き渡し、「ＦＢＩから事情を聴いてくれ」と言い残して再びフェラーリに飛び乗った。今度は百マイルをはるかに超えるスピードで鞭を当て続ける。実際に走ってみると、セブン・マイル・ブリッジは普通の道路と何ら変わりがなかった。コンクリート製の側壁が景色を半分塞いでいるし、さほど高い位置を走るわけではないので、海の上にいるという実感は乏しい。フェラーリが非現実的な速度域に入りつつあったせいもあるだろう。

「さっきの男、な」ホセが親指を嚙みながら訊ねた。「あんたは直接知ってるのか」

「奴は日本に来たことがあるんだ」

「チャイニーズ・マフィアが日本に？」

「日本の詐欺師たちと組んで一儲けしようとしたんだよ」

「あんたが潰したのか」

「結果的にそうなった」

「やるもんだね」軽く口笛を吹いたが、頭上を拭き抜ける風に吹き飛ばされた。「しかし、仲間割れとはな……たまげたよ。奴らの仁義なんて、その程度のものかもしれないが。ネズミの知能指数と同じ程度だね」

「そうだな」じっと手を見下ろす。海水で手を洗ったので見た目は綺麗なのだが、トミー・ワンの邪悪な血が染みこんでいるようにも思えた。トミー・ワンも、自分の最後を看取る人間が私だとは想像もしていなかっただろう。

「これは全部、チャーリー・ワンが書いたシナリオだったのか」

「そうだと思う。あいつは、人生最大の勝負に出たんだよ。トミー・ワンに忠誠を誓う振りをしてこの事件全体を計画した。最後の最後で裏切って殺すつもりだったんだろう」

「仕掛けが大き過ぎないか？」

「その後のことを考えれば、大した手間じゃないはずだ」

「結局は金と名誉か」

「金だけだよ。チャイニーズ・マフィアの名誉なんて、クソ食らえだ」吐き捨て、頬杖をついた。目を閉じると、日本で対峙《たいじ》した時のトミー・ワンが目に浮かぶ。自信たっぷりで、私を足元にまとわりつく埃《ほこり》程度にあしらった男。その男が最後に見せた表情とは、どうしても結びつかない。クズはクズだと切り捨ててしまいたかったが、何かが邪魔する。


俺は勇樹のために走った。トミー・ワンも同じ思いに駆り立てられたはずだ。家族を思う気持ちに、優劣がつけられるのか。トミー・ワンはトミー・ワンなりに傷ついていただろう。たった一人の娘に嫌われ、一方的に親子の縁を切られた。生まれた孫に会うことも叶《かな》わず、孫の危機を知って駆けつけても、娘は無視しようとした。自分の人生全てを否定された気になったかもしれない。その結果彼は無謀な計画に走り、それに乗ったチャーリー・ワンが野望の実現を夢見た。

そしてこの件にはもう一つ、決して消せない染みがある。尻ポケットから財布を引き抜き、二枚の写真を取り出した。私たち四人が写っている写真をじっと眺めてから財布に戻し、もう一枚の写真に視線を落とす。凶兆だ。きつく目を閉じ、写真を二枚に裂く。親子が左右に分かれたのを確認してから、二度、三度と引き裂いた。指先ほどに小さな破片の集まりになったところで、右手に握り締めたまま腕を上げる。ゆっくりと手を開くと、写真の残骸が時速百マイルの風にさらわれた。サイドミラーの中で舞い散る写真は、私の故郷、新潟に降る雪のようにも見える。

こんなことをしても事実を消せはしない。だが今は、海に散った写真が、悲劇を少しでも遠ざけてくれるのを願うだけだった。

七マイルの海上のドライブを終えてからキー・ウェストに入るまで十五分。まだトミー・ワンの死の感触が手に残っていた。次第に交通量が多くなり、低い回転数で我慢せざるを得なくなったフェラーリのエンジンが不平を訴える。先行してキー・ウェスト上空を偵察していた七海が、チャーリー・ワンを見失ったと報告してきた。

「どの辺で？」怒りを何とか押し潰し、訊ねる。

「ダウンタウンに入った辺りだ。あの辺はごちゃごちゃしてるんだよ」七海の言い訳には力がなかった。

「空港に向かった可能性は？」

「それは分からない。ダウンタウンが島の西の方で、空港は東側だからな。反対だ」

とはいえ、狭い島だ。一周してもさほど時間はかからないだろう。私の懸念を見透かしたように、七海が「空港には手配済みだ」と言った。

「それは連中も分かってるかもしれない。とすると、船か」

「釣り船にでも乗るつもりなら、どこからでも行けそうだな」

「とにかく、ダウンタウン方面に向かう」

電話を切ると、「ダウンタウンだな?」と確認したホセがハンドルを左に切った。私は地図を指でなぞり、彼が遠回りしようとしているのに気づいた。

「北側を回った方が速いんじゃないか」

「距離的にはな。だけど、向こうは混むんだ。南周りの方が速い」

すぐには納得できなかったが、結局ホセの言葉を信じることにした。フロリダは彼の地元なのだから。

「キー・ウェストには詳しいのか」

「庭みたいなもんだ。ただ、ここはフロリダの人間が遊びに来るような場所じゃないけどな。北《ヤンキー》の観光客向けだ」

フェラーリは空港を右手に見ながらルーズベルト・ブルバードを走り、ほどなくビーチに出た。波は穏やかだが泳ぐ人はほとんどなく、一年分の日焼けを蓄えようとする人たちで砂浜は混み合っている。そのビーチが終わるところで道路は右に折れ、ベルサ・ストリートに名前が変わった。

「この辺から、もうダウンタウンなんだ」前の車のバンパーに食いつく直前、ホセがアクセルを緩めた。「そんなに広くはない。だけど人出が多いから、連中を探すのは大変だぞ。特に歩いてるとしたら、ヘリコプターからじゃ絶対に確認できない」

だが、七海の目は異変を見逃さなかった。チャーリー・ワンたちが車を乗り捨てるところを見たのだという。電話の向こうの彼の声は切迫していた。

「島の一番北、西の端に近い辺りだ」

「何か目印は？」

「そうだな……クソ、この辺には三階建て以上の建物がないのか？　どれもこれも似たような建物ばかりだぜ。いや……北側に、海辺に面した広場がある」

「ちょっと待て」電話の向こうで七海を待たせておいてから、ホセに訊ねる。

「島の北側に広場があるか？」

「マロリー・スクエアじゃないかな」

電話に戻った。

「たぶん、分かると思う」

「ダウンタウンを南北に貫くメインストリートがある。そこのずっと北の方で……一本奥の道に郵便局がある」

地図を指でなぞった。メインストリートは、デュバル・ストリートのことだろう。一本奥の道……あった。ホワイトヘッド・ストリートに郵便局がある。

「了解。そっちに向かう」

「俺は降りられるところを捜すよ。空からだと、もう捜しようがない。連中、北の方に向かったけど、観光客の中に紛れちまった。それから、キー・ウェストの警察も出動してるからな」

「だから？」

「了」七海が、急に腹の据わった声を出した。「お前は勇樹を助けたんだ。これ以上無理はするなよ」

分かってる、と小声でつぶやいて電話を切った。口先だけだ。トミー・ワンが死に、七海の中では事件は終わってしまったのかもしれない。だが、真実に一番近い場所にいるのに、それをむざむざ逃してしまう刑事がどこにいるだろうか。

ダウンタウンを北へ進むに連れ、車はさらに増え、歩行者が歩道を埋め尽くし始めた。Tシャツとショートパンツの洪水だ。バイクに乗っている人も少なくない。私たちは車を乗り捨て、六月とは思えない強烈な陽射しの中に足を踏み出した。フェラーリの車内ではいくらかはエアコンの恩恵に浴していたのだが、それがなくなると空気が揺れるような熱波に全身を包まれる。陽射しは脳天を突き刺さんばかりの鋭さで、目を細めていないと景色が白く飛んでしまう。

チャーリー・ワンたちが乗り捨てた二台の車は、すでにキー・ウェストの警察によって確保されていた。二台のパトカーが前後を挟んで停まり、観光客が物珍しそうにその光景を眺めている。それを横目に、私たちは北へ向けて走った。途端に汗が噴き出し、シャツが肌に張りつく。だがその汗もすぐに乾いてしまいそうだった。

ここはアメリカではない。赤道直下のどこかの島だ。

「どうする」ホセの声が後ろから追ってくる。普段ジョギングなどしたこともない人間の喘《あえ》ぎ声だった。

「マロリー・スクエアまで行ってみよう。そっちの方に向かったのは間違いないんだ」

少しスピードを落とす。ホセの荒い息がすぐ後ろに迫った。

「あの近くにクルーズ船が発着する港があるんだ。奴ら、カリブ海クルーズと洒落《しゃれ》こむつもりじゃないのか？　それとも、キューバに亡命でもするつもりかね」

冗談につき合っている暇はない。またスピードを上げた。熱い空気で喉が焼けるようだった。炎熱下でのマラソンの経験はないが、こっちは鍛えている。肩と頭の傷が絶え間なく不平を漏らし、意識が遠ざかる瞬間もあったが、それでも走り続ける。ほどなく呼吸が楽になり、一定のリズムが生まれた。大丈夫、私は七海のような精神的ダメージは受けていないし、体だってまだ言うことを聞いてくれる。

キー・ウェストのダウンタウンは、フロリダ一帯を支配するラテンの雰囲気とは別種の賑やかさに覆われていた。建物は白が目立ち、古い時代のアメリカらしさを感じさせる。道路沿いに連なるレストランはほとんどオープン形式で、日傘だけに守られて昼から ビールやカクテルを楽しむ人たちで埋まっていた。生バンドの演奏が入っている店も多く、あちこちから流れ出すメロディが入り混じって不協和音となった。歩道を歩く人たちをステップでかわしながら突っ走る私たちの姿はかなり奇異に見えるようで、時折酔っ払いが店の中から歓声を浴びせかける。

笑っている場合ではない。武装したチャーリー・ワンたちがどこに潜んでいるか、分からないのだ。ほとぼりが冷めるまで、どこかの店で涼しい風に当たりながらカクテルを飲んでいるかもしれない。それが、私たちを見つけた途端、撃ってくる可能性もある。

こんな人出の多いところで撃ち合いになったら。血塗られた光景を想像するだけで眩暈がしてきた。

通りの名前を確認しながら、デュバル・ストリートを走る。キャロライン・ストリート――グリーン・ストリート――フロント・ストリート――ウォール・ストリート。この先は海辺につながっているようだ。

「左だ、左」ホセの叫び声に背中を押され、ウォール・ストリートを左折する。右手にショッピングセンター――というより露店の集まり――が見え、その向こうにちらりと緑色の海が覗く。スピードを落として様子を窺ううちに、ホセが追いついた。立ち止まると、膝に両手を当てて荒い息をしながら「この向こうがマロリー・スクエアだ」と告げる。「行け、リョウ！」

「了解」とにかく突っ走れ。駄目ならまた引き返せばいい。だが、はっきりした当てもないまま走って来た私の勘が正しかったことは、すぐに証明された。

露店の方で悲鳴が上がる。人の動きが波のように揺らいだ。帽子店。狭い通路を蹴散らし、帽子を路上に散乱させながら一人の男が走り出す。一度も振り返らなかったが、それがチャーリー・ワンであることに確信は持てた。

馬鹿野郎が。

口元に浮かぶ微笑を抑えられない。黙って静かに動き出せば、私はあの男の背中を捉えられなかったはずだ。恐怖か、あるいは焦りに突き動かされ、走り出してしまったのがお前の失敗だ。逃しはしない。

いくつもの店が軒《のき》を連ね、間を細い通路がつなぐだけなので、走ればどうしても被害を巻き起こす。Tシャツが揺れ、絵葉書が宙に舞い、ガラス細工が床に落ちて粉々になる。二人が巻き起こした騒動は、重なる悲鳴によって醜い色を付加された。

ショッピングセンターを抜けると、目の前は薄い茶色とクリーム色のレンガが敷き詰められた広場になっていた。すぐ向こうは海。左手には巨大なクルーズ船が停泊しており、右手には低層のコンドミニアムが建ち並んでいたが、チャーリー・ワンは真っ直ぐ海を目指した。そこに脱出用の船を用意しているのだろう。

「ワン！」叫ぶ。奴が一度だけ振り向き、スピードが落ちた。その顔に浮かんでいたのは苦悶の表情である。だがそれは、絶望に囚われた結果ではないと思った。ただ息が苦しいだけなのだ。真意は読めないにしても、ここまできちんとシナリオを書き、それを間違いなく演じてきた男が、ラストシーンの詰めで甘くなるはずがない。

だが、このドラマを完結させるわけにはいかない。客席からいきなり舞台に上がって台詞を邪魔し、首を締め上げて叩き落としてやるつもりだった。退場させてやる――この芝居ではなく、社会から。

「ワン！」もう一度呼びかけたが、今度はまったく反応しなかった。上空を舞うヘリの音が全身を包みこむ。ちらりと上空を見上げ、間近に迫っているのを見て肝を潰した。撃つなよ、と祈る。広場を一人で駆け抜けるチャーリー・ワンは格好の的だろうが、殺してしまっては何にもならない。全てを知る男の口を塞いではならないのだ。

もう少し踏ん張れ。脚を、心臓を叱咤《しった》する。お前はこんなもんじゃない。今までのはウォーミングアップだったんだ。いい具合に筋肉もほぐれただろう。出足鋭いダッシュで奴を捕まえろ。後ろからタックルをしかけて倒し、レンガで顔を削ってやれ。

チャーリー・ワンの背中がぐんぐん大きくなる。いまや足音も聞こえそうなほどだ。十メートル……五メートル……差が詰まる。後ろから入るタックルは、ラグビーにおいて最も勇気を必要とするプレーだ。だが今の私は怒りだけに突き動かされ、恐怖という感覚を忘れている。二メートル……飛びこめば止められる。チャーリー・ワンが飛んだ。両手を広げ、ロングジャンプの選手さながら、両足を前後に動かしながら宙を歩き出す。

迷わず後に続く。思い切りよく岸壁を蹴り、その勢いでチャーリー・ワンの背中に膝からぶつかる格好になった。

下では平底の小さな船が待っていた。上空から落下してくる二人を見つけて、二人の手下があんぐりと口を開ける。反射的に銃を構えたが、チャーリー・ワンが盾になっているので発砲できない。

岸壁から船まではわずか三メートルほど。体勢を崩したまま、手を伸ばしてチャーリー・ワンの髪を掴んだ。しっかりと指が絡む。ワンは手足をばたつかせて抵抗し、何とかバランスを取ろうとしたが、後ろから八十キロの重量にのしかかられ、空中でそんなことのできる人間はいない。

チャーリー・ワンは胸から船べりに叩きつけられた。さらに私の膝が背中を押し潰す。骨が折れる嫌な音がはっきりと聞こえた。勢いで船はひっくり返り、二人の手下は海に投げ出された。私は脚から海中深く沈み、鼻と口から容赦なく海水が入りこむ。咳きこみそうになるのを何とかこらえ、両腕を一掻きして水面に浮かび上がった。不格好に立ち泳ぎしながら岸壁に向き直ると、こちらを狙っている無数の銃口に迎えられた。

岸壁に上がり、後ろ手に手錠をかけられそうになった瞬間、七海が割って入った。ホセが駆け寄って来て、車に忘れた私の携帯電話を放って寄越す。耳障りな着信音が鳴っていた。優美か？　だが、画面には見知らぬ番号が表示されていた。

「もしもし、鳴沢さんですか？」一瞬言葉を失う。今《こん》だった。あの頃と変わらぬ、馬鹿丁寧な落ち着いた声。

「大変ご無沙汰しております。報告が遅くなって申し訳ないんですが、私、このたび警視庁を退職させていただき、実家の寺に戻ることになりまして」

「ああ、あのな――」

「あのな、今」

「はい？」

「取りこみ中なんだ」

「それは失礼しました。しかし、礼儀を欠くわけには参りませんので、ぜひこの機会にご挨拶を」

「悪いけど、気を失うところなんだ」

「何ですって？」

意識をなくす寸前に聞いたのが今の馬鹿丁寧な挨拶とは。後で七海から聞いた話では、数分後に意識が戻るまでずっと、私は幸せそうな笑みを浮かべていたそうである。

8

ダウンタウンの中心部から少し外れた場所にあるキー・ウェストの警察は、警察署らしからぬ建物だった。明るいオレンジ色とクリーム色の二階建てで、正面の入り口は太い円柱を模している。「ポリス・ステーション」の文字がなければ、観光案内所と教えられても納得してしまいそうだった。私たちは刑事部屋に集まり、混乱の中で何とか筋の通った話をまとめ上げようと空しい努力を続けていた。それは神の怒りによって人類が別種の言葉を持つに至ったという、バベルの伝説のごとき状況であった。いや、もっと悪い。言葉は通じているのだが、誰もが好き勝手なことを喋り続けているために、きちんと筋書きが書けないのだ。しかも、その場を仕切る人間もいない。

相変わらず頭から湯気を噴き出しそうなオートン――場所柄を意識したのか、オフホワイトのコットンスーツ姿だった――に詳細に事情を語り、ようやく解放された時には午後も半ばを過ぎていた。七海が仕入れてきたコーヒーとサンドウィッチで遅い昼飯にする。久しぶりに、吐き気を感じずに食事を平らげることができた――サンドウィッチの中身は脂《あぶら》っぽいコンク貝のフライだったのに。

ホセはいつの間にか姿を消していたが、外で新聞記者に囲まれて得意げに喋っているハンサムなラティーノがいるという七海の情報で合点がいった。彼は早くも売りこみ作戦を開始したのだ。もっとも、明日の朝刊で彼のコメントと顔写真が掲載される可能性はゼロに近いだろう。ホセは事件の一部分しか知らない。それは、マスコミがもっとも喜ぶであろうエキサイティングな場面ではあるが、あくまでフィナーレの一幕に過ぎないのだ。

午後の熱波が街を覆う。足のない私たちは、この島で行き場をなくしていた。早くマイアミに戻りたい。優美と勇樹に会いたい。七海も同じ気持ちだったようで、空港に電話を入れてフライトの予定を確認した。が、すぐに電話を切って力なく首を振る。

「今日の便はもう取れないな。キャンセル待ちも当てにならない」

「車を借りよう。今出れば、夜までにマイアミへ戻れる」

「そうするか……」

七海の肩が落ちる。一言言わざるを得なかった。

「悔しいよな」

七海が私の顔を見てから、両の掌を上に向けてじっと見下ろした。さながら、摑みかけた幸運を逃したのはその手の責任であるとでも言いたげに。

「だけど、お前の敵はトミー・ワンだけじゃないんだぜ」

「ああ」認めたくないようだった。返事はいい加減で力がない。

「今回の事件、まだ詰めなくちゃいけないことがたくさんある。ＦＢＩから事件を分捕れ。チャーリー・ワンの調べはお前がやるべきだ」

「分かってる」

　簡単には事実を受け止められないだろう。私と七海では、トミー・ワンという男に対する思い入れの歴史が違う。七海にとってあの男は、二度にわたって家族の平穏を脅かした悪の根源なのだ。

「ちょっと電話してくる」七海に告げ、日陰を求めて警察署の入り口に足を踏み入れた。広い駐車場は白く焼け、まだ凶暴な陽射しとアスファルトからの照り返しで、立っているだけで頭と足の両方を焼かれる。七海はその暑さも気にならないようで、じっと立ち尽くしていた。彼にとっては馴染みの暑さかもしれない。夏の球場の暑さは半端ではないのだ。普通、ショートの守備位置には芝がないから、守っている時は常に太陽との戦いだっただろう。今の彼は、サヨナラ負けを喫するきっかけになった致命的なエラーを犯した男のようにも見えた。スタンドの罵声や仲間の冷ややかな視線を一人で受け止め、敗北を噛み締める無言の時間。この暑さこそ、自分に与えられた罰だと受け止めているのかもしれない。

　誰もお前を責めはしない。そんなことをする人間がいたら、私が盾になる。

　B・Jは、呼び出し音が長く続いた後、息せき切って電話に出てきた。

「リョウ！　生きてるのか」

「お前と話してる男には、ちゃんと足がついてるよ」

このジョークは通じなかった。アメリカの幽霊には足があるのだろうか。

「さっき、CNNのニュースで観たぜ。えらく派手にやらかしたもんだな」

「俺はほとんど手を出してないんだ。結局は仲間割れだったんだよ」

「そういうことなのか？　テレビを観てるだけじゃ、詳しいことは分からないんだ」

「今説明する」掌に汗をかいている。電話を右手に持ち替え、左手をジーンズの腿に擦りつけた。ダイビングの代償は、ばりばりになってしまった生地である。強い陽射しでほとんど乾いていたが、膝を曲げると音を立てるようだった。「トミー・ワンは、孫を助けるためにユウキを誘拐する必要があった。ドナーとしてユウキが必要だった」

「ちょっと待て」B・Jが言葉を挟む。「だいたい、子どもは骨髄移植のドナーになれないだろうが。ということは、あの白血球の型……何て言ったっけ」

「HLA」

「そうそう、それ。HLAが一致するかどうかも分からないはずだよな」

「それは、俺たちにも責任がある。知ってるか？　ユウキは、ドナー登録を呼びかけるテレビCMに出演してたんだ」

「そうか？　待てよ……見たことがあるな。『僕も将来は』とか何とか言うやつじゃないか」

「そう、それだ。あの時、ユウキは実際にＨＬＡを調べてるんだよ。ＣＭでもその場面は映ってた」

「じゃあ、あれは演技ってわけじゃなかったんだ」

「そういうこと」

「なるほど。だからＨＬＡの型がデータとして残ってたわけか。しかし、そういうデータは極秘扱いのはずだよな。移植手術を受ける人間だって、ドナーが誰か知ることはできないだろう」

「基本的には。ただし、データが存在する限り、そこにアクセスする方法はあるんだ。それはお前もよく知ってるだろう。完全に鍵をかけて、誰の目にも触れないようにしておくことは無理なんだよ。マフィアの連中は独特の情報網を持ってるし、家族のことになればいくらでも金を使うだろう。この国は、金さえあれば何でも買えるんじゃないのか」

「それは認める。とにかく連中は、相当入念に計画してたわけだ」

「ああ。トミー・ワンは、ずっとユウキを監視してたんだ。さらうタイミングも決めてたと思う。娘と孫を強引にマイアミに連れて行って、孫には移植のための準備までさせていたんだから。準備は万端だったんだよ」

「例のバスジャック事件とはどう絡むんだ？　まさか、誘拐するための芝居だったたっていうんじゃないだろうな」

「いや、あれは連中にとっては幸運な偶然だったらしい。いよいよユウキを摑まえようっていう時に気づかれて、バスに逃げこまれたんだ。追跡していた奴は慌ててバスに飛び乗ったんだけど、そこにバスジャック犯が乗ってるなんて想像もしてなかっただろうな。ところが、バスが立てこもった倉庫が、連中の関連会社の所有だったんだ。秘密の抜け道を通って中に侵入して、最後は犯人を殺してユウキをさらった」

「結果的に、奴らにとっては最高の目くらましになったわけか」

「実際、バスジャックなんて滅多にあるもんじゃないから、情報が錯綜した。警察もずいぶん引っ掻き回されたよ」

「いいか、これはお前の責任じゃないからな」B・Jが鋭く指摘した。「こういうことを防ぐのは難しい」

「違う。あのCMがすべてのきっかけになったんだから。やらせなければよかった。そういうことは、俺たち大人が判断すべきだったんだよ」

「だけど奇妙だな。CMを見ただけで、どうしてユウキに狙いをつけたんだろう。あの

ＣＭを見ただけじゃ、ユウキのＨＬＡ型は分からなかったはずだよな」

「そうだな。不思議だ」

不思議ではない。

なぜなら、ジェイクと勇樹は血がつながっているからだ。


七海は少しだけ元気を取り戻したようだった。レンタカーでマイアミへ戻る途中、マクドナルドへ立ち寄った際に旺盛《おうせい》な食欲を見せたから。ビッグマックで手をべたべたにしながら、今回の事件を何とか総括しようと試みる。

「チャーリー・ワンは、二か月ほど入院することになるらしい」

「そうか」マクドナルドに入る前、彼は誰かと電話で話していた。ＦＢＩの人間か、あるいはニューヨーク市警の仲間から連絡を受けていたのだろう。

「肋骨《ろっこつ》を五本折ってる。肺にも損傷が見られるし、たっぷり水も飲んでるそうだ。まあ、長い休暇になるだろうよ。その後に、もっと長い休暇が待ってるけど」

「やり過ぎたな。そんな状態じゃ、事情聴取もできないだろう」

「今の段階でも、筋は大体想像できる」七海が大量の紙ナプキンで手を拭い、オレンジジュースを喉に流しこんでから続ける。「奴はずっとトミー・ワンの右腕だった。だけど、そういう状態に不満も募ったんだろう。トミー・ワンがいなくなれば、自分がその跡を継げると思ってたんじゃないか」

「だから、今回の計画を描いた時点で、最後に自分の伯父を始末するシナリオを盛りこんだんだ」

「奴の手下たちも、それを認めるようなことを言ってるようだ。警察と撃ち合いになって、そこでトミー・ワンが死ぬはずだったって。お前に情報を流したのも、それを狙ってのことだったんじゃないかな。自分たちで殺しておいて、お前たちがやったことにするつもりだったんだ」

「残念ながら、俺は銃を持ってなかったけどな」

「そういうことだ。ま、逃げ切ってニューヨークに戻れば、組織に対しては何とか説明できると思ってたんだろう。それこそ、自分の書いたシナリオ通りにな。トミー・ワンも阿呆だよ。孫のことで頭が一杯になって、甥っ子が自分を狙ってることにも気づかなかったんだから」

「いや、気づいてたんじゃないかな」ほとんど手をつけていないフレンチフライを脇に押しやった。「奴は最後に言ってたよ。チャーリーは野心が強過ぎるって。いつも一緒にいれば、そういうことには嫌でも気づくんじゃないかな。素直に命令に従ってるようでも、結局本音《ほんね》は透けて見える。そういうことに気づかないようじゃ、トミー・ワンは組織のナンバー2にまで上り詰められなかったはずだ」

「褒めてるのか？」七海がすさまじい目つきで私を睨んだ。

「まさか」肩をすくめる。「とにかく、甥っ子が自分を罠にかけようとしていると分かっていても、奴は計画に乗らざるを得なかったんだよ。孫の命を救うために」

「だからと言って、あのクソ野郎が最後に聖者になったわけじゃないぞ」七海が吐き捨てる。「家族を守るためでも、他人を傷つけることは許されない」

「ああ」そうだろうか。同じ立場に立たされた時、私はあらゆる手段を使って家族を守ろうとしないだろうか。

「俺はあいつを許さない。自分の手で殺せなかったことを、死ぬまで悔やむだろうな」

巨大な手を顔の前に上げ、じっと見つめる。その手が血に染まっていないのがいかにも残念そうだった。「クソ野郎と言えばもう一人いる。あいつは正真正銘の阿呆だ」

「ああ」

アイリスが打ち明けた事実。それを確認することはできるだろう。だが、確認する意味があることなのか。

ニューヨークを飛び出して、アイリスはロスに移り住んだ。そこで出会ったのが中国系の弁護士で――当時優美と結婚していた男である。不倫の恋は長くは続かず、仕事でも行き詰ったアイリスは、今度はアトランタに居を移した。東から西へ、そして南へ。アトランタに落ち着いた後、彼女は妊娠に気づいた。

どうして産む気になったのかは、彼女自身も合理的に説明できないようだったが、とにかくジェイクが生まれ、その後で彼女は山岡と出会った。山岡は基本的に辛抱強い、優しい男なのだと思う。ジェイクが難病に襲われなければ、アイリスは秘密を腹の底に抱えこんだまま、今も平穏な生活を送っていたかもしれない。

「家の中では自分の女房に手を上げて、外では他の女と遊んでいたわけだろう？　俺は奴を殺す。絶対に殺す」

「お前が手を汚す必要はない」私は正面から七海の顔を見た。「俺は、その男のことを直接は知らない。だけどもう、十分罰を受けてるんじゃないか」

「まだ足りない」

「優美に慰謝料を分捕られて一文無しになって、今は自分のケツを売って暮らしてる。将来有望な弁護士がそこまで転落したんだぜ。一息に殺されるのと、どっちが残酷だと思う？　奴は奴で罰を受けたんだ」

納得しない様子で、七海が鼻息を吐く。胸が大きく膨らんでは萎んだが、やがてそれも落ち着いた。

「優美に話すのか」

「そのつもりだ」

「やめたほうがいい」真剣な表情で首を振った。「あいつは、あの結婚と離婚からまだ立ち直ってない。それに、勇樹にとっても大変なことだぞ。自分に弟がいたなんてことが分かったら……」

「大きな事件なんだから、どこかから必ずばれるぞ。そうなる前に、俺の口から教えておきたい」

「優美はショックを受けるぞ。お前たちが今までと同じ関係でいられるかどうか……」

「仕方ない。黙っていたり、嘘をついたりする思いやりもあるかもしれないけど、この件に関しては無理だ。彼女がどんな反応を示しても、俺はそれを受け止める」

優美に話せば、さらに事態が混乱することも目に見えている。だが、もはや彼女に隠しておけるような状況ではないという思いは強かった。

店の外を走るUS一号線に目を転じた。陽は落ちかけ、空気がオレンジ色に染まる中、キー・ウェストからマイアミ方面へ戻る人たちで交通量は多い。

こんなことがなければ、いつか勇樹を連れて来てやりたい場所だ。暖かく清冽な海。

気まぐれに雨を降らせる空の表情を眺めるのも楽しいだろうし、二人で一緒に釣りをしてもいい。フロリダ・キーズは世界的な釣りのメッカなのだ。七海が敬愛して止まないテッド・ウィリアムスも、引退後はアイラモラーダで釣りを楽しんでいた。キー・ウェストに暮らしたヘミングウェイも、スロッピー・ジョーズ・バーで呑んだくれてばかりではなく、穏やかな海に釣り糸を垂らしたことだろう。

しかし、そういうささやかな楽しみを諦めねばならない時もある。嫌な記憶を封じこめるために。勇樹の可能性を危機に晒したこの事件に対して、私は深い恨みを感じた――守ってやれなかった自分自身にも。

翌朝、六時に目が覚めた。隣のベッドでは七海が軽いいびきをかいている。「こんな時ぐらい豪華なホテルに泊まろうぜ」という彼の提案で、ベイフロント・パークのすぐ側にある、ビスケーン湾を見下ろすホテルに宿を取ったのだが、ベッドがやけに柔らかく、結局深い眠りに入れないまま、私は朝を迎えてしまった。

七海を起こさないよう気をつけながらベッドから抜け出し、ショートパンツとTシャツに着替えてジョギングシューズを履く。正確にはジョギングシューズではなく、水辺を歩く時に履くものだが、潰すと干物ほどの厚さになるので、旅に出る時はいつもバッグの底に忍ばせておくのだ。冷蔵庫からミネラルウォーターを取り出し――アルコールは夕べ七海がほぼ全滅させていた――ジョギングに出かける。

走るという行為は、様々なことに役立つ。心肺機能を鍛え、脚だけでなく全身の筋肉を解《ほぐ》し、三十分ほど時間潰しをするにも最適だ。何よりも、一時的に全ての悩みを忘れることができる。走っている最中は脳に十分な空気が行かないのだろうか、何を考えてもきっちりした形にまとまらない。様々な思考の破片は、スピードを上げるに連れて後方に置き去られる。最後は頭が真っ白になるのだ。

だが、今日は駄目だった。場所も悪かったと思う。二十四時間前に勇樹を見つけた公園なのだ。まだ陽射しは柔らかく、空気も甘い潮の香りに満ちてはいたが、スピードが乗らない。こんなことは初めてだった。途中で肩と頭の傷が痛み出して、ついにギブアップする。ベイサイド・マーケットプレースの前まで来ると、膝に両手をついて息を整え、ミネラルウォーターのボトルを頬に押し当てて冷たさを染み入らせた。

勇樹を見つけたベンチの前を通りかかる。かすかに胸が痛んだ。夕べ病院で説明を聞いた時は、感染症や後遺症の心配はなく、二日もすれば退院できるだろうという話だったが、事件の影響は肉体的なものだけにとどまらないのが常である。アフターケアには長い時間がかかるだろう。

ホテルの前まで戻って来て、ビスケーン湾に張り出した小さな突堤に歩み寄った。コンクリート製のベンチがしつらえてあり、海風を楽しみながら休憩できるようになっている。そこに腰を下ろし、ミネラルウォーターをちびちびと飲む。全身の筋肉が強張っているのは、体に合わなかった柔らかいベッドのせいだけではなかった。

「了」声をかけられ、ゆっくりと振り向いた。疲れた顔の優美が近づいて来る。ふだんは、彼女がいるとどんなに強張った雰囲気も柔らかくなるのだが、今朝は違った。彼女自身が怒りと戸惑いの発信源になっている。

「病院じゃなかったのか」

「私がいても何もできないから。勇樹もまだ眠ってるし。疲れたのね」

「そうか」

優美が私の隣に腰を下ろす。ミネラルウォーターを勧めたが、首を振って断った。

「全部私のせいだったのね」

「それは違う」強く否定したが、彼女は納得しなかった。

「あの男……」両手をきつく握り合わせる。「夕べあなたから話を聞いて、ずっと考えてたの。私に責任があるって」

長い時間をかけて、私は彼女に全ての事情を説明した。両親が実は殺されていたという過去にまで遡《さかのぼ》り、夫に愛人がいて、その結果生まれた子どもの存在が今回の事件の核になっていたという話は、優美のエネルギーをすっかり奪ってしまった。

「家庭がおかしくなるのは、どちらか一方の責任だけじゃないでしょう。私が頑張って、ちゃんとした家庭を作っておけば、こんなことにはならなかったんじゃないかな。あいつは外に女を作って、子どもまで……」

「君の責任じゃない。君は被害者なんだ」

「でも、私は母親失格よ。私がしっかりしていれば、勇樹を苦しめることもなかった」

「そんなことはない」口にすると、私こそ父親失格ではないかという気持ちが湧いてくる。想像もしていなかった事実が背景にあったとはいえ、勇樹を守りきれなかったのだから。これは大きな負債になる。将来、勇樹がこの事件をどのように自分の中で消化していくかは分からないが、私の中では、人生最大の失敗の一つとして刻みこまれた。

「最悪の母親だわ」

「君の結婚生活が破綻《はたん》したのは、あの男だけの責任だ」

「私にも責任はあるわ。誰かのせいにはできないのよ」

「人生なんて、何度でもやり直せる」俺と一緒に、という言葉が喉元まで出かかった。だが、彼女が傷つき、悔いているようなタイミングでそんなことを言い出すのは卑怯な気がした。彼女は自分を見詰め直したがっている。そこには私の名前はないかもしれない。

「あの男も、家族のために命を捨てたようなものね」

あの男——トミー・ワン。孫の病気を知った時に、ジェイクの父親の正体を娘から聞きだしたのだった。その事実は、百戦錬磨のマフィアにとっても衝撃だっただろう。かつて殺した夫婦、その娘の夫が自分の娘と寝て、生まれた子どもが難病に苦しんでいるとは。呪われた運命を恨んだかもしれない。そうであって欲しいと私は願った。しかしその事実も、トミー・ワンを完全に打ちのめしはしなかった。単に二人の血がつながっていることを知っただけでは、勇樹のHLA型を調べるまではしなかっただろう。だが勇樹がCMに出て、実際にHLA型を調べていたことを知った後は、一気に計画が進んだはずだ。細心の注意を払いながら、しかし大胆に。

家族のために命を捨てた——優美の言う通りかもしれない。あの男にとっては、組織での立場など、もうどうでもよかったのではないだろうか。自分は年老い、おそらく先は長くない。離れていった娘をずっと悲しませ続けたが、孫を助ければ和解できるのではないか——人生の終盤を迎え、そんな風に考えたとしても不思議ではない。

あんたは、自分の人生をどう総括しようとしたんだ。悪事の終わりに見せたのは親の顔だったのかもしれない。死に際、あんたの顔に浮かんでいたのは、何事かを成し遂げた満足の笑みだったのか？

突然、優美が強張った笑みを浮かべる。

「勇樹がこんなことしてるなんて、全然知らなかった」ハンドバッグからペンダントを取り出した。シンプルな銀のチェーンの先に、これまたシンプルな長方形のタグがぶら下がったデザイン。表には凝った字体で「Ｄｒｅａｍ Ｔｉｍｅ」の文字が、裏にはゴシック体で優美の頭文字が刻まれている。私も同じものを持っている。勇樹も。

「私たちに内緒で、こんなものを作ってたのね」

昨日、勇樹の口から聞いて初めて知った事実だった。時折姿を消していたのは、グリニッチ・ビレッジにある銀細工の店に通って、このネックレスを作っていたからなのだ。番組で共演して仲よくなった子役の父親がやっている店らしい。そのことは、ニューヨークに残ったミックとジャックが裏を取ってくれた。あの日は、そこから直接家へ帰ろうとして、トミー・ワンの手下に追われ、逃れるために問題の路線バスに乗ったことも明らかになっている。

「ドリームタイム、ね」優美が溜息をつく。オーストラリアの先住民、アボリジニに伝わる言葉。創世神話や歴史を貫くキーワードであり、アボリジニの精神性を象徴する言葉だ。「夢」ではなく、「旅を続ける」というような意味だそうだ。しばらく前に勇樹と一緒にディスカバリー・チャンネルでその話題を見たことがある。妙に気になっていたようだが、それはこんな形で結実したのだ。

「あいつも、俺たちのことを考えてくれてたんだろうな。だから、こんなお揃いのペンダントを作ってたんだ。たぶん、家族の絆にするつもりで」

「それを知らなかったことが悔しいのよ」

「勇樹だって、親に秘密を作るような年頃になったんだよ」自分で言っておきながら、慰めは慰めになっていないと思った。優美が小さく溜息をついて、目尻にたまった涙を指先で拭う。

「時間が欲しいわ」

短い一言が、私の胸を突き刺した。クルーザーが波を切り裂くように、ビスケーン湾を渡って行く。黙りこんでいると、優美がそっと私の腕に触れる。

「違うの。あなたが考えてるようなことじゃないの。少し、自分を見つめ直したいのよ。私は親としてもう少ししっかりしないといけないし……」

「馬鹿なこと考えるなよ」

馬鹿なこと。彼女には今や、恨むべき対象ができた。裏切られて死んだ殺人者。背信行為を働いていたかつての夫。その愛人。勇樹の命を危険に晒す原因になった子ども。

「あなたが考えてるようなことは、考えてないわよ。誰かを恨んでも仕方ないでしょう」優美の顔から表情が消えた。「しっかりしなくちゃいけないのは私なの。一緒にいれば、あなたは私を守ってくれるでしょう？　でもそれじゃ、いつまで経っても私は強くなれない。この何年か、私はあなたに支えてもらった。そのことでは感謝してる。でも、私は自分で強くならなくちゃいけない」

「やめてくれ。君こそ、俺を助けてくれたじゃないか。君がいなかったら、俺はとっくに駄目になってたと思う」

「頭をぶつけた時って、一瞬何も考えられなくなって頭の中が真っ白になるわよね。今はそんな感じ……あなたには、どれだけお礼を言っても足りないぐらい。自分の命を危険に晒してまで、勇樹を助けてくれたんだから」

「それは俺の義務だ」

「普通の父親にはできないことよ。あなたは刑事だから、できた。でも……」優美がゆっくりと立ち上がった。「行くね」

見上げると、互いの視線が絡み合う。この事件で一番打ちのめされたのは彼女かもしれない。そして彼女が欲していない以上、私はその心に立ち入る権利はないのではないか。抱きしめて、慰めの言葉をかけても、彼女の体を、心を素通りしてしまうのではないか。

「ああ」

またニューヨークで、という言葉はどちらからも出なかった。

去り行く彼女の背中を見送らず、私はちびちびと水を飲みながら、穏やかなビスケーン湾の表情を眺め続けた。

どうしたらいい。

答えを与えくれる人はいない。七海はあまりにも近い存在であり、客観的で冷静な答えを与えてはくれないだろう。昨日、私の人生においてもっとも間の悪いタイミングで電話をかけてきた今《こん》にしても同じだ。彼はよく箴言《しんげん》めいた台詞を吐く。その九十九パーセントまでは自己満足の下らないものに過ぎないが、一パーセントだけ人生の真実を含んでいるのは事実だ。もっとも彼も、男女のことについてはほとんど役に立たない。冴《さえ》とは複雑なことを話したくなかった。彼女との会話は、常に私の心をちくちくと刺激する。男女の間でも友情は成立すると思うし、愛や恋について客観的なアドバイスを与えたり受けたりすることも可能だと思うが、冴との関係はそういうものではない。

全て、自分の胸の中で問い続けなければならないことなのだ。抱きしめれば、優美は粉々に砕けてしまいそうな気がする。だったら、私に何ができるのか。あるいは何をしてはいけないのか。

彼女が自分自身を見詰め直す時、傍《かたわ》らに私の存在は必要ない。優美が語らなかった言葉が胸の中で湧き上がる。単なる妄想であって欲しいと思ったが、仮に本当でも、彼女を責める気にはなれない。人は誰でも、自分の脚だけを頼りに歩まなければならない時があるのだ。もしも助けが必要なら、いつでも駆けつける。だが、そうでないというのなら――。

緩やかな風が吹きぬける。今朝はビスケーン湾を覆う靄が薄く、対岸のマイアミ・ビーチがよく見えた。こんな、アメリカの南の端で私は何をしてしまったのか。

ホテルの部屋でクローゼットにぶら下がっているジーンズ。ポケットの中でじっと時の流れに耐えているペンダントのことを思った。

時。今の私に一番必要なのはそれなのかもしれない。それに身を委《ゆだ》ねることが、逃げに過ぎないと分かっていても。

新装版解説

安西京子

新装版発売にあたり、発売当時を知るものとして振り返りたいと思います。

書店は、その規模により、担当者の専門知識や守備範囲がかなり違ってくる職業です。五〇坪から一〇〇坪前後の店であれば、雑誌・コミック、ベストセラーを中心に、ほぼすべてのジャンルを網羅し、広く浅く俯瞰《ふかん》した視野で、お客様に対応します。一番世の中の動きを肌で感じる、いわば「最前線」にいる人たちです。

小さなお店になればなるほど、時流の動きに敏感で物知りな方が多いのです。

これに対して、大型店やビル一棟立ての超大型店となると、各ジャンルに専門の担当者が数名おり、専門的に特化した仕事をするため、そのジャンルについては大変深く詳しくなりますが、かなり偏った世界に身を置く人になっていきます。

電気工事士の試験問題集発売に初夏を感じる理工書担当。怪しい宗教書を置いていたがために、公安から事情聴取を受けた人文書担当。カリスマ英語教師の問題集発売日にバーゲンさながらの入場制限を行なった学参担当。

なかなか普通では経験できない事に遭遇することが結構あります。

しかしながら慣れてくるとこれが結構楽しく、居心地もよいので、どっぷり嵌《はま》って居座り続ける。いわゆる「専門バカ」の出来上がりです。

そんな「専門バカ」の一人だった私が、文芸文庫担当に配置代えになったのが二〇〇三年。十年以上本屋にいながら、ベストセラーといわれる本をほとんど読んでいないことに気がつき、呆然としたものです。

片っ端から人気作品を読み漁《よあさ》り、面白い本を発掘すべく小説に埋もれ始めた頃、「『寝不足書店員』になりませんか？」と声をかけてきたのが中央公論新社営業部のH氏でした。

はっ、もはやすでに常時寝不足書店員なんですけど……と思いながらも、「ぼくも寝不足営業マンなんです！」と実にさわやかに笑うH氏の圧の強さに負け、手に取ったのが『雪虫』でした。

新潟県警の三代続く刑事の末裔《まつえい》、鳴沢了。

ストイックで偏屈で凝り性で、頑固者な刑事。

尊敬していた祖父への想い。長年の父との確執。

家族の絆や誇りを傷つけてでも、守らなければならない刑事としての正義。バイクで走り去るラストシーン。背中に哀愁《あいしゅう》を漂わせる生き様に震えました。

この物語を、この男の生き様を、もっとたくさんの人に知ってもらわなければ。

こんな凄いハードボイルド小説が日本にあることを広めなければ。

そして今後このシリーズが続く限り、追いかけていかなければ。

そんな風に思い、展開計画を進めていきました。

すぐに追加注文をし、本の帯に書かれた「寝不足書店員続出」というコピーを使って、店頭ポスターを作っての多面展開です。やるからには「どーん」と威勢よく。が私のモットーです。

今でこそ平台の全面展開は当たり前になりましたが、一点集中の大型展開はよほどのベストセラー作品以外はほとんどなかった時代。書店発信によるいわゆる発掘本の走りとなりました。

個人的にも文芸文庫担当として初めて成功した仕掛け作品となりました。

実際、近隣の仲良し書店員達とも、「寝不足読んだ?」「うん、読んだ読んだ。たしかに寝不足」といった会話が飛び交っていたことを、懐かしく思い出します。

その後の作品も続々と刊行され、「鳴沢了」は世間に認知されていきました。四作目『孤狼』からは、文庫書き下ろしという、当時はとても珍しい発売方法に。（小説は、まずは単行本として発売され、その後大体二、三年たった時点で人気のあったものを文庫化していく。というのが業界の常識とされていました。店頭でお客様に「この単行本はいつ文庫になるの？」と聞かれると、当時の私は自信をもって二、三年後ですね、と答えていました。今は、聞かれたら「出版社の胸先三寸ですね」と答えています）

この文庫書き下ろしは、人気に拍車をかける一因となり、読者は勿論、書店担当者も、鳴沢シリーズの発売を待ち構えるようになっていきました。二〇〇六年からは二月と六月の年二回発売となり、この時期になると、今回はどんな展開にしようか、と盛り上がったものです。

そしてお待たせしました。本作品、『血烙』についてです。

※極力ネタバレを避けるつもりで書いてはいますが、少し踏み込んだ部分もあります。読後にお読みください。

いままでのシリーズとは、かなり雰囲気の違った作品です。

まずは舞台がニューヨーク。ついに日本を飛び出してしまいました。研修でニューヨーク市警に身を置く鳴沢。恋人優美《ゆみ》の息子勇樹《ゆうき》が誘拐されるという事件が発生。ニューヨークからアトランタ、マイアミへと、アメリカ縦断に近い活躍を見せるスペクタクルアクションとなっています。

長年の宿敵、マシンガン・トミーことトミー・ワンが再登場。悪の権化のようなこの男。相変わらずの悪逆非道ぶりですが、今回の犯罪の目的が分かった時、この年老いたマフィアの、人として、父としての哀しさに胸が詰まりました。

なによりも違うのは物語の空気感です。

過去作品に共通した、どこか重苦しい雰囲気。これが薄らいでいるのです。

夜の雪景色の中、背中を見せて歩かせたら哀愁度世界一だった、鳴沢自身がかもし出す、ひり付いた緊張感が緩んできているのです。

舞台であるアメリカという土地柄や、七海、ホセ・カブレラ、B・J・キングといった相棒たちの愛すべきキャラクターによるものも大きいとは思いますが、やはり、優美・勇樹という大切な存在ができたこと。彼らとの団欒《だんらん》を楽しむことができる環境にあることが、永らく固まっていた彼の心を暖めているのではと思います。

自分の祖父や父との過去の確執から、「家族」というものを重荷に感じ、あえて遠ざけようとしてきた鳴沢。

一生結婚できないのでは、と心配していた一読者としては、喜ばしい変化です。

勿論、ニューヨークに来ても、こだわりの鳴沢は健在です。

愛用のオールデンのコードバンは相変わらずぴかぴかです。

（本作品で初めてオールデン社の靴のことを知り、気になって調べた人間は私一人ではないはず。ちなみにコードバンとは農耕用馬の臀部から取れた皮革のことで、採れる量がわずかな希少部位とのことです。二〇〇以上の工程を経て出来上がるという最高のシューズ。きっと堂場さんも愛用しているのでは？　と密かに妄想しています。唯一、ブーツは走るのには向いていないらしいのですが、それでもやっぱり了は爆走してます）

今作品のテーマである「家族」という絆。

世界中どこにいても「刑事」でいることしかできない不器用な男が、「守るべき大切なもの」ができたことで、人として成長する。

そのつながりの重さ、しがらみの強さ、哀しみの大きさに苦しみながら、絆の深さ、愛しさに気づき、前に進んでいく姿にエールを送りたくなります。人間鳴沢了の成長過程において、とても大切な作品です。

（あんざい・きょうこ　アバンティブックセンター京都店　書店員）

この作品はフィクションで、実在する個人、団体等とは一切関係ありません。

本書は『血烙　刑事・鳴沢了』（二〇〇七年二月刊、中公文庫）を新装・改版したものです。

中公文庫

新装版《しんそうばん》
血《けつ》　烙《らく》
――刑事《けいじ》・鳴沢了《なるさわりょう》

2007年2月25日　初版発行
2020年7月25日　改版発行

著　者　堂《どう》場《ば》瞬一《しゅんいち》

発行者　松田陽三

発行所　中央公論新社
〒100-8152　東京都千代田区大手町1-7-1
電話　販売 03-5299-1730　編集 03-5299-1890
URL http://www.chuko.co.jp/

DTP　ハンズ・ミケ
印　刷　三晃印刷
製　本　小泉製本

Published by CHUOKORON-SHINSHA, INC.
Printed in Japan　ISBN978-4-12-206909-1 C1193

中公文庫既刊より

各書目の下段の数字はISBNコードです。978－4－12が省略してあります。

と-25-15
蝕罪　警視庁失踪課・高城賢吾
堂場瞬一

警視庁に新設された失踪事案を専門に取り扱う部署・失踪課。実態はお荷物署員を集めた窓際部署だった。そこにアル中の刑事が配属される。〈解説〉香山二三郎

205116-4

と-25-16
相剋　警視庁失踪課・高城賢吾
堂場瞬一

「友人が消えた」と中学生から捜索願が出される。親族以外からの訴えは受理できない。その真剣な様子にただならぬものを感じた高城は、捜査に乗り出す。

205138-6

と-25-17
邂逅　警視庁失踪課・高城賢吾
堂場瞬一

大学職員の失踪事件が起きる。心臓に爆弾を抱えながら鬼気迫る働きを見せる法月。その身を案じつつも捜査を続ける高城たちだった。シリーズ第三弾。

205188-1

と-25-19
漂泊　警視庁失踪課・高城賢吾
堂場瞬一

ビル火災に巻き込まれ負傷した明神。鎮火後の現場からは身元不明の二遺体が出た。傷ついた仲間のため、高城は被害者の身元を洗う決意をする。第四弾。

205278-9

と-25-20
裂壊　警視庁失踪課・高城賢吾
堂場瞬一

課長査察直前に姿を消した阿比留室長。荒らされた部屋を残して消えた女子大生。時間がない中、二つの失踪事件を追う高城たちは事件の意外な接点を知る。

205325-0

と-25-22
波紋　警視庁失踪課・高城賢吾
堂場瞬一

異動した法月に託されたのは、五年前に事故現場から失踪した男の事件だった。調べ始めた直後、男の勤めていた会社で爆発物を用いた業務妨害が起こる。

205435-6

と-25-24
遮断　警視庁失踪課・高城賢吾
堂場瞬一

六条舞の父親が失踪。事件性はないと思われたが、身代金要求により誘拐と判明、高城達は仲間の危機に立ち上がる。外国人技術者の案件も持ちこまれ……。

205543-8

と-25-28
牽制 警視庁失踪課・高城賢吾
堂場瞬一
娘・綾奈を捜し出すと決意した高城とサポートする仲間たち。そこに若手警察官の失踪と入寮を控えた高校球児の失踪が立て続けに起こる。
205729-6

と-25-29
闇《あん》夜《や》 警視庁失踪課・高城賢吾
堂場瞬一
葬儀の後、酒浸りの生活に戻った高城は、幼い少女の失踪事件の現場に引き戻される。被害者の両親をかつての自分に重ねあわせ、事件と向き合おうとするが……。
205766-1

と-25-30
献心 警視庁失踪課・高城賢吾
堂場瞬一
娘の死の真相を知る――決意した高城に、長野が新たな目撃証言をもたらす。しかし聴取後、目撃者が高城たちに抗議してきて……。人気シリーズついに完結。
205801-9

と-25-21
長き雨の烙印
堂場瞬一
地方都市・汐灘の海岸で起きた幼女殺害未遂事件。ベテラン刑事の予断に満ちた捜査に疑いをもった後輩の伊達は、独自の調べを始める。〈解説〉香山二三郎
205392-2

と-25-23
断絶
堂場瞬一
汐灘の海岸で発見された女性の変死体。県警は自殺と結論づけたが、刑事・石神は独自に捜査を継続、地元政界の権力闘争との接点が浮上する。〈解説〉池上冬樹
205505-6

と-25-26
夜の終焉（上）
堂場瞬一
両親を殺された真野亮介は、故郷・汐灘を捨て、喫茶店を営んでいた。ある日、店を訪れた少女が事故で意識不明に。身元を探るため、真野は帰郷するが――。汐灘サーガ第三弾。
205662-6

と-25-27
夜の終焉（下）
堂場瞬一
父が殺人を犯し、検事になることを諦めた川上譲は、東京で弁護士として仕事に邁進していた。そこに舞いこむ故郷・汐灘からの依頼は、死刑を望む殺人犯の弁護だった。
205663-3

と-25-31
沈黙の檻
堂場瞬一
沈黙を貫く、殺人犯かもしれない男。彼を護り、信じる刑事。時効事案を挟み対峙する二人の傍で、新たな殺人が発生し――。哀切なる警察小説。〈解説〉稲泉連
205825-5

各書目の下段の数字はISBNコードです。978－4－12が省略してあります。

と-25-34
共　鳴
堂場瞬一
元刑事が事件調査の「相棒」に指名したのは、ひきこもりの孫だった。反発から始まった二人の関係は調査を通して変わっていく。〈解説〉久田　恵
206062-3

と-25-36
ラスト・コード
堂場瞬一
父親を惨殺された十四歳の美咲は、刑事の筒井と移動中、何者かに襲撃される。犯人の目的は何か？　熱血刑事と天才少女の逃避行が始まった！〈解説〉杉江松恋
206188-0

と-25-38
Sの継承（上）
堂場瞬一
捜査一課特殊班を翻弄する毒ガス事件が発生。その現場で発見された死体は、五輪前夜の一九六三年に計画されたクーデターの亡霊か？
206296-2

と-25-39
Sの継承（下）
堂場瞬一
ネット掲示板で国会議員総辞職を求め、毒ガスを盾に国会議事堂前で車に立てこもるS。捜査一課は、その正体を探るが……。〈解説〉竹内　洋
206297-9

と-25-41
誤　断
堂場瞬一
製薬会社に勤める槙田は、副社長直々にある業務を任される。社会正義と企業利益の間で揺れ動く男たちの物語。警察小説の旗手が挑む、社会派サスペンス！
206484-3

と-25-43
バビロンの秘文字（上）
堂場瞬一
カメラマン・鷹見の眼前で恋人の勤務先が爆破。彼女が持ち出した古代文書を狙う、CIA、ロシア、謎の過激派組織――。世界を駆けるエンタメ超大作。
206679-3

と-25-44
バビロンの秘文字（下）
堂場瞬一
激化するバビロン文書争奪戦。鷹見は襲撃者の手をかいくぐり文書解読に奔走する。四五〇〇年前に記された、世界を揺るがす真実とは？〈解説〉竹内海南江
206680-9

さ-65-5
クランI　警視庁捜査一課・晴山旭の密命
沢村　鐵
渋谷で警察関係者の遺体を発見。虚偽の検死をする美人検視官を探るために晴山警部補は内偵を行うが、そこには巨大な警察の闇が――！　文庫書き下ろし。
206151-4

さ-65-6
クランⅡ　警視庁渋谷南署・岩沢誠次郎の激昂
沢村鐵
同時発生した警視庁内拳銃自殺と、渋谷での交番巡査銃撃事件。警察を襲う異常事態に、密盟チーム「クラン」がついに動き出す！　書き下ろしシリーズ第二弾。
206200-9

さ-65-7
クランⅢ　警視庁公安部・区界浩の深謀
沢村鐵
渋谷駅を襲った謎のテロ事件。クランのメンバーは「神」と呼ばれる主犯を追うが、そこに再び異常事件が――書き下ろしシリーズ第三弾。
206253-5

さ-65-8
クランⅣ　警視庁機動分析課・上郷奈津実の執心
沢村鐵
包囲された劇場から姿を消した「神」。その正体を暴く鍵は意外な人物が握っていた。警察に潜む悪との戦いは佳境へ！　書き下ろしシリーズ第四弾。
206326-6

さ-65-9
クランⅤ　警視庁渋谷南署巡査・足ヶ瀬直助の覚醒
沢村鐵
警察閥の大量検挙に成功した「クラン」。だが「神」の魔手は密盟のトップ・千徳に襲いかかり――。迫り来るクライマックス、書き下ろしシリーズ第五弾。
206426-3

さ-65-10
クランⅥ　警視庁内密命組織・最後の任務
沢村鐵
非常事態宣言発令より、警察の指揮権は首相へと移った。「神」と「クラン」。最後の決戦の行方は――。シリーズ最終巻、かつてないクライマックス！
206511-6

た-81-5
テミスの求刑
大門剛明
監視カメラがとらえた敏腕検事の姿。手には大型ナイフ、血まみれの着衣。無実を訴えて口を閉ざした彼に下る審判とは？　傑作法廷ミステリーついに文庫化。
206441-6

た-81-6
両刃《りょうじん》の斧《おの》
大門剛明
未解決殺人事件の犯人が殺された。容疑者は十五年前に娘を殺された元刑事。事件の裏に隠されたあまりに悲しい真実とは。慟哭のミステリー。文庫書き下ろし。
206697-7

と-26-9
SRO Ⅰ　警視庁広域捜査専任特別調査室
富樫倫太郎
七名の小所帯に、警視長以下キャリアが五名。管轄を越えた花形部署のはずが――。警察組織の盲点を衝く、連続殺人犯を追え！　新時代警察小説の登場。
205393-9

各書目の下段の数字はISBNコードです。978－4－12が省略してあります。

と-26-10
SRO Ⅱ 死の天使
富樫倫太郎
死を願ったのち亡くなる患者たち、解雇された看護師、病院内でささやかれる『死の天使』の噂。SRO対連続殺人犯の行方は。待望のシリーズ第二弾！ 書き下ろし長篇。
205427-1

と-26-11
SRO Ⅲ キラークィーン
富樫倫太郎
SRO対〝最凶の連続殺人犯〟、因縁の対決再び!! 東京地検へ向かう道中、近藤房子を乗せた護送車は裏道へ誘導され――。大好評シリーズ第三弾、書き下ろし長篇。
205453-0

と-26-12
SRO Ⅳ 黒い羊
富樫倫太郎
SROに初めての協力要請が届く。自らの家族四人を殺害して医療少年院に収容され、六年後に退院した少年が行方不明になったというのだが――書き下ろし長篇。
205573-5

と-26-19
SRO Ⅴ ボディーファーム
富樫倫太郎
最凶の連続殺人犯が再び覚醒。残虐な殺人を繰り返し、日本中を恐怖に陥れる。焦った警視庁上層部は、SROの副室長を囮に逮捕を目指すのだが――。書き下ろし長篇。
205767-8

と-26-35
SRO Ⅵ 四重人格
富樫倫太郎
不可解な連続殺人事件が発生。傷を負ったメンバーが再結集し、常識を覆す新たなシリアルキラーに立ち向かう。人気警察小説、待望のシリーズ第六弾！
206165-1

と-26-37
SRO Ⅶ ブラックナイト
富樫倫太郎
東京拘置所特別病棟に入院中の近藤房子が動き出す。担当看護師を殺人鬼へと調教し、ある指令を出すのだが――。累計60万部突破の大人気シリーズ最新刊！
206425-6

と-26-39
SRO Ⅷ 名前のない馬たち
富樫倫太郎
相次ぐ乗馬クラブオーナーの死。事件性なしとされるも、どの現場でも人間と同時に必ず馬が一頭逝っている事実に、SRO室長・山根新九郎は不審を抱く。
206755-4

と-26-36
SRO episode0 房子という女
富樫倫太郎
残虐な殺人を繰り返し、SROを翻弄し続けるシリアルキラー・近藤房子。その生い立ちとこれまでが、ついに明かされる。その過去は、あまりにも衝撃的！
206221-4